Souviens-toi

Mary Higgins Clark

Souviens-toi

FRANCE LOISIRS
123, boulevard de Grenelle, Paris.

Édition originale américaine : *Remember Me*
© 1994, by Mary Higgins Clark
Publié avec l'accord de Simon and Schuster, New York

Traduit de l'anglais par Anne Damour

Une édition du Club France Loisirs, Paris,
réalisée avec l'autorisation des Éditions Albin Michel S. A.

© Éditions Albin Michel S. A., 1994, pour la traduction française

ISBN : 2-7242-8216-7

Pour Maureen Higgins Dowling, « Mo »,
ma belle-sœur et amie.
Avec tout mon cœur

17 août

VERS *neuf heures du soir, l'orage avait éclaté et un vent violent lançait les vagues à l'assaut de la côte est du Cap Cod. On dirait que c'est plus sérieux qu'un petit coup de nordest, se dit Menley en se penchant par-dessus l'évier pour fermer la fenêtre. Cela pourrait même être excitant, songea-t-elle, cherchant à se rassurer. Les aéroports du Cap étaient fermés et Adam avait loué une voiture pour venir de Boston. Il serait bientôt là. Il y avait suffisamment de provisions pour tenir un siège. Elle avait acheté des bougies, en cas de coupures d'électricité, bien que, si ses soupçons étaient fondés, la pensée de se trouver dans cette maison à la seule lumière des bougies fût proprement terrifiante.*

Elle alluma la radio, tourna le bouton et trouva la station de Chatham qui diffusait de la musique des années quarante. Elle haussa un sourcil étonné en entendant l'orchestre de Benny Goodman attaquer les premières notes de « Remember ».

Un air de circonstance lorsque vous habitez une maison qui s'appelle Remember, *pensa-t-elle. Refrénant son envie de tourner à nouveau le bouton, elle s'empara d'un couteau et découpa des tomates en rondelles pour la salade. Au téléphone, Adam l'avait* prévenue qu'il n'avait pas eu le temps de dîner. « Mais tu as oublié de te souvenir », roucoulait le chanteur.

Le mugissement particulier du vent se ruant contre la façade recommençait. Perchée sur la dune au-dessus de la mer en furie, la maison se transformait en une sorte de soufflerie d'où sortait une longue plainte semblable à une voix lointaine criant : « Remember, remember… » Au fil des ans, cette particularité avait donné son nom à l'endroit.

Un frisson parcourut Menley. Elle s'efforça de se tranquilliser. Adam allait arriver d'une minute à l'autre. Ils boiraient un verre de vin pendant qu'elle préparerait les pâtes.

Un bruit soudain la fit sursauter. Qu'est-ce que c'était ? Un courant d'air avait-il ouvert une porte ? Ou une fenêtre ? Il se passait quelque chose d'anormal.

Elle éteignit brusquement la radio. Le bébé ! Était-ce Hannah qui pleurait ? On aurait dit un cri ou un bruit assourdi, étranglé. Menley se précipita vers le plan de travail, saisit l'interphone, le porta à son oreille. Un petit hoquet, puis plus rien. Le bébé s'étouffait !

Elle s'élança hors de la cuisine en direction de l'escalier. L'imposte en forme d'éventail au-dessus de la porte d'entrée projetait des ombres grises et violettes sur les larges lattes du plancher.

Ses pieds touchaient à peine le sol tandis qu'elle se ruait au premier étage et le long du couloir. En un instant elle fut à la porte de la chambre d'enfant. Aucun son ne provenait du petit lit. « Hannah, Hannah », hurla-t-elle.

Hannah était couchée sur le ventre, les bras étendus, immobile. Fébrilement, Menley se pencha, la retourna et la prit dans ses bras. Puis ses yeux s'agrandirent d'horreur.

La tête en porcelaine d'une poupée ancienne reposait dans sa main. Un visage peint la contemplait.

Menley voulut crier, mais aucun son ne sortit de ses lèvres. C'est alors que derrière elle une voix chuchota : « Je regrette, Menley. C'est fini. »

10

15 juillet

1

Tout au long de l'interrogatoire, Scott Covey s'efforça
patiemment de faire comprendre à chacun ce qui s'était
passé exactement.

Vivian et lui s'étaient endormis sur un plaid étendu
à même le pont du bateau; le soleil était voilé, le bruit
doux du clapot les avait plongés dans une agréable tor-
peur.

Il avait ouvert un œil et bâillé. « J'ai trop chaud, avait-il dit.
Veux-tu aller faire un tour sous l'eau ? »

Vivian lui avait effleuré le menton d'un baiser. « Je n'en ai
pas une envie folle. » Sa voix douce était alanguie, comme un
murmure satisfait.

« Moi si. » Il s'était levé avec détermination et avait jeté un
regard par-dessus bord. « C'est magnifique au fond. Clair
comme une source. »

Il était presque quatre heures de l'après-midi. Ils se trouvaient à environ un mille au large de l'île de Monomoy. La
brume de chaleur formait une gaze vaporeuse sur la mer, mais
une petite brise venait de se lever.

« Je vais chercher mon équipement », avait dit Scott. Il avait traversé le pont et plongé le bras dans la petite cabine qu'ils utilisaient comme rangement sur le bateau.

Vivian s'était redressée, secouant son engourdissement. «Prends aussi le mien.»

Il s'était retourné vers elle : «Tu es sûre ? Je ne vais pas rester longtemps. Pourquoi ne continues-tu pas à dormir ?

— Pas question.» Elle s'était élancée vers lui, lui passant les bras autour du cou. «Quand nous irons à Hawaii le mois prochain, je veux pouvoir explorer les récifs de corail avec toi. Il faut que je m'entraîne.»

Ensuite, il affirma en pleurant ne pas avoir remarqué que tous les autres bateaux étaient rentrés pendant qu'ils sommeillaient. Non, il n'avait pas écouté le bulletin de la météo.

Ils étaient sous l'eau depuis une vingtaine de minutes lorsque le grain les avait surpris. La mer s'était rapidement déchaînée. Ils s'étaient efforcés de rejoindre le bateau mouillé sur son ancre. Au moment où ils avaient fait surface, une vague de plus d'un mètre s'était abattue sur eux. Vivian avait disparu. Il avait cherché, cherché, plongeant encore et encore, jusqu'à ce qu'il soit à court d'oxygène.

Ils connaissaient la suite. Les gardes-côtes avaient reçu l'appel de détresse alors que l'orage était à son paroxysme. «Ma femme a disparu ! hurlait Scott Covey. Ma femme a disparu !»

2

ELAINE ATKINS était assise en face d'Adam Nichols. Ils déjeunaient au Chillingsworth, le restaurant de Brewster où Elaine invitait tous les clients importants de son agence immobilière. C'était la pleine saison, au Cap Cod, et toutes les tables étaient occupées.

« Inutile de tendre l'oreille pour savoir de quoi ils parlent », dit-elle à voix basse. Sa main fit un geste embrassant l'ensemble de la salle. « Une jeune femme, Vivian Carpenter, a disparu en faisant de la plongée sous-marine il y a deux semaines. Elle avait acheté sa maison à Chatham par mon intermédiaire, et nous étions devenues amies. Pendant que tu étais au téléphone, j'ai appris que son corps venait d'être rejeté à la côte.

— Je me trouvais sur un bateau de pêche il y a quelques années lorsque quelqu'un a croché un corps qui avait séjourné dans l'eau pendant deux semaines, dit doucement Adam. Ce n'était pas beau à voir. Comment est-ce arrivé ?

— Vivian était bonne nageuse, mais débutante en plongée. Scott l'entraînait. Ils n'avaient pas entendu l'avis de tempête à la radio. Le pauvre garçon est effondré. Ils étaient mariés depuis seulement trois mois. »

13

Adam haussa les sourcils. « C'est faire preuve d'inconscience que de plonger juste avant une tempête.

— Une vraie tragédie, dit Elaine avec conviction. Viv et Scott étaient très heureux. C'était elle qui connaissait ces parages. Comme toi, elle avait passé tous ses étés au Cap. C'est vraiment un coup du sort. Jusqu'à ce qu'elle rencontre Scott, Viv avait l'air d'errer comme une âme en peine. C'est une Carpenter de Boston. La plus jeune d'une famille où tout le monde a toujours réussi. Renvoyée du collège. En mauvais termes avec ses parents. Elle a essayé toutes sortes de petits boulots puis il y a trois ans, à l'âge de vingt et un ans, elle a touché le fonds que sa grand-mère avait placé pour elle. C'est à cette époque qu'elle a acheté la maison. Elle adorait Scott, elle aurait fait n'importe quoi pour lui.

— Même plonger par mauvais temps ? Que fait ce type dans la vie ?

— Scott ? Il a été assistant régisseur au théâtre du Cap l'été dernier. C'est là qu'il a fait la connaissance de Viv. Je suppose qu'elle est allée le voir quand il est retourné chez lui durant l'hiver. Puis il est revenu s'installer pour de bon en mai et brusquement tout le monde a appris qu'ils s'étaient mariés.

— Comment s'appelle-t-il ?

— Covey. Scott Covey. Il vivait quelque part dans le Midwest.

— Un inconnu épouse une riche héritière qui meurt trois mois plus tard. Si j'étais la police, je demanderais immédiatement à voir son testament.

— Oh, arrête ! protesta Elaine. Tu es censé être avocat, pas procureur. Je les ai souvent vus tous les deux. Je leur faisais visiter des maisons. Ils cherchaient quelque chose de grand. Ils voulaient fonder une famille et désiraient beaucoup d'espace. Crois-moi, il s'agit d'un horrible accident.

— Probablement. » Adam haussa les épaules. « Peut-être suis-je trop sceptique. »

Ils savouraient tranquillement leur vin. Elaine soupira.

« Changeons de sujet. Nous ne sommes pas venus ici pour parler de choses tristes. Tu sembles en pleine forme, Adam. Mieux que ça, tu as l'air heureux, épanoui, content de l'existence. Tout s'est arrangé, n'est-ce pas ? Je veux dire avec Menley. Il me tarde vraiment de la connaître.

— Menley est quelqu'un de solide. Elle s'en tirera. Au fait, quand tu la verras, ne mentionne pas que je t'ai mise au courant de ses crises d'angoisse. Elle n'aime pas en parler.

— Je comprends. » Elaine l'observa. Les cheveux châtain foncé d'Adam se striaient légèrement de gris. Comme elle, il allait avoir trente-neuf ans. Élancé et mince, il n'avait rien perdu de sa vivacité de jeune homme. Ils s'étaient connus à l'âge de seize ans. La famille d'Adam cherchait une femme de ménage pour l'été et s'était adressée à l'agence de placement que dirigeait la mère d'Elaine.

Rien n'a changé, songea Elaine. Elle avait remarqué les regards des autres femmes dans la salle tandis qu'il la rejoignait à la table.

Le garçon apporta la carte. Adam étudia le menu. « Un steak tartare, à point », suggéra-t-il en riant.

Elle fit une moue. « Ne te moque pas de moi. J'étais une gosse le jour où j'ai sorti cette bourde.

— Ça restera gravé dans les annales. Elaine, je suis tellement heureux que tu m'aies fait visiter *Remember*. En apprenant que l'autre maison n'était pas disponible, j'ai craint de ne plus trouver de location correcte pour le mois d'août. »

Elle haussa les épaules. « Ce sont des choses qui arrivent. Je suis ravie que tout se soit arrangé. Que cette résidence à Eastham ait soudain eu tous ces problèmes de plomberie est proprement incroyable. Mais celle-ci est parfaite. Comme je te l'ai raconté, elle était restée inoccupée pendant vingt-cinq ans. Les Paley l'ont vue, ils ont tout de suite compris ce qu'on pouvait en faire et ils l'ont achetée pour une bouchée de pain il y a deux ans. Ils venaient de terminer le plus gros de la rénovation lorsque Ted est mort d'une crise cardiaque. Il avait travaillé douze heures sous un soleil de plomb. Sa femme Jan a finalement décidé que la maison était trop grande pour une personne seule et c'est la raison pour laquelle elle est en vente actuellement. Il y a très peu d'authentiques maisons de capitaine sur le marché, aussi ne mettra-t-elle pas longtemps à partir. J'espère que vous vous déciderez à l'acheter.

— On verra. J'aimerais avoir à nouveau une maison dans la région. Si nous continuons à vivre en ville, ce serait une bonne chose. Ces anciens marins savaient construire leur demeure sur la terre ferme.

— Celle-ci a une histoire ; le capitaine Andrew Freeman l'aurait fait bâtir en 1703 pour son épouse qu'il a abandonnée plus tard en découvrant qu'elle l'avait trompé avec un homme de la ville pendant qu'il était en mer. »

Adam eut un sourire ironique. « Ma grand-mère m'avait bien dit que ces premiers immigrants étaient des puritains. Quoi qu'il en soit, je ne compte pas entreprendre de travaux. Ce sont nos vacances, même s'il me faut faire des aller et retour entre ici et New York. Le procès Potter vient en appel et je dois m'en occuper. Peut-être as-tu entendu parler de cette affaire ? L'accusation contre cette pauvre femme a été montée de toutes pièces. J'aurais voulu être chargé de sa défense dès le début.

— J'aimerais venir te voir plaider un de ces jours.

— Viens à New York. Demande à John de t'y emmener. Quand vous mariez-vous ?

— Nous n'avons pas encore arrêté de date, sans doute en automne. Comme prévu, Amy, la fille de John, n'accueille pas nos fiançailles avec enthousiasme. Elle s'est habituée à avoir John pour elle toute seule. Étant donné qu'elle entre au collège en septembre, nous avons pensé que l'époque de Thanksgiving conviendrait à tout le monde.

— Tu parais très heureuse. Et tu as l'air en pleine forme. Très séduisante, florissante. Plus mince que jamais. Tu as blondi, aussi, ce qui te va très bien.

— Que de compliments ! Ne gâche pas notre amitié, dit

16

Elaine en riant. Mais tu as raison, je suis très heureuse. John est le Prince Charmant que j'attendais. Et je remercie Dieu de te retrouver tel que je t'ai toujours connu. Crois-moi, Adam, l'an dernier, lorsque tu es venu ici après ta séparation d'avec Menley, je me suis fait un sang d'encre à ton sujet.

— Nous avons traversé des moments difficiles. »

Elaine jeta un coup d'œil à la carte. « C'est l'agence Atkins qui t'invite. Pas de discussion, s'il te plaît. *Remember* est à vendre et si tu décides de l'acheter après l'avoir louée, je toucherai une belle commission. »

Lorsqu'ils eurent passé leur commande, Adam se leva. « La ligne était occupée quand j'ai essayé de joindre Menley tout à l'heure. Je vais rapidement lui passer un coup de fil. »

Il revint une minute plus tard, l'air préoccupé. « C'était encore occupé.

— Tu n'as pas un signal d'appel ?

— Menley déteste ça. Elle trouve grossier de répondre aux gens "attendez une minute" et de prendre l'autre communication.

— Elle n'a pas tort, mais c'est commode. » Elaine hésita. « Tu sembles inquiet, tout à coup. Est-elle complètement remise ?

— Elle se porte très bien, dit Adam lentement, mais dès que reviennent ses crises d'angoisse, elle traverse des moments terribles. Elle devient hystérique à chaque fois qu'elle revit l'accident. Je ferai une autre tentative dans une minute mais, en attendant, est-ce que je t'ai montré une photo du bébé ?

— Tu en as une sur toi ?

— Qu'est-ce que tu crois ? » Il plongea la main dans sa poche. « Voici la dernière. Elle s'appelle Hannah. Elle a eu trois mois la semaine dernière. C'est une vraie beauté, non ? »

Elaine examina attentivement la photo. « Elle est absolument superbe.

— Elle ressemble à Menley, elle a donc toutes les chances de rester ravissante », conclut Adam d'un ton convaincu. Il remit l'instantané dans son portefeuille et repoussa sa chaise. « Si la ligne est encore occupée, je demanderai à l'opératrice d'interrompre la communication. »

Elaine le regarda se déplacer entre les tables. Il s'inquiète de la savoir seule avec le bébé, pensa-t-elle.

« Elaine ! »

Elle leva les yeux. C'était Carolyn March, une publicitaire new-yorkaise d'une cinquantaine d'années à qui elle avait vendu une maison. Carolyn ne laissa pas à Elaine le temps de la saluer. « Savez-vous à combien s'élevait le fonds de Vivian Carpenter ? *Cinq millions de dollars !* Les Carpenter ne parlent jamais d'argent mais c'est l'épouse d'un cousin de la famille qui a lâché le morceau. Et Viv avait dit à plusieurs personnes qu'elle laisserait tout à son mari. Ne croyez-vous pas qu'une telle somme devrait sécher les larmes de Scott Covey ? »

3

C'EST certainement Adam. Il a dit qu'il téléphonerait vers cette heure-ci. Menley cala le bébé contre elle en tendant la main vers le téléphone. «Allons, Hannah, murmurat-elle. Tu as avalé la moitié du deuxième biberon. À ce train, tu vas être le seul bébé de trois mois inscrit aux Weight Watchers.»

Elle coinça le récepteur entre son épaule et son oreille tout en tapotant le dos d'Hannah. C'était Jane Pierce, la rédactrice en chef du *Travel Times*. Comme à l'habitude, Jane alla droit au but : «Menley, vous comptez passer le mois d'août au Cap, n'est-ce pas ?

— Priez pour que ce soit possible, répondit Menley. La maison que nous devions louer avait, paraît-il, de sérieux problèmes de plomberie. Nous l'avons appris hier. Je n'ai jamais trouvé aucun charme aux pots de chambre, aussi Adam est-il parti en voiture ce matin pour chercher une autre location.

— C'est un peu tard pour trouver quelque chose de convenable, non ?

— Nous avons un atout. Une vieille amie d'Adam dirige une agence immobilière. C'est Elaine qui nous avait trouvé la première maison et elle dit avoir exactement ce qu'il nous faut en remplacement. Espérons qu'Adam sera du même avis.

— Dans ce cas, si vous y allez vraiment...

— Jane, si nous y allons, je compte y faire des recherches en vue d'un nouveau tome des aventures de David. Adam m'a tellement parlé du Cap que j'aimerais y situer mon prochain roman. » David était le jeune héros d'une série qui avait fait de Menley un célèbre auteur de livres d'enfants.

« Je sais que je vous demande une faveur, Menley, mais vous seule savez camper l'environnement historique dont j'ai besoin pour cet article », implora Jane Pierce.

Lorsque Menley eut raccroché, un quart d'heure plus tard, elle s'était laissé convaincre d'écrire un papier sur le Cap Cod pour le *Travel Times*.

« Oh, après tout, Hannah, dit-elle en donnant une dernière tape dans le dos du bébé, c'est Jane qui m'a donné ma première chance il y a dix ans. N'est-ce pas ? C'est le moins que je puisse faire. »

Mais Hannah dormait à poings fermés sur son épaule. Menley se dirigea lentement vers la fenêtre. L'appartement, au vingt-huitième étage de East End Avenue, offrait une vue extraordinaire sur l'East River et les ponts qui l'enjambaient.

Quitter Rye et revenir à New York après la mort de Bobby l'avait sauvée de la folie. Mais il ferait bon quitter la ville en août. Après sa première crise, son gynécologue l'avait incitée à consulter un psychiatre : « Vous souffrez de stress post-traumatique différé, ce qui n'est pas inhabituel après une épreuve douloureuse, mais il existe un traitement pour ça et je vous le conseille. »

Une fois par semaine, donc, elle s'était rendue chez le Dr Kaufman, qui avait vivement approuvé l'idée de prendre des vacances : « Ces crises sont naturelles et à la longue bénéfiques. Pendant près de deux ans après la mort de Bobby, vous avez refusé la réalité. Maintenant que vous avez Hannah, vous pouvez enfin l'affronter. Partez en vacances. Profitez de la vie.

N'oubliez pas de prendre vos médicaments, bien entendu. N'hésitez pas à m'appeler si vous avez besoin de moi. Sinon, je vous reverrai en septembre. »

Nous allons pouvoir profiter l'une de l'autre, pensa Menley. Elle porta Hannah endormie dans la chambre d'enfant, la coucha et la changea rapidement avant de la border. « Maintenant, sois un amour et fais un gros dodo », murmura-t-elle en se penchant sur le petit lit.

Elle avait le cou et les épaules raides et s'étira, tournant la tête de droite à gauche. Ses cheveux auburn, dont Adam disait qu'ils étaient couleur de sirop d'érable, dansèrent autour de l'encolure de son sweat-shirt. Menley aurait aimé être plus grande. Mais à trente et un ans, elle avait fini par s'habituer à son mètre soixante-deux. Au moins suis-je bien proportionnée, se consola-t-elle, et son corps mince témoignait de ses séances quotidiennes au gymnase du premier étage de leur immeuble.

Avant d'éteindre la lumière, elle contempla son bébé. Quel miracle ! Élevée avec un frère plus âgé, elle-même avait été un véritable garçon manqué dans son enfance, méprisant les poupées, jouant plus volontiers au football qu'à la marchande. Elle s'était toujours sentie à l'aise avec les garçons et, adolescente, elle était devenue la confidente et la baby-sitter préférée de ses deux petits neveux.

Mais rien ne l'avait préparée à l'amour débordant qu'elle avait ressenti à la naissance de Bobby, et que faisait renaître aujourd'hui le visage rond et parfait de cette petite fille au caractère parfois capricieux.

Le téléphone sonna au moment où elle entrait dans le living-room. Cette fois-ci, je parie que c'est Adam et qu'il a essayé de me joindre pendant que je parlais à Jane, se dit-elle en se précipitant pour répondre.

C'était Adam. « Allô chéri, dit-elle d'un ton joyeux. Nous as-tu trouvé une maison ? »

Il ignora la question. « Bonjour, chérie. Comment vas-tu ? Comment va le bébé ? »

Menley resta un instant sans répondre. Elle ne devait pas lui en vouloir de s'inquiéter, cependant elle ne put s'empêcher de le taquiner : « Je vais très bien, mais je t'avoue que je ne me suis pas occupée d'Hannah depuis ton départ ce matin. Attends une minute, je vais jeter un coup d'œil.

— Menley!

— Pardonne-moi. Mais c'est ta façon de poser toujours la même question ; on dirait que tu t'attends à de mauvaises nouvelles.

— Je suis désolé, chérie. *Mea culpa.* Je vous aime tant toutes les deux. Je voudrais seulement que tout aille toujours bien. Je suis avec Elaine. Nous avons trouvé une maison magnifique. Une maison de capitaine, vieille de presque trois cents ans, dans l'île Morris, à Chatham. Elle est superbement située, sur une falaise dominant l'océan. Tu vas l'adorer. Elle a même un nom, *Remember.* Je te raconterai tout ça dès mon retour. Je quitte le Cap après dîner.

— Tu en as pour cinq heures de route, protesta Menley, et tu l'as déjà fait ce matin. Tu devrais plutôt passer la nuit là-bas et repartir demain à la première heure.

— Cela m'est égal de rouler tard. Je veux être avec toi et Hannah cette nuit. Je t'aime.

— Je t'aime moi aussi », dit Menley avec ferveur.

Après lui avoir dit bonsoir, elle reposa le récepteur et murmura pour elle : « J'espère seulement que la vraie raison de ton retour précipité n'est pas la crainte de me laisser seule avec le bébé. »

4

TENANT sa femme par la main, Henry Sprague marchait
lentement le long de la plage. Des nuages voilaient par
intermittence le soleil bas de la fin de l'après-midi, et il se
félicitait d'avoir noué son écharpe de lainage autour de la tête
de Phoebe. Soudain, il eut l'impression que le soir donnait
un aspect différent au paysage. Sans les baigneurs, l'étendue
de sable et les eaux froides de l'océan semblaient retrouver
une harmonie primitive en accord avec la nature.

Il observa les mouettes qui sautillaient à la lisière des
vagues. Des coquillages aux reflets gris, roses et blancs parsemaient le sable humide. Un débris rejeté par la mer accro-
chait son regard de temps à autre. Des années auparavant, il
avait trouvé une ceinture de sauvetage de l'*Andrea Doria*, que
la mer avait rejetée sur la plage.

Phoebe et lui avaient toujours aimé cette heure de la journée. C'était là, quatre ans auparavant, qu'Henry avait décelé
chez sa femme les premiers symptômes de perte de mémoire.
Aujourd'hui, le cœur gros, il se rendait compte qu'il ne pourrait plus la garder à la maison beaucoup plus longtemps. On
lui avait prescrit de la Tacrine et il semblait parfois que son

état s'améliorait, mais à plusieurs reprises ces derniers temps elle s'était enfuie pendant qu'il avait le dos tourné. Il y a quelques jours, il l'avait retrouvée sur cette plage au crépuscule; elle s'était avancée dans l'eau jusqu'à la taille. Alors qu'il se précipitait vers elle, une vague l'avait renversée. Complètement désorientée, elle avait failli se noyer.

Nous avons vécu quarante-six années de bonheur, se consola-t-il. Je pourrai aller la voir tous les jours à la maison de santé. C'est la meilleure solution. Il savait qu'il n'y avait rien d'autre à faire, et pourtant c'était une décision si difficile à prendre. Elle avançait péniblement à son côté, silencieuse, plongée dans son univers secret. Le professeur Phoebe Cummings Sprague, historienne de renom, enseignante à Harvard, qui ne savait plus comment nouer une écharpe, ni si elle avait pris son petit déjeuner.

Il reconnut l'endroit où ils se trouvaient et leva la tête. Derrière la dune, sur les hauteurs, la maison se détachait à l'horizon. Perchée au bord de la falaise, l'air hautain et à l'affût, elle lui avait toujours fait penser à un aigle. « Phoebe », dit-il.

Elle se tourna et le regarda fixement en plissant le front. C'était devenu un geste machinal chez elle. Elle avait commencé à froncer les sourcils quand elle cherchait encore désespérément à dissimuler ses pertes de mémoire. Il désigna la maison au-dessus d'eux : « Je t'ai dit qu'Adam Nichols va la louer pour le mois d'août avec sa femme, Menley, et leur nouveau bébé. Je les inviterai à venir nous voir. Tu as toujours éprouvé une affection particulière pour Adam. »

Adam Nichols. L'épais brouillard qui avait envahi l'esprit de Phoebe et l'obligeait à faire un effort pour comprendre ce qu'on lui disait se dissipa momentanément. Cette maison, se rappela-t-elle. Elle s'appelait *Nickquenum*, à l'origine.

Nickquenum, le mot indien qui signifiait : « Je rentre à la maison. » Je me promenais alentour..., se dit-elle. J'étais entrée dans cette maison. Quelqu'un que je connaissais — qui était-ce ? — faisait quelque chose d'étrange… *Il ne faut pas que la femme d'Adam vienne habiter ici…* Le brouillard voila à nouveau ses pensées, enveloppa son cerveau. Elle regarda son mari. «Adam Nichols, murmura-t-elle lentement. Qui est-ce ?»

5

SCOTT COVEY ne s'était pas couché avant minuit. Néanmoins, il ne dormait toujours pas lorsque les premières lueurs de l'aube tracèrent des ombres à travers la chambre. Il sombra ensuite dans un demi-sommeil agité et se réveilla avec l'impression qu'un étau lui enserrait le front — le début d'une migraine.

Avec une grimace douloureuse, il repoussa les couvertures. La température avait chuté pendant la nuit, mais il savait que cela ne durerait pas. À midi le soleil brillerait, et ils auraient droit à une de ces belles et chaudes journées d'été du Cap que venait tempérer la brise de mer chargée de sel. Cependant il faisait frais dans la pièce et, si Vivian avait été là, il aurait refermé les fenêtres avant qu'elle ne se lève.

Aujourd'hui, on enterrait Vivian.

Avant de quitter la chambre, Scott jeta un coup d'œil vers le lit et se rappela toutes les fois où, durant leurs trois mois de mariage, il lui avait apporté son café à son réveil. Ils s'installaient confortablement sous les couvertures et le buvaient ensemble.

Il la revoyait, la soucoupe posée sur ses genoux relevés, le dos appuyé aux oreillers, il croyait encore entendre son rire à propos de la tête de lit en cuivre.

« Ma mère a refait ma chambre lorsque j'avais seize ans, lui avait-elle raconté de sa voix au timbre sourd. Je voulais à tout prix un lit comme celui-ci, elle a décrété que je n'avais aucun goût en matière de décoration et que les lits de cuivre étaient devenus terriblement communs. Mon premier geste, dès que j'ai touché l'argent qui me revenait, a été d'acheter le lit le plus rococo que j'aie pu trouver. » Puis elle s'était mise à rire. « Je dois admettre qu'une tête de lit capitonnée est tout de même plus confortable pour s'appuyer. »

Il avait repris la tasse et la soucoupe ce matin-là et les avait posées par terre. « Appuie-toi contre moi. »

Étrange que ce souvenir précis lui revienne à l'esprit maintenant. Scott alla à la cuisine, se prépara du café et des toasts, et s'assit devant le comptoir. La façade de la maison donnait sur la rue, l'arrière était tourné vers Oyster Pond. Par la fenêtre latérale il distinguait à travers le feuillage l'angle de la maison des Sprague.

Vivian lui avait dit que Mme Sprague serait bientôt placée dans une maison de santé. « Henry préfère que je ne vienne plus la voir, mais il faudra l'inviter à dîner lorsqu'il sera seul », avait-elle dit.

Elle avait ajouté : « J'aime bien recevoir lorsque tu te trouves avec moi. » Puis elle lui avait passé les bras autour du cou et s'était pressée contre lui. « Tu m'aimes vraiment, n'est-ce pas, Scott ? »

Combien de fois l'avait-il rassurée, tenue contre lui, réconfortée jusqu'à ce que, son entrain retrouvé, elle se mette à énumérer toutes les raisons pour lesquelles elle l'aimait ! « J'ai toujours espéré que mon mari ferait plus d'un mètre quatre-vingts, et c'est le cas. J'ai toujours espéré qu'il serait blond et beau à faire mourir d'envie les autres femmes. Eh bien, je suis servie, toutes les femmes crèvent de jalousie. Mais par-dessus tout, je voulais qu'il soit fou de moi.

— Et c'est le cas. » Il n'avait cessé de le lui répéter, mille et mille fois.

Scott regarda fixement par la fenêtre, se remémorant les deux dernières semaines, se souvenant que quelques membres de la famille Carpenter et beaucoup des amis de Viv étaient venus lui témoigner leur sympathie dès la minute où elle avait été portée disparue. Mais d'autres ne l'avaient pas fait. Ses parents s'étaient montrés particulièrement distants. Il savait que pour la plupart, il n'était qu'un coureur de dot, un opportuniste. Certains journaux du Cap et de Boston avaient publié des interviews de gens qui se disaient sceptiques quant aux circonstances de l'accident.

Les Carpenter étaient une dynastie importante dans le Massachusetts, et cela depuis des générations. On avait de tout temps compté de nombreux gouverneurs et sénateurs dans la famille. Tout ce qui les concernait faisait les gros titres des journaux.

Il se leva et alla se verser une autre tasse de café. Brusquement, la perspective des heures qui l'attendaient, du service funéraire et de l'enterrement, de la présence inévitable des médias l'accabla. Il serait le point de mire de toute l'assistance.

«Allez vous faire voir, nous nous aimions ! » s'écria-t-il tout haut en reposant violemment le percolateur sur la cuisinière.

Il avala rapidement une gorgée de café. Elle était bouillante. La bouche en feu, il se précipita vers l'évier et la recracha.

6

Ils s'arrêtèrent à Buzzards Bay le temps d'acheter du café, des petits pains et un numéro du *Boston Globe*. En traversant le pont de Sagamore dans leur break bourré à ras bord, Menley soupira : «Crois-tu qu'il y ait du café au paradis ?

— Il vaudrait mieux. Sinon tu ne resteras pas éveillée suffisamment longtemps pour profiter de la vie éternelle.» Adam lui jeta un coup d'œil, un sourire dans le regard.

Ils s'étaient mis en route dès sept heures du matin. À onze heures et demie, ils franchissaient le canal du Cap Cod. Après avoir hurlé pendant le premier quart d'heure, Hannah s'était montrée inhabituellement coopérative et avait dormi pendant le reste du voyage.

Le soleil de midi parait de reflets argentés la structure métallique du pont. Le long du canal en contrebas, un cargo taillait lentement sa route dans une eau à peine ridée. Quelques minutes plus tard, ils s'engageaient sur la route 6.

«Chaque été, à cet endroit précis, mon père avait l'habitude de s'écrier : "Nous voilà de retour au Cap !" C'était vraiment l'endroit où il se sentait chez lui.

— Crois-tu que ta mère regrette d'avoir vendu votre maison ?

29

— Non. Le Cap n'avait plus la même signification pour elle après la mort de papa. Elle est plus heureuse en Caroline du Nord, auprès de ses sœurs. Mais je suis comme mon père. J'ai ce pays dans le sang ; notre famille s'y est installée il y a trois siècles. »

Menley se déplaça légèrement pour pouvoir regarder son mari. Elle était heureuse d'être enfin au Cap avec lui. Ils avaient projeté d'y venir l'été qui avait précédé la naissance de Bobby, mais le docteur ne l'avait pas autorisée à partir si loin à peu de temps de l'accouchement. L'été suivant, ils venaient d'acheter la maison de Rye et étaient en train de s'y installer, aussi n'était-ce pas raisonnable de passer leurs vacances ailleurs.

Puis ils avaient perdu Bobby. Et ensuite, songea Menley, je n'ai plus éprouvé que cette affreuse sensation d'engourdissement, le sentiment d'être détachée de tout, sans émotion, incapable de répondre à l'affection d'Adam.

L'année dernière, Adam était venu seul. Elle avait suggéré qu'ils se séparent temporairement. Il s'y était résigné : « Tu as raison, nous ne pouvons pas continuer ainsi à faire semblant d'être mariés. »

Il était parti depuis trois semaines lorsqu'elle s'était aperçue qu'elle était enceinte. Pendant tout ce temps, il ne l'avait pas appelée une seule fois. Elle avait longuement hésité, inquiète à la pensée de le lui annoncer, se demandant quelle serait sa réaction. Elle s'était finalement résolue à lui téléphoner. Son bonjour froid et impersonnel lui avait serré le cœur. Mais quand elle avait dit : « Adam, peut-être n'est-ce pas la nouvelle que tu voulais apprendre, mais je suis enceinte et très heureuse de l'être », son cri de joie l'avait remplie de bonheur.

« J'arrive tout de suite », avait-il dit sans la laisser poursuivre.

Aujourd'hui, elle sentait la main d'Adam dans la sienne. « Je me demande si nous pensons à la même chose, dit-il. J'étais ici quand j'ai appris que Sa Majesté était en route. »

Pendant un moment, ils gardèrent le silence ; puis Menley refoula ses larmes et se mit à rire. « Et te souviens-tu qu'après sa naissance, Phyllis a persisté à l'appeler Menley Hannah ? » Elle imita la voix stridente de sa belle-sœur : « Je trouve très bien de perpétuer la tradition familiale et de donner à la première fille le prénom de Menley, mais je t'en prie, ne l'appelle pas Hannah. C'est tellement démodé. Pourquoi pas Menley Kimberley, on pourra l'appeler Kim. Ce serait charmant, non ? »

Sa voix reprit son ton habituel. « Franchement !

— Pourvu que tu ne me prennes jamais pour cible, mon ange, dit Adam en riant. J'espère que Phyllis ne fatigue pas trop ta mère. » La mère de Menley faisait un voyage en Irlande avec son fils et sa belle-fille.

« Phyl a décidé de faire des recherches généalogiques sur les deux branches de la famille. On peut parier que si elle trouve des voleurs de chevaux parmi ses ancêtres, personne n'en saura jamais rien. »

Ils entendirent remuer sur le siège derrière eux. Menley jeta un coup d'œil par-dessus son épaule : « Eh bien, on dirait que la princesse va bientôt se joindre à nous, et tu peux être sûr qu'elle va crier famine. » Se penchant vers l'arrière de la voiture, elle introduisit la sucette dans la bouche d'Hannah. Prions pour qu'elle reste tranquille jusqu'à notre arrivée à la maison. »

Elle rangea le gobelet de café vide dans un sac et prit le journal. « Adam, regarde. Il y a une photo du couple dont tu m'as parlé. C'est la femme qui s'est noyée en faisant de la plongée. L'enterrement a lieu aujourd'hui. Pauvre garçon ! Quel tragique accident ! »

Tragique accident. Combien de fois avait-elle entendu ces mots. Ils éveillaient de si terribles souvenirs. *Elle roulait sur cette route de campagne peu familière, Bobby sur le siège arrière. C'était une belle journée ensoleillée. Elle se sentait heureuse. Elle chantait pour Bobby à pleine voix ; Bobby l'accompagnait. Le passage à niveau*

31

non gardé. La sensation que le sol vibrait. La vision à travers la fenêtre. Le visage hagard du mécanicien. Le rugissement du train, le crissement des freins tandis que la locomotive arrivait sur eux. Bobby qui hurlait : « Maman, maman ! » Elle appuyait à fond sur l'accélérateur. Le fracas au moment où le train percutait la portière arrière au niveau de Bobby. Le train qui entraînait la voiture. Bobby qui sanglotait : « Maman, maman ! » Puis ses yeux qui se fermaient. La certitude qu'il était mort. Elle le berçait dans ses bras. Hurlait, hurlait : « Bobby, je veux Bobby ! Bobbyyyyy ! »

À nouveau, Menley sentit la transpiration envahir tout son corps. Elle se mit à trembler, pressa ses mains contre ses jambes pour contrôler les spasmes qui agitaient ses membres.

Adam la regarda. « Oh, mon Dieu. » Ils approchaient d'une aire de repos. Il s'y engagea, freina, se tourna vers elle et l'enveloppa de ses bras. « Tout va bien, chérie. Tout va bien. »

Dans son siège, Hannah se mit à pleurer.

Bobby qui criait : « Maman, maman ! »

Hannah en train de crier.

« Fais-la taire ! hurla Menley. *Fais-la taire !* »

7

IL ÉTAIT midi moins le quart, constata Elaine en jetant un coup d'œil à la montre du tableau de bord. Adam et Menley seraient là d'un instant à l'autre, et elle voulait vérifier l'état de la maison avant leur arrivée, s'assurer que tout était en ordre. L'un des services qu'elle offrait à ses clients était de garantir un nettoyage complet avant et après leur passage. Elle appuya sur l'accélérateur. L'enterrement de Vivian Carpenter Covey l'avait mise en retard.

Cédant à une impulsion, elle fit un arrêt au supermarché.

Je vais acheter un peu de saumon fumé, Adam adore ça, pensa-t-elle. Il accompagnerait parfaitement le champagne qu'elle laissait toujours à l'intention de ses clients de marque. Ensuite, elle aurait juste le temps de griffonner un mot de bienvenue et de partir avant qu'ils n'apparaissent.

La matinée brumeuse s'était transformée en une journée radieuse, ensoleillée, avec une température de vingt degrés et un ciel limpide. Elaine leva le bras, fit glisser le toit ouvrant et repensa aux propos qu'elle avait tenus au journaliste de la télévision. Au moment où le cortège funéraire se préparait à quitter l'église, elle avait vu qu'il abordait des gens dans l'assistance pour les interroger. Elle s'était dirigée vers lui : « Puis-je dire quelque chose ? »

Elle avait regardé la caméra bien en face : « Je m'appelle Elaine Atkins. C'est moi qui ai vendu sa maison à Vivian Carpenter, à Chatham, il y a trois ans. La veille de sa mort, elle était venue avec son mari visiter des propriétés plus spacieuses. Ils étaient très heureux et projetaient d'avoir des enfants. Ce qui arrivé est une tragédie, pas un mystère. Il me semble que ceux qui répandent des rumeurs sur M. Covey devraient prendre la peine de vérifier le nombre de personnes en mer ce jour-là qui n'ont pas entendu l'avis des gardes-côtes et ont failli couler lorsque la tempête s'est levée. »

À ce souvenir, un sourire de satisfaction effleura ses lèvres. Elle était certaine que Scott Covey l'avait remarquée, depuis l'intérieur de la limousine.

Elle passa devant le phare et pénétra dans la partie de l'île Morris appelée Quitnesset, laissant derrière elle le refuge de l'Association nationale pour la préservation de la nature de Monomoy ; elle s'engagea dans Awarks Trail, puis tourna dans l'allée privée qui conduisait à *Remember*. Au sortir du tournant, la maison apparut, et elle essaya de se représenter la réaction qu'aurait Menley en la voyant pour la première fois.

Plus grande et plus élégante que la plupart des constructions du XVIII siècle, elle se dressait comme un témoignage éclatant de l'amour que le capitaine Andrew Freeman portait à sa jeune épouse aux premiers temps de leur mariage. Perchée sur la falaise rocheuse, son architecture dépouillée se dessinait sur fond de ciel et de mer. Mêlés aux églantiers, les volubilis et les baies rouges des houx parsemaient de taches colorées le terrain qui l'entourait. Des caroubiers et des chênes chargés d'ans créaient des oasis d'ombre.

L'allée pavée longeait le côté de la maison jusqu'au parking derrière la cuisine. Elaine fronça les sourcils en apercevant la voiture de Carrie Bell. Carrie était une excellente femme de ménage, mais toujours en retard. Elle aurait dû être partie à cette heure-là.

Elaine trouva Carrie dans la cuisine, son sac sous le bras. Son visage mince aux traits accusés était pâle. Lorsqu'elle se mit à parler, sa voix, généralement un peu trop forte, était précipitée et sourde : «Oh, mademoiselle Atkins. Je sais que je suis un peu en retard, mais j'ai dû déposer Tommy chez ma mère. Tout est impeccable, mais laissez-moi vous dire que je suis drôlement contente de quitter les lieux.

— Que se passe-t-il? demanda Elaine vivement.

— J'ai eu la frousse de ma vie, expliqua Carrie, la voix encore tremblante. Je me trouvais dans la salle à manger quand j'ai entendu des pas à l'étage. J'ai cru que vous étiez peut-être entrée, et je vous ai appelée. N'obtenant pas de réponse, je suis montée jeter un coup d'œil. Mademoiselle Atkins, vous vous souvenez de ce berceau ancien qui est dans la chambre d'enfant avec le lit d'une personne et le petit lit d'enfant?

— Bien sûr que je m'en souviens. »

Le visage de Carrie pâlit encore. Elle serra le bras d'Elaine. «Mademoiselle Atkins, les fenêtres étaient fermées. Il n'y avait pas un souffle de vent. Mais la courtepointe sur le lit était un peu froissée, comme si quelqu'un s'était assis dessus. Et le berceau bougeait. *Quelqu'un que je ne voyais pas était assis sur le lit et balançait le berceau !*

— Allons, Carrie, vous écoutez trop ces contes à dormir debout que les gens inventent à propos de cette maison depuis qu'elle n'est plus habitée, lui dit Elaine. Ces vieux planchers sont irréguliers. Si le berceau remuait, c'est parce que vous avez le pas lourd et que vous avez probablement marché sur une latte disjointe. »

Derrière elle, elle entendit le bruit d'une voiture qui s'engageait dans l'allée. Adam et sa famille étaient arrivés. «Tout ça est ridicule, dit-elle sévèrement. Surtout n'en dites pas un mot aux Nichols», recommanda-t-elle, se retournant pour regarder Adam et Menley descendre de voiture. Mais elle savait que son avertissement était inutile; Carrie Bell raconterait cette histoire à qui voudrait l'entendre.

8

NATHANIEL COOGAN faisait partie de la police de Chatham depuis dix-huit ans. Originaire de Brooklyn, Nat avait fait ses études à l'université John-Jay de Manhattan, et il passait sa maîtrise de criminologie lorsqu'il avait rencontré sa femme, dont les parents résidaient à Hyannis. Deb ne souhaitait pas vivre à New York, si bien qu'une fois diplômé il avait postulé pour un poste dans la police du Cap. À quarante ans, inspecteur et père de deux garçons adolescents, il était un oiseau rare, un homme heureux, au caractère enjoué, satisfait de sa vie de famille et de son travail, dont le principal souci était les sept ou huit kilos superflus que l'excellente cuisine de sa femme avait ajoutés à sa corpulence naturelle.

Un peu plus tôt dans la journée, cependant, un autre souci était apparu. En fait, il le taraudait depuis déjà un certain temps. Nat savait que son patron, Jack Shea, était convaincu que la mort de Vivian Carpenter Covey était accidentelle. « Il s'en est fallu de peu qu'il y ait deux autres noyades ce jour-là, avait-il souligné. Le bateau appartenait à Vivian. Elle connaissait la région mieux que son mari. S'il y avait quelqu'un qui aurait dû penser à prendre le bulletin météo, c'était bien elle. » Malgré tout, quelque chose tracassait Nat et, comme un chien qui a trouvé un os, il n'était pas prêt à renoncer avant que ses soupçons soient confirmés ou définitivement dissipés.

Ce matin-là, Nat était arrivé tôt au commissariat et il avait étudié les clichés de l'autopsie envoyés par le médecin légiste de Boston. Bien qu'entraîné à rester cliniquement objectif à la vue des photos de victimes, la vision de ce corps mince — ou de ce qu'il en restait — gonflé par l'eau, mutilé par les morsures des poissons et crustacés, le fit tressaillir. Meurtre ou accident ? Quelle était la réponse ?

À neuf heures, il entra dans le bureau de Jack et demanda à être chargé de l'affaire : « J'aimerais m'en occuper. C'est important.

— Encore une de vos intuitions ? demanda Shea.

— Ouais.

— Je pense que vous vous trompez mais cela ne fera pas de mal d'examiner toutes les possibilités. Allez-y. »

À dix heures, Nat assistait aux funérailles de Vivian. La pauvre fille n'eut droit à aucun panégyrique. Que cachaient les visages de pierre des parents et des sœurs de Vivian Carpenter ? Un chagrin que la dignité leur commandait de dissimuler aux yeux d'autrui ? De la colère devant l'absurdité de cette tragédie ? De la culpabilité ? Les médias avaient commenté en long et en large le triste passé de Vivian. Rien à voir avec celui de ses sœurs aînées, dont l'une était chirurgien, l'autre diplomate, et qui toutes les deux avaient fait de beaux mariages, alors que Vivian, renvoyée de pension pour avoir fumé de l'herbe, avait laissé tomber ses études. Quoiqu'elle fût à l'abri du besoin, elle avait pris un job en venant s'installer au Cap ; elle l'avait rapidement abandonné pour un autre, et ainsi de suite une bonne demi-douzaine de fois.

Assis seul au premier rang, Scott Covey avait pleuré du début à la fin du service. Je serais sans doute comme lui s'il arrivait malheur à Deb, se dit Nat Coogan. Presque convaincu qu'il s'embarquait sur une fausse piste, il sortit de l'église à la fin de la cérémonie puis s'attarda pour écouter les remarques des uns et des autres.

Elles valaient la peine d'être entendues : «Pauvre Vivian. Je suis navrée pour elle, mais elle était épuisante, n'est-ce pas ?»

Une femme d'un certain âge soupira : «Je sais. C'était un vrai paquet de nerfs.»

Nat se souvint de Covey affirmant qu'il avait conseillé à sa femme de continuer à faire la sieste pendant qu'il plongeait.

Un reporter de la télévision faisait le tour de l'assistance, enregistrant les observations de chacun. Nat remarqua une séduisante blonde qui se dirigeait d'elle-même vers lui. Il la reconnut, c'était Elaine Atkins, l'agent immobilier. Il s'approcha discrètement pour entendre ses commentaires.

Lorsqu'elle eut terminé, Nat inscrivit rapidement une note dans son carnet. Elaine Atkins avait dit que les Covey cherchaient une nouvelle maison et projetaient d'avoir des enfants. Elle semblait les connaître intimement. Il décida d'avoir un entretien avec Mlle Atkins.

De retour à son bureau, il ressortit les photos de l'autopsie, cherchant ce qui le préoccupait à leur propos.

9

MENLEY se glissa hors des bras d'Adam et se déplaça doucement vers le bord du lit. Il marmonna son nom sans ouvrir l'œil. Elle se leva, enfila sa robe de chambre et le contempla, un léger sourire aux lèvres.

Le brillant avocat d'assises capable d'ébranler un jury entier par son éloquence semblait totalement sans défense dans son sommeil. Il dormait en chien de fusil, la tête appuyée sur un bras. Ses cheveux ébouriffés, où des mèches grises apparaissaient çà et là, montraient un début de calvitie.

Il faisait froid dans la pièce, et Menley remonta la couverture sur les épaules d'Adam, lui effleura le front de ses lèvres. Le jour de ses vingt-six ans, elle avait décrété qu'elle ne trouverait probablement jamais aucun homme qui lui plairait assez pour l'épouser. Deux semaines plus tard, elle avait rencontré Adam sur un paquebot, le *Sagafjord*. Le bateau faisait le tour du monde et, comme elle avait écrit de nombreux articles sur l'Extrême-Orient, Menley avait été invitée à donner des conférences pendant l'étape Bali-Singapour.

Le deuxième jour, Adam l'avait abordée sur le pont. Il était allé recueillir des témoignages en Australie et avait sur une impulsion réservé une place pour la même traversée. «Le trajet comporte de longues escales, ce qui me permettra de prendre une semaine de vraies vacances», avait-il expliqué. À la fin de la journée, elle avait compris qu'Adam était la raison pour laquelle elle avait rompu ses fiançailles trois ans plus tôt.

Il en était allé différemment pour lui. Il s'était épris d'elle progressivement, au long de l'année suivante. Menley se disait parfois qu'elle ne l'aurait jamais revu s'ils n'avaient habité à trois rues de distance à Manhattan.

Le fait qu'ils aient certaines choses importantes en commun avait beaucoup compté. Tous deux étaient nés à New York et l'un comme l'autre nourrissaient une passion pour Manhattan, tout en ayant grandi dans des univers différents. La famille d'Adam possédait un duplex sur Park Avenue, et il avait fait ses études au Collegiate. Elle avait passé ses jeunes années à Stuyvesant Town, dans la 14e Rue, où sa mère vivait encore, fréquentant les écoles paroissiales du coin. Mais par une étonnante coïncidence ils étaient tous les deux diplômés de l'université de Georgetown, bien qu'avec neuf ans d'écart. Ils adoraient l'un et l'autre la mer; Adam avait passé tous ses étés au Cap Cod, tandis qu'elle avait l'habitude d'aller nager de temps en temps à Jones Beach.

Quand ils commencèrent à sortir ensemble, Menley s'aperçut qu'Adam, à trente-quatre ans, était très satisfait de sa vie de célibataire. Et à juste titre! Avocat célèbre, il avait un bel appartement à Manhattan et quantité de petites amies. Parfois, des semaines entières s'écoulaient sans qu'il lui téléphone.

Lorsqu'il s'était déclaré, Menley avait soupçonné que sa décision avait un rapport avec l'approche de son trente-cinquième anniversaire. Mais peu lui importait. Une fois mariée, elle s'était rappelé une réflexion que lui avait faite sa grand-mère : «Dans un couple, parfois, l'homme et la femme ne sont pas amoureux avec la même intensité. Il est préférable que la femme soit la moins éprise.»

Pourquoi est-ce préférable ? s'était demandé Menley, et elle se posait à nouveau la question en regardant Adam dormir si paisiblement. Qu'y a-t-il de mal à aimer davantage que l'autre ?

Il était sept heures. Le soleil pénétrait à l'intérieur de la chambre à travers les stores baissés. La grande pièce était meublée simplement d'un lit à baldaquin, d'une coiffeuse, d'une armoire, d'une table de nuit et d'une chaise droite. Tous ces meubles étaient visiblement d'époque. Elaine lui avait dit que juste avant la mort de M. Paley, sa femme et lui avaient couru les salles de vente pour y trouver des meubles du début du XVIIIe siècle.

Menley appréciait que chacune des chambres ait une cheminée, même s'il était peu probable qu'ils en eussent l'usage au mois d'août. La chambre contiguë à la leur était petite, mais parfaite pour le bébé. Menley serra plus étroitement son peignoir autour d'elle en passant dans le couloir.

Au moment où elle ouvrait la porte de la chambre d'Hannah, un courant d'air froid la saisit. J'aurais dû rajouter une courtepointe sur son lit, se reprocha Menley, consternée par sa négligence. Ils avaient jeté un dernier coup d'œil au bébé à onze heures, avant d'aller se coucher, hésitant à la couvrir davantage. Manifestement, la température avait chuté plus que prévu durant la nuit.

Menley se hâta vers le petit lit. Hannah dormait à poings fermés, la courtepointe bordée autour d'elle. Je n'aurais pas pu oublier, si j'étais venue pendant la nuit, songea Menley. Qui l'a couverte ?

Puis elle se sentit stupide. Adam avait dû se lever et aller voir l'enfant, bien que cela lui arrivât rarement, car il avait le sommeil profond. À moins qu'elle ne se soit elle-même rendue dans sa chambre... Les médecins lui avaient prescrit un somnifère qui l'abrutissait complètement.

Elle avait envie d'embrasser Hannah, mais craignit de la réveiller. « À plus tard, mon petit ange, murmura-t-elle. J'ai d'abord besoin d'avaler tranquillement une bonne tasse de café. »

Elle s'arrêta au pied de l'escalier, subitement consciente des battements accélérés de son cœur, d'une sensation d'irrépressible tristesse. Une crainte s'empara d'elle brusquement : *Je vais aussi perdre Hannah.* Non, non ! C'est ridicule, se dit-elle farouchement. Comment une telle pensée peut-elle même m'effleurer ?

Elle entra dans la cuisine et se prépara du café. Dix minutes plus tard, une tasse fumante à la main, debout à la fenêtre du petit salon qui donnait sur la mer, elle admirait l'Atlantique tandis que le soleil apparaissait dans le ciel.

La maison faisait face à Monomoy Strip, une étroite langue de sable séparant l'océan de la baie, dont Menley avait entendu dire qu'elle avait été le théâtre d'innombrables naufrages. Quelques années auparavant, la mer avait creusé un passage dans le banc de sable ; Adam lui avait montré les endroits où des maisons s'étaient abîmées au fond de l'eau. Mais *Remember*, assurait-il, était située suffisamment en retrait pour se trouver toujours à l'abri.

Menley contempla les vagues qui montaient à l'assaut du banc de sable, rejetant des gerbes d'écume vers le ciel. Le soleil dansait sur les crêtes immaculées. L'horizon était déjà constellé de bateaux de pêche. Elle ouvrit la croisée et écouta le cri des mouettes, le pépiement assourdissant des moineaux.

Souriant, elle se détourna de la fenêtre. Au bout de trois jours, elle se sentait déjà à l'aise. Elle passa d'une pièce à l'autre, imaginant ce qu'elle ferait si elle avait à les décorer. La chambre principale contenait le seul mobilier d'époque. Les meubles des autres pièces ressemblaient pour la plupart à ceux que les gens mettent dans les maisons qu'ils ont l'intention de louer — divans bon marché, tables de Formica, lampes de récupération. Mais le banc ancien vert pomme pouvait être décapé et restauré. Elle passa la main sur sa surface et sentit le grain velouté du noyer.

Les Paley avaient fait les réparations essentielles. La toiture était neuve, ainsi que le chauffage central ; la plomberie et l'électricité avaient été refaites. Il restait les travaux de décoration — le papier peint fané aux motifs résolument modernes dans la salle à manger était une horreur, les faux plafonds abîmaient les belles proportions des deux salons et de la bibliothèque —, mais rien de tout cela n'avait grande importance. C'était la maison en soi qui comptait. Achever sa restauration serait un plaisir. Les deux salons, par exemple — s'ils devenaient propriétaires, Menley en utiliserait un comme bureau. Plus tard, Hannah et ses amis seraient heureux d'avoir un endroit où se tenir.

Elle passa les doigts sur le petit cabinet du pasteur encastré à côté de la cheminée. On lui avait raconté que les premiers immigrants offraient un verre d'alcool au pasteur lorsqu'il venait leur rendre visite. Le pauvre homme en avait probablement besoin, pensa-t-elle. À cette époque, on allumait rarement du feu dans les salons. Les hommes d'Église étaient sûrement transis de froid.

Les premières familles du Cap vivaient dans la salle commune, ainsi qu'on appelait la cuisine, la pièce réchauffée par une grande cheminée et où flottaient d'appétissants effluves. C'est là que les enfants faisaient leurs devoirs, sur la table de réfectoire, à la lueur des chandelles, et que la famille se rassemblait pour les longues soirées d'hiver. Menley chercha à se représenter les générations d'hommes et de femmes qui avaient succédé aux premiers occupants au destin tragique.

Elle entendit des bruits de pas dans l'escalier et alla dans l'entrée. Adam descendait en portant Hannah. « Qui a dit que je ne l'entends pas quand elle pleure ? » Il semblait très content de lui. « Elle est changée et affamée. »

Menley tendit les bras vers le bébé. « Donne-la-moi. N'est-ce pas merveilleux de pouvoir nous en occuper tranquillement, avec uniquement une baby-sitter à mi-temps ? Si la future belle-fille d'Elaine n'est pas une empotée, nous passerons un été de rêve.

— À quelle heure doit-elle venir?

— Vers dix heures, je crois. »

À dix heures pile, une petite voiture bleue s'engagea dans l'allée. Menley regarda Amy marcher vers la maison, nota la mince silhouette, les longs cheveux blond cendré retenus en queue de cheval. Quelque chose d'agressif la frappa dans l'attitude de la jeune fille — la façon dont elle enfonçait les mains dans ses poches, la raideur belliqueuse de ses épaules.

« Je me demande... », murmura Menley en allant ouvrir la porte.

Adam leva les yeux des papiers qu'il avait étalés sur la table. « Tu te demandes quoi?

— Chut. »

Une fois dans la maison, cependant, Amy donna une impression différente. Elle se présenta, puis se dirigea droit vers le bébé couché dans le couffin qu'ils avaient installé pour elle dans la cuisine. « Hello, Hannah. » Elle agita doucement sa main jusqu'à ce qu'Hannah lui saisisse un doigt. « Bravo! Tu as déjà de la force. Crois-tu que nous serons copines toutes les deux? »

Menley et Adam échangèrent un regard. Sa gentillesse paraissait sincère. Après quelques minutes de conversation avec Amy, Menley eut l'impression qu'Elaine avait sous-estimé l'expérience de sa future belle-fille. Elle avait gardé des enfants depuis l'âge de treize ans, et tout récemment s'était complètement occupée de deux jumeaux d'un an. Elle voulait devenir institutrice dans une école maternelle.

Ils convinrent qu'elle viendrait garder Hannah plusieurs après-midi par semaine pendant que Menley ferait des recherches pour son livre et ses articles, et qu'elle resterait de temps en temps le soir s'ils désiraient sortir.

Au moment où Amy partait, Menley dit : « Je suis très

heureuse qu'Elaine vous ait recommandée, Amy. Maintenant, avez-vous des questions à me poser ?

— Oui... c'est-à-dire... non, c'est sans importance.

— Quoi donc ?

— Non, rien, vraiment. »

Lorsqu'elle fut hors de portée de voix, Adam dit simplement : « Cette gosse a peur de quelque chose. »

10

A SSIS sur la banquette dans la véranda, Henry Sprague feuilletait l'album posé sur ses genoux. Phoebe était à côté de lui, attentive. Il lui montrait les photos : «C'est le jour où nous avons emmené les enfants voir le rocher de Plymouth pour la première fois. Tu leur as raconté l'histoire du débarquement des premiers colons. Ils avaient seulement huit et dix ans, alors, et ils t'écoutaient, fascinés. Tu avais le don de transformer l'histoire en un véritable récit d'aventures.»

Il la regarda. Il n'y avait pas le moindre signe de compréhension dans ses yeux mais elle fit un signe de tête, pour lui faire plaisir. La nuit avait été particulièrement difficile. Henry s'était réveillé à deux heures du matin pour s'apercevoir que Phoebe n'était plus à ses côtés dans le lit. Fou d'inquiétude, il s'était levé précipitamment, craignant qu'elle ne se soit échappée de la maison à nouveau. La semaine dernière, alors qu'il avait fait installer des serrures spéciales aux portes, elle était parvenue à sortir par la fenêtre de la cuisine. Il l'avait rattrapée au moment où elle faisait démarrer la voiture.

La nuit précédente, il l'avait retrouvée dans la cuisine ; la bouilloire était branchée et l'un des brûleurs du gaz allumé.

La veille, il avait eu des nouvelles de la maison de santé. Une place se libérerait le 1er septembre. « Je vous en prie, voulez-vous la réserver pour ma femme », leur avait-il dit, le cœur brisé.

« Quels charmants enfants, dit Phoebe. Comment s'appellent-ils ?

— Richard et Joan.

— Sont-ils grands ?

— Oui. Richard a quarante-trois ans. Il vit à Seattle avec sa femme et ses enfants. Joan a quarante et un ans et elle habite le Maine avec son mari et sa fille. Tu as trois petits-enfants, chérie.

— Je ne veux plus voir de photos. J'ai faim. »

C'était l'un des effets de la maladie : le cerveau envoyait des signaux erronés aux sens. « Tu viens de prendre ton petit déjeuner il y a quelques minutes à peine, Phoebe.

— Non, ce n'est pas vrai. » Sa voix avait pris un ton buté.

« Très bien. Allons te préparer quelque chose à manger. » Il l'entoura de son bras en se levant. Il avait toujours été fier de sa haute et élégante silhouette, de son port de tête, de l'impression d'assurance chaleureuse qui émanait d'elle. Je voudrais tellement vivre ne serait-ce qu'une seule journée semblable à celles que nous avons connues, songea-t-il.

Tandis que Phoebe avalait goulûment un petit pain avec un verre de lait, il lui annonça qu'ils allaient avoir de la visite : « Un dénommé Nat Coogan. C'est pour affaires. »

Il ne servait à rien d'expliquer à Phoebe que Coogan était un inspecteur de police qui désirait lui parler de Vivian Carpenter Covey.

En passant devant la maison de Vivian Carpenter, Nat l'examina attentivement. C'était une construction typique du Cap à laquelle s'étaient ajoutées au cours des années plusieurs dépendances et qui aujourd'hui s'étendait agréablement sur une partie de la propriété. Entourée d'hortensias bleus et roses, fleurie d'impatientes débordant des jardinières suspendues aux fenêtres, c'était une résidence digne d'une carte postale, bien que les pièces fussent probablement relativement petites. Mais elle était parfaitement entretenue et située sur un terrain de valeur. D'après l'agent immobilier Elaine Atkins, Vivian et Scott Covey avaient cherché une maison plus grande pour leur éventuelle future famille.

À quel prix cette propriété serait-elle vendue ? se demanda Nat. Située sur Oyster Pond, avec peut-être un demi-hectare de terrain. Un demi-million ? Le testament de Vivian léguant toute sa fortune à son mari, voilà un autre capital dont hériterait Scott Covey.

La demeure des Sprague était mitoyenne. Tout aussi adorable, dans un autre genre. Une authentique « *salt box* », une de ces maisons typiques de la Nouvelle-Angleterre, probablement construite à la fin du XVIIIe siècle. Nat n'avait jamais rencontré les Sprague, mais il avait souvent apprécié les articles du Pr Phoebe Sprague dans le *Cape Cod Times*. Ils avaient trait aux faits et légendes des premiers temps du Cap. Ces dernières années, cependant, il n'en avait plus jamais lu.

Lorsque Henry Sprague vint lui ouvrir, le fit entrer et le présenta à sa femme, Nat comprit immédiatement pourquoi Phoebe Sprague n'écrivait plus d'articles. La maladie d'Alzheimer, pensa-t-il, et avec compassion il remarqua les rides de fatigue inscrites autour de la bouche d'Henry Sprague et le chagrin résigné que reflétait son regard.

Il refusa le café qu'on lui offrait : « Je ne vais pas vous déranger longtemps. Seulement quelques questions, monsieur. Connaissiez-vous Vivian Covey ? »

Henry Sprague répondit sans se faire prier. Foncièrement honnête, il ne voulait rien dissimuler. « Ainsi que vous le savez probablement, Vivian a acheté cette maison il y a trois ans. Nous sommes allés nous présenter à elle. Vous pouvez constater que ma femme n'est pas en bonne santé. Sa maladie venait juste de se déclarer à cette époque. Malheureusement, Vivian s'est mise à nous rendre visite continuellement. Elle prenait des cours de cuisine et nous apportait des plats qu'elle avait préparés. Au point que ma femme est devenue très nerveuse. Vivian voulait se montrer gentille, mais j'ai dû lui demander de mettre un terme à ses visites impromptues. »

Il s'interrompit un moment puis ajouta : « Sur le plan émotionnel, Vivian était une jeune femme extrêmement fragile. »

Nat acquiesça d'un signe de tête. Cela recoupait ce qu'il savait d'autres sources. « Connaissez-vous Scott Covey ?

— Je l'ai rencontré, bien entendu. Vivian et lui s'étaient mariés dans l'intimité, mais elle a donné une réception chez elle, à laquelle nous avons assisté. C'était en mai. Sa famille était présente, ainsi qu'un petit groupe d'amis et de voisins.

— Qu'avez-vous pensé de Scott Covey ? »

Henry Sprague évita de répondre directement. « Vivian semblait radieuse. J'étais heureux pour elle. Scott paraissait très attentionné.

— Les avez-vous souvent vus par la suite ?

— Seulement de loin. Ils sortaient énormément en bateau. Parfois, lorsque nous faisions un barbecue derrière la maison, nous échangions des plaisanteries.

— Je vois. » Nat sentait que Henry Sprague ne lui disait pas tout. « Monsieur Sprague, vous avez dit que Scott semblait très attentionné envers sa femme. Avez-vous eu l'impression qu'il était véritablement épris d'elle ? »

Sprague n'eut aucun mal à répondre à cette question : « Il agissait certainement comme s'il l'était. »

Mais il y avait autre chose, et à nouveau Henry Sprague hésita. On pourrait l'accuser de commérage s'il racontait à cet inspecteur un incident survenu à la fin du mois de juin. Il avait déposé Phoebe chez le coiffeur, et Vivian s'y trouvait également. Pour tuer le temps, il avait traversé la rue et était allé au Cheshire Pub boire une bière et regarder le match entre les Red Sox et les Yankees.

Scott Covey était assis au bar, sur un tabouret. Leurs regards s'étaient croisés et Henry était allé lui dire bonjour. Il ignorait pourquoi, mais il avait eu l'impression que Covey était nerveux. Un moment plus tard, une brune éclatante d'une trentaine d'années était entrée dans le bar. Covey s'était levé d'un bond. «Pour l'amour du ciel, Tina, qu'est-ce que tu fabriques ici? avait-il dit. Je croyais que tu avais une répétition le mardi après-midi.»

Elle l'avait regardé avec stupéfaction mais s'était rapidement ressaisie. «Scott, quelle agréable surprise de te rencontrer! Pas de répétition aujourd'hui. Je devais rencontrer des copains du spectacle, ici ou à l'Impudent Oyster. Je suis en retard et, puisqu'ils ne sont pas ici, je file là-bas.»

Après son départ, Scott avait expliqué à Henry que Tina faisait partie du chœur d'une comédie musicale qui se jouait au théâtre du Cap. «Vivian et moi sommes allés à la première et nous avons engagé la conversation avec elle durant la soirée qui a suivi au restaurant du théâtre», avait-il soigneusement précisé.

Henry avait fini par prendre un sandwich et une bière avec Scott pendant qu'ils regardaient le match. À deux heures et demie, Covey était parti. «Viv doit être prête maintenant», avait-il dit.

Mais quand Henry était allé chercher Phoebe une demi-heure plus tard, Covey attendait encore sa femme à la réception. Lorsqu'elle était enfin arrivée, toute fière des reflets blonds de sa chevelure, il avait entendu Covey lui assurer que, non, le temps ne lui avait pas paru trop long, qu'Henry et lui avaient regardé le match à télévision en déjeunant. Sur le coup, Henry s'était demandé si Scott avait délibérément omis de parler de la rencontre avec Tina.

Peut-être pas, pensait-il en ce moment. Peut-être Scott avait-il oublié parce que cette rencontre n'avait aucune importance pour lui. Peut-être avait-il purement et simplement imaginé que Scott paraissait nerveux ce jour-là. Ne joue pas les commères, se dit-il, assis en face de l'inspecteur. À quoi bon mentionner ce détail?

Il me cache quelque chose. Mais quoi? se demandait Nat en tendant sa carte à Sprague.

11

MENLEY conduisit Adam à l'aéroport de Barnstable. « Tu as l'air maussade », dit-elle en s'arrêtant dans la zone de stationnement réservée aux passagers en partance.

Un sourire éclaira brièvement le visage sombre d'Adam. « C'est vrai. Ces perpétuels aller et retour entre ici et New York me cassent les pieds. Je n'ai pas envie de vous laisser, Hannah et toi. Je n'ai pas envie de quitter le Cap. » Il s'interrompit. « Voyons. Quoi d'autre ? »

— Pauvre amour, fit Menley d'un ton moqueur, en lui prenant le visage entre ses mains. Tu vas nous manquer. » Elle ajouta après un moment d'hésitation : « Nous avons passé deux jours merveilleux, tu ne trouves pas ?

— Magnifiques. »

Elle lui ajusta sa cravate. « Je crois que je te préfère en bermuda et sandales.

— Moi aussi. Men, tu es sûre que tu ne veux pas qu'Amy passe la nuit avec toi à la maison ?

— Sûre et certaine. Adam, je t'en prie...

— Entendu, chérie. Je t'appellerai ce soir. » Il se pencha

vers le siège arrière et caressa le pied d'Hannah : « Sois bien sage, ma puce. »

Hannah lui adressa un sourire radieux tandis qu'il disparaissait dans l'aérogare avec un dernier geste de la main.

Après le déjeuner, Adam avait reçu un appel urgent de son cabinet. Une audience exceptionnelle était prévue pour révoquer la mise en liberté sous caution de sa cliente, Mme Potter. Le parquet prétendait qu'elle avait menacé sa belle-mère. Adam avait espéré rester au moins dix jours d'affilée au Cap avant d'être obligé de revenir à New York, mais l'affaire semblait urgente, et il était nécessaire qu'il s'en occupe en personne.

Menley prit la sortie de l'aéroport, s'engagea dans le rond-point et suivit le panneau indiquant la route 28. Elle arriva au passage à niveau et sentit une sueur glacée perler sur son front. Elle s'arrêta, jeta un regard inquiet dans chaque direction. Il y avait un train de marchandises, loin sur la voie. Il était arrêté. Les feux de signalisation ne clignotaient pas. Les barrières étaient relevées. Même dans ces conditions, elle resta un moment paralysée, incapable de faire un mouvement.

Les coups de klaxon impatients des voitures derrière elle l'obligèrent à se décider. Elle appuya à fond sur l'accélérateur. La voiture franchit les voies d'un bond. Puis elle dut freiner pour éviter d'emboutir la voiture qui se trouvait devant elle. « Oh, mon Dieu, aidez-moi, je vous en supplie », pria-t-elle. Hannah rebondit sur le siège et se mit à pleurer.

Menley se dirigea vers le parking d'un restaurant et alla jusqu'à l'emplacement le plus éloigné. Elle se gara, sortit de la voiture et alla prendre Hannah dans son siège à l'arrière. Elle la tint serrée dans ses bras et elles pleurèrent ensemble.

12

GRAHAM CARPENTER ne parvenait pas à dormir. Il essaya de rester allongé tranquillement dans le lit extra-large qui remplaçait depuis longtemps le lit double qu'Anne et lui avaient partagé aux premiers temps de leur vie commune. En approchant de leur vingtième anniversaire de mariage, ils avaient décidé d'un commun accord qu'il leur fallait plus d'espace. Plus d'espace pour dormir, plus de temps libre, plus de voyages. Leur deuxième fille au collège, leurs désirs devenaient réalisables.

Le jour où le lit était arrivé, ils l'avaient fêté au champagne. Vivian fut conçue peu de temps après. Il se demandait parfois si elle avait su dès le début qu'elle n'avait pas été désirée. Son hostilité à leur égard, son manque d'assurance face aux autres étaient-ils nés avant même qu'elle ne voie le jour ?

Une idée peut-être extravagante. Vivian avait été une enfant exigeante, insatisfaite, qui était devenue une adolescente à problèmes et une adulte difficile. Une élève médiocre à l'école, toujours prête à s'apitoyer sur son sort et qui avait pour devise : « Je fais de mon mieux. »

Ce qui entraînait invariablement la même réponse courroucée : « Non, bon sang, tu ne fais *pas* de ton mieux. Tu ignores ce que ça veut dire. »

En pension, où ses sœurs aînées s'étaient montrées brillantes, Vivian avait été exclue des cours à deux reprises, pour finir par être définitivement renvoyée. Pendant un temps, elle avait flirté avec la drogue, heureusement sans persévérer. Il y avait aussi ce besoin constant de s'opposer à Anne. Elle demandait à sa mère de l'accompagner dans les boutiques, puis refusait de suivre la moindre de ses suggestions.

Incapable de terminer ses études universitaires, elle n'avait pas davantage pu garder un job plus de six mois. Des années auparavant, Graham avait demandé à sa mère que Vivian n'ait pas accès à son fonds de placement avant l'âge de trente ans. Mais elle en avait touché la totalité à vingt et un ans, avait acheté cette maison et par la suite s'était rarement manifestée. Ils avaient éprouvé un véritable choc le jour où elle avait téléphoné, en mai dernier, pour les inviter à une réception chez elle. Elle s'était mariée.

Que pouvait-il dire de Scott Covey ? Beau garçon, bien élevé, plutôt intelligent, certainement attentionné envers Vivian. Elle resplendissait littéralement de bonheur. La seule fausse note avait surgi lorsqu'une de ses amies, en plaisantant, avait fait allusion au contrat de mariage. Vivian s'était récriée : « Non, nous n'en avons pas. En réalité, nous avons fait notre testament en faveur l'un de l'autre. »

Graham s'était demandé ce que Scott pouvait léguer à qui que ce soit. Vivian laissait entendre qu'il avait des revenus. Peut-être.

Pour une fois, Vivian avait dit la pure vérité. Elle avait changé son testament le jour même de son mariage, et aujourd'hui Scott était l'héritier de la totalité du fonds, ainsi que de la maison de Chatham.

Et ils avaient été mariés douze semaines ! *Douze semaines.*

« Graham ? » Anne l'appelait doucement.

Il lui saisit la main. « Je suis réveillé.

— Graham, je sais que le corps de Vivian était dans un état abominable. Qu'en était-il de sa main droite ?

— Je ne sais pas, chérie. Pourquoi ?

— Parce que personne n'a mentionné sa bague d'émeraude. Peut-être Vivian n'avait-elle plus de main. Mais dans le cas contraire, Scott a probablement la bague, et j'aimerais bien la récupérer. Elle a toujours appartenu à notre famille et je ne peux imaginer qu'une autre femme la porte.

— Je vais me renseigner, chérie.

— Graham, pourquoi n'ai-je jamais pu être proche de Vivian ? Qu'ai-je fait de mal ? »

Il serra sa main plus fort. Il n'avait pas de réponse à lui donner.

Plus tard dans la journée, ils allèrent jouer au golf. C'était pour tous les deux une thérapie autant morale que physique. Ils rentrèrent chez eux vers cinq heures et demie, prirent une douche et Graham prépara des cocktails. « Anne, dit-il ensuite à sa femme, j'ai essayé de joindre Scott pendant que tu t'habillais. Il y a un message sur le répondeur. Il est parti en bateau et sera de retour vers six heures. Si nous faisions un saut chez lui pour lui parler de la bague ? Ensuite nous irions dîner dehors. » Il se tut un instant. « Je veux dire toi et moi.

— S'il est en possession de la bague, il n'est pas tenu de s'en séparer. Elle fait partie de l'héritage de Vivian.

— Dans ce cas, nous lui proposerons de la racheter au prix du marché. S'il refuse, nous lui paierons la somme qu'il fixera. »

La bouche de Graham Carpenter se serra en une ligne menaçante. La réaction de Scott à cette demande dissiperait ou confirmerait les doutes et les soupçons qu'il nourrissait.

13

IL ÉTAIT cinq heures et demie lorsque Menley et Hannah furent de retour à Chatham. Après avoir quitté le parking, Menley s'était forcée à franchir à nouveau le passage à niveau. Puis elle avait refait le tour du rond-point et l'avait traversé une troisième fois. Plus question d'être prise de panique au volant, s'était-elle juré, surtout lorsque je risque de mettre Hannah en danger.

Le soleil était encore haut au-dessus de la mer et il sembla à Menley que la maison en savourait la lumière, baignant dans les chauds rayons qui l'enveloppaient. À l'intérieur, le soleil, en traversant le vitrail en éventail de l'imposte, dessinait un arc-en-ciel sur le plancher nu.

Serrant Hannah dans ses bras, Menley alla jusqu'à la fenêtre en façade et regarda l'océan. Une fois achevée la construction de sa maison, la jeune épouse s'était-elle tenue à la même place, cherchant à distinguer le mât du navire de son mari qui rentrait de voyage, ou avait-elle été trop occupée à folâtrer avec son amant?

Hannah s'agitait impatiemment. «D'accord, c'est l'heure de déjeuner», dit Menley, regrettant une fois encore de n'avoir pu donner le sein à Hannah. Dès les premiers symptômes de stress, le médecin lui avait prescrit des sédatifs et ordonné de cesser d'allaiter : « C'est vous qui avez besoin de calmants, certainement pas elle. »

Oh, après tout, tu t'en sors très bien comme ça, se consola Menley en versant la mesure de lait dans le biberon qu'elle mit à chauffer au bain-marie.

À sept heures, elle borda Hannah dans son petit lit, cette fois bien à l'abri dans son nid d'ange. Un coup d'œil autour de la chambre lui confirma que la courtepointe était pliée sur la chaise. Menley la regarda avec appréhension. Elle avait demandé négligemment à Adam s'il était allé couvrir Hannah durant la nuit. Il lui avait répondu que non, s'étonnant manifestement de sa question.

Elle avait réfléchi rapidement : « Il faut croire qu'elle gigote moins ici qu'à New York. C'est probablement l'air de la mer qui l'assomme. »

Il ne s'était pas rendu compte qu'il y avait une raison différente à sa réflexion.

Elle hésita sur le seuil de la pièce. C'était stupide de sa part de laisser la lumière de l'entrée allumée. Elle était beaucoup trop forte. Mais, inexplicablement, Menley redoutait de regagner sa chambre plus tard avec une petite veilleuse pour tout éclairage.

Elle avait tout prévu en vue de sa soirée solitaire. Il y avait des tomates dans le réfrigérateur. Elle se préparerait rapidement une sauce napolitaine, la verserait sur des spaghettis et accompagnerait le tout d'une salade de cresson. Elle ferait réchauffer le demi-pain italien qu'elle avait mis au congélateur et boirait un verre de chardonnay.

Parfait. Et tout en mangeant, je prendrai quelques notes pour mon livre.

Ces quelques jours à Chatham lui avaient déjà donné des idées sur le déroulement de l'intrigue. Pendant l'absence d'Adam, elle consacrerait ses quelques heures de tranquillité à leur prêter vie.

14

IL AVAIT passé la journée entière sur le *Viv's Toy*. C'était un bateau à moteur de six mètres cinquante en excellent état. Vivian avait parlé de le remplacer par un voilier : « Maintenant que j'ai un capitaine à la barre, peut-être pourrions-nous avoir un bateau assez grand pour naviguer sérieusement ? »

Tant de projets ! Tant de rêves ! Scott n'avait pas fait de plongée sous-marine depuis cette dernière journée en mer avec Vivian. Il pêcha pendant un moment, vérifia ses casiers à homards où il trouva quatre prises d'un kilo, puis revêtit son équipement et alla explorer les fonds pendant un moment.

Il amarra le bateau à son emplacement dans la marina et rentra chez lui à cinq heures et demie. De là, il se rendit sans attendre chez ses voisins avec deux homards.

Henry Sprague vint lui ouvrir la porte.

« Monsieur Sprague, je me souviens qu'à notre mariage votre femme a paru apprécier le homard. J'en ai pris quelques-uns aujourd'hui et j'ai pensé que cela vous ferait plaisir d'en avoir deux.

— C'est très gentil à vous, le remercia chaleureusement Henry. Entrez donc un moment.

« — Non, je vous remercie. Régalez-vous. Comment va Mme Sprague ?

— Sans grand changement. Voulez-vous lui dire bonjour ? Attendez, la voilà. »

Il se retourna au moment où sa femme apparaissait dans l'entrée. « Phoebe, ma chérie, Scott a apporté des homards pour toi. N'est-ce pas vraiment aimable de sa part ? »

Phoebe Sprague regarda Scott Covey, les yeux agrandis. « Pourquoi pleurait-elle si fort ? demanda-t-elle. Est-ce qu'elle va bien à présent ?

— Personne ne pleurait, chérie », dit Henry d'un ton apaisant. Il lui passa un bras autour des épaules.

Phoebe se dégagea. « Écoute-moi, cria-t-elle brusquement. Je me tue à te dire qu'il y a une femme qui vit dans ma maison et tu ne veux pas me croire. Venez ici, vous. » Elle saisit Scott par le bras et lui désigna le miroir au-dessus de la console de l'entrée. Tous trois s'y réfléchissaient. « Vous voyez cette femme. » Elle tendit la main et toucha sa propre image. « Elle vit dans ma maison et il ne veut pas me croire. »

Légèrement décontenancé par les divagations de Phoebe Sprague, Scott rentra chez lui, perdu dans ses réflexions. Il avait prévu de faire cuire un homard pour son dîner, mais il s'aperçut qu'il n'avait pas faim. Il se prépara un scotch et écouta son répondeur. Il y avait deux messages. Elaine Atkinson avait téléphoné. Voulait-il mettre sa maison en vente ? Elle avait un acheteur potentiel. L'autre appel provenait du père de Vivian. Sa femme et lui avaient quelque chose d'urgent à lui demander. Ils passeraient vers six heures et demie. Ils n'en auraient que pour quelques minutes.

De quoi s'agissait-il ? se demanda Scott. Il regarda sa montre. Il était déjà six heures dix. Il reposa son verre et alla prendre une douche rapide. Il enfila un polo bleu marine, un pantalon de toile et des mocassins de bateau. Il était en train de se coiffer lorsque la sonnette de l'entrée retentit.

C'était la première fois qu'Anne Carpenter venait dans la

maison de sa fille depuis qu'on avait retrouvé son corps. Sans savoir ce qu'elle cherchait, elle parcourut des yeux le living-room. Durant les trois années pendant lesquelles Vivian avait vécu là, Anne n'était venue que rarement, et tout lui parut conforme à son souvenir. Vivian avait remplacé les meubles de la chambre à coucher, mais laissé cette pièce à peu près telle qu'elle l'avait trouvée. Lors de sa première visite, Anne avait suggéré à sa fille de se débarrasser de la causeuse et des gravures sans intérêt, mais Vivian s'était emportée, bien qu'elle ait été la première à lui demander conseil.

Scott insista pour leur offrir un verre : « Je viens juste d'en préparer un pour moi. Tenez-moi compagnie. Je n'ai encore voulu recevoir personne ici, mais c'est tellement réconfortant de vous voir. »

À regret, Anne dut s'avouer qu'il semblait sincèrement triste. Il était extrêmement séduisant avec ses cheveux blonds, son teint hâlé et ses yeux noisette, on comprenait pourquoi Vivian était tombée amoureuse de lui. Mais lui, que lui avait-il trouvé, sinon qu'elle était riche ? Horrifiée, elle repoussa sa propre question. Quelle terrible pensée de la part d'une mère !

« Quels sont vos projets, Scott ? demanda Graham Carpenter.

— Je n'en ai aucun. Il me semble encore que tout cela n'est qu'un mauvais rêve. J'ai du mal à appréhender la réalité. Vous savez que Viv et moi cherchions une maison plus grande. Les chambres du haut sont très petites et comme nous voulions un bébé, nous aurions aimé un endroit où loger une nurse sans l'avoir tout le temps dans nos jambes. Nous avions même choisi les noms. Graham pour un garçon, Anne pour une fille. Vivian savait qu'elle vous avait beaucoup déçus tous les deux, et elle voulait se réconcilier avec vous. Elle disait que c'était sa faute, non la vôtre. »

Anne sentit une boule lui serrer la gorge. Elle vit la bouche de Graham se crisper. « Nous avions l'impression d'être en per-pétuel désaccord avec elle, dit-elle calmement. Ce sont des choses qui arrivent parfois sans raison apparente entre enfants et parents, et vous espérez toujours que ça va changer. Je suis heureuse si Vivy le souhaitait vraiment. C'était notre plus cher désir. »

Le téléphone sonna. Scott sursauta. « Je vais répondre, et je demanderai qu'on me rappelle. » Il alla rapidement dans la cuisine.

Un instant plus tard, Anne vit avec étonnement son mari prendre son verre et partir dans le couloir en direction de la salle de bains. Il revint au moment où Scott réapparaissait.

« Je voulais seulement rajouter un peu d'eau dans mon scotch, expliqua Graham.

— Vous auriez dû venir vous servir à la cuisine, dit Scott. Il n'y avait rien de privé dans cette conversation. C'était l'agent immobilier qui voulait savoir si elle pouvait amener un acheteur potentiel demain. Je lui ai dit de retirer la maison de la vente.

— Scott, il y a une chose que nous aimerions vous demander. » Graham Carpenter s'efforçait visiblement de contrôler son émotion. « L'émeraude que Vivian ne quittait jamais. Elle est dans la famille de sa mère depuis des générations. L'avez-vous ?

— Non, je ne l'ai pas.

— Vous avez identifié le corps. Elle ne l'enlevait jamais de son doigt. Elle ne la portait donc pas lorsqu'on l'a retrouvée ? »

Scott détourna les yeux. « Monsieur Carpenter, je suis heureux que vous et Mme Carpenter n'ayez pas vu le corps de Viv. Il avait été si cruellement attaqué par les animaux marins qu'il restait très peu de chose à identifier. Mais si j'avais retrouvé cette bague, je vous l'aurais immédiatement rendue. Je savais que c'était un bijou de famille. Désirez-vous autre chose dans les affaires de Vivian ? Ses vêtements iraient-ils à ses sœurs ? »

Anne eut un sursaut. « Non… non. »

Les Carpenter se levèrent d'un même mouvement. « Nous

vous ferons signe pour venir dîner à la maison bientôt, Scott, dit Anne.

— Volontiers. J'aurais seulement voulu que nous nous connaissions mieux.

— À moins que vous ne teniez à les garder, peut-être pourriez-vous rassembler quelques photos de Vivian à notre intention, dit Graham.

— Bien sûr. »

Lorsqu'ils eurent regagné leur voiture et se furent éloignés, Anne se tourna vers son mari : « Graham, tu ne mets jamais d'eau dans ton scotch. Qu'est-ce que tu fabriquais ?

— Je voulais jeter un coup d'œil à la chambre à coucher. Anne, as-tu remarqué qu'il n'y avait pas une seule photo de Vivian dans le salon ? Eh bien, je vais te dire quelque chose. Il n'y en pas plus dans leur chambre. Et je suis prêt à parier qu'il ne reste pas une seule trace de notre fille dans cette maison. Je n'aime pas Covey et je n'ai pas confiance en lui. C'est un faux jeton. Il en sait plus qu'il ne le dit, et j'ai bien l'intention de découvrir le fond de l'histoire. »

15

ILS AVAIENT installé un ordinateur, une imprimante et un fax sur la table de la bibliothèque. L'ordinateur et l'imprimante prenaient presque toute la place, mais la surface restante suffisait à Menley. Elle n'avait pas l'intention de consacrer tout son temps à travailler. Adam avait apporté sa machine à écrire portative, celle que Menley aurait bien voulu voir jeter au rebut, mais qu'il pouvait utiliser n'importe où.

Jusqu'à ce jour, Adam avait résisté aux tentatives de Menley pour lui apprendre à utiliser un ordinateur. De son côté, Menley s'était montrée aussi obstinée dans son refus de jouer au golf.

« Tu es parfaitement coordonnée dans tes gestes. Tu devrais rapidement devenir une bonne joueuse », avait insisté Adam.

Le souvenir amena un sourire sur les lèvres de Menley tandis qu'elle écrivait à la longue table de la cuisine. Non, pas la cuisine, la salle commune, se rappela-t-elle. Gardons le jargon local, surtout si je dois situer mon livre ici. Seule à la maison avec le bébé, il lui semblait plus confortable de travailler dans cette pièce au charme suranné, usée par le temps, avec son énorme cheminée, son four ancien, et l'odeur du pain à l'ail qui flottait dans l'air. Elle comptait seulement prendre quelques notes ce soir. Elle utilisait toujours un cahier à feuilles détachables. « Nous y revoilà, dit-elle à voix haute en inscrivant : *Les Aventures de David dans la Terre Étroite*. Quand on pense à la façon dont tout a commencé… »

Après l'université, elle avait réussi à se faire engager au *Travel Times*. Elle savait qu'elle voulait écrire mais ignorait quoi exactement. Sa mère avait toujours espéré qu'elle ferait une carrière artistique, mais Menley pensait que ce n'était pas ce qui lui convenait.

La chance lui avait souri lorsque le rédacteur en chef du magazine l'avait envoyée couvrir l'ouverture d'un nouvel hôtel à Hong Kong. L'article avait été accepté presque sans coupures. Puis, timidement, elle avait montré ses aquarelles de l'hôtel et des environs. Ils les avaient utilisées pour illustrer l'article et, à vingt-deux ans, Menley était devenue chef de rubrique.

L'idée d'écrire une série de livres pour enfants à partir du thème « hier et aujourd'hui » dans lesquels David, un petit garçon, remontait le temps et suivait la vie d'un enfant d'un autre siècle avait grandi peu à peu dans son esprit. À ce jour, elle en avait publié quatre. Elle était l'auteur du texte et des illustrations. L'un était situé à New York, un autre à Londres, un à Paris et le dernier à San Francisco. Ils avaient immédiatement connu un immense succès.

C'était en écoutant Adam lui raconter toutes ces histoires sur le Cap qu'elle avait ressenti l'envie d'y situer son prochain livre. Il s'agirait d'un garçon vivant à l'époque des premiers immigrants du Cap, la Terre Étroite, ainsi que l'appelaient les Indiens.

Comme toutes celles qui s'étaient finalement terminées en roman, l'idée à peine éclose était restée ancrée dans son esprit. L'autre jour, ils s'étaient rendus à la bibliothèque de Chatham et Menley avait emprunté plusieurs ouvrages sur les origines du Cap. Puis elle avait déniché des vieux livres poussiéreux dans une armoire de la bibliothèque de la maison. Ce soir elle s'apprêtait avec bonheur à se plonger dans sa lecture.

À huit heures, le téléphone sonna : « Madame Nichols ? »

Elle ne reconnut pas la voix. «Oui, dit-elle prudemment.

— Madame Nichols, je suis Scott Covey; Elaine Atkins m'a donné votre numéro de téléphone. M. Nichols est-il là?»

Scott Covey! Menley se souvint du nom. «Mon mari est malheureusement absent, dit-elle. Il sera de retour demain. Vous pourrez le joindre en fin d'après-midi.

— Merci. Je m'excuse de vous avoir dérangée.

— Pas du tout. Et... je suis tellement navrée de ce qui est arrivé à votre femme.

— C'est une affreuse histoire. J'espère seulement que votre mari pourra m'aider. C'est déjà assez triste d'avoir perdu Viv, mais maintenant la police se comporte comme s'il ne s'agissait pas d'un accident.»

Adam appela quelques minutes plus tard, l'air ennuyé : «La famille de Kurt Potter est décidée à tout faire pour que Susan retourne en prison. Ils savent qu'il s'agit d'un cas de légitime défense, mais en l'admettant ils reconnaîtraient avoir négligé les signes qui auraient dû les mettre en garde.»

À sa voix, Menley devina qu'il était exténué. Il n'avait eu que trois jours de vacances avant de retourner au bureau. Elle n'eut pas le cœur de lui transmettre maintenant la requête de Scott. À son retour, demain, elle lui demanderait d'aller le voir. Mieux que personne, elle comprenait ce que l'on peut ressentir lorsque la police remet en cause un accident fatal.

Elle assura à Adam qu'Hannah et elle se portaient à merveille, qu'il leur manquait et qu'elle était plongée dans les recherches pour son nouveau livre.

Mais l'appel de Scott Covey, suivi de celui d'Adam, l'avait déconcertée, et à neuf heures elle éteignit la lumière et monta au premier étage.

Elle vérifia qu'Hannah dormait paisiblement, puis huma l'air. Il flottait une étrange odeur de moisi dans la chambre. D'où venait-elle ? Elle entrouvrit la fenêtre de quelques centimètres. Les effluves salés de la brise marine pénétrèrent dans la pièce. Voilà qui est mieux, pensa-t-elle.

Elle eut du mal à s'endormir. Franchir le passage à niveau aujourd'hui avait ravivé le souvenir du terrible accident. Cette fois, elle s'était rappelé le signal lumineux qui clignotait ce jour-là. Elle était certaine de l'avoir regardé — c'était un réflexe chez elle — mais le soleil était si fort qu'elle n'avait pas vu qu'il était au rouge. La première indication du danger avait été les vibrations provoquées par le train qui arrivait sur eux. Puis elle avait entendu le sifflement strident, effréné.

Elle avala sa salive avec effort, sentit le sang quitter ses lèvres, mais cette fois-ci du moins elle ne se mit pas à transpirer et à trembler. Elle sombra dans un sommeil agité.

À deux heures, elle se redressa d'un bond dans son lit. Le bébé criait, et le rugissement d'un train se répercutait à travers toute la maison.

5 août

16

ADAM NICHOLS n'arrivait pas à surmonter un pressenti-ment désagréable. Il dormit d'un sommeil agité, et chaque fois qu'il se réveilla ce fut avec l'impression de sortir d'un rêve confus et pénible dont il ne parvenait pas à se souvenir.

À six heures, comme l'aube pointait sur l'East River, il repoussa ses draps et se leva. Il se prépara du café et alla le boire sur la terrasse, se forçant à attendre que sonnent sept heures trente afin de pouvoir téléphoner à Menley. Hannah dormait maintenant jusqu'à sept heures passées, et il ne voulait pas la réveiller.

Un sourire erra sur ses lèvres à la pensée de Menley et d'Hannah. Sa famille. Le miracle de la naissance d'Hannah trois mois auparavant. Le deuil de Bobby commençait tout doucement à s'apaiser. Il y avait un an, à la même époque, Adam se trouvait seul au Cap et il n'aurait pas parié un *cent* sur la survie de leur mariage. Il en avait parlé à un conseiller conjugal et avait appris que la mort d'un enfant entraînait fréquemment la fin d'un couple. La douleur était si grande que les parents parfois ne pouvaient plus vivre sous le même toit.

Adam s'était alors dit qu'il serait peut-être préférable pour Menley et lui de recommencer séparément leur vie. Puis Menley avait téléphoné et il avait su qu'il désirait désespérément voir revivre leur mariage.

La grossesse de Menley s'était passée normalement. Il était resté avec elle dans la salle de travail. Elle avait beaucoup souffert mais s'était merveilleusement comportée. Puis, à l'autre bout du couloir, ils avaient entendu une femme hurler. Le changement chez Menley avait été immédiat. Son visage était devenu d'une pâleur de cire. Ses immenses yeux bleus s'étaient encore agrandis et elle s'était couvert le visage de ses mains. « Non... non... oh, aidez-moi, pitié ! » avait-elle crié, tremblant et sanglotant. La tension de son corps avait accru la violence des contractions, la difficulté de l'accouchement.

Et lorsque Hannah était enfin venue au monde, lorsque le médecin l'avait déposée entre les bras de Menley dans la salle de travail, le plus incroyable était qu'elle l'avait repoussée. « Je veux Bobby, avait-elle sangloté. Je veux Bobby. »

Adam avait pris le bébé et l'avait tenu contre son cou, chuchotant : « Tout va bien, Hannah. Nous t'aimons, Hannah », comme s'il craignait qu'elle puisse comprendre les mots de sa mère.

Plus tard, Menley lui avait dit : « Au moment où ils me l'ont donnée, j'ai revécu l'instant où je tenais Bobby dans mes bras après l'accident. Pour la première fois, j'ai réellement su ce que j'avais ressenti à ce moment-là. »

Ce fut le commencement de ce que les médecins appelèrent les troubles de stress post-traumatique différé. Le premier mois avait été particulièrement difficile, avec Hannah qui pleurait des heures durant, souffrant de coliques. Ils avaient engagé une nurse à domicile mais, un après-midi où elle était sortie faire des courses, le bébé s'était mis à pousser des hurlements. En rentrant du bureau, Adam avait trouvé Menley assise par terre près du berceau, pâle et tremblante, les doigts enfoncés dans les oreilles. Par miracle, un changement de lait avait fait d'Hannah un bébé radieux, et les crises d'angoisse de Menley avaient fini par s'espacer.

Quand même, je n'aurais pas dû la laisser seule, c'est encore trop tôt, se dit Adam. J'aurais dû insister pour que la baby-sitter passe la nuit à la maison.

À sept heures, il ne put attendre plus longtemps. Il téléphona au Cap.

Une bouffée de soulagement l'envahit en entendant la voix de Menley. « La petite princesse t'a réveillée plus tôt que d'habitude ?

— À peine. Nous aimons le petit matin. »

Il y avait quelque chose de bizarre dans l'intonation de Menley. Adam retint la question qui venait trop facilement à ses lèvres : *Tu vas bien ?* Menley lui reprochait de trop s'inquiéter pour elle.

« Je compte prendre le vol de seize heures. Veux-tu demander à Amy de garder Hannah et que nous dînions dehors ? »

Il sentit une hésitation. Que se passait-il ? Mais très vite Menley répondit : « Excellente idée. Adam…

— Oui, chérie ?

— Rien. C'est juste que tu nous as manqué. »

En raccrochant, Adam appela la compagnie aérienne : « Y a-t-il une place sur un vol plus tôt dans l'après-midi ? » Il serait sorti du tribunal vers midi. Il y avait un vol à une heure trente.

Il s'était passé quelque chose d'anormal, et le pire était que Menley ne lui en parlerait pas.

17

L'AGENCE immobilière d'Elaine Atkins était située dans la rue principale de Chatham. Tout, absolument tout, est une question d'emplacement, pensa-t-elle en voyant un passant s'arrêter devant la vitrine pour regarder les photos des maisons à vendre et à louer. Depuis qu'elle s'était installée à cet endroit, l'affluence avait considérablement augmenté, et progressivement elle avait su transformer ces manifestations d'intérêt en d'excellents pourcentages de ventes.

Cet été, elle avait mis au point une nouvelle stratégie. Elle avait fait exécuter des photos aériennes des maisons dont la situation présentait un intérêt particulier. L'une d'entre elles était *Remember*. Ce matin, lorsqu'elle était arrivée au bureau à dix heures, Marge Salem, son assistante, lui avait dit que deux personnes s'y étaient déjà intéressées.

« Cette photo aérienne fait toute la différence. Croyez-vous raisonnable de l'avoir louée aux Nichols sans leur demander l'autorisation de la faire visiter ? demanda Marge.

— C'était nécessaire, répondit sèchement Elaine. Adam Nichols n'est pas le genre à accepter un défilé de visiteurs pendant ses vacances et il paie le maximum. Mais nous ne perdons pas une vente. Si vous voulez mon avis, les Nichols finiront par acheter la maison.

— J'aurais cru qu'ils chercheraient plutôt du côté d'Harwich Port. Sa famille à lui est originaire de là-bas, et ils y ont passé tous leurs étés.

— Oui, mais Adam a toujours eu un faible pour Chatham. Et il sait reconnaître une bonne affaire. Il a aussi le sens de la propriété. Je crois qu'il a toujours regretté de ne pas avoir acheté la maison familiale lorsque sa mère l'a vendue. Si sa femme est heureuse à *Remember*, nous tenons probablement un acheteur. Patience. » Elle sourit à Marge. « Et, si par hasard, l'affaire ne se faisait pas, Scott Covey adore cet endroit. Lorsque toute cette histoire se sera tassée, ce sera à nouveau un client pour nous. Il ne voudra pas garder la maison de Vivian. »

Le visage souriant de Marge se teinta de gravité. Elle n'avait jamais travaillé jusqu'à l'âge de cinquante ans ; puis Elaine l'avait engagée au début de l'été et elle s'était découvert un réel intérêt pour le métier d'agent immobilier. Elle était aussi à l'affût des potins qui circulaient et elle récoltait tout ce qui se passait, suscitant les taquineries d'Elaine. « Beaucoup de rumeurs courent sur Scott Covey. »

Elaine fit un geste sec de la main, signe d'agacement chez elle. « Pourquoi ne laisse-t-on pas ce pauvre garçon en paix ? Si Vivian n'était pas entrée en possession de ce capital, tout le monde s'apitoierait sur son sort. C'est l'ennui avec les gens d'ici. Par principe, ils n'aiment pas voir l'argent de la famille revenir à un étranger. »

Marge hocha la tête. « Dieu sait que c'est vrai ! »

Elles furent interrompues par le tintement de la cloche à la porte d'entrée signalant l'arrivée d'un visiteur. Ensuite, elles furent occupées toute la matinée. À une heure, Elaine se leva, alla dans le cabinet de toilette et en ressortit fraîchement maquillée et coiffée.

Marge la regarda. Elaine portait une robe de lin blanche et

des sandales assorties qui contrastaient joliment avec ses jambes et ses bras hâlés par le soleil. Ses cheveux blond foncé aux reflets dorés étaient retenus en arrière par un bandeau. « Peut-être ne vous l'ai-je jamais dit, mais vous êtes superbe, fit remarquer Marge. Les fiançailles vous vont bien, apparemment. »

Elaine fit tourner sa bague autour de son doigt et le gros solitaire étincela. « Je ne dirai pas le contraire. J'ai rendez-vous avec John pour déjeuner à l'Impudent Oyster. Je vous confie la boutique. »

Lorsqu'elle revint une heure plus tard, Marge lui dit : « Il y a eu quantité d'appels. Le premier est le plus intéressant. »

Il provenait de l'inspecteur Nat Coogan. Il demandait à s'entretenir avec Mlle Atkins dès qu'elle le pourrait.

18

VERS le milieu de la matinée, Menley était parvenue peu à peu à se persuader que l'accès de terreur qui l'avait réveillée cette nuit n'avait été qu'un cauchemar. Hannah blottie dans ses bras, elle alla se promener le long de la falaise. Le ciel d'un bleu vif se reflétait dans l'eau qui se brisait doucement sur le rivage. La marée était basse et la longue plage de sable clair s'étendait paisiblement sous ses yeux.

Même sans la mer, ç'aurait été une propriété magnifique, se disait-elle en contemplant le paysage autour d'elle. Pendant les nombreuses années où la maison avait été laissée à l'abandon, les caroubiers et les chênes avaient poussé en liberté. Lourdement feuillus, ils se mêlaient harmonieusement à l'exubérance veloutée des pins.

L'enchantement de l'été, songea Menley. Puis elle remarqua une trace de roux sur les feuilles. L'automne serait tout aussi beau.

Son père était mort alors que son frère avait onze ans, et elle à peine trois. L'éducation comptait davantage qu'une maison, avait décidé sa mère, et elle avait économisé sur son salaire d'infirmière en chef à l'hôpital Bellevue pour les envoyer tous les deux à Georgetown. Elle vivait encore dans le deux-pièces où avaient grandi Menley et Jack.

Menley avait toujours rêvé d'habiter une maison. Enfant, elle dessinait celle qu'elle posséderait un jour. Et elle ressemblait à *Remember*, se rappela-t-elle. Elle avait fait tellement de plans pour la maison qu'Adam et elle avaient achetée à Rye. Mais après la disparition de Bobby, elle contenait trop de souvenirs. «Vivre à Manhattan nous convient très bien, dit-elle à voix haute en s'adressant à Hannah. Papa peut rentrer du bureau en dix minutes. Grand-mère est la reine des baby-sitters et je suis une citadine-née. Mais la famille de ton papa est toujours venue au Cap. Ils faisaient partie des premiers colons. Ce pourrait être formidable d'avoir un endroit comme ça pour les vacances et les week-ends prolongés. Qu'en penses-tu ? »

Le bébé tourna la tête et ensemble elles regardèrent la maison qui se dressait derrière elles. «Il reste encore beaucoup de travaux à faire, dit Menley, mais cela vaudrait le coup de lui redonner son apparence d'origine. C'est sans doute parce que nous étions toutes les deux seules cette nuit que le rêve m'a semblé si réel au réveil. Tu ne crois pas ? »

Hannah gigota impatiemment, et elle fit la moue. «D'accord, tu es fatiguée, dit Menley. Seigneur, tu es un bout de chou drôlement impatient ! » Elle fit demi-tour en direction de la maison, puis s'arrêta et la contempla à nouveau. «Elle donne l'impression d'être un merveilleux refuge », murmura-t-elle.

Elle se sentit soudain le cœur léger, pleine d'espoir. Adam allait revenir cet après-midi et ils seraient en vacances à nouveau. À moins…

À moins qu'Adam ne décide de défendre Scott Covey. Adam ne faisait jamais les choses à moitié. Il y consacrerait une bonne partie de son temps. Malgré tout, j'espère qu'il acceptera de le représenter… Elle se rappela l'horreur qui l'avait saisie le jour où, deux semaines après l'enterrement de Bobby, Adam avait reçu un appel téléphonique. Le procureur adjoint avait l'intention de poursuivre Menley pour homicide par imprudence.

« Il dit que tu as déjà eu deux amendes pour excès de vitesse. Il croit pouvoir prouver que tu as volontairement ignoré le signal lumineux du passage à niveau parce que tu voulais passer avant le train. » Le visage d'Adam avait alors pris une expression menaçante. « Ne t'inquiète pas, mon amour. Il n'aura pas le temps d'ouvrir la bouche. » Le procureur avait battu en retraite en entendant Adam énumérer la liste considérable des autres accidents meurtriers qui s'étaient produits à ce croisement.

Si Scott Covey était jugé si durement, leur avait dit Elaine, c'était parce que certaines personnes prétendaient qu'il aurait dû savoir qu'un grain se préparait.

Peu importe si cela doit amputer nos vacances, pensa Menley. Covey a besoin d'aide, exactement comme j'en ai eu besoin.

19

LA RÉSIDENCE d'été des Carpenter à Osterville n'était pas visible de la route. Alors qu'il franchissait les grilles et longeait la large allée, l'inspecteur Nat Coogan remarqua la pelouse bien entretenue, les plates-bandes fleuries. L'impression était favorable. Grosse fortune, mais qui remonte loin. Rien de tape-à-l'œil.

Il gara sa voiture devant la maison. C'était une vieille demeure victorienne avec un vaste porche orné d'un treillis ouvragé. Avec le temps, les bardeaux de bois brut avaient pris une belle couleur grise, mais les volets et les encadrements des fenêtres brillaient d'un blanc éclatant dans le soleil de l'après-midi.

Lorsqu'il avait téléphoné ce matin et demandé à avoir un entretien, il avait été un peu surpris de la hâte du père de Vivian Carpenter à lui répondre.

« Voulez-vous venir aujourd'hui, inspecteur Coogan ? Nous avions l'intention d'aller jouer au golf cet après-midi, mais rien ne presse. »

Ce n'était pas la réaction à laquelle s'attendait Nat. Les Carpenter n'avaient pas la réputation d'être d'un abord facile.

Il s'était préparé à une réponse glaciale, à devoir expliquer pourquoi il désirait les rencontrer.

Intéressant, se dit-il.

Une domestique le conduisit jusqu'à la véranda à l'arrière de la maison où Graham et Anne Carpenter, assis dans des fauteuils de rotin aux coussins fleuris, étaient en train de boire du thé glacé. Lors de l'enterrement, ces gens lui avaient paru froids et hautains. Les seules larmes versées pour Vivian Carpenter Covey avaient été celles de son mari. En les voyant tous les deux aujourd'hui en face de lui, il comprit à quel point il s'était trompé. Les visages aristocratiques des parents de Vivian étaient visiblement tendus, leur expression empreinte de tristesse.

Ils l'accueillirent posément, lui offrirent du thé glacé ou un rafraîchissement de son choix. Il refusa poliment et Graham Carpenter en vint directement au fait : « Je pense que vous n'êtes pas ici pour présenter vos condoléances, monsieur Coogan. »

Nat s'était assis sur une chaise droite. Il se pencha en avant, les mains jointes, une attitude bien connue de ses collaborateurs qu'il prenait inconsciemment dès qu'il flairait une piste. « Je vous présente mes condoléances, mais vous avez raison, monsieur Carpenter. Ce n'est pas la raison de ma venue chez vous. Je vais vous parler sans détour. La version de l'accident dans la mort de votre fille ne me satisfait pas et, jusqu'à ce que je sois convaincu de sa véracité, j'ai l'intention de rencontrer le maximum de personnes et de poser le maximum de questions. »

On aurait dit qu'il leur avait donné une décharge électrique. Ils semblèrent sortir de leur léthargie. Graham Carpenter regarda sa femme : « Anne, je t'avais dit… »

Elle hocha la tête. « Je ne voulais pas croire…

— Qu'est-ce que vous ne vouliez pas croire, madame Carpenter ? » demanda vivement Nat.

Ils lui expliquèrent leurs raisons de se montrer soupçonneux à l'égard de leur gendre, mais Coogan n'y trouva rien de réellement convaincant. « Je comprends votre sentiment en ne voyant aucune photo de votre fille dans la maison, leur dit-il, mais je sais par expérience que les gens réagissent différemment face à ce genre de tragédie. Certains exposeront toutes les photos qu'ils pourront trouver de la personne disparue, tandis que d'autres rangeront ou même détruiront photos et souvenirs, se débarrasseront des vêtements, vendront la voiture du défunt, et iront même jusqu'à changer de maison. Comme si, en effaçant le souvenir, ils espéraient mieux surmonter leur peine. »

Il essaya une autre piste : « Vous avez fait la connaissance de Scott Covey après son mariage avec votre fille. Étant donné qu'il était un étranger pour vous, je suppose que vous avez éprouvé certaines inquiétudes. Vous êtes-vous renseigné sur son passé ? »

Graham Carpenter hocha la tête. « Oui, je l'ai fait. Sans mener une investigation très approfondie, bien sûr, mais tout ce qu'il nous a dit était exact. Il est né et a grandi à Columbus, dans l'Ohio. Son père et sa belle-mère se sont retirés en Californie. Il a fréquenté l'université du Kansas sans en sortir diplômé. Il s'est lancé dans la carrière de comédien mais n'a pas persévéré et a travaillé comme régisseur de deux petites compagnies théâtrales. C'est là que Vivian l'a rencontré l'an dernier. » Il eut un sourire sans joie. « Vivian laissait entendre qu'il avait une fortune personnelle. Je crois que c'était une invention à notre intention.

— Je vois. » Nat se leva. « Je vais être franc. Jusqu'ici tout ce qu'on m'a dit concorde. Votre fille était folle de Covey, et il s'est sûrement comporté comme s'il était amoureux d'elle. Ils avaient l'intention d'aller à Hawaii, et elle a raconté à qui voulait l'entendre qu'elle était décidée à devenir une plongeuse expérimentée avant leur départ. Elle voulait tout faire avec lui. C'est un excellent nageur, mais il n'avait jamais manœuvré un bateau avant de la rencontrer. Le grain n'était pas prévu avant minuit. Franchement, c'était *elle* qui avait de l'expérience et qui aurait dû écouter la météo à la radio.

— Cela signifie-t-il que vous abandonnez l'enquête ? demanda Carpenter.

— Non. Mais cela veut dire qu'excepté le fait évident que Vivian était une jeune femme en bonne santé et qu'ils étaient mariés depuis très peu de temps, il n'y a vraiment rien de suspect.

— Je comprends. Bien, je vous remercie d'être venu nous mettre au courant. Je vais vous raccompagner. »

Ils avaient atteint la porte de la véranda quand Anne Carpenter les rappela : « Monsieur Coogan ! »

Nat et Graham Carpenter se retournèrent ensemble.

« Juste une chose. Je sais que le corps de ma fille était dans un état affreux après avoir si longtemps séjourné dans l'eau, soumis aux attaques des animaux marins…

— Je le crains, en effet.

— Anne chérie, ne te torture pas, protesta son mari.

— Non, écoutez-moi, monsieur Coogan, les doigts de la main droite de ma fille étaient-ils intacts, ou manquaient-ils ? »

Nat hésita. « Une main était affreusement mutilée. L'autre pas. C'est la gauche, je crois, qui a été attaquée, mais je le vérifierai sur les photos de l'autopsie. Pourquoi posez-vous cette question ?

— Parce que ma fille portait toujours une émeraude de grande valeur à l'annulaire de la main droite. Depuis le jour où ma mère la lui avait offerte, Vivian ne l'avait jamais ôtée. Nous avons interrogé Scott à ce sujet car cette bague était un bijou de famille et nous aurions aimé la récupérer si on l'avait retrouvée. Mais il nous a affirmé que sa main était mutilée et que la bague manquait.

— Je vous téléphonerai d'ici une heure », dit Nat.

De retour dans son bureau, Nat examina les photos de l'autopsie pendant de longues minutes avant d'appeler les Carpenter.

Aucun des dix doigts n'avait plus de troisième phalange. Sur la main gauche, l'alliance se trouvait encore à l'annulaire. Mais l'annulaire de la main droite était en bouillie. Entre la première phalange et la paume, il avait été rongé jusqu'à l'os. Qu'est-ce qui avait attiré les animaux nécrophages ? se demanda Nat.

Lorsqu'il appela les Carpenter, Nat prit garde de ne pas formuler de conclusions trop hâtives. Il dit à Graham Carpenter que la main droite de sa fille avait été très abîmée et qu'il n'y avait pas de bague.

« Savez-vous si l'anneau était étroit ou trop large pour son doigt ?

— Il était devenu trop étroit », dit Carpenter. Puis il se tut avant d'ajouter : « Qu'en pensez-vous ?

— Je ne pense rien, monsieur Carpenter. C'est simplement un détail de plus à examiner. Je resterai en contact avec vous. »

En raccrochant, Nat songea à ce qu'il venait d'apprendre. Cette bague pourrait-elle être la pièce à conviction permettant d'élucider l'histoire ? Je te fiche mon billet que Covey a arraché la bague et qu'ensuite il s'est tiré à la nage en abandonnant cette pauvre fille. Si le doigt était blessé, il y avait du sang à la surface, et c'est ça qui a attiré les animaux.

Samedi 6 août

20

« ELAINE me revaudra ça », marmonna Adam en voyant par la fenêtre de la cuisine une voiture s'engager dans l'allée. Ils avaient pique-niqué à la plage tandis qu'Hildy, la femme de ménage envoyée par Elaine, nettoyait la maison. À deux heures, ils étaient rentrés pour le rendez-vous qu'Adam avait fixé à Scott Covey.

Adam avait pris une douche et passé un short et un tee-shirt. Menley était encore en maillot de bain et peignoir lorsqu'ils entendirent la voiture de Covey s'arrêter.

« Je suis contente qu'il soit là, dit-elle à Adam. Pendant que vous êtes occupés, je vais faire un somme avec Hannah. Je veux être en pleine forme pour rencontrer ta bande de vieux copains. »

Elaine donnait une petite réception en leur honneur, à laquelle étaient invités quelques-uns des amis avec lesquels Adam avait passé ses étés au Cap.

Il la saisit par la taille. « Quand ils te diront que tu as une chance extraordinaire, sois gentille d'acquiescer.

— Adam… s'il te plaît ! »

La sonnette retentit. Menley jeta un regard en direction de la cuisinière. Elle n'avait pas le temps de prendre le biberon d'Hannah et de sortir de la pièce avant que Scott Covey n'entre. D'une part elle était curieuse de rencontrer l'homme pour lequel elle avait ressenti tant de compassion, de l'autre elle voulait rester à l'écart au cas où, pour une raison ou une autre, Adam déciderait de ne pas assurer sa défense. La curiosité l'emporta ; elle décida d'attendre.

Adam se dirigea lentement vers la porte. Il accueillit Scott aimablement mais avec réserve.

Menley observa attentivement le visiteur. Rien d'étonnant à ce que Vivian Carpenter soit tombée amoureuse de lui !

Scott Covey était extraordinairement séduisant, bronzé par le soleil, avec des traits à la fois réguliers et énergiques, et des cheveux blonds et bouclés, coupés court. Grand et svelte, il avait de larges épaules qui conféraient une impression de force à son élégante silhouette. Lorsque Adam le présenta à Menley, toutefois, ce furent ses yeux qui la frappèrent en premier. Ils étaient d'un brun clair profond et velouté, mais ce n'était pas seulement leur couleur qui la fascina. Elle y remarqua la même angoisse qu'elle avait si souvent vue dans les siens lorsqu'elle se regardait dans la glace après la mort de Bobby.

Il est innocent, décida-t-elle. J'en mettrais ma main au feu. Elle tenait Hannah sur son bras droit. Avec un sourire, elle la déplaça et lui tendit la main. « Je suis heureuse de vous connaître… », dit-elle, puis elle hésita. Il avait à peu près son âge, réfléchit-elle, et il était proche de l'une des meilleures amies d'Adam. Comment devait-elle l'appeler ? *Monsieur Covey* semblait guindé. « … Scott », termina-t-elle. Elle saisit le biberon du bébé. « Et à présent, Hannah et moi nous allons vous laisser discuter en paix. »

À nouveau, elle hésita. Elle ne pouvait feindre d'ignorer la raison de sa présence : « Je vous l'ai dit déjà l'autre soir au téléphone, je suis sincèrement navrée de l'accident survenu à votre femme.

— Merci. » Sa voix était basse, profonde et mélodieuse. Le genre de voix qui inspire la confiance.

Hannah n'avait aucunement l'intention de dormir. Lorsque Menley la coucha dans son lit, elle se mit à crier, repoussa le biberon et rejeta à coups de pied la couverture. « Je vais t'inscrire dans une agence d'adoption », la menaça Menley avec un sourire. Elle regarda le berceau ancien. « Je me demande… »

Il y avait deux oreillers sur le lit d'une personne. Elle en mit un dans le berceau, y déposa une Hannah toujours aussi rouge de fureur et la recouvrit de la courtepointe. Puis elle s'assit au bord du lit et commença à balancer doucement le berceau. Hannah se calma peu à peu. Quelques minutes après, ses yeux se fermèrent.

Menley aussi se sentait les yeux lourds. Je ferais mieux d'ôter mon costume de bain avant de m'endormir, pensa-t-elle. À quoi bon, après tout ? Il est complètement sec à présent. Elle s'allongea et déplia sur elle le châle rangé au pied du lit. Hannah geignit. « Bon, bon », murmura-t-elle, tendant la main pour remuer doucement le berceau.

Elle ne sut combien de temps s'était écoulé avant qu'un bruit de pas légers ne la réveille. Ouvrant les yeux, elle se rendit compte qu'elle avait sans doute rêvé ; il n'y avait personne dans la pièce. Mais elle sentit un courant d'air. La fenêtre était ouverte, et le vent avait sans doute forci. Elle cligna des yeux et regarda par-dessus le bord du lit. Hannah dormait comme une bienheureuse.

Seigneur, qu'elle mère exemplaire je suis, ma princesse ! Même dans mon sommeil je suis aux petits soins pour toi.

Le berceau se balançait lentement.

21

« C 'EST une maison magnifique, dit Scott Covey en suivant Adam dans la bibliothèque. Je suis venu la visiter avec ma femme quelques jours à peine avant sa mort. Elle avait l'intention de faire une offre d'achat mais, comme toute héritière des bonnes familles de Nouvelle-Angleterre, elle ne voulait pas paraître pressée.

— Elaine m'en a parlé. » Adam désigna l'un des fauteuils club à moitié défoncés près des fenêtres et s'installa dans l'autre. « Inutile de vous faire remarquer que les meubles sont des rebuts de salles de vente. »

Scott Covey eut un sourire fugitif. « Viv s'était enthousiasmée à l'idée de faire le tour des antiquaires et de redonner aux pièces l'apparence qu'elles avaient au début du XVIIIe siècle. L'été dernier, elle avait travaillé pendant quelque temps pour un décorateur. Elle était comme une gosse dans une chocolaterie à la pensée de rénover elle-même cette grande maison. »

Adam attendit.

« Je ferais mieux d'en venir directement au sujet, dit Scott. D'abord, merci de me recevoir. Je sais que vous êtes en vacances et je sais aussi que vous ne l'auriez pas fait si Elaine n'avait pas insisté.

— C'est exact. Elaine est une vieille amie, et elle semble croire que vous avez besoin d'aide. »

Covey leva les mains en un geste d'impuissance. « Monsieur Nichols…

— Adam.

— Adam, je comprends la raison de tous ces racontars. Je suis un étranger ici. Vivian était riche. Mais, sur la Bible, je jure que j'ignorais totalement qu'elle possédait tant d'argent. Viv était désespérément peu sûre d'elle-même et pouvait se montrer très secrète. Elle m'aimait, mais elle commençait à peine à comprendre combien je l'aimais moi aussi. L'image qu'elle avait d'elle-même était désastreuse. Elle craignait que les gens ne s'intéressent à elle uniquement à cause de sa famille et de sa fortune.

— Pourquoi avait-elle cette image si négative ? »

La physionomie de Covey se teinta d'amertume. « À cause de toute sa satanée famille. Ils l'ont toujours rabaissée. Au départ, ses parents ne la désiraient pas, et dès sa naissance ils ont essayé d'en faire une copie conforme de ses sœurs. Sa grand-mère a été la seule exception. Elle comprenait Viv, mais malheureusement elle était infirme et vivait la plupart du temps en Floride. Viv m'a raconté que sa grand-mère lui avait légué un fonds de placement d'un million de dollars et qu'il y a trois ans, à l'âge de vingt et un ans, elle en était devenue bénéficiaire. Elle m'a dit qu'elle avait payé la maison six cent mille dollars, qu'elle vivait sur le reste et ne toucherait pas un *cent* de plus jusqu'à ce qu'elle ait atteint l'âge de trente-cinq ans. Pour le commun des mortels, elle était fortunée, mais j'ai compris que le solde du capital retournerait au patrimoine familial s'il lui arrivait malheur. Certes, comme elle est morte, j'ai hérité de la maison, mais je n'ai jamais pensé que son capital dépassait deux cent mille dollars. J'ignorais absolument qu'elle avait déjà reçu cinq millions. »

Adam croisa les doigts et leva la tête vers le plafond, pensant tout haut : « Même si elle possédait la moitié de la fortune dont elle vous avait parlé, son entourage pourrait légitimement dire que, pour un mariage de trois mois, vous avez fait une belle affaire. »

Il reporta son regard sur Covey et formula la question suivante : « Quelqu'un d'autre savait-il que votre femme vous avait caché en partie sa véritable situation financière ?

— Je l'ignore.

— Pas d'amie intime qui fût sa confidente ?

— Non. Vivian n'avait pas d'amie intime.

— Son père et sa mère avaient-ils approuvé votre mariage ?

— Ils ne l'ont appris qu'après. C'était la décision de Vivian. Elle voulait se marier dans l'intimité, à la mairie, passer sa lune de miel au Canada et donner une réception à la maison après notre retour. Je sais que ses parents ont été choqués et je ne peux les en blâmer. Peut-être leur a-t-elle dit que j'ignorais l'importance de son héritage. En réalité, elle était constamment en opposition avec eux, sans jamais cesser de rechercher leur approbation. »

Adam hocha la tête. « Au téléphone, vous avez dit qu'un policier vous a interrogé au sujet d'une bague ? »

Scott Covey regarda franchement Adam. « Oui, c'était une émeraude, un bijou de famille, je crois. Je me souviens précisément que Viv la portait à bord du bateau. La seule explication rationnelle est qu'elle a dû la passer à sa main gauche ce matin-là. Lorsque j'ai cherché dans ses affaires, j'ai trouvé sa bague de fiançailles dans le tiroir de la commode de notre chambre. Son alliance était un simple anneau d'or. Elle portait toujours la bague de fiançailles et l'alliance ensemble. »

Il se mordit les lèvres. « La bague ornée d'une émeraude était devenue trop étroite, au point de lui couper la circulation. Ce dernier matin, Viv passait son temps à la tripoter et à la faire tourner autour de son doigt. En partant faire des courses, je lui ai conseillé d'enduire son doigt de savon ou de graisse si elle voulait l'enlever. Elle avait la peau fragile. À mon retour, nous sommes

86

partis pour le bateau et je n'y ai plus pensé. Viv n'en a pas reparlé. Mais elle se montrait superstitieuse à propos de cette bague. Elle n'allait jamais nulle part sans la porter. En ne voyant pas la bague lorsque j'ai identifié son corps, j'ai supposé que c'était parce que sa main droite était affreusement mutilée. »

Soudainement, ses traits se tordirent. Il appuya ses poings contre sa bouche pour réprimer les sanglots secs qui secouaient ses épaules. « Vous ne pouvez pas comprendre. Personne ne le peut. Vous êtes sous l'eau, en train de nager l'un près de l'autre, regardant passer un banc de grosses perches de mer rayées, tout est si clair, si calme. Ses yeux reflétaient un tel bonheur, comme ceux d'un enfant dans un parc d'attractions. Et brusquement, en l'espace d'une seconde, tout change. » Il enfouit son visage dans ses mains.

Adam étudia Scott Covey avec attention. « Continuez, dit-il.

— L'eau est devenue grise, agitée. J'ai vu que Viv était prise de panique. Je lui ai saisi la main et je l'ai posée sur ma ceinture. Elle savait que cela signifiait qu'elle devait s'accrocher à moi. J'ai commencé à nager vers le bateau, mais il était très éloigné. L'ancre avait dû chasser à cause du courant. Nous n'avancions pas, et Viv a lâché ma ceinture et s'est remise à nager à côté de moi. Elle a sans doute cru que nous nous en sortirions plus vite en nageant séparément. Et puis, juste au moment où nous refaisions surface, une énorme vague s'est abattue sur nous et Viv a disparu. Elle a disparu. »

Il ôta les mains de son visage et s'écria : « Bon Dieu, comment quelqu'un peut-il penser que j'aie laissé délibérément ma femme se noyer ? Je suis hanté par le remords de n'avoir pu la sauver. C'est ma faute si je n'ai pas été capable de la retrouver, mais Dieu sait que j'ai essayé. »

Adam se redressa. Il se rappela la nuit de la mort de Bobby, Menley, sous sédatifs, à peine consciente, sanglotant à fendre l'âme : « C'est ma faute, ma faute... » Il tendit la main et serra l'épaule de Scott Covey. « Je vous défendrai, Scott, dit-il, et tâchez de vous détendre. Vous vous en sortirez. Tout ira bien. »

22

AMY arriva à sept heures du soir pour garder Hannah. Elle dit bonjour à Menley et alla immédiatement s'agenouiller devant la petite balancelle qu'Adam avait installée dans la salle de jeux.

« Salut, Hannah ! dit doucement Amy. Est-ce que tu as été à la plage aujourd'hui ? »

Hannah la regarda d'un air hautain.

« Tu aurais dû la voir barboter dans une mare, dit Menley. Elle a poussé des piaillements lorsque je l'en ai retirée. Tu apprendras vite qu'Hannah sait très bien manifester son mécontentement. »

Amy eut un sourire. « C'est ce que ma mère disait de moi. »

Menley savait qu'Elaine était fiancée au père d'Amy, mais elle ignorait s'il était divorcé ou veuf. Il lui sembla qu'Amy l'invitait à poser la question. « Parle-moi de ta mère, suggéra-t-elle. Je sais seulement que sa fille a l'air très gentille.

— Elle est morte alors que j'avais douze ans. » La voix d'Amy était sans inflexion, sans émotion.

« Cela a dû être très dur pour toi. » Menley faillit ajouter qu'Elaine serait une nouvelle mère pour elle, mais elle devina qu'Amy voyait la situation différemment. Elle se rappela que son frère Jack acceptait difficilement les sorties de sa mère avec un autre homme. L'un d'eux, un médecin, était très attaché à elle. Lorsqu'il téléphonait, Jack criait : « C'est Stanley Beamish pour toi, maman. » Stanley Beamish était un personnage stupide dans une série télévisée de l'époque.

Leur mère le reprenait : « Il s'appelle Roger », mais ses lèvres réprimaient un sourire quand elle prenait l'appareil. Puis Jack battait des bras dans une imitation de Stanley Beamish, qui avait le don de voler.

Roger n'avait pas duré longtemps comme éventuel beau-père. C'était un brave homme, pensa Menley, et qui sait, maman aurait été plus heureuse si elle avait tenu bon, au lieu de dire à Roger que cela ne pouvait pas marcher. Peut-être aurai-je l'occasion de parler à Amy durant ce mois, se dit-elle. Cela pourrait lui faciliter les choses.

« Il est temps de mettre à l'abri la princesse héritière pour la nuit, dit-elle. J'ai établi une liste des numéros de téléphone d'urgence : police, pompiers, ambulance. Et celui d'Elaine.

— Celui-là, je le connais. » Amy se redressa. « Vous ne voyez pas d'inconvénient à ce que je prenne Hannah dans mes bras ?

— Bien sûr que non. Au contraire. »

Le bébé dans ses bras, Amy parut plus assurée. « Vous êtes vraiment très jolie, madame Nichols, dit-elle.

— Merci. » Menley se sentit inhabituellement heureuse du compliment. Elle se rendit compte qu'elle était un peu nerveuse à la pensée de rencontrer les amis d'Adam. Elle n'avait pas la beauté époustouflante des mannequins avec qui il avait l'habitude de sortir autrefois, et elle savait qu'il en avait emmené plusieurs au Cap. Qui plus est, elle savait qu'elle serait l'objet de bien des réflexions. Tout le monde connaissait son histoire. La femme d'Adam qui avait traversé une voie de chemin de fer et perdu son fils. La femme d'Adam qui n'était pas avec lui l'an dernier pendant le mois qu'il avait passé au Cap.

89

Bon, ils vont m'inspecter de la tête aux pieds, d'accord... Après plusieurs hésitations, elle avait choisi de porter un tailleur de soie sauvage bleu canard assorti d'une ceinture tressée bleu et blanc et de sandales blanches.

« Tu devrais essayer de coucher Hannah avant mon départ », dit-elle à Amy. Elle la précéda dans l'escalier. « La télévision se trouve dans le salon. Mais j'aimerais que tu laisses l'interphone branché au volume maximal et que tu ailles jeter un coup d'œil sur Hannah toutes les demi-heures. Elle a tendance à envoyer balader toutes ses couvertures et la femme de ménage a mis ses deux pyjamas à laver. Le séchoir n'est pas encore installé.

— Carrie Bell ? C'est elle qui s'occupe de la maison ? » Une note d'incrédulité perçait dans la voix d'Amy.

« Non, cette femme s'appelle Hildy. Elle vient une fois par semaine. Pourquoi ? »

Elles avaient atteint le haut de l'escalier. Menley s'arrêta et se retourna pour regarder Amy.

Amy rougit. « Oh pour rien, excusez-moi. Je savais qu'Elaine vous recommanderait d'engager quelqu'un d'autre. »

Menley prit Hannah des bras d'Amy. « Son papa va vouloir lui dire bonsoir. » Elle se rendit dans la chambre. Adam était en train d'enfiler sa veste de lin bleu marine. « L'une de tes jeunes admiratrices aimerait te rendre hommage », lui dit-elle.

Il embrassa Hannah. « Pas de rendez-vous tardifs, ma petite beauté, et ne fais pas tourner Amy en bourrique. » La tendresse inscrite sur son visage démentait l'intonation désinvolte. Menley eut un serrement de cœur. Adam avait tellement aimé Bobby. S'il arrivait malheur à Hannah...

Pourquoi ressassait-elle tout le temps la même chose ? Elle se força à prendre un ton badin : « Ta fille te trouve superbe. Elle aimerait bien savoir si tu te mets sur ton trente et un en l'honneur de tes anciennes petites amies.

— Pas du tout. » Adam lui jeta un regard en biais. « Je n'ai qu'un seul amour dans ma vie. Non, corrigea-t-il, deux. » Il

90

s'adressa au bébé : « Hannah, dis à ta maman qu'elle est très sexy et que je ne l'échangerais contre personne au monde. »

En riant, Menley remporta le bébé dans sa chambre. Amy se tenait près du petit lit, la tête penchée comme si elle écoutait quelque chose. « Vous n'avez pas une drôle d'impression, dans cette pièce, madame Nichols ? demanda-t-elle.

— Que veux-tu dire ?

— Excusez-moi. Je ne sais pas exactement. » Amy parut embarrassée. « Je vous en prie, ne faites pas attention. Je deviens idiote. Amusez-vous. Je vous promets que tout se passera bien avec Hannah, et s'il y avait le moindre problème, je vous appellerais immédiatement. En plus, Elaine n'habite qu'à trois kilomètres d'ici. »

Menley resta pensive un moment. Y avait-il vraiment quelque chose de bizarre dans la chambre d'enfant ? N'avait-elle pas ressenti la même chose ? Puis, secouant la tête pour repousser cette idée stupide, Menley installa Hannah dans son lit et lui fourra sa tétine dans la bouche sans lui laisser le temps de protester.

23

ELAINE habitait à Chatham une maison traditionnelle qui avait vu le jour en 1780. Modeste construction au départ, les différents propriétaires qui s'étaient succédé au fil du temps l'avaient agrandie et rénovée, si bien qu'aujourd'hui elle ne déparait pas au milieu de ses voisines plus cossues.

À sept heures, Elaine fit une rapide inspection. La maison resplendissait. Les serviettes de toilette des invités étaient disposées dans le cabinet de toilette, le vin attendait au frais, la table était joliment dressée. Elle avait de ses mains préparé la salade de homard, tâche longue et fastidieuse ; le reste du buffet avait été apporté par le traiteur. Elle attendait une vingtaine d'invités et avait engagé un serveur et un barman.

John avait proposé de s'occuper du bar, mais elle avait refusé : « Tu es mon invité de marque, non ?

— Si c'est ce que tu veux. »

Et Elaine obtient toujours ce qu'elle veut, pensa-t-elle, prévoyant ce qu'il allait dire.

« Et Elaine obtient toujours ce qu'elle veut », dit comme prévu John, avec un rire tonitruant. C'était un homme de haute taille, robuste et d'apparence volontaire. À cinquante-trois ans, ses cheveux peu fournis étaient complètement gris. Il avait un visage plein, à l'air franc et aimable. « Viens ici, mon ange.

— John, ne me décoiffe pas.

— Je t'aime décoiffée, mais ne crains rien. Je veux seulement t'offrir un petit cadeau de remerciement. »

Elaine prit le paquet. « John, comme c'est gentil. Qu'est-ce que c'est ?

— Un bocal d'olives, qu'est-ce que tu crois ? Ouvre-le. »

C'était un bocal d'olives en effet, mais l'intérieur ne contenait qu'un tampon de tissu bleu.

« Qu'y a-t-il là-dedans ? » demanda Elaine en dévissant le bouchon et en plongeant sa main dans le bocal. Elle en retira le tissu.

« Attention, la prévint-il. Ces olives coûtent très cher. »

Elle déplia le tissu avec précaution. À l'intérieur étaient nichés deux pendants d'oreilles en onyx sertis de diamants. « John !

— Tu avais dit que tu porterais une jupe noir et argent et j'ai pensé qu'il te fallait des boucles d'oreilles assorties. »

Elle passa ses bras autour de son cou. « Tu es trop gentil. Je ne suis pas habituée à être aussi gâtée.

— C'est une joie pour moi de le faire. Tu as travaillé dur pendant assez longtemps, et tu le mérites. »

Elle prit son visage entre ses mains et attira ses lèvres vers les siennes. « Merci. »

La sonnette de l'entrée carillonna. Quelqu'un se tenait à la porte. « Pouvez-vous cesser un instant de vous peloter et faire entrer vos hôtes ? »

Les premiers invités étaient arrivés.

C'est une charmante soirée, se dit Menley en retrouvant sa place sur le canapé après avoir fait un tour au buffet. Six des couples présents étaient des habitués du Cap depuis leur plus tendre enfance, et certains se rappelaient avec délices leurs souvenirs : « Adam, te souviens-tu du jour où nous avons pris le bateau de ton père pour aller à Nantucket ? Il nous a passé un sacré savon !

— J'avais oublié de le prévenir, dit Adam avec un sourire.

— C'est ma mère qui a déclenché la bagarre, dit Elaine. Tout ça parce que j'étais la seule fille avec cinq garçons. Qu'allaient penser les gens ?

— Quant à nous, nous étions furieuses de ne pas avoir été invitées, fit d'une voix nonchalante une jolie brune. Nous avions toutes le béguin pour Adam.

— Tu n'avais pas le béguin pour moi ? protesta son mari.

— Seulement l'année suivante.

— Et le jour où nous avons creusé le trou pour faire cuire les clams… j'avais le dos rompu à force de ramasser des algues… ce petit crétin qui courait sur la plage et a manqué tomber dans le trou… L'année où nous… »

Menley souriait et s'efforçait d'écouter, mais son esprit était ailleurs.

Le fiancé d'Elaine, John Nelson, était assis dans le fauteuil à côté du canapé. Il se tourna vers Menley : « Que faisiez-vous durant vos jeunes années, pendant que tous ces gens se donnaient du bon temps au Cap ? »

Menley se tourna vers lui avec soulagement : « Je faisais exactement ce que fait Amy en ce moment même, du baby-sitting. J'ai passé trois étés consécutifs sur la côte du New Jersey avec une famille de cinq enfants.

— Pas vraiment des vacances.

— Cela se passait bien. Ils étaient très gentils et, à propos, je voudrais vous dire qu'Amy est une fille adorable. Elle est épatante avec mon bébé.

— Merci. Je ne vous cacherai pas que son hostilité à l'égard d'Elaine est un problème.

— Ne croyez-vous pas que les choses s'amélioreront lorsqu'elle ira à l'université et rencontrera de nouveaux amis ?

— Je l'espère. L'année dernière, elle craignait que je ne me retrouve seul après son départ à l'université. Maintenant, elle semble redouter d'être exclue de la maison une fois que je serai marié avec Elaine. C'est une situation ridicule, mais j'en suis responsable. Je l'ai toujours traitée comme la maîtresse des lieux, et aujourd'hui elle ne veut pas être délogée. » Il haussa les épaules. « Oh, ça lui passera. Pour l'instant, j'espère seulement une chose, jeune femme, c'est que vous apprendrez à aimer le Cap autant que je l'apprécie. Nous sommes venus de Pennsylvanie y faire un séjour il y a une vingtaine d'années, et ma femme s'y est tellement plu que nous n'en avons plus bougé. Heureusement, j'ai pu vendre mon cabinet d'assurances et en acheter un autre à Chatham. Si jamais vous vous apprêtez à acheter une maison, je m'occuperai de vous. Les gens ne comprennent généralement rien à l'assurance. C'est un métier passionnant. »

Dix minutes plus tard, Menley le quitta pour aller chercher une autre tasse de café. L'assurance n'avait rien de passionnant à ses yeux. Mais elle se reprocha ses pensées. John Nelson était très gentil, même si elle le trouvait un peu ennuyeux — et un peu vieux pour Elaine.

Adam vint la rejoindre au buffet tandis qu'elle remplissait sa tasse. « Tu t'amuses, chérie ? Tu étais plongée dans une conversation si sérieuse avec le jules d'Elaine que je n'ai pas pu attirer ton regard. Comment trouves-tu mes amis ?

— Merveilleux. » Elle s'efforça de paraître enthousiaste. La vérité était qu'elle aurait de beaucoup préféré rester à la maison avec Adam. Leur première semaine de vacances était presque terminée et il avait passé deux jours sur sept à New York. Cet après-midi, ils étaient rentrés de la plage pour ce rendez-vous avec Scott Covey, et ce soir ils se trouvaient avec tous ces gens qui étaient des étrangers pour elle.

Le regard d'Adam se fixa sur quelqu'un derrière elle. « Je n'ai pas eu l'occasion de voir tranquillement Elaine, dit-il. Je voudrais lui parler du rendez-vous avec Covey. »

Menley se souvint d'avoir été la première à se réjouir lorsque Adam lui avait annoncé sa décision de prendre la défense de Scott.

La sonnette retentit et, sans attendre qu'on lui ouvre la porte, une femme d'une soixantaine d'années entra dans la maison. Elaine se hâta à sa rencontre : « Jan, je suis ravie que vous ayez pu venir. »

Adam dit : « Elaine m'avait prévenu qu'elle inviterait Jan Paley, la propriétaire de *Remember*.

— Oh, c'est intéressant. J'aimerais beaucoup pouvoir lui parler. » Menley étudia Mme Paley pendant qu'elle embrassait Elaine… Séduisante, pensa-t-elle. Jan Paley ne portait aucun maquillage. Ses cheveux presque blancs ondulaient naturellement. Sa peau était finement ridée, avec le teint de quelqu'un qui ne s'est guère soucié de se protéger du soleil ; elle avait un sourire chaud et généreux.

Elaine la présenta à Menley et à Adam : « Vos nouveaux locataires, Jan. »

Menley surprit la lueur de compassion qui éclaira le regard de Jan Paley. Manifestement, Elaine lui avait parlé de Bobby. « La maison est merveilleuse, madame Paley, dit-elle sincèrement.

— Je suis heureuse que vous l'aimiez. » Jan Paley refusa l'assiette qu'Elaine proposait de lui apporter du buffet : « Non merci. Je viens de dîner au club. Je prendrai seulement une tasse de café. »

C'était le bon moment pour laisser Adam s'entretenir de Scott Covey avec Elaine. Les gens s'étaient dispersés dans la pièce et le canapé était vide. « Madame Paley, pourquoi n'irions-nous pas nous asseoir un instant ? proposa-t-elle avec un signe de tête en direction du siège.

— Volontiers. »

Comme elles s'installaient, Menley eut droit à une autre histoire de vacances.

« Il y a deux ans, j'ai accompagné mon mari à sa cinquantième réunion de lycée, raconta Jan Paley. Le premier soir, j'ai cru perdre la tête, en les entendant tous parler des bons vieux jours. Mais une fois qu'ils ont eu fini de ratiociner, j'ai passé des moments délicieux.

— Bien sûr.

— Je dois vous prier de m'excuser, dit Jan. La plus grande partie du mobilier de la maison est une horreur. Nous n'avions pas fini les gros travaux de restauration et nous nous sommes contentés des meubles existants en attendant de nous attaquer à la décoration.

— Les meubles de la grande chambre sont magnifiques.

— Oui. Je les avais repérés à une vente aux enchères et je n'ai pu résister à l'envie de les acheter. Mais en ce qui concerne le berceau, je l'ai trouvé sous un tas de vieilleries dans la cave. C'est un berceau authentique du début du XVIIe, je crois. Il a peut-être fait partie du mobilier d'origine. La maison a un passé intéressant, savez-vous ?

— D'après ce qu'on m'a dit, un capitaine au long cours l'a fait construire pour son épouse qu'il a ensuite quittée en apprenant qu'elle le trompait avec un autre homme.

— Ce n'est qu'une partie de l'histoire. On raconte que son épouse, Mehitabel, a toujours clamé son innocence et que, sur son lit de mort, elle a fait le vœu de demeurer dans la maison jusqu'à ce que son bébé lui soit rendu. Mais la moitié des anciennes maisons du Cap abritent de vieilles légendes. Des gens parfaitement sensés vous jureront qu'ils vivent dans des maisons hantées.

— Hantées !

— Oui. L'une de mes meilleures amies, par exemple, a acheté une vieille maison qui avait été retapée tant bien que mal par des bricoleurs. Après que la maison eut été entièrement restaurée et décorée dans les règles de l'art, un matin très tôt, alors que son mari et elle étaient encore au lit, elle fut réveillée par des pas dans l'escalier. Puis la porte de chambre s'ouvrit et elle jure avoir vu une empreinte de pieds sur le tapis.

— Je crois que je serais morte de peur.

— Non, Sarah a dit qu'elle avait éprouvé une impression très agréable, semblable à celle que ressent un enfant lorsqu'il se réveille et trouve sa mère en train de le border. Puis elle a senti une main lui tapoter l'épaule et entendu une voix lui murmurer : « Je suis si contente de tout ce que vous avez fait pour ma maison. » D'après elle, c'était la femme pour laquelle la maison avait été construite qui lui disait son bonheur de la voir si bien restaurée.

— A-t-elle vu un fantôme ?

— Non. Sarah est veuve aujourd'hui, et assez âgée. Elle raconte qu'elle sent parfois à ses côtés une présence bienveillante et a l'impression d'habiter la maison avec une vieille amie.

— Y croyez-vous ?

— Je ne dis pas que ça n'existe pas », répondit lentement Jan Paley.

Menley but son café et trouva le courage de poser une autre question : « Avez-vous jamais éprouvé un sentiment étrange dans la chambre d'enfant ? La petite pièce voisine de la chambre principale.

— Non, mais nous ne l'avons jamais utilisée. En vérité, pendant un certain temps après la mort de mon mari l'an dernier, j'ai réellement songé à rester à *Remember*. Mais je me sentais parfois tellement triste que j'ai jugé qu'il valait mieux m'en aller définitivement. Je n'aurais jamais dû laisser Tom entreprendre lui-même des travaux de restauration aussi pénibles, même s'il en a éprouvé un immense plaisir. »

Nous sentons-nous donc tous coupables lorsque nous perdons un être cher ? se demanda Menley. Elle parcourut la pièce du regard. Adam se tenait au milieu d'un groupe avec trois autres hommes. Elle sourit avec un peu d'amertume en voyant Margaret, la jolie brune, les rejoindre et lever un regard ébloui vers Adam. Un reste de béguin ? Comment l'en blâmerais-je ?

Jan Paley interrompit ses pensées : « J'ai acheté vos quatre *David* pour mon petit-fils. Ils sont tout simplement passionnants. Travaillez-vous sur un nouveau tome en ce moment ?

— J'ai décidé de situer les prochaines aventures de David

au Cap à la fin du XVIIᵉ siècle. Je commence à faire quelques recherches.

— C'est Phoebe Sprague qui aurait pu vous renseigner, il y a quelques années. C'était une historienne de renom, et elle préparait un ouvrage concernant *Remember*. Peut-être Henry vous laissera-t-il consulter quelques-unes de ses notes. »

La réception se termina à dix heures et demie. Sur le trajet du retour, Menley fit part à Adam de la suggestion de Jan Paley : « Crois-tu qu'il serait cavalier de demander à M. Sprague de consulter les notes de sa femme ou au moins l'origine de ses sources ?

— Je connais les Sprague depuis toujours, dit Adam. J'avais l'intention de leur téléphoner de toute façon. Qui sait, Henry sera peut-être ravi de partager les découvertes de Phoebe avec toi. »

Amy regardait la télévision dans le salon lorsqu'ils arrivèrent. « Hannah ne s'est pas réveillée une seule fois, dit-elle. Je suis allée la voir toutes les demi-heures. »

Tandis que Menley la raccompagnait à la porte, la jeune fille dit timidement : « Je suis stupide de vous avoir dit qu'il y avait quelque chose de bizarre dans la chambre d'Hannah. C'est sans doute à cause de cette histoire à dormir debout que Carrie Bell raconte à tout le monde, sur le berceau qui se balance tout seul et la courtepointe froissée comme si quelqu'un s'était assis sur le lit. »

Menley sentit sa gorge se serrer. « J'ignorais cette anecdote, mais elle est ridicule, dit-elle.

— C'est aussi mon avis. Bonsoir, madame Nichols. »

Menley se rendit directement dans la chambre d'enfant. Adam l'avait devancée. Hannah dormait à poings fermés dans sa position favorite, les bras au-dessus de la tête. « Nous ne pouvons plus l'appeler "Mademoiselle Grognon", murmura Adam.

— Combien de surnoms avons-nous donnés à ce pauvre

chou ? demanda Menley en se couchant quelques minutes plus tard.

— Un nombre incalculable. Dors bien, chérie. » Adam la prit contre lui. « J'espère que tu as passé une bonne soirée.

— Très bonne. » Plus tard elle murmura : « Je n'ai pas sommeil. Vois-tu un inconvénient à ce que je lise pendant un moment ?

— Tu sais bien que je suis capable de dormir en plein jour. » Il installa confortablement son oreiller. « Écoute, lorsque Hannah se réveillera, secoue-moi. Je m'occuperai d'elle. Tu l'as fait pendant toute la semaine.

— Entendu. » Menley chercha ses lunettes de lecture et se plongea dans l'un des ouvrages sur les premiers temps du Cap qu'elle avait déniché dans la bibliothèque. Il était épais et l'humidité avait gondolé la couverture. À l'intérieur, les pages étaient jaunies et usées. Néanmoins, il était captivant.

Elle apprit ainsi qu'à peine âgés de dix ans, les jeunes garçons partaient déjà en mer, et que certains d'entre eux n'avaient qu'une vingtaine d'années lorsqu'ils devenaient capitaines. Elle décida que, dans son nouvel épisode des *Aventures de David*, il serait intéressant de faire de son héros un jeune garçon vivant au XVIIᵉ siècle et destiné à embrasser la carrière de marin.

Elle arriva au chapitre qui contenait de brèves biographies des marins les plus célèbres. Un nom retint son attention : le capitaine Andrew Freeman, né en 1663 à Brewster, parti en mer alors qu'il était enfant; il était devenu commandant de son propre navire, le *Godspeed*, à l'âge de vingt-trois ans. Pilote et capitaine, il avait la réputation d'ignorer la peur, et même les pirates apprirent à rester à distance du *Godspeed*. Il coula en 1707, lorsque, contre toute raison, il prit la mer en sachant qu'un coup de nord-est s'annonçait. Les mâts se brisèrent, le bateau chavira et sombra avec tout son équipage. Les restes de l'épave furent rejetés le long de la barre de sable de Monomoy.

Il faut que j'en sache davantage sur lui, se dit Menley. Lorsqu'elle reposa enfin le livre et ses lunettes sur la table de chevet et éteignit la lumière, à deux heures du matin, elle ressentit l'excitation qui s'emparait toujours d'elle au moment où une intrigue prenait forme dans son esprit.

Hannah commença à s'agiter à sept heures moins le quart. Comme promis, Menley réveilla Adam et referma les yeux. Quelques minutes après, il revint dans leur chambre, Hannah blottie contre son épaule, à moitié endormie. « Menley, pourquoi as-tu mis Hannah dans le berceau ancien cette nuit ? »

Menley se redressa et le regarda d'un air étonné.

Troublée et légèrement inquiète, elle pensa : Je ne me souviens pas d'être allée la voir, mais si je le dis à Adam il croira que je suis folle. Elle se contenta de bâiller et murmura : « Hannah s'est réveillée et elle n'arrivait pas à se calmer. Je l'ai bercée pendant un moment.

— C'est ce que je me suis dit. »

Hannah redressa la tête sur l'épaule de son père et se tourna. Les stores étaient baissés, laissant passer un rai de lumière sur les côtés. Hannah bâilla avec application et cligna des paupières, puis elle sourit et s'étira.

Dans la pénombre de la pièce, les contours de son visage étaient si semblables à ceux de Bobby, pensa Menley. C'était ainsi qu'il se réveillait, en bâillant, souriant et s'étirant.

Menley leva les yeux vers Adam. Elle ne voulait pas lui montrer le début de panique qui l'envahissait. Elle se frotta les yeux. « J'ai lu très tard. J'ai encore sommeil.

— Dors autant que tu en as envie. Donne un baiser à ce bout de chou avant que je l'emmène en bas. Ne t'inquiète pas, je saurai très bien m'occuper d'elle. »

Il lui tendit le bébé. « Je sais », dit Menley. Elle approcha le petit visage à quelques centimètres du sien. « Bonjour, mon ange », chuchota-t-elle. C'est ton papa qui va s'occuper de toi, ajouta-t-elle en elle-même. Mais je te promets une chose : le jour où je penserai que je n'en suis pas capable, je serai dans la tombe.

24

HENRY et Phoebe étaient assis à une table à l'extérieur, sur la terrasse du Wayside. C'était la première fois de la saison qu'Henry emmenait Phoebe prendre un brunch en ville et il voyait un sourire de contentement flotter sur ses lèvres. Elle avait toujours aimé observer les gens, et la rue principale de Chatham grouillait de monde aujourd'hui. Touristes et résidents faisaient du lèche-vitrines, entraient et sortaient des boutiques ou se dirigeaient vers l'un des nombreux restaurants.

Henry jeta un coup d'œil au menu que l'hôtesse lui avait apporté. Nous prendrons des œufs Benedict, décida-t-il. L'un des plats favoris de Phoebe.

« Bonjour. Avez-vous fait votre choix, monsieur ? »

Henry leva la tête et écarquilla les yeux à la vue de la serveuse à la beauté tapageuse qui se tenait près d'eux. C'était Tina, la jeune femme qu'il avait vue dans le pub en face du salon de coiffure au début du mois de juillet, celle dont Scott Covey lui avait dit qu'elle tenait un petit rôle au théâtre du Cap.

Son visage ne trahissait aucun signe indiquant qu'elle le

reconnaissait, mais elle l'avait à peine regardé avant de sortir en hâte du pub ce jour-là. «Oui, nous pouvons commander», dit-il.

Pendant le repas, Henry ne cessa de faire des commentaires sur les passants : «Regarde, Phoebe, voilà les petits-enfants de Jim Snow. Nous allions souvent au théâtre avec les Snow, tu te souviens ?

— Arrête de me demander si je me souviens, dit sèchement Phoebe. Bien sûr que je me souviens.» Elle continua de boire son café. Un moment plus tard, elle se pencha en avant et regarda autour d'elle, ses yeux allant d'une table à une autre. «Il y a tant de gens, murmura-t-elle. Je ne veux pas rester ici.»

Henry poussa un soupir. Il avait espéré que son mouvement d'humeur était un signe d'amélioration. Pour certains patients, la Tacrine était un excellent médicament, capable de stopper temporairement, et même d'inverser le développement du mal chez les personnes atteintes de la maladie d'Alzheimer. Depuis qu'on l'avait prescrite à Phoebe, il avait cru déceler chez elle des éclairs de lucidité. À moins qu'il ne se soit accroché désespérément à un semblant d'espoir ?

Leur serveuse revint avec l'addition. Lorsque Henry posa la monnaie sur la table, il leva le regard vers elle. L'expression de la jeune femme était maussade et guindée, le sourire éblouissant s'était curieusement évanoui. Elle m'a reconnu, se dit Henry, et elle se demande si je fais la relation entre elle et Scott Covey.

Cette constatation le réjouit et il décida de ne pas se découvrir. Avec un sourire froid, il se leva et tira la chaise de Phoebe : «Tu es prête, chérie ?»

Phoebe se leva et regarda la serveuse. «Comment allez-vous, Tina ?» demanda-t-elle.

25

NAT COOGAN et sa femme, Debbie, possédaient un hors-bord de six mètres. Ils l'avaient acheté d'occasion lorsque les garçons étaient petits, mais grâce au soin avec lequel Nat l'entretenait, il était encore en excellent état. Leurs deux fils passant l'après-midi à Fenway Park pour assister au match des Red Sox, Nat avait proposé à Debbie d'aller pique-niquer en mer.

Elle haussa un sourcil : « Tu as horreur des pique-niques.

— Je n'aime pas rester assis dans un champ à me faire dévorer par les fourmis.

— Je croyais que tu irais lever tes casiers à homards et que tu reviendrais regarder le match. » Elle haussa les épaules : « Il y a un mystère que je ne saisis pas, mais bon. Je vais préparer des sandwiches. »

Nat regarda sa femme avec tendresse. Difficile de lui faire avaler n'importe quoi, pensa-t-il. « Non, repose-toi pendant quelques minutes. C'est moi qui m'occupe de tout. »

Il alla à l'épicerie où il acheta du saumon, du pâté, des crackers et du raisin. Autant faire les choses comme il faut, se dit-il.

« Un vrai festin, fit remarquer Deb en mettant les provisions dans un panier. Ils n'avaient plus de saucisses ?

— J'ai eu envie d'autre chose pour une fois. » Il prit la bouteille de vin blanc dans le réfrigérateur.

Debbie lut l'étiquette. « Aurais-tu quelque chose à te faire pardonner ? Ce vin coûte une fortune.

— Je sais. Allons-y. Le temps va changer en fin de journée. »

Ils mouillèrent l'ancre à un mille et demi du rivage. Nat ne dit pas à sa femme que c'était l'endroit exact où Vivian Covey avait passé ses dernières heures. Il aurait risqué de la bouleverser.

« Tout ça est délicieux, reconnut Debbie. Mais qu'est-ce que tu as soudain contre les transats ?

— Histoire de changer d'habitude. » Il étendit une vieille couverture de plage sur le pont et y disposa le pique-nique. Il avait apporté des coussins. Il remplit les verres de vin.

« Hé, doucement, protesta Debbie. Je n'ai pas envie de m'endormir ensuite.

— Pourquoi pas ? demanda Nat. Nous pourrons faire la sieste lorsque nous aurons fini. »

Le soleil était chaud. Le bateau se balançait doucement. Ils savourèrent le vin, goûtèrent le fromage et le pâté, grappillèrent le raisin. Une demi-heure plus tard, Debbie regarda d'un air ensommeillé la bouteille vide. « Je n'arrive pas à croire que nous ayons tout bu », dit-elle.

Nat ramassa les restes et les rangea dans le panier. « Tu veux t'étendre un moment ? » demanda-t-il, disposant les coussins sur la couverture. Il savait qu'elle n'était pas habituée à boire dans la journée.

« Volontiers. » Debbie s'étendit et ferma immédiatement les yeux.

Nat s'allongea près d'elle et se mit à repasser mentalement ce qu'il avait appris d'intéressant durant ces derniers jours. Vendredi, après avoir examiné les photos de l'autopsie, il s'était rendu chez Scott Covey. L'explication de Scott selon laquelle sa femme avait probablement changé l'émeraude de main lui semblait peu convaincante et peut-être préparée à l'avance.

Il regarda la bouteille de vin vide qui chauffait au soleil. Le rapport d'autopsie montrait que Vivian Carpenter avait bu plusieurs verres de vin peu avant sa mort. Mais lorsqu'il avait interrogé ses parents sur ses habitudes, tous deux lui avaient dit qu'elle buvait rarement dans la journée. Un seul verre de vin suffisait à l'endormir, particulièrement au soleil, exactement comme Deb.

Une femme se sentant engourdie après avoir bu du vin et qui par ailleurs faisait ses débuts de plongée sous-marine aurait-elle insisté pour accompagner son mari qui s'apprêtait à faire un petit tour sous l'eau ?

Nat ne le pensait pas.

À trois heures, il sentit un changement dans le balancement du bateau. La météo avait prévu de grosses averses aux environs de quinze heures trente.

Nat se leva. Leur mouillage faisait face à l'entrée du port, et de toutes les directions on voyait rentrer les petits bateaux.

Covey affirmait que Vivian et lui étaient sous l'eau depuis une vingtaine de minutes quand le grain s'était levé. Cela signifiait qu'en se réveillant de sa sieste cet après-midi-là, il avait *certainement* remarqué les petits bateaux qui regagnaient la côte. Et il avait dû sentir à certains signes que le courant forcissait.

Dans ces conditions, quelqu'un doué d'un minimum de bon sens aurait allumé la radio pour écouter le bulletin météo.

Deb remua et se redressa. « Qu'est-ce que tu fabriques ? »

— Je réfléchis. » Il la regarda s'étirer. « Tu as envie de piquer une tête ? »

Debbie se rallongea et ferma les yeux.

« Sûrement pas, murmura-t-elle. J'ai trop sommeil. »

26

SCOTT COVEY passa la journée du dimanche chez lui. Il était soulagé qu'Adams Nichols ait accepté de le défendre, mais ne savait quoi penser de la mise en garde qu'il lui avait adressée. « Lorsqu'une femme riche meurt dans un accident peu après son mariage avec un homme que personne ne connaît véritablement, et que cet homme est le seul à avoir assisté à sa mort, les rumeurs vont bon train. Vous vous êtes montré coopératif avec la police, et c'est très bien comme ça. À partir d'aujourd'hui, cessez de coopérer. Refusez de répondre à davantage de questions. »

Cet avis convenait à Scott.

La seconde partie du conseil de Nichols était facile à suivre : « Ne changez pas vos habitudes. Ne commencez pas à jeter l'argent par les fenêtres. »

Il n'avait pas l'intention de se montrer aussi stupide.

Adam avait conclu : « Et le plus important : ne vous affichez pas avec une autre femme tant que la police a des soupçons sur vous. »

Tina. Devait-il raconter à Adam qu'avant de rencontrer Viv, il avait eu une aventure avec elle ? Que leur histoire avait commencé l'année dernière, quand il travaillait au théâtre ? Adam comprendrait-il qu'il avait cessé toute relation avec elle après avoir connu Viv ?

Il pourrait expliquer que Tina n'avait jamais su qu'il était revenu au Cap. Puis, par malchance, elle avait quitté sa place à Sandwich et s'était fait engager au Wayside. Après les avoir aperçus, Viv et lui, au restaurant, elle s'était mise à lui téléphoner. La seule fois où il avait accepté de la rencontrer, il avait fallu qu'Henry Sprague vienne s'asseoir à côté de lui dans le bar ! Sprague n'était pas du genre que l'on dupe aisément. Fallait-il préciser à Adam que Tina n'était venue le voir qu'une seule fois chez lui après la disparition de Viv, pour lui présenter ses condoléances ?

À seize heures, le téléphone sonna. Avec une grimace, Scott alla répondre. Pourvu que ce ne soit pas l'inspecteur, pensa-t-il.

C'était Elaine Atkins, qui l'invitait à un barbecue chez son fiancé. « Il y aura quelques amis de John, dit-elle. Des gens importants, avec lesquels il est bon qu'on te voie. Au passage, j'ai vu Adam hier soir. Il m'a dit qu'il avait accepté de te défendre.

— Je ne te remercierai jamais assez pour ça, Elaine. Et bien sûr, je serai ravi de me joindre à vous. »

Comme il engageait sa voiture dans la rue une heure plus tard, il remarqua la vieille Chevrolet de Nat Coogan garée devant la maison des Sprague.

27

NAT COOGAN s'était rendu chez les Sprague à l'improviste. Il ne l'avait pas fait sans préméditation, cependant. Il savait qu'Henry Sprague lui avait caché quelque chose au sujet de Scott Covey, et il espérait que l'élément de surprise l'inciterait à répondre à la question qu'il avait l'intention de lui poser.

L'accueil réservé de Sprague ne le surprit pas. Un coup de fil à l'avance aurait été apprécié. Ils attendaient des invités.

« J'en ai à peine pour une minute.

— Entrez, je vous en prie. »

Henry Sprague le conduisit d'un pas pressé à travers la maison jusqu'à la terrasse à l'arrière. Nat comprit tout de suite la raison de sa hâte. Henry avait laissé sa femme seule dehors, et à la minute où il s'était absenté elle avait commencé à franchir la pelouse qui les séparait de la maison de Vivian Carpenter.

Sprague la rattrapa rapidement et la ramena sur la terrasse. « Installe-toi tranquillement, chérie. Adam et sa femme vont venir nous rendre visite. » Il n'invita pas Nat à s'asseoir.

Nat décida de jouer cartes sur table : « Monsieur Sprague, je crois que Scott Covey a délibérément abandonné sa femme

109

pendant qu'ils faisaient de la plongée sous-marine, et je compte faire tout ce qui est en mon pouvoir pour le prouver. L'autre jour, j'ai eu la nette impression que vous hésitiez à me dire quelque chose. Je sais que vous êtes le genre d'homme qui ne cherche pas à intervenir dans les affaires des autres. Mais cette histoire *vous* regarde. Imaginez la terreur de Vivian en s'apercevant qu'elle allait se noyer. Imaginez ce que vous ressentiriez si quelqu'un mettait volontairement votre femme en danger pour ensuite l'abandonner. »

Depuis quelque temps, Henry Sprague faisait d'énormes efforts pour cesser de fumer. Soudain, il se surprit en train de chercher dans la poche poitrine de sa chemise la pipe qu'il avait rangée dans le tiroir de son bureau. Il se promit d'aller la reprendre une fois qu'il aurait reconduit l'inspecteur à la porte. « Oui, vous avez raison, je vous ai caché une chose, dit-il à contrecœur. Trois semaines avant la mort de Vivian, je me suis trouvé par hasard au Cheshire Pub en même temps que Scott Covey. Une jeune femme du nom de Tina est entrée. Je suis certain qu'ils s'étaient donné rendez-vous. Il a feint d'être surpris à sa vue, et elle a compris le message et s'en est allée sans attendre. Je ne la connaissais pas. Mais je l'ai revue ce matin. Elle est serveuse au Wayside Inn.

— Je vous remercie, fit tranquillement Nat.

— Il y a autre chose. Ma femme l'a appelée par son nom. J'ignore quand elles ont pu se rencontrer si ce n'est... »

Il jeta un regard dans la direction de la maison de Vivian et de Scott. « Depuis quelque temps, dès que je tourne le dos, je retrouve Phoebe chez Scott Covey. La maison n'a pas l'air conditionné, et les fenêtres sont généralement ouvertes. Elle a pu y apercevoir Tina. C'est la seule explication qui me vienne à l'esprit. »

28

« C'ÉTAIT une bonne idée de laisser Amy s'occuper d'Hannah pendant deux heures, dit Adam comme ils passaient devant le phare et traversaient le centre de Chatham. D'après ce que je sais, la moindre perturbation est néfaste à Phoebe. Je crois qu'elle ne sera pas capable de commenter ses notes, mais je suis réellement heureux qu'Henry ait accepté de t'en faire profiter.

— Moi aussi. » Menley s'efforça en vain de paraître enthousiaste. Elle aurait dû se sentir heureuse. Ils avaient passé deux heures à la plage, puis parcouru les journaux du dimanche pendant qu'Hannah faisait la sieste. Vers trois heures et demie, le tonnerre avait éclaté et ils étaient restés à la fenêtre, regardant la pluie fouetter la mer, les vagues se dresser furieusement. Une belle journée, comme ils les aimaient, partageant les mêmes choses, le genre de journée qu'ils avaient souvent eu.

Sauf qu'à présent elle sentait toujours rôder autour d'elle la menace d'une dépression nerveuse. Que lui arrivait-il ? Elle n'avait pas parlé à Adam de son accès de panique au passage à niveau, bien qu'il l'eût certainement compris. Mais comment

111

lui avouer que, la nuit où il se trouvait à New York, elle avait été réveillée par le bruit d'un train, un grondement effrayant, comme si la locomotive et les wagons fonçaient à travers la maison ? Que penserait un être humain doué d'un minimum de raison d'une histoire pareille ? Et pouvait-elle lui dire qu'elle n'avait pas le moindre souvenir d'être entrée dans la chambre d'Hannah la nuit dernière ? Non, jamais !

Elle aurait l'air de se plaindre en lui confiant qu'elle s'était sentie esseulée à la soirée d'Elaine, devant leurs manifestations de camaraderie qu'elle ne pouvait pas partager. Allons, j'ai beaucoup d'amis, se rassura-t-elle. C'est seulement qu'ici je me sens un peu étrangère. Si nous décidons d'acheter *Remember*, je finirai par connaître tout le monde. Et j'inviterai mes propres amis à la maison.

« Tu es bien silencieuse soudain, fit remarquer Adam.

— Je réfléchissais. »

La circulation du dimanche après-midi était dense et ils parcoururent lentement la rue principale. Au rond-point, ils tournèrent sur la gauche et firent encore deux kilomètres avant d'arriver chez les Sprague, à Mill Pond.

Au moment où Adam s'arrêtait devant la maison, une Chevrolet bleue s'en éloignait. Henry Sprague se tenait sous le porche. Son accueil fut cordial, mais il était visiblement préoccupé.

« J'espère que Phoebe va bien », murmura Adam à Menley tandis qu'ils le suivaient vers la terrasse.

Henry avait prévenu sa femme de leur venue. Mme Sprague feignit de reconnaître Adam et adressa un sourire absent à Menley.

La maladie d'Alzheimer, pensa Menley. C'était terrible de perdre ainsi le contact avec la réalité. Au Bellevue, sa mère avait parfois eu des patients atteints de cette affection, à l'étage dont elle était responsable. Menley tenta de se souvenir des histoires qu'elle lui racontait sur la façon de les aider à retrouver la mémoire.

« Vous avez fait de nombreuses recherches sur l'origine de cette région, dit-elle. J'ai l'intention d'écrire un livre pour enfants situé au Cap au XVIIe siècle. »

Mme Sprague hocha la tête sans répondre.

Henry relatait à Adam la visite de Nat Coogan. « J'ai eu l'impression de tenir des propos de commère, dit-il, mais il y a quelque chose de faux chez Scott Covey. Si jamais il avait laissé cette pauvre jeune femme se noyer…

— Ce n'est pas l'avis d'Elaine, Henry. Elle m'a envoyé Scott la semaine dernière. J'ai accepté de prendre sa défense.

— Vous ! Je croyais que vous étiez en vacances, Adam.

— En principe, mais il est clair que Scott a raison d'être inquiet. La police est montée contre lui. Il a besoin d'un avocat.

— Dans ce cas, je viens de commettre une indiscrétion.

— Non. S'il est mis en accusation, la défense a le droit de savoir quels témoins seront cités. J'aimerais m'entretenir avec cette Tina.

— Vous me rassurez. » Henry Sprague poussa un soupir de soulagement et se tourna vers Menley : « Ce matin, j'ai rassemblé ce que j'ai pu trouver dans les dossiers de Phoebe sur les débuts du Cap. Je lui ai toujours dit que ses notes étaient un incroyable fatras pour quelqu'un qui rédigeait des articles et des essais aussi précis. » Il eut un petit rire. « Sa réponse était qu'elle travaillait dans un chaos organisé. Je vais vous les chercher. »

Il entra dans la maison et revint au bout de quelques minutes les bras chargés d'une pile de chemises en papier kraft.

« J'en prendrai le plus grand soin et je vous les rendrai avant notre départ », promit Menley. Ses yeux brillaient d'impatience à la vue du matériel mis à sa disposition. « Quel bonheur de pouvoir me plonger là-dedans !

— Henry, nous songeons sérieusement à acheter *Remember*, dit Adam. Êtes-vous entré dans la maison depuis qu'elle a été restaurée ? »

Subitement, l'expression de Phoebe Sprague changea, reflétant une sorte d'effroi. «Je ne veux pas retourner à *Remember*, dit-elle. Ils m'ont forcée à aller dans la mer. C'est ce qu'ils vont faire à la femme d'Adam.

— Chérie, tu te trompes. Tu n'as pas été à *Remember*», dit patiemment Henry.

Elle eut l'air décontenancé. «Je croyais y être allée.

— Non, tu étais sur la plage près de chez nous. Et c'est avec la femme d'Adam que tu es en ce moment.

— Vraiment?

— Oui, chérie.»

Il baissa la voix: «Il y a quelques semaines, Phoebe a disparu de la maison vers neuf heures du soir. Tout le monde est parti à sa recherche. Nous avions l'habitude de marcher le long de votre plage, et j'ai eu l'idée d'aller regarder de ce côté-là. Je l'ai retrouvée qui s'avançait dans la mer, non loin de votre maison. Quelques minutes de plus et il était trop tard.

— Je ne pouvais pas voir leurs visages mais je les connaissais, dit tristement Phoebe Sprague. Ils voulaient me faire du mal.»

29

L E LUNDI matin, Adam téléphona au Wayside, où on lui confirma qu'une serveuse du nom de Tina était de service ce jour-là, puis il appela Scott Covey et lui donna rendez-vous au restaurant.

Menley avait prévu de faire venir Amy pour garder Hannah pendant qu'elle se plongerait dans les dossiers de Phoebe Sprague. Elle était impatiente de se mettre au travail. « Je ne te manquerai pas, dit Adam en riant. Tu as une lueur dans l'œil qui ressemble à celle d'un pirate à la poursuite d'un navire rempli d'or.

— Habiter *Remember* m'aide à capter l'atmosphère de cette époque, dit Menley avec entrain. Savais-tu que si la porte du grand salon est aussi large, c'est parce qu'il fallait qu'un cercueil puisse la franchir ?

— C'est charmant ! Ma grand-mère me racontait des histoires sur les vieilles maisons où elle avait vécu, dit Adam. J'en ai oublié la plupart. » Il s'interrompit, resta pensif un moment. « Bon, je file organiser la défense de mon nouveau client. » Menley faisait manger Hannah. Adam l'embrassa sur le front et caressa le pied du bébé. « Tu es trop barbouillée pour qu'on t'embrasse, ma puce », lui dit-il.

Il hésita. Devait-il mentionner qu'il avait l'intention de passer devant l'agence d'Elaine et d'y entrer si elle s'y trouvait ? Il décida de ne rien dire. Il préférait que Menley ignore la raison de cette visite.

Il arriva au Wayside quinze minutes avant l'heure de son rendez-vous avec Scott Covey. Il n'eut aucun mal à repérer Tina, d'après la description d'Henry Sprague. Au moment où il pénétrait dans le restaurant, elle débarrassait une table près de la fenêtre. Il demanda à l'hôtesse de l'installer à cette place.

Particulièrement séduisante, dans le genre voyant, pensa-t-il en prenant le menu qu'elle lui tendait. Des cheveux noirs brillants, des yeux bruns au regard aguicheur, un teint de porcelaine et des dents parfaites que dévoilait un sourire radieux. Une tenue d'uniforme inutilement étroite révélait chaque courbe de ses formes généreuses. Entre vingt-cinq et trente ans, supposa-t-il, et elle a roulé sa bosse.

Son joyeux : « Bonjour monsieur », fut suivi par un regard franchement admiratif. Une expression de « Poupée de papier », que sa mère chantait souvent, lui revint en mémoire : « des yeux de braise, de braise… ». Tina avait exactement des yeux de braise.

Scott arriva à neuf heures tapantes. Depuis le fond de la salle, Adam vit son expression changer en constatant que c'était Tina qui les servirait. Mais lorsqu'il s'assit à la table et qu'elle vint lui présenter le menu, il le prit sans paraître la reconnaître, et elle fit comme si elle ne l'avait jamais vu, se contentant d'un « Bonjour, monsieur ».

Les deux hommes commandèrent un jus de fruits, du café et un feuilleté. « Je n'ai pas grand appétit ces jours-ci, dit Covey comme si de rien n'était.

— Vous en aurez encore moins si vous me menez en bateau. »

Scott sursauta. « Que voulez-vous dire ? »

Tina débarrassait une table voisine. Adam fit un signe de

116

tête dans sa direction. « Cela veut dire que la police sait que vous avez rencontré cette ravissante jeune personne au Cheshire Pub avant la mort de votre femme, et qu'elle est sans doute venue chez vous.

— Henry Sprague. » Scott fit une moue de dégoût.

« Henry Sprague s'était rendu compte que votre rencontre au pub n'était pas due au hasard. Mais si vous ne lui aviez pas raconté une histoire cousue de fil blanc sur la participation de Tina à la pièce qui se donnait alors au théâtre du Cap, il n'aurait rien dit à l'inspecteur. Et comment Mme Sprague connaît-elle Tina ?

— Elle ne la connaît pas.

— Phoebe la connaît suffisamment pour l'appeler par son prénom. Combien de fois Tina est-elle venue chez vous ?

— Une seule. Elle est passée me voir après la disparition de Viv. Cette pauvre Phoebe a perdu les pédales. C'est terrifiant de la voir coller le nez à la fenêtre, ou ouvrir la porte et entrer. Depuis qu'elle va si mal, elle passe son temps à se tromper de maison. Elle se trouvait sans doute dans les parages, le jour où Tina est venue. Souvenez-vous, Adam, beaucoup de gens sont passés me voir durant ces dernières semaines.

— Quelles étaient vos relations avec Tina avant la mort de votre femme ?

— Je n'en ai eu aucune depuis la minute où j'ai connu Viv. Avant cela, oui. L'année dernière, lorsque je travaillais à la régie du théâtre, je suis sorti avec elle. »

Adam haussa un sourcil. « Sorti ?

— J'ai eu une liaison avec elle. » Scott Covey prit l'air accablé. « Adam, j'étais célibataire. Elle aussi. Regardez-la. Tina est une fille qui aime s'amuser. Nous savions tous les deux que cela ne nous mènerait nulle part, que, la saison finie, je partirais. Elle travaillait au restaurant Daniel Webster à Sandwich. Ce n'est franchement pas de chance qu'elle ait pris un job ici et que Viv et moi soyons tombés sur elle. Elle m'a téléphoné, ce jour-là, pour me demander de venir prendre un verre avec elle. Elle est venue à la maison me dire qu'elle était navrée de la mort de Viv. C'est tout. »

Tina s'avançait vers eux avec la cafetière. « Encore un peu de café, monsieur ? » demanda-t-elle à Scott.

« Tina, Adam Nichols est mon avocat, dit Scott. Il a accepté de me défendre. Tu es au courant des bruits qui circulent. »

Elle parut désorientée et ne dit rien.

« Tout va bien, Tina, lui dit Scott. M. Nichols sait que nous nous connaissons, que nous sortions ensemble et que tu es passée à la maison me présenter tes condoléances.

— Pourquoi vouliez-vous voir Scott au Cheshire Pub le jour où Henry Sprague s'y trouvait ? » demanda Adam.

Elle le regarda droit dans les yeux. « Lorsque Scott a quitté le Cap à la fin de la saison l'an dernier, je n'ai plus jamais entendu parler de lui. Puis, en le voyant entrer ici avec sa femme, j'ai été furieuse. J'ai cru qu'il la fréquentait pendant que nous étions ensemble. Mais c'était faux. Il avait fait sa connaissance à la fin de l'été. J'avais seulement besoin qu'il me le dise.

— Je vous conseille de vous en tenir à cette version face à la police, dit Adam. Parce qu'ils vont vous interroger. J'aimerais un peu plus de café et l'addition, s'il vous plaît. »

Une fois qu'elle se fut éloignée de la table, Adam se pencha vers Scott : « Écoutez-moi bien. J'ai accepté de vous défendre mais je dois vous avouer qu'il y a une accumulation de facteurs négatifs. À vos frais, je vais mettre un détective sur l'affaire.

— Un détective ! Pourquoi ?

— Il aura pour mission de mener exactement les mêmes enquêtes que celles entreprises par la police de Chatham. Si nous allons aux assises, nous ne pouvons nous permettre d'avoir des surprises. Nous devons voir les photos de l'autopsie, l'équipement de plongée que portait votre femme, savoir quels étaient les courants ce jour-là, trouver d'autres plaisanciers pour témoigner qu'ils ont failli se retrouver à l'eau à cause de l'arrivée subite du grain. »

Il se tut pendant que Tina posait l'addition sur la table et repartait ; puis il reprit : « Il nous faut davantage de témoins comme Elaine, pouvant attester que vous étiez un couple extrêmement uni. Et, pour finir, mon détective enquêtera sur vous, tout comme le fait la police en ce moment même. S'il y a des zones d'ombre dans votre passé, je dois les connaître et être à même de les justifier. »

Il jeta un coup d'œil à l'addition et sortit son portefeuille.

« Je vous en prie, c'est pour moi. » Scott tendit la main.

Adam sourit. « Ne vous inquiétez pas. Ça fait partie des frais. »

Alors qu'ils descendaient les marches du perron, Adam vit se garer la Chevrolet bleue qu'il avait remarquée au moment où elle quittait la maison des Sprague. « Tina a de la visite », dit-il sans émotion en regardant l'inspecteur Coogan sortir de la voiture et pénétrer dans le restaurant.

30

AMY arriva à neuf heures trente. Au lieu d'aller immédiatement s'occuper d'Hannah après avoir salué Menley, elle s'attarda auprès de la table jonchée des ouvrages et des dossiers que Menley se préparait à consulter.

«Madame Nichols, mon père et Elaine avaient invité quelques amis à un barbecue hier soir, et Scott Covey était présent. Il est *beau à couper le souffle!*»

Voilà donc la raison de ces yeux brillants ce matin, se dit Menley.

«Je suis contente que M. Nichols s'occupe de sa défense. Il est tellement gentil, et la police lui en fait voir de toutes les couleurs.

— C'est ce que nous avons cru comprendre.

— C'est bizarre de penser que sa femme et lui sont venus visiter *Remember* seulement un jour ou deux avant sa mort.

— En effet.

— Il m'a parlé pendant un moment. Sa mère est morte et il a une belle-mère. Il m'a dit qu'il s'était empêché de l'aimer au début, et qu'ensuite il a regretté d'avoir perdu tellement de temps à se montrer désagréable avec elle. Ils s'entendent très bien maintenant.

— Je suis heureuse qu'il t'ait parlé, Amy. Cela t'aide-t-il à accepter le remariage de ton père ? »

Elle soupira. « Je l'espère. En l'écoutant, je me suis dit que ça ne se passerait peut-être pas si mal. »

Menley se leva de la table et posa ses mains sur les épaules de la jeune fille. « Ce sera mieux que pas mal. Tu verras.

— Peut-être. C'est juste que… Non, tout ira bien. Je voudrais seulement que mon père soit heureux. »

Assise dans son parc, Hannah examinait attentivement un hochet. Elle se mit à l'agiter avec vigueur.

Menley et Amy éclatèrent de rire. « Mademoiselle n'apprécie pas qu'on l'ignore, dit Menley. Tu pourrais la mettre dans son landau et aller la promener un moment. »

Lorsqu'elles furent sorties, elle ouvrit les dossiers de Phoebe, empila leur contenu sur la table et commença à mettre les documents, ouvrages divers et coupures de journaux, dans un certain ordre. C'était une véritable mine d'or. Il y avait là des copies de lettres qui dataient du XVIIe siècle, des titres, des généalogies, des vieilles cartes et des pages et des pages de notes rédigées par Phoebe Sprague, qui avait à chaque fois indiqué ses sources.

Menley trouva des dossiers, étiquetés par catégorie, parmi lesquels : NAUFRAGES ; ÉCUMEURS ; PIRATES ; SALLES DE RÉUNION ; MAISONS ; CAPITAINES AU LONG COURS. Ainsi que l'avait prévenue Henry Sprague, les papiers à l'intérieur de chaque dossier étaient loin d'être en ordre. Ils étaient simplement là, certains pliés, d'autres déchirés, d'autres encore avec des paragraphes soulignés.

Menley décida de feuilleter rapidement chaque dossier afin d'avoir une idée de son contenu et d'établir ensuite une vue d'ensemble. Elle était aussi à l'affût de tout ce qui concernait le capitaine Andrew Freeman, espérant en apprendre davantage sur *Remember*.

Une heure plus tard, elle tomba sur une première chose. Dans le dossier étiqueté MAISONS, se trouvait une allusion à celle construite par Tobias Knight pour le capitaine Andrew Freeman : « ... une maison d'habitation de belles dimensions, pouvant contenir les biens et effets qu'il y a transportés... » L'année était 1703. Il s'agit sans doute de cette maison, pensa Menley.

Revenant un peu en arrière dans le dossier, elle découvrit la copie d'une lettre que le capitaine Freeman avait écrite à Tobias Knight, donnant des instructions pour la construction de la maison. Une phrase en particulier la frappa : « Mehitabel, mon épouse, est fluette et de constitution fragile. Prenez soin que les planches soient bien jointées, afin qu'aucun courant d'air malvenu ne puisse pénétrer à l'intérieur et lui faire prendre froid. »

Mehitabel. C'était la femme infidèle. « Fluette et de constitution fragile, songea Menley. ... afin qu'aucun courant d'air malvenu ne puisse pénétrer... » Pourquoi une femme tromperait-elle un homme qui se souciait si tendrement d'elle ? Elle repoussa sa chaise, se leva, alla jusqu'au petit salon et jeta un coup d'œil dehors. Amy s'était arrêtée presque au bout de la falaise et lisait à côté du landau.

Combien de temps Mehitabel avait-elle vécu dans cette maison ? se demanda Menley. Était-elle amoureuse du capitaine Freeman ? Quand approchait la date de son retour après un long voyage, montait-elle sur le balcon de la veuve pour guetter son arrivée ?

Elle avait interrogé Adam à propos de la petite plate-forme entourée d'une balustrade qui couronnait les toits de nombreuses vieilles maisons du Cap. Il lui avait dit qu'on les appelait les balcons de la veuve parce que, les premiers temps, lorsqu'un capitaine au long cours était attendu chez lui au retour d'un voyage, son épouse montait le guetter sur le toit, scrutant du regard l'horizon, cherchant à voir se dessiner les voiles du navire. Tant de voiliers ne revenaient jamais à cette époque, que ces petites plates-formes avaient pris le nom de « balcons de la veuve ».

Depuis celui de cette maison, on embrassait certainement une immense étendue d'océan. Elle se représenta une mince jeune femme guettant de là-haut. Ce serait l'un des dessins qui illustreraient le livre.

Puis elle sourit en reportant son regard vers le landau où Hannah dormait au soleil. Elle se sentit soudain calme et en paix. Je vais m'en sortir, se dit-elle. Je m'inquiète trop. Le travail me remet toujours d'aplomb.

Elle regagna la cuisine et parcourut davantage de dossiers, dressa ses propres listes — noms typiques de l'époque ; descriptions de vêtements ; références au temps.

Il était midi et quart lorsqu'elle regarda l'horloge. Je ferais bien de penser au déjeuner, se dit-elle, et elle sortit pour aller chercher Amy et Hannah.

Hannah dormait toujours. « Cet air agit comme un sédatif, Amy, dit Menley en souriant. Quand je pense à la façon dont cette enfant a refusé de fermer l'œil pendant les six premières semaines de son existence !

— Elle s'est endormie à la minute où le landau s'est mis en branle, dit Amy. Je devrais vous compter moitié prix.

— Pas question. Grâce à toi, j'ai eu deux heures parfaites. Les dossiers que j'ai examinés contiennent des renseignements précieux. »

Amy la regarda avec perplexité : « Oh ! j'avais cru vous apercevoir là-haut. » Elle désigna le balcon de la veuve.

« Amy, qu'est-ce que tu racontes ? À part les quelques minutes où je suis allée regarder à la fenêtre du salon, je n'ai pas bougé de la table. » S'abritant les yeux, Menley leva la tête vers le balcon de la veuve. « Il y a une bande de métal sur la cheminée de gauche. Dans les rayons du soleil, on croirait voir quelque chose bouger. »

Amy ne parut pas convaincue, mais elle secoua la tête : « Vous avez raison, j'avais le soleil dans les yeux quand j'ai regardé là-haut, et j'ai dû cligner des paupières. J'ai probablement cru vous voir. »

Plus tard, pendant qu'Amy faisait manger Hannah, Menley se faufila jusqu'en haut de l'escalier. Une échelle pliante dans un réduit du premier étage menait au balcon de la veuve. Elle ouvrit la porte et sentit un courant d'air froid. D'où venait-il ?

Elle déplia l'échelle, escalada les barreaux, déverrouilla et souleva la trappe, puis se glissa à l'extérieur. Avec précaution, elle tâta le plancher. Il était solide. Elle avança de quelques pas et posa sa main sur la rambarde. Elle lui arrivait presque à hauteur de la poitrine. Elle aussi était solide.

Qu'a vu Amy quand elle a cru m'apercevoir ? se demanda-t-elle. Le balcon avait environ trois mètres carrés et il était coincé entre les deux grosses cheminées. Elle alla à l'autre extrémité et regarda l'endroit précis, à plus de trois cents mètres de distance, où était assise Amy. Puis elle se retourna pour examiner l'espace derrière elle.

Était-ce la bande métallique sur le coin de la cheminée de gauche qui avait attiré l'œil d'Amy ? Les rayons du soleil dansaient sur le métal, produisant des ombres mouvantes.

Je ne comprends toujours pas comment elle a pu commettre une telle méprise, se dit Menley en descendant de l'échelle. Seigneur, il fait affreusement humide là-dedans ! Le froid à l'intérieur du réduit la fit frissonner.

Une pensée soudaine l'immobilisa au bas des marches. Serait-il possible qu'Amy ait raison ? Lorsque je me représentais Mehitabel guettant le retour de son capitaine depuis le balcon de la veuve, l'image n'était-elle pas si nette justement parce que j'étais moi-même montée ici ? Est-ce que je perds à ce point le sens des réalités ?

Cette idée l'emplit de désespoir.

31

ADAM laissa sa voiture au Wayside et parcourut à pied les deux rues qui le séparaient de l'agence d'Elaine. À travers la vitre, il la vit assise à son bureau. Il avait de la chance. Elle était seule.

La devanture était pleine de photos de propriétés à vendre et à louer. Comme il s'avançait vers la porte, la photo aérienne de *Remember* attira son regard et il l'examina. Jolie prise de vue, pensa-t-il. Elle embrassait tout le panorama autour de la maison : la mer, la barre de sable, la plage, la falaise, un bateau de pêche, le tout avec une remarquable définition. Il lut la carte épinglée à la photo : REMEMBER. À VENDRE. Pas question, pensa-t-il.

Lorsque la porte s'ouvrit, Elaine leva les yeux, puis repoussa sa chaise et se hâta vers la pièce de réception. « Adam, quelle agréable surprise ! » Elle lui donna un léger baiser.

Il la suivit dans son bureau et s'installa dans un confortable fauteuil. « Dis donc, qu'est-ce que tu trames, tu essaies de vendre ma maison à mon insu ? »

Elle haussa un sourcil. « J'ignorais que tu étais acheteur.

— Appelons ça une "possibilité". Je ne t'en ai pas encore parlé. Menley l'aime beaucoup, mais je ne veux pas la presser de prendre une décision. Nous avons une option jusqu'en septembre, n'est-ce pas ?

— Oui, et j'étais certaine que tu la voudrais.

— Alors, pourquoi la photo dans la vitrine ? »

Elle rit. « Pour attirer les clients. Les gens viennent se renseigner, je dis qu'il y a une option et je les branche sur une autre maison.

— Tu as toujours été sacrément maligne.

— Il le faut bien. Ma pauvre mère n'a jamais pu garder une place. Elle s'engueulait toujours avec quelqu'un et se retrouvait éjectée. »

Le regard d'Adam s'adoucit. « Tu n'as pas eu la vie facile, quand tu étais jeune, Elaine. Je ne suis pas du genre à faire des compliments exagérés, mais je dois dire que tu es véritablement sensationnelle. »

Elaine lui adressa une grimace : « Tu en rajoutes un peu.

— Non, vraiment pas, répondit imperturbablement Adam. Je suis peut-être un peu moins obtus, c'est tout. Je ne sais pas si je t'ai jamais remerciée de ta gentillesse lorsque je suis venu au Cap l'an dernier.

— Entre la perte de Bobby et ta séparation d'avec Menley, tu étais en piteux état ; j'ai été heureuse de pouvoir t'aider.

— Je vais encore faire appel à toi, aujourd'hui.

— Des ennuis ? demanda-t-elle vivement.

— Pas réellement. Mais je vais avoir à faire plus d'aller et retour à New York que je ne le croyais. Je n'aime pas laisser Menley seule aussi souvent. Je crois qu'elle souffre encore de ces symptômes post-traumatiques, plus qu'elle ne le laisse entendre. Je pense qu'elle estime devoir y faire front toute seule, et c'est peut-être ce qu'elle fait.

— Et si Amy restait avec elle pour la nuit ?

— Menley ne veut pas en entendre parler. J'ai pensé que certains soirs, lorsque je serai absent, Amy pourrait venir garder Hannah pendant que John et toi vous inviteriez Menley à dîner. Quand je suis à la maison, cela nous fait du bien

126

de rester ensemble. Nous sommes encore… Oh, qu'importe.

— Adam, qu'y a-t-il?

— Rien. »

Elaine savait qu'il était inutile de pousser Adam à exprimer la fin de sa pensée. « Préviens-moi dès que tu repars à New York, dit-elle simplement.

— Demain après-midi.

— Je téléphonerai aujourd'hui dans la soirée, pour vous inviter tous les deux à dîner demain, puis j'insisterai pour que Menley vienne seule.

— Et je ferai de même de mon côté. » Adam sourit. « Je me sens soulagé. À propos, j'ai pris le petit déjeuner avec Scott Covey.

— Et alors?

— Rien dont je puisse parler maintenant. Secret professionnel.

— On me tient toujours à l'écart, soupira-t-elle. Oh, pendant que j'y pense. Grande nouvelle. Inscris le premier samedi après Thanksgiving sur tes tablettes. John et moi nous nous marions ce jour-là.

— Épatant! Quand avez-vous fixé la date?

— Hier soir. Nous avions préparé un barbecue. Scott Covey était là. Il a parlé avec Amy de sa belle-mère, et ensuite Amy a dit à son père qu'elle se réjouissait pour nous. John m'a téléphoné à minuit. Scott a vraiment dénoué la situation.

— Tu ne cesses de me répéter que Covey est un type bien. » Adam se leva. « Raccompagne-moi à la porte. »

Dans la pièce de réception il entoura de son bras les épaules d'Elaine. « John verra-t-il d'un mauvais œil que j'aie recours à toi une fois que vous serez mariés?

— Bien sûr que non. »

À la porte, il la serra contre lui et l'embrassa sur la joue. « Tu faisais mieux que ça autrefois », dit-elle en riant. Dans un geste soudain, elle tourna le visage d'Adam vers elle et pressa ses lèvres contre les siennes.

Il recula d'un pas et secoua la tête. « Ça évoque de vieux souvenirs, Laine. »

32

L E SERVICE du petit déjeuner était pratiquement terminé. Seuls quelques derniers clients s'attardaient à boire leur café. Le directeur avait conseillé à Tina de s'asseoir à l'une des tables au fond de la salle pour parler avec l'inspecteur. Elle apporta du café, puis alluma une cigarette.

« J'essaie de m'arrêter, dit-elle à Nat après la première bouffée. Je m'autorise un écart seulement une fois de temps en temps.

— Lorsque vous êtes nerveuse, par exemple », insinua Nat.

Les yeux de Tina se plissèrent. « Je ne suis pas nerveuse, dit-elle d'un ton sec. Pourquoi le serais-je ?

— C'est vous qui le savez. Vous pourriez l'être par exemple si vous rôdiez autour d'un homme marié depuis peu, dont la femme millionnaire est morte subitement. Si la cause de cette mort s'avérait être un homicide, nombre de gens pourraient se demander si vous étiez au courant des projets du mari éploré. Pure supposition, bien sûr.

— Écoutez, monsieur Coogan, dit Tina. J'ai eu une petite aventure avec Scott l'année dernière. Il a toujours dit qu'il repartirait à la fin de l'été. Je suis sûre que vous avez entendu parler des amours de vacances.

— Et j'ai entendu parler de certaines petites aventures qui ne se sont pas terminées à la fin de l'été.

— Celle-ci l'était bel et bien. C'est seulement en le voyant avec sa femme, ici même, et en apprenant qu'il la fréquentait déjà en août dernier que je suis devenue folle de rage. Avant de le rencontrer, je sortais avec un type qui était dingue de moi, qui voulait même m'épouser, et je l'avais laissé tomber pour Scott.

— Et c'est pour cette raison que vous avez donné rendez-vous à Scott dans ce pub, il y a un mois ?

— Comme je l'ai dit à M. Nichols…

— M. Nichols ?

— C'est l'avocat de Scott. Il se trouvait ici avec lui ce matin. Je lui ai expliqué que c'était moi qui avais téléphoné à Scott, et non le contraire. Il refusait de me voir, mais j'ai insisté. Ensuite, quand je suis arrivée au pub, il y avait un homme qui lui parlait et j'ai compris que je ne devais pas donner l'impression que nous avions rendez-vous. Je ne me suis pas attardée.

— Mais vous l'avez revu une autre fois ?

— Je l'ai appelé chez lui. Il m'a demandé d'expliquer ce que j'avais à dire au téléphone. Et je lui ai dit son fait.

— C'est-à-dire ?

— Je lui ai dit que j'aurais préféré ne jamais le connaître, que s'il m'avait laissée tranquille, j'aurais épousé Fred et que tout irait bien pour moi aujourd'hui. Fred était amoureux de moi et il avait de l'argent.

— Mais vous disiez avoir toujours su que Scott partirait, une fois la saison théâtrale terminée ? »

Tina tira longuement sur sa cigarette et soupira : « Écoutez, monsieur Coogan, quand un type comme Scott vous court après en disant qu'il est fou de vous, vous pensez au fond de vous-même que vous avez peut-être une chance de lui mettre le grappin dessus. Des quantités de filles ont mis la corde au cou à des types qui juraient qu'ils ne se marieraient jamais.

— Vous avez sans doute raison. Donc, ce que vous reprochiez à Scott c'était de jouer simultanément le même jeu avec Vivian.

— Mais je me trompais. Elle l'a rencontré la dernière semaine où il était ici. Elle lui a écrit. Elle est venue le voir quand il est parti travailler au théâtre de Boca Raton. C'est elle qui lui a couru après. Ça m'a un peu réconfortée.

— C'est Scott qui vous l'a raconté ?

— Ouais.

— Et ensuite vous lui avez présenté vos condoléances après la mort de sa femme. Peut-être espériez-vous qu'il chercherait quelque consolation auprès de vous.

— Il ne l'a pas fait. » Tina repoussa sa chaise. « Et il en aurait été pour ses frais. Je revois Fred. Vous voyez qu'il n'y a aucune raison que vous veniez m'ennuyer. J'ai été ravie de vous rencontrer, monsieur Coogan. Ma pause-café est terminée. »

En quittant le restaurant, Nat s'arrêta au bureau du personnel du Wayside et demanda à regarder le formulaire que Tina avait rempli avant d'être engagée comme serveuse. Il apprit qu'elle était originaire de New Bedford, qu'elle vivait au Cap depuis cinq ans et qu'elle était serveuse au Daniel Webster Inn, à Sandwich, avant de venir ici.

Parmi les références qu'elle avait fournies, il trouva le nom qu'il cherchait. Fred Hendin, menuisier à Barnstable. Barnstable était la ville située juste après Sandwich. Il aurait parié sa chemise que ce Fred Hendin était la bonne poire que Tina avait laissée tomber l'an dernier et vers qui elle était revenue. Il n'avait pas voulu poser trop de questions à Tina à son sujet. Elle risquait de le prévenir que la police allait l'interroger.

Il pourrait être intéressant de parler au soupirant de Tina et à ses collègues du Daniel Webster.

Une jeune personne qui n'a pas froid aux yeux, songea Nat en rendant le dossier de Tina. Et qui le prenait de haut. Elle croit m'avoir convaincu. C'est ce que nous verrons.

33

ANNE et Graham Carpenter avaient eu la maison pleine pendant le week-end; leurs filles Emily et Barbara étaient venues avec maris et enfants. Ils étaient tous allés faire du bateau, puis les adultes avaient joué au golf pendant que les trois enfants étaient partis à la plage avec des amis. Le samedi soir, ils avaient dîné au club. Qu'il ne fût rien resté des discordes et tensions que Vivian avait suscitées dans ce genre de réunions familiales avait rendu son absence étrangement plus pesante aux yeux d'Anne.

Aucun de nous n'a su l'aimer comme elle le demandait, se reprocha-t-elle. Cette pensée et l'énigme de la disparition de l'émeraude restaient tapies dans un coin de son esprit. La bague était le seul objet auquel tenait vraiment Vivian. Avait-elle été arrachée de son doigt par la seule personne qui lui avait donné le sentiment d'être aimée? La question hanta Anne Carpenter pendant tout le week-end.

Le lundi matin au petit déjeuner, elle aborda ce sujet: «Graham, je crois qu'Emily a eu une bonne idée en ce qui concerne la bague.

— Quelle idée, chérie?

— Elle m'a fait remarquer qu'elle était encore inscrite sur notre police d'assurance. Elle pense que nous devrions signaler sa disparition. Dans une situation comme celle-ci, ne serions-nous pas couverts ?

— Peut-être. Il nous faudrait alors remettre l'argent à Scott, en tant qu'héritier de Vivian.

— Je sais. Mais cette bague a été estimée deux cent cinquante mille dollars. Si nous laissions entendre à la compagnie d'assurances que la version de Scott à propos de la disparition de Vivian nous paraît douteuse, ne crois-tu pas qu'ils pourraient charger un détective d'enquêter sur lui ?

— L'inspecteur Coogan s'en occupe déjà. Tu le sais, Anne.

— Quel mal y aurait-il à ce que la compagnie d'assurances s'en mêle ?

— Aucun, je suppose. »

Anne fit un signe de tête à la domestique qui s'approchait de la table. « Je prendrais volontiers un peu plus de café, madame Dillon, merci. »

Elle but en silence pendant quelques minutes, puis reprit : « Emily m'a rappelé que Vivy se plaignait que l'anneau était trop étroit lorsqu'elle enlevait sa bague pour la nettoyer. Tu te souviens ? Elle s'était cassé le doigt lorsqu'elle était petite et l'articulation avait gonflé. Mais une fois en place, la bague lui allait parfaitement, si bien que l'histoire de Vivian la mettant à son autre main n'a aucun sens. »

Les yeux brillant de larmes contenues, elle ajouta : « Je me rappelle les légendes que me racontait ma grand-mère sur les émeraudes. Elle disait que les émeraudes retournent toujours à leur propriétaire. »

34

JAN PALEY avait passé le dimanche sans bouger de chez elle. Pour elle, c'était le jour le plus triste de la semaine. Elle conservait trop de souvenirs de ces dimanches heureux où Tom et elle lisaient les journaux, faisaient les mots croisés, se promenaient sur la grève.

Elle habitait Lower Road, à Brewster, dans la maison qu'ils avaient achetée trente ans auparavant. Ils avaient projeté de la vendre, une fois que seraient terminés les travaux de restauration de *Remember*. Elle se félicitait aujourd'hui qu'ils n'aient pas déjà déménagé au moment où elle avait perdu Tom.

Jan était toujours soulagée quand revenait le lundi et que ses activités de la semaine reprenaient. Récemment, elle avait proposé son aide à la bibliothèque des femmes de Brewster, et elle y travaillait tous les lundis après-midi. C'était une occupation agréable et utile, et elle appréciait la compagnie des autres femmes.

Aujourd'hui, au volant de sa voiture pour se rendre à la bibliothèque, elle pensa à Menley Nichols. Elle s'était tout de suite prise d'affection pour la jeune femme, d'autant plus qu'elle admirait beaucoup ses livres. Et elle se réjouissait à l'idée que les prochaines aventures de David se situeraient au Cap. Samedi dernier, lorsque Menley et elle avaient parlé de *Remember*, la jeune femme avait laissé entendre qu'elle utiliserait peut-être pour modèle le capitaine Andrew Freeman pour raconter l'histoire d'un garçon qui prend la mer dès son jeune âge.

Jan se demanda si Menley avait suivi sa suggestion et demandé à Henry Sprague de consulter les notes de Phoebe, mais alors qu'elle s'engageait sur l'autoroute, une autre pensée lui vint à l'esprit. Au début du XVIIIe siècle, il était habituel pour un capitaine au long cours d'emmener sa femme et même ses enfants avec lui lors d'importantes traversées. Certaines de ces femmes avaient écrit leur journal et ces documents faisaient partie de la collection de la bibliothèque des femmes de Brewster. Elle n'avait pas eu l'occasion de les lire jusqu'à présent, mais il pourrait être intéressant de les parcourir et de rechercher si par hasard l'épouse du capitaine Freeman avait apporté sa contribution à ces récits de voyages.

Il faisait beau, et comme prévu la seule voiture dans le parking était celle d'Alana Martin, l'autre bénévole du lundi. J'aurai tout le temps voulu pour lire cet après-midi, pensa Jan.

« Ces femmes ont vraiment vu du pays, murmura-t-elle une heure plus tard, assise à l'une des longues tables de lecture devant une pile de manuscrits. L'une d'entre elles a écrit qu'elle a "passé deux ans à bord". Elle est allée en Chine et en Inde, a accouché durant une tempête dans l'Atlantique et est rentrée chez elle "reposée et sereine en dépit des épreuves de la traversée". Nous sommes à l'ère des jets, mais je n'ai jamais mis les pieds en Chine. »

Ces journaux étaient fascinants à lire, mais Jan ne trouva aucune référence à la femme du capitaine Freeman. Elle finit par renoncer. « Mehitabel Freeman n'a sans doute pas pris la plume ou, si elle l'a fait, nous n'avons pas trace de ses Mémoires ici. »

Alana était en train de vérifier sur les rayonnages le nombre de livres empruntés. Elle s'arrêta et ôta ses lunettes, un geste machinal de sa part dès qu'elle essayait de se rappeler quelque chose. «Le capitaine Freeman, réfléchit-elle à haute voix. Je me souviens d'avoir cherché des renseignements sur lui il y a des années pour Phoebe Sprague. Il me semble même que nous avons quelque part un dessin le représentant. Il était originaire de Brewster.

— Je l'ignorais, dit Jan. Je croyais qu'il était de Chatham. »

Alana remit ses lunettes. «Laissez-moi jeter un coup d'œil. »

Quelques minutes plus tard, Jan parcourait les annales de Brewster et griffonnait quelques notes. Elle apprit que la mère d'Andrew était Elizabeth Nickerson, fille de William Nickerson, de Yarmouth, et qu'en 1653, elle avait épousé Samuel Freeman, fermier de son état. À titre de dot, elle avait reçu de son père quarante acres sur les hautes terres et dix acres à Monomoit, qui était le nom de Chatham à l'époque.

Je me demande si la propriété de Chatham était située à l'endroit où a été construite *Remember*, s'interrogea Jan.

Samuel et Elizabeth Freeman avaient eu trois fils, Caleb, Samuel et Andrew. Seul Andrew avait survécu, et à l'âge de dix ans il était parti en mer sur le *Mary Lou*, un sloop commandé par le capitaine Nathaniel Baker.

En 1702, Andrew, alors âgé de trente-huit ans, capitaine de son propre navire, le *Godspeed*, avait épousé Mehitabel Winslow, seize ans, fille du révérend Jonathan Winslow, de Boston.

J'ai hâte de raconter tout ça à Menley Nichols, exulta Jan. Bien sûr, elle a peut-être déjà trouvé ces renseignements dans les dossiers de Phoebe, si elle a pu les obtenir.

«Vous voulez voir à quoi ressemblait le capitaine Andrew Freeman ? »

Jan leva les yeux. Alana se tenait à côté d'elle, un sourire triomphant sur les lèvres : «Je savais bien que j'avais vu un dessin le représentant. Il a probablement été exécuté par quelqu'un à bord de son bateau. N'est-ce pas qu'il a un air imposant ? »

Le dessin à la plume et au crayon montrait le capitaine

Freeman à la barre du *Godspeed*. Un homme de belle stature, grand et large d'épaules, avec une courte barbe noire, des traits accusés, une bouche ferme, et des yeux réduits à deux fentes comme s'il était ébloui par le soleil. Une impression d'assurance et d'autorité se dégageait de lui.

« Il avait la réputation d'ignorer la peur, et il en a tout l'air, n'est-ce pas ? fit remarquer Alana. Croyez-moi, je n'aurais pas aimé être la femme qui l'a trompé.

— Pensez-vous que je puisse en faire une photocopie ? demanda Jan. Je ferai très attention.

— Bien sûr. »

Une fois rentrée chez elle en fin d'après-midi, Jan téléphona à Menley et lui annonça qu'elle avait des documents très intéressants pour elle : « L'un d'eux est extraordinaire. Je passerai vous apporter le tout demain. Serez-vous chez vous vers quatre heures ?

— Ce sera parfait, accepta Menley. J'ai réalisé quelques esquisses aujourd'hui pour les illustrations et, comme vous me l'aviez dit, les notes de Mme Sprague sont une véritable mine d'or. Merci de m'en avoir parlé. » Elle hésita puis demanda : « Croyez-vous qu'il puisse exister un portrait de Mehitabel quelque part ?

— Je l'ignore, dit Jan, mais je vais continuer à chercher. »

Lorsqu'elle raccrocha, Jan resta perdue dans ses pensées. Menley Nichols semblait sincèrement heureuse de l'entendre, mais il y avait quelque chose dans sa voix qui la mettait mal à l'aise. Quoi ? La question continua à la troubler.

Tom avait eu une crise cardiaque à *Remember*. Il avait longuement travaillé dehors et était rentré en se serrant la poitrine. Elle l'avait aidé à s'allonger, puis s'était précipitée pour téléphoner au médecin. Lorsqu'elle était revenue, il lui avait saisi la main en désignant la cheminée : « Jan, je viens de voir… »

Qu'est-ce que Tom avait vu ? Il n'avait pas vécu assez longtemps pour terminer sa phrase.

35

HANNAH couchée pour sa sieste, Menley avait dit à Amy qu'elle pouvait rentrer chez elle. Plusieurs fois, elle avait surpris le regard de la jeune fille sur elle et s'était un peu agacée de son air scrutateur. C'était la même expression qui apparaissait si souvent sur le visage d'Adam et la mettait mal à l'aise. Ce fut avec soulagement qu'elle entendit la voiture d'Amy s'éloigner dans l'allée.

Adam ne serait pas de retour avant une heure ou deux. Après son rendez-vous avec Scott Covey, il devait retrouver au golf trois des amis qui étaient l'autre soir à la réception d'Elaine. Très bien, peut-être en finiront-ils avec leurs histoires d'anciens combattants, pensa-t-elle. Elle regretta immédiatement son mouvement d'humeur. Adam adore jouer au golf et il en a trop rarement l'occasion ; d'autre part, il est bon qu'il ait des amis ici.

C'est moi qui perds le nord, songea-t-elle, moi qui entends un train dans la maison, moi qui oublie que j'ai mis Hannah dans le berceau, qui ne sais pas si, oui ou non, je me trouvais sur le balcon de la veuve lorsque Amy a cru m'y voir. Mais je deviendrai folle si Adam m'oblige à prendre quelqu'un toute la journée… Elle avait un souvenir épouvantable du premier mois qui avait suivi la naissance d'Hannah, lorsque ses crises d'angoisse les avaient obligés à engager une nurse à domicile. Elle croyait encore entendre sa voix, bienveillante mais tellement irritante, qui lui conseillait constamment de s'éloigner du bébé : «Maintenant, madame Nichols, pourquoi n'iriez-vous pas vous reposer? Je m'occuperai d'Hannah.»

Elle se jura que ça ne se reproduirait jamais. Elle alla à l'évier et s'aspergea la figure. Je parviendrai à surmonter ces terreurs rétrospectives et ces pertes de mémoire, se promit-elle.

Menley s'assit à la table de la cuisine et reprit la lecture des notes de Phoebe. Le dossier étiqueté NAUFRAGES était passionnant. Sloops, caboteurs, goélettes et baleiniers — tout au long du XVIIᵉ et du XVIIIᵉ siècle, un grand nombre d'entre eux avaient sombré lors de violentes tempêtes, souvent même devant la maison. À cette époque, la bande de terre de Monomoy avait pour surnom le Cimetière Blanc de l'Atlantique.

Il y avait une allusion au *Godspeed* qui, au terme de furieux combats, était venu à bout d'une «bande d'écumeurs des mers», et dont le capitaine Andrew Freeman avait en personne amené le «pavillon maudit» hissé par les pirates en tête de mât.

Un dur à cuire, se dit Menley. Probablement hors du commun. Peu à peu, l'image du capitaine prenait forme dans son esprit. Visage mince; la peau ridée et tannée par le soleil et le vent; une barbe taillée court. Des traits forts et irréguliers que dominaient des yeux au regard perçant. Elle prit son carnet de croquis et, à coups de crayon rapides et sûrs, transposa sa vision sur le papier.

Il était trois heures et quart lorsqu'elle leva la tête à nouveau. Adam serait bientôt là, et Hannah allait se réveiller. Il lui restait à peine le temps de parcourir un dossier supplémentaire. Elle choisit celui qui était intitulé SALLES DE RÉUNION. Au Cap dans les premiers temps, c'étaient les églises qui servaient de salles de réunion.

Phoebe avait recopié de vieilles archives présentant un intérêt particulier pour elle. On y trouvait des ministres du culte intransigeants qui, du haut de leur chaire, parlaient de la « soif de Dieu » et de la « rapide défaite du Démon » ; de jeunes et timides pasteurs qui acceptaient avec reconnaissance un salaire de cinquante livres par an plus « une maison, une terre et une bonne provision de bois, coupé et apporté à leur porte ». Condamner un membre de la congrégation pour violation, même mineure, du jour du Seigneur était apparemment chose courante. Suivait une longue liste de petites infractions, telles que siffler, ou permettre à un cochon de courir en liberté le dimanche.

Et soudain, alors qu'elle s'apprêtait à refermer le dossier, Menley tomba sur le nom de Mehitabel Freeman.

Le 10 décembre 1704, lors d'une réunion, plusieurs femmes se levèrent pour témoigner que, durant le mois passé, alors que le capitaine Andrew Freeman était en mer, elles avaient vu Tobias Knight rendre visite à Mehitabel Freeman « à des heures inconvenantes ».

D'après le compte rendu, Mehitabel, enceinte de trois mois à cette époque, avait farouchement démenti l'accusation, mais Tobias Knight, « humble et contrit, avait confessé son adultère et consenti à purifier son âme ».

Les diacres avaient estimé équitable de faire l'éloge de Tobias Knight pour la pieuse expiation de son péché et « de renoncer à le punir publiquement mais de le condamner à payer pour ledit outrage la somme de cinq livres aux pauvres de la paroisse ». On demanda à Mehitabel de se repentir de son manquement à la chasteté. Son refus catégorique et son violent réquisitoire contre Tobias Knight et ses accusatrices scellèrent son sort.

Il fut décrété qu'à la première réunion municipale, six semaines après l'accouchement, « la femme adultère Mehitabel Freeman recevrait quarante coups de fouet moins un ».

Mon Dieu, pensa Menley, quelle horreur ! Elle n'avait

sans doute pas plus de dix-huit ans à cette époque et, pour citer son mari, était «fluette et de constitution fragile».

Il y avait une note écrite de la main de Phoebe Sprague : «Le *Godspeed* revint d'un voyage en Angleterre le 1er mars et reprit la mer le 15 mars. Le capitaine était-il présent pour la naissance du bébé ? Celle-ci fut enregistrée le 30 juin, et l'enfant déclaré d'Andrew et de Mehitabel. Aucun doute ne semble avoir été soulevé quant à la légitimité du père. Il revint à la mi-août, environ à l'époque où devait avoir lieu le châtiment. Il repartit immédiatement, emmenant le bébé, et resta absent pendant près de deux ans. Le rapport suivant mentionnant le retour du *Godspeed* est d'août 1707. »

Et pendant tout ce temps, elle n'a pas su où était son bébé ni s'il était en vie, se dit Menley.

«Dis donc, tu es vraiment repartie des siècles en arrière ! » Menley sursauta. «Adam !

— C'est mon nom en effet. »

Il souriait, visiblement très détendu. La visière de sa casquette ombrait son visage, mais le haut de sa chemise sport bleue était déboutonné, dévoilant sa peau hâlée. Il se pencha sur Menley et l'entoura de ses bras. «Quand tu es ainsi plongée dans tes recherches, inutile de te demander si je t'ai manqué. »

S'efforçant de revenir au présent, Menley appuya sa tête contre son bras. «J'ai compté chaque minute depuis ton départ.

— Sans blague ! Comment va la princesse ?

— Elle dort comme un loir. »

Menley leva les yeux et le vit jeter un coup d'œil à l'interphone. Il s'assure qu'il est branché, pensa-t-elle. Un reproche déchirant lui traversa l'esprit : Oh, mon amour, pourquoi ne peux-tu pas me croire ?

36

AU MOMENT où il se garait dans l'allée de sa modeste maison, à Barnstable, Fred Hendin comprit immédiatement que c'était lui qu'attendait l'homme dans la voiture stationnée de l'autre côté de la rue.

Nat Coogan, sa plaque de policier à la main, le rejoignit devant la porte : « Monsieur Hendin ? »

Fred jeta un coup d'œil à l'insigne : « J'ai pris des billets au commissariat. » Son sourire démentait tout sous-entendu sarcastique.

« Je ne vends pas de billets pour le bal de la police », dit Nat aimablement, examinant d'un coup d'œil rapide celui qui se tenait devant lui. Pas tout à fait la quarantaine. Ascendants norvégiens ou suédois. L'homme était de taille moyenne, robuste, avec des cheveux blondasses ébouriffés. Il portait une salopette en jean et un tee-shirt mouillé de transpiration.

Hendin introduisit sa clé dans la serrure : « Entrez. » Il se déplaçait et parlait posément, comme s'il réfléchissait avant de s'exprimer ou d'agir.

La pièce où ils pénétrèrent rappela à Nat la maison qu'ils avaient achetée, Deb et lui, aux premiers temps de leur mariage. Elle était composée essentiellement de petites pièces, mais présentait un aspect douillet qui lui avait toujours plu.

Le living-room avait l'air de sortir d'un catalogue de vente par correspondance. Canapé en imitation cuir et fauteuil inclinable assorti, tables d'appoint en placage de noyer, ainsi que la table basse, bouquets de fleurs artificielles, moquette beige râpée, rideaux de la même couleur qui n'arrivaient pas tout à fait au bas des fenêtres. Un équipement vidéo haut de gamme était contenu dans un superbe meuble à tablettes en merisier. Il comprenait un poste de télévision grand écran, un magnétoscope et une chaîne stéréo avec lecteur de disques compacts. Il y avait des rayonnages entiers de cassettes vidéo. Nat s'en approcha, puis siffla : «Vous avez une sacrée collection de films classiques », commenta-t-il. Puis il examina les cassettes et les CD : «Vous aimez visiblement la musique des années quarante et cinquante. Ma femme et moi en sommes fous.

— Des airs de juke-box, dit Hendin. Je les collectionne depuis des années. »

Sur le dessus des étagères trônaient une demi-douzaine de maquettes de voiliers. «Si je suis trop indiscret, dites-le-moi, dit Nat en soulevant une goélette délicatement travaillée. C'est vous qui l'avez faite ?

— Oui, oui. Je travaille le bois tout en écoutant de la musique. C'est un agréable passe-temps. Délassant. Et vous, que faites-vous pendant que vous écoutez vos disques ? »

Nat replaça la maquette et se tourna vers Handin. «Parfois je répare quelque chose dans la maison ou je bricole la voiture. Si les gosses ne sont pas là et que l'envie nous en prend, ma femme et moi nous dansons.

— Là, vous me battez. Moi, je danse comme un pied. Je vais me chercher une bière. Vous en voulez une ? Ou un soda ?

— Non merci. »

Nat vit le dos d'Hendin disparaître dans l'encadrement de

la porte. Un type intéressant, pensa-t-il. Il regarda à nouveau les étagères au-dessus du meuble vidéo, admirant les maquettes finement travaillées. Un ouvrage d'artiste, se dit-il. Il ne parvenait pas à s'imaginer cet homme et Tina ensemble.

Hendin revint avec plusieurs boîtes de bière et de soda. «Au cas où vous changeriez d'avis, dit-il en plaçant le soda devant Nat. Et maintenant, que puis-je pour vous?

— Pure routine. Vous avez sûrement entendu parler de la mort de Vivian Carpenter Covey?»

Les yeux d'Hendin se plissèrent. «L'année dernière, Scott Covey rôdait autour de ma petite amie et vous voulez savoir s'il la voit encore, c'est ça?»

Nat haussa les épaules. «Vous êtes un rapide, monsieur Hendin.

— Fred.

— D'accord. Fred.

— Tina et moi allons nous marier. Nous avons commencé à sortir ensemble l'été dernier, ensuite Covey s'est ramené. Le type même du beau parleur. J'ai prévenu Tina qu'elle perdait son temps avec lui, mais vous avez vu le bonhomme. Il lui a fait un baratin incroyable et, malheureusement pour elle, elle l'a cru.

— Et vous?

— Ça m'a fait de la peine. Et bizarrement, je me suis senti navré pour Tina. Elle n'est pas aussi dure qu'elle en a l'air.»

Tu parles! pensa Nat.

«Il s'est passé exactement ce que j'avais prévu, dit Hendin. Covey s'est volatilisé à la fin de l'été.

— Et Tina est revenue en courant vers vous.»

Hendin sourit. «Sa réaction m'a plu, d'une certaine manière. Elle a du cran. Je suis allé la voir au restaurant où elle travaillait et je lui ai dit que j'étais au courant du départ de Covey et que c'était un pauvre type. Elle m'a répondu qu'elle n'avait rien à faire de ma pitié.

— Ce qui signifiait qu'elle était toujours avec lui ?

— Pas du tout. Cela voulait dire qu'elle n'allait pas me remercier pour ça. Nous ne nous sommes revus qu'une fois de temps en temps, pendant l'hiver. Elle est sortie avec tout un tas de types. Puis, au printemps, elle a fini par comprendre que je n'étais pas si mal.

— Vous avait-elle dit qu'elle avait fait signe à Scott à son retour ici ? »

Le front d'Hendin ne fut plus que rides. « Je ne l'ai pas su tout de suite. Elle me l'a dit il y a deux semaines. Vous devez comprendre que Tina n'est pas le genre de fille à se laisser faire. Elle en voulait à Covey et voulait tirer les choses au clair. » Il fit un geste : « Vous voyez cette maison ? C'était celle de ma mère. Je m'y suis installé deux ans après sa mort. » Il but une longue gorgée de bière.

« Lorsque nous avons commencé à envisager de nous marier, Tina m'a dit qu'il n'était pas question pour elle de vivre dans ce bric-à-brac. Elle a raison. Je n'ai rien fait dans la maison, excepté fabriquer le meuble vidéo et y installer mes films et mes disques. Tina veut une maison plus grande. Nous cherchons un truc du genre "spécial bricoleur". Vous voyez, Tina va droit au but. »

Nat consulta ses notes. « Elle habite un appartement en location, à Yarmouth.

— Oui. Un peu en dehors de la ville, à trois kilomètres d'ici. C'est pratique pour nous deux.

— Pourquoi a-t-elle quitté sa place au Daniel Webster et préféré venir travailler à Chatham ? L'été, avec la circulation, il y a une bonne quarantaine de minutes, d'ici à chez elle.

— Elle aime le Wayside. Les horaires sont plus agréables. Il y a de bons pourboires. Écoutez, Coogan, ne vous préoccupez plus d'elle. »

Hending reposa sa bière et se leva. Il était manifeste qu'il ne discuterait plus de Tina.

Nat se renfonça dans son fauteuil et sentit les craquelures

désagréables du plastique derrière sa tête. « Et, bien entendu, vous avez fermé les yeux sur la visite de Tina à Scott Covey après la disparition de sa femme ? »

En plein dans le mille, pensa Nat en voyant le visage d'Hendin se rembrunir. Une faible rougeur couvrit son visage, accentuant ses pommettes saillantes. « Je crois que nous avons suffisamment bavardé », dit-il simplement.

37

LA JOURNÉE avait été particulièrement agréable. Pour une raison inexplicable, Phoebe avait connu de brèves périodes de lucidité.

À un certain moment, elle avait demandé des nouvelles des enfants et Henry avait rapidement organisé une téléconférence familiale. Écoutant sur la seconde ligne, il avait entendu la joie qui perçait dans la voix de Richard et de Joan tandis qu'ils parlaient à leur mère. Pendant quelques minutes, il y avait eu entre eux un réel échange.

Puis elle avait demandé : « Et comment vont... »

Henry avait compris l'hésitation. Phoebe cherchait les noms des petits-enfants. Rapidement, il les lui rappela.

« Je sais, dit-elle, soudain irritée. Au moins tu n'as pas commencé par dire : "Souviens-toi..." » Elle eut un soupir d'exaspération.

« Papa. » Des larmes faisaient trembler la voix de Joan.

« Tout va bien », la rassura-t-il.

Un déclic lui annonça que Phoebe avait raccroché. Le merveilleux moment de répit était terminé. Henry s'attarda au téléphone pour expliquer à ses enfants que la maison de santé aurait une place libre le 1er septembre.

« Retiens-la pour maman, dit fermement Richard. Nous viendrons vous voir pour le Labor Day.

— Nous aussi, dit Joan.

— Vous êtes de braves gosses. » Henry s'efforça de réprimer l'enrouement qui altérait sa voix.

« J'ai envie d'être avec quelqu'un qui me considère encore comme une gosse, dit tendrement sa fille.

— Nous viendrons vous voir dans deux semaines, papa, promit Richard. Tiens bon. »

Henry avait téléphoné du poste de la chambre à coucher, Phoebe de celui de son ancien bureau. Il se précipita dans l'entrée. Il était hanté par la crainte que Phoebe puisse s'enfuir. Mais elle n'avait pas bougé ; il la trouva assise devant le secrétaire où elle avait passé tant d'heures fécondes.

Le tiroir du fond, qui avait contenu ses dossiers, était ouvert et vide. Phoebe le regardait fixement. Ses cheveux, qu'elle portait généralement en chignon, s'échappaient des épingles qu'Henry avait fixées tant bien que mal. Elle se retourna en l'entendant entrer : « Mes notes ! » Elle désignait le tiroir vide. « Où sont-elles ? »

Même maintenant, il ne lui cachait pas la vérité : « Je les ai prêtées à la femme d'Adam. Elle voulait les consulter pour le livre qu'elle est en train d'écrire. Elle en citera la provenance, Phoebe.

— La femme d'Adam ? » L'irritation qui avait assombri son visage se transforma en un froncement de sourcils interrogateur.

« Elle était ici, hier. Adam et elle habitent *Remember.* Elle écrit un roman qui se passe à l'époque où la maison a été construite et elle compte utiliser l'histoire du capitaine Freeman. »

Les yeux de Phoebe prirent une expression rêveuse. « Quelqu'un devrait disculper Mehitabel, dit-elle. C'était ce que je voulais faire. Quelqu'un devrait chercher du côté de Tobias Knight. »

Elle referma le tiroir avec un claquement. « J'ai faim. J'ai toujours faim. »

Puis, comme Henry se dirigeait vers elle, elle le regarda droit dans les yeux : « Je t'aime, Henry. Je t'en prie, aide-moi. »

147

38

MENLEY et Adam attendirent qu'Hannah se réveille pour aller prendre un bain, en fin d'après-midi. La propriété avait la jouissance d'une plage privée, ce qui les protégeait des importuns qui auraient désiré s'installer pour la journée.

La chaleur de midi s'était adoucie et on sentait dans l'air l'arrivée précoce de l'automne. Un vent frais s'était levé, il n'y avait plus aucun promeneur dans les environs.

Adam s'assit à côté d'Hannah, confortablement installée dans son landau, tandis que Menley allait nager. « Ta maman est un vrai poisson, mon bébé », dit-il en regardant Menley plonger dans les vagues de plus en plus fortes. Inquiet, il se leva en la voyant s'éloigner. Finalement, il se dirigea jusqu'au bord de l'eau et agita la main en lui faisant signe de rentrer.

Ne le voyait-elle pas, ou le feignait-elle ? se demanda-t-il tandis qu'elle s'éloignait davantage. Une vague plus puissante que les autres gonfla, éclata et vint se briser sur le rivage. Menley émergea de l'écume, s'ébrouant et souriant, ses cheveux pleins de sel collés sur son visage.

« Formidable ! exulta-t-elle.

— Et dangereux. Menley, c'est l'Atlantique.

— Sans blague, je croyais que c'était une piscine ! »

Ils remontèrent ensemble sur la plage, vers l'endroit où Hannah se tenait sagement assise, observant d'un air satisfait une mouette qui sautillait sur le sable.

« Men, je ne plaisante pas. En mon absence, je ne veux pas que tu nages si loin. »

Elle s'immobilisa. « Et n'oublie pas de laisser l'interphone en marche lorsque ta fille est endormie. Et ne crois-tu pas que tu pourrais demander à Amy de rester pour la nuit ? Pour *me* surveiller, pas Hannah, *moi*. Hein ? Et toujours ces mêmes sous-entendus, insinuant qu'il nous faudrait une aide à domicile parce que, qui sait, ces troubles post-traumatiques pourraient être un vrai problème ! Après tout, c'était moi qui conduisais la voiture lorsque ton fils a été tué. »

Adam la prit par les bras. « Menley, arrête. Bon Dieu ! Tu me reproches continuellement de ne pas t'avoir pardonné la mort de Bobby, mais il n'est pas question de culpabilité. Le seul problème est que tu ne peux pas te pardonner toi-même. »

Ils regagnèrent la maison, conscients de s'être fait de la peine mutuellement, sachant qu'il fallait crever l'abcès une bonne fois pour toutes. Mais le téléphone sonnait lorsqu'ils ouvrirent la porte et Adam courut répondre. Ils reprendraient la conversation plus tard. Menley passa une serviette sur son maillot humide, prit Hannah dans ses bras et écouta.

« Elaine ! Comment vas-tu ? »

Menley le vit se rembrunir. Que lui disait Elaine ? Et, un moment plus tard, que voulait-il dire quand il répondit : « Merci de me le signaler » ?

Puis son ton changea, redevint joyeux : « Demain soir ? Je regrette, je serai en route pour New York. Mais attends... peut-être que Menley... »

Non, pensa Menley.

Adam couvrit l'écouteur de sa main : « Men, Elaine et John vont dîner demain soir au Captain's Table à Hyannis. Ils t'invitent à te joindre à eux.

— Remercie-les, mais je préfère rester ici à travailler. Une autre fois. » Menley enfouit son nez dans le cou du bébé. « Tu es un petit ange, murmura-t-elle.

— Men, Elaine insiste vraiment pour que tu viennes. Je n'aime pas te savoir seule ici. Pourquoi refuses-tu ? Tu peux demander à Amy de garder Hannah pendant quelques heures de plus. »

L'intention était claire, pensa Menley. Allez, vas-y et montre-leur que tu es un modèle de civilité, sinon Adam voudra que quelqu'un reste constamment auprès de toi. Elle se força à sourire. « Après tout, c'est peut-être une bonne idée. »

Adam reprit le téléphone. « Laine, Menley accepte avec plaisir. À sept heures, c'est entendu. » Il couvrit à nouveau l'écouteur de sa main : « Men, ils trouvent qu'Amy devrait passer la nuit ici. Ils préfèrent qu'elle ne rentre pas tard en voiture. »

Menley regarda Adam. Elle se rendit compte que même Hannah avait perçu la tension de son corps. Le bébé cessa de gazouiller et commença à pleurnicher. « Dis à *Laine*, répondit Menley, accentuant le nom et l'abréviation qu'utilisait toujours Adam, que je suis parfaitement capable de rester seule dans cette maison ou dans une autre, et que si Amy ne peut pas rentrer chez elle en voiture à dix heures du soir par une nuit d'été, alors elle est trop immature pour s'occuper de mon enfant. »

Il fallut attendre le dîner pour qu'ils se détendent. Tandis que Menley donnait son dîner puis son bain à Hannah, Adam alla rapidement faire quelques courses et revint avec des homards vivants, du cresson, des petits pois et une miche croustillante de pain italien.

Ils préparèrent ensemble le repas, burent un chardonnay frais pendant que cuisaient les homards et, à la fin du repas, prirent avec eux leurs tasses de café et firent un tour jusqu'au bout de la propriété, où ils regardèrent les vagues se briser sur le sable.

Le goût de sel sur ses lèvres apaisa Menley. Si c'était Adam qui traversait ces crises d'angoisse et de dépression, je serais inquiète moi aussi, se raisonna-t-elle.

À la nuit tombée, avant de se coucher, ils allèrent ensemble jeter un dernier coup d'œil à Hannah. Elle s'était retournée dans son lit et dormait, couchée sur le côté. Adam la remit sur le dos, la recouvrit et pendant un instant laissa sa main posée sur elle.

Un détail glané dans les dossiers de Phoebe revint subitement à l'esprit de Menley. Dans les premiers temps du Cap, l'amour extrême existant entre un père et sa fille avait donné lieu à un terme particulier. La fille était la *tortience* de son père.

Plus tard, dans les bras l'un de l'autre, sombrant peu à peu dans le sommeil, Adam posa la question qui lui brûlait les lèvres : « Men, chuchota-t-il, pourquoi voulais-tu cacher à Amy que tu étais montée sur le balcon de la veuve ? »

39

LORSQUE Nat Coogan arriva au commissariat le mardi matin, il trouva une note sur son bureau : «Venez me voir.» C'était signé de son patron, Frank Shea, le chef de la police.

Qu'est-ce que ça signifie? se demanda-t-il en se dirigeant vers le bureau de Frank. Il le trouva en conversation téléphonique avec le procureur. Les doigts de Shea tambourinaient sur la table. L'expression généralement affable de son visage avait disparu.

Nat prit place sur une chaise, écoutant la moitié de la conversation et devinant le reste.

La pression était mise. La compagnie d'assurances de Graham Carpenter était entrée dans la danse. Ils étaient plus que d'accord pour souscrire à la thèse des Carpenter selon laquelle leur fille avait été victime d'un crime; Scott Covey lui avait ôté sa bague de force et l'avait actuellement en sa possession.

Nat eut un haussement de sourcils en constatant que la suite de la conversation concernait l'étude des courants marins. Il apprit que les gardes-côtes étaient prêts à témoigner que, si

Vivian Carpenter avait plongé et disparu à l'endroit indiqué par son mari, son corps n'aurait pas pu s'échouer à Stage Harbor mais aurait été emporté au large, vers Martha's Vineyard.

Lorsque Frank Shea raccrocha, il dit : « Nat, heureusement que vous avez suivi votre flair de vieux renard. Le procureur a été très satisfait d'apprendre que nous avions une enquête en cours. Il est bon d'avoir une longueur d'avance, car dès l'instant où les médias auront vent de l'affaire, cela va être un vrai cirque. Souvenez-vous de ce qu'ils ont fait pour von Bülow.

— Oui, bien sûr. Et nous aurons les mêmes difficultés que la partie civile à cette époque-là. Innocent ou coupable, von Bülow s'en est tiré uniquement parce qu'il avait un bon avocat. Je suis convaincu que Covey est totalement coupable, mais en faire la preuve est une autre histoire. Il a un sacrément bon avocat, lui aussi. C'est malheureux pour nous qu'Adam Nichols ait accepté de le défendre.

— On aura peut-être l'occasion de découvrir plus tôt que prévu s'il est vraiment bon. On est sur le point de mettre la main sur une preuve plus tangible. En se basant sur la disparition de la bague et les autres éléments en notre possession, le procureur lance un mandat de perquisition au domicile de Covey et sur son bateau. Je veux que soyez sur place en même temps que les enquêteurs. »

Nat se leva. « J'ai hâte d'y être. »

De retour dans son bureau, Nat donna libre cours à son irritation. Maintenant que visiblement les médias allaient se mettre en chasse et réclamer à cor et à cri des informations, le procureur s'apprêtait à confier à la police fédérale la responsabilité de l'enquête. Ce n'est pas tellement que je veuille résoudre seul cette affaire, rumina-t-il, c'est que je trouve ridicule d'amuser la galerie en convoquant précipitamment un grand jury avant d'avoir quelque chose de vraiment solide à se mettre sous la dent.

Il ôta sa veste, remonta ses manches et desserra sa cravate.

Maintenant, il était à son aise. Deb lui recommandait toujours de ne pas desserrer sa cravate en public. Elle disait : «Nat, tu es très chic, mais quand tu desserres ta cravate et que tu ouvres le col de ta chemise, tout l'effet est gâché. Tu as dû être pendu dans une vie antérieure. On dit que c'est la raison pour laquelle certaines personnes ne peuvent rien porter de serré autour du cou. »

Nat s'attarda quelques minutes à son bureau, songeant à Deb, à sa chance de l'avoir à ses côtés, bénissant leur entente, basée sur l'amour et la confiance.

Il alla à la machine à café dans le couloir, se versa machinalement une tasse qu'il rapporta dans son bureau.

La confiance. Un mot significatif. Jusqu'à quel point Vivian faisait-elle confiance à son mari ? Pas suffisamment, si l'on en croyait Scott Covey, pour lui avoir révélé la véritable importance de son héritage.

De nouveau à son bureau, Nat se renversa dans son fauteuil et but son café, le regard levé vers le plafond. Si Vivian avait été aussi peu sûre d'elle-même que le disait son entourage, n'aurait-elle pas guetté chez Scott des signes d'infidélité ?

Les appels téléphoniques. Tina avait-elle téléphoné à Covey chez lui et, si oui, Vivian s'en était-elle rendu compte ? Certes, c'était elle qui payait les factures. Covey aurait-il été assez stupide pour appeler Tina de la maison ? C'était à vérifier.

Autre chose. Le conseiller juridique de Vivian, celui qui avait préparé son nouveau testament après le mariage. Cela vaudrait peut-être le coup d'aller le voir.

Le téléphone sonna. C'était Deb. «J'écoutais les nouvelles, dit-elle. Ils n'arrêtent pas de parler d'une enquête concernant la mort de Vivian Carpenter. Est-ce que tu t'y attendais ?

— Je viens de l'apprendre.» Rapidement, Nat mit sa femme au courant de son entretien avec Franck Shea et de ses intentions. Il savait depuis longtemps que Deb était pour lui d'excellent conseil.

« C'est une bonne idée d'aller vérifier les factures de téléphone, dit Deb. Je te parie tout ce que tu veux qu'il n'aura pas été assez stupide pour appeler de chez lui l'appartement de sa petite amie, mais tu dis que cette Tina est serveuse au Wayside. Les appels passés depuis chez lui au restaurant ne seront pas notés, mais tu peux demander si Tina a reçu beaucoup de coups de fil personnels sur place, et si quelqu'un sait d'où ils provenaient.

— Très judicieux, fit Nat d'un ton admiratif. Je t'ai vraiment appris à penser comme un flic.

— Je t'en prie. Je pense à autre chose. Va chez le coiffeur de Vivian. Ces endroits sont des nids à potins. Ou, mieux encore, je vais m'y rendre moi-même. Je pourrai peut-être apprendre quelque chose. Tu m'as dit qu'elle allait chez Tresses, n'est-ce pas ?

— Oui.

— Je vais prendre un rendez-vous pour cet après-midi.

— Es-tu certaine que c'est strictement dans un but professionnel ? demanda Nat.

— Pas du tout. Je meurs d'envie de donner un coup de jeune à mes cheveux. Ces gens font des merveilles, mais ils sont hors de prix. Là, je n'aurai pas à me sentir coupable. Au revoir, chéri. »

40

APRÈS qu'Adam eut demandé à Menley pourquoi elle n'avait pas voulu avouer à Amy sa présence sur le balcon de la veuve, ils n'avaient plus dit un mot. Ils étaient restés allongés côte à côte, malheureux, sans se toucher, chacun sachant que l'autre était éveillé. Peu avant l'aube, Menley s'était levée pour aller voir Hannah. Elle l'avait trouvée profondément endormie, emmitouflée dans ses couvertures.

Dans la faible lueur de la veilleuse, Menley s'était penchée au-dessus du lit d'enfant, buvant des yeux les traits délicats, le nez minuscule, les lèvres douces, les cils qui jetaient des ombres sur les joues rondes, les mèches dorées qui commençaient à boucler autour du visage.

Je ne peux pas jurer que *je n'étais pas* sur le balcon au moment où Amy a cru me voir, mais je sais que je ne négligerai ni n'oublierai jamais Hannah, que je ne lui ferai jamais de mal. Je dois comprendre l'inquiétude d'Adam, se persuada-t-elle, mais il doit se rendre compte que *je ne veux pas* d'une baby-sitter qui rapporte mes faits et gestes à sa vieille copine Elaine.

Cette résolution prise, il lui avait été plus facile de se recoucher et, lorsque le bras d'Adam était venu l'entourer, elle ne l'avait pas repoussé.

À huit heures le lendemain, Adam alla chercher des croissants chauds et les journaux. Tandis qu'ils buvaient leur café, Menley se rendit compte qu'ils s'évertuaient tous les deux à effacer les dernières traces de tension. Elle savait que lorsqu'il partirait à New York cet après-midi, ni l'un ni l'autre ne voudrait que subsiste entre eux un reste d'incompréhension.

Il lui offrit de faire son choix parmi les journaux.

Elle sourit : « Tu sais bien que tu aimes commencer par le *New York Times*.

— En effet. »

Elle ouvrit la première section du *Cape Code Times* et un moment plus tard s'exclama : « Oh, Seigneur, lis ça ! » Elle lui rendit le journal au travers de la table.

Adam parcourut l'article qu'elle lui désignait, puis sursauta. « Bon Dieu ! Ils en ont vraiment après Scott ! À l'heure qu'il est, il doit y avoir une sacrée pression de la part du procureur pour convoquer un grand jury.

— Pauvre Scott ! Penses-tu qu'il coure le risque d'être réellement inculpé ?

— Je crois que la famille Carpenter veut sa peau, et ils ont de l'influence. Il faut que je lui parle. »

Hannah en avait assez d'être dans son parc. Menley alla la prendre, la tint sur ses genoux et lui donna la fin d'un croissant à grignoter. « C'est bon, hein ? Il me semble que tu as deux dents en route. »

Adam serrait le téléphone dans sa main. « Scott n'est pas chez lui et il n'a pas branché son répondeur. Il devrait pourtant savoir qu'il doit rester en contact avec moi. Il a sûrement lu le journal.

— À moins qu'il ne soit parti à la pêche tôt dans la matinée, suggéra Menley.

— Eh bien, si c'est le cas, j'espère qu'il n'y a rien chez lui d'intéressant pour la police. Tu peux être certaine qu'avant la fin de la journée, un juge aura signé un mandat de perquisition. » Il reposa brusquement l'appareil. « Qu'ils aillent tous au diable ! »

Puis il secoua la tête et s'approcha d'elle. « Écoute, être obligé d'aller à New York est déjà assez assommant. Je ne peux rien faire avant que Covey ne décide de me téléphoner, donc, ce n'est pas la peine de perdre notre temps à attendre. Vous venez à la plage, les filles ?

— Bien sûr. Nous montons tout de suite nous préparer. »

Menley portait une robe de coton fleurie. Adam lui sourit : « Tu as l'air d'avoir dix-huit ans. » Il lui caressa les cheveux, laissa sa main s'attarder sur sa joue : « Vous êtes terriblement séduisante, Menley McCarthy Nichols. »

Menley sentit son cœur fondre de tendresse. C'était un de ces moments privilégiés, de ces instants de bonheur intense qu'ils avaient si souvent partagés dans le passé. Je l'aime tant, pensa-t-elle.

Mais tout de suite après, Adam demanda : « À quelle heure as-tu demandé à Amy d'être là ? »

Elle avait pensé lui dire ce matin qu'Amy viendrait aujourd'hui pour la dernière fois, mais elle ne voulait pas déclencher une dispute. Pas maintenant. « Vers deux heures, dit-elle d'un ton volontairement désinvolte. Je compte travailler à mon livre cet après-midi en rentrant de l'aéroport. Oh, j'ai oublié de te dire. Jan Paley a trouvé certains faits intéressants concernant le capitaine Andrew Freeman. Elle doit passer vers quatre heures.

— Épatant ! » s'exclama-t-il en lui caressant la tête. Elle savait que la réaction enthousiaste d'Adam trahissait son envie de la savoir entourée de gens.

Ne me suggère surtout pas de demander à Jan de rester ce soir, pensa-t-elle amèrement en repoussant sa main, serrant Hannah contre elle pendant qu'elle montait l'escalier.

41

Ce n'est qu'une fois en mer, dans la matinée du mardi, que Scott se rendit compte à quel point il avait été troublé par son entretien avec Adam. On avait signalé un banc de bars au large de Sandy Point. Lorsque le soleil pointa, à six heures, il mouilla à l'endroit où les poissons avaient été repérés.

Patiemment installé, la canne bien en main, Scott repensa aux avertissements que lui avait prodigués Adam Nichols. Et Adam avait l'intention de faire mener une enquête sur lui afin de découvrir s'il y avait des « zones d'ombre » dans son passé.

Il songea qu'il n'avait pas parlé à son père et à sa belle-mère depuis cinq ans. Ce n'est pas de ma faute. Ils sont partis vivre à San Mateo ; elle a toujours de la famille qui campe chez eux, et lorsque je leur rends visite ils ne peuvent pas me loger. Mais il était étrange qu'ils ne soient venus ni à son mariage ni aux funérailles. Il résolut de téléphoner à son père et de lui demander son aide.

Il faisait un beau temps d'août, qu'avait précédé une série de jours secs et ensoleillés. L'horizon était parsemé de bateaux de toutes tailles, du dinghy au yacht.

Vivian avait exprimé le désir d'acheter un voilier. «J'ai choisi celui-ci dans le seul but d'apprendre à manœuvrer seule un bateau, avait-elle expliqué. C'est pourquoi je l'ai appelé le *Viv's Toy*, le jouet de Viv. »

Aujourd'hui, à bord du bateau qui portait ce nom peint sur le flanc, Scott sentit l'accablement le gagner. En longeant le quai au petit matin, il avait vu plusieurs hommes examiner le *Viv's Toy*, chuchotant entre eux. Ils se livraient à des conjectures sur l'accident, sans aucun doute.

Une fois cette affaire classée, il donnerait un autre nom au bateau. Non. Mieux que ça. Il le vendrait.

Une secousse au bout de sa ligne le ramena au présent. Il avait attrapé une grosse prise.

Vingt minutes plus tard, un bar de trente-deux livres se débattait sur le pont.

Des gouttes de sueur dégoulinant de son front, Scott observa les soubresauts de l'animal. Une sorte de répulsion s'empara de lui. Il trancha la ligne, parvint à s'emparer du poisson qui s'agitait encore désespérément et le rejeta à la mer. Il n'avait pas le cœur à pêcher, aujourd'hui. Il rentra.

Sur une impulsion, Scott alla déjeuner chez Clancy, à Dennisport. C'était un endroit chaleureux, animé, et il ressentait le besoin d'être en compagnie. Il s'assit au bar, commanda une bière et un hamburger. À plusieurs reprises, il surprit les regards des autres clients dirigés vers lui.

Lorsque les tabourets à côté du sien furent libérés, deux séduisantes jeunes femmes s'en emparèrent. Elles entamèrent rapidement la conversation, expliquant que c'était leur première visite au Cap, et lui demandèrent de leur indiquer les endroits les plus amusants.

Scott avala le reste de son hamburger. «Vous êtes dans l'un d'eux», dit-il aimablement, et il fit signe au garçon de lui apporter son addition. Il ne manquerait plus que ça! pensa-t-il. Avec ma chance habituelle, Sprague va se ramener ici et me voir parler avec ces filles.

Ce soir, enfin, il pourrait se détendre. Elaine Atkins et son fiancé l'avaient invité à dîner au Captain's Table, à Hyannis. Menley se joindrait à eux; elle s'était montrée sincèrement compatissante envers lui.

Sur le chemin du retour, il s'arrêta pour acheter le journal. Il le jeta sur le siège du passager et ne l'ouvrit qu'une fois arrivé chez lui. C'est alors qu'il vit le gros titre en première page : LA FAMILLE CARPENTER DEMANDE DES COMPTES.

« Oh, Seigneur ! » murmura-t-il, et il se précipita au téléphone. Il composa le numéro d'Adam Nichols, mais n'obtint pas de réponse.

Une heure plus tard, la sonnette de l'entrée retentit. Il alla ouvrir la porte. Une demi-douzaine d'hommes au visage sévère se tenaient devant lui. Scott n'en reconnut qu'un seul, l'inspecteur de Chatham qui l'avait déjà interrogé.

Dans un semi-brouillard, il vit le papier qu'un des hommes lui flanquait sous le nez, puis entendit les mots terribles : « Nous avons un mandat nous autorisant à perquisitionner à votre domicile. »

42

Menley regagna *Remember* après avoir déposé Adam à l'aéroport à deux heures moins le quart. Le téléphone sonnait quand elle ouvrit la porte et, tenant Hannah d'un bras, elle se hâta d'aller décrocher.

C'était sa mère, qui l'appelait d'Irlande. Après les premiers joyeux échanges habituels, Menley se sentit obligée de la rassurer : « Tu as l'impression qu'il se passe quelque chose de bizarre ? Comment peux-tu dire une chose pareille, maman ? Hannah est un bébé délicieux… Nous passons des vacances merveilleuses… La maison que nous avons louée a un charme fou… Nous songeons même à l'acheter… Il fait un temps superbe… Parle-moi de l'Irlande. Que penses-tu de l'itinéraire que je vous ai conseillé ? »

Elle s'était rendue en Irlande une demi-douzaine de fois pour ses articles, et avait aidé sa mère à organiser son voyage. Elle fut heureuse d'apprendre que tout se passait pour le mieux. « Phyllis et Jack sont-ils contents ?

— Ils sont ravis », lui dit sa mère. Puis elle baissa le ton et ajouta : « Inutile de te dire que Phyl remue ciel et terre pour reconstituer son arbre généalogique. Nous sommes restés deux jours à Boylee pendant qu'elle passait au crible toutes les archives du comté. Mais elle a marqué un but. Elle a retrouvé la ferme de son arrière-grand-père, à Ballymote.

— Ça ne m'étonne pas », fit Menley en riant.

Avant de mettre un terme à leur conversation, Menley rassura à nouveau sa mère : elle se sentait très bien, ses crises d'angoisse avaient pratiquement disparu.

« Ce serait épatant si c'était vrai, hein, mon bébé ? » dit-elle à Hannah en raccrochant.

Amy arriva quelques minutes plus tard. Menley l'accueillit assez froidement, sachant qu'elle était suffisamment sensible pour percevoir un changement dans son attitude.

Tandis que la jeune fille installait Hannah dans son landau et l'emmenait dehors, Menley se plongea dans les dossiers de Phoebe Sprague. Une note manuscrite de Phoebe concernant la construction du temple en 1700 l'intrigua. Après avoir mentionné les dimensions de l'édifice — « vingt pieds par trente-deux et treize pieds à l'intérieur », et les hommes chargés de « mettre en place la charpente », d'« amener les poutres et les planches », et « de faire les dernières finitions » —, Mme Sprague avait écrit : « *Nickquenum (Remember)* était plus spacieuse que le temple, ce qui a probablement suscité un certain mécontentement dans la ville. Les gens étaient sans doute prêts à croire le pire sur Mehitabel Freeman. »

Ensuite, dans une note visiblement plus tardive, elle avait rajouté au crayon « Tobias Knight », suivi d'un point d'interrogation.

Le maître d'œuvre. Quelle question se posait-elle à son sujet ? se demanda Menley.

Peu avant trois heures, Scott Covey téléphona. Il était dans un état d'agitation manifeste et cherchait à joindre Adam. La police s'était présentée chez lui avec un mandat de perquisition. Il voulait savoir si Adam pouvait faire quelque chose pour l'en empêcher.

« Adam a essayé de vous joindre ce matin, lui dit Menley,

et elle lui communiqua le numéro du cabinet à New York. Je connais la procédure, le renseigna-t-elle, une fois qu'un juge signe un mandat, aucun avocat n'a le pouvoir de le faire annuler, mais on peut le contester par la suite, lors de l'audience. » Puis elle ajouta doucement : «Je suis vraiment désolée, Scott. »

Jan Paley arriva à quatre heures. Menley se sentait sur son terrain en faisant entrer l'élégante vieille dame. «C'est vraiment aimable de votre part d'effectuer ces recherches pour moi.

— Pas du tout. À l'époque où Tom et moi nous intéressions à cette maison, nous en discutions souvent avec Phoebe Sprague. Elle était fascinée par l'histoire de cette malheureuse Mehitabel. Je suis contente qu'Henry ait mis à votre disposition les papiers de Phoebe. » Elle fit un signe de tête en direction de la table sur laquelle s'empilaient les dossiers : «Je vois que vous êtes déjà en plein travail. »

Menley jeta un coup d'œil vers Amy et le bébé, mit la bouilloire à chauffer pour le thé, puis disposa les tasses, le sucre et le lait au bout de la table.

«Croyez-le ou non, j'ai installé un ordinateur, une imprimante et tout ce qu'il faut dans la bibliothèque, mais l'atmosphère est tellement accueillante dans cette cuisine, la salle commune, comme on l'appelait autrefois, que je préfère travailler ici. »

Jan Paley acquiesça d'un hochement de tête. Elle effleura une brique qui saillait sur le devant de la grosse cheminée. «Je vois que vous avez vraiment saisi l'esprit de cette maison. À l'origine, la pièce commune était l'endroit où toute la famille se tenait durant la journée. Les hivers étaient très rudes. Parents et enfants dormaient dans les chambres sous des édredons, puis se précipitaient en bas. D'ailleurs, rappelez-vous. Lorsque vous recevez des amis chez vous, quel que soit le nombre de pièces, les invités se retrouvent invariablement à la cuisine. Mêmes raisons : chaleur, nourriture et vie. »

Elle désigna la porte du cellier, à l'opposé de la cheminée : «On l'appelait la "chambre de la vie", expliqua-t-elle. C'était là que les femmes accouchaient et qu'étaient installés les vieillards pour y être soignés ou mourir. Cette coutume avait un sens. La cheminée réchauffait également cette petite pièce. »

Elle refoula les larmes qui brillaient soudain dans ses yeux.

« J'espère que vous déciderez d'acheter la maison, dit-elle. Elle pourrait être une agréable résidence secondaire, et vous savez l'apprécier.

— Je le crois, en effet. » Menley faillit parler à cette femme intelligente et sensible du mystère de l'apparition sur le balcon de la veuve, d'Hannah qui avait changé de berceau pendant la nuit et du rugissement du train à travers la maison, mais elle se tut. Elle ne voulait pas que quelqu'un d'autre se prenne à douter de son équilibre émotionnel.

Elle s'affaira devant la cuisinière, où la bouilloire sifflait, ébouillanta la théière et prit la boîte à thé.

« Vous savez faire le thé, dit Jan Paley.

— Encore heureux ! Ma grand-mère avait une attaque si quelqu'un utilisait des sachets. Elle disait que seuls les Anglais et les Irlandais savent préparer le thé.

— Beaucoup de ces capitaines au long cours en rapportaient dans leurs cargaisons », fit observer Jan Paley. Tout en savourant le breuvage parfumé accompagné de biscuits, elle fouilla dans son gros sac en bandoulière : « Je vous ai dit que j'avais trouvé des informations intéressantes sur le capitaine Freeman. » Elle tendit à Menley une enveloppe en papier kraft. « Une question m'est venue à l'esprit : la mère du capitaine Freeman était une Nickerson. Au cours des siècles, les différentes branches de la famille ont épelé leur nom différemment — Nickerson, Nicholson, Nichols. Votre mari serait-il un descendant du premier William Nickerson ?

— Je n'en ai pas la moindre idée. Je sais que ses ancêtres sont arrivés ici au début du XVIIe siècle. Adam n'a jamais montré beaucoup d'intérêt pour eux.

— Je comprends, mais si vous décidez d'acheter cette maison, il est possible qu'il s'y intéresse. Il découvrira peut-être que le capitaine Freeman était un cousin au trente-cinquième degré. »

Jan regarda Menley lire rapidement le matériel qu'elle lui avait apporté de la bibliothèque de Brewster. « La surprise promise se trouve à la dernière page. »

Menley prit un dossier sur la table : « Voici quelques-unes des notes que j'ai sélectionnées. J'aimerais que vous y jetiez un coup d'œil. »

Comme elle arrivait aux derniers documents fournis par Jan, Menley entendit cette dernière pousser une exclamation déçue : « Oh, regardez, vous avez déjà l'illustration du capitaine, et moi qui croyais vous faire une surprise ! »

Menley se sentit soudain la bouche sèche.

Jan contemplait le croquis qu'avait exécuté Menley en se représentant l'apparence qu'elle donnerait au capitaine Andrew Freeman dans les nouvelles aventures de David.

Elle examina la photocopie faite par Jan de l'illustration du capitaine Andrew Freeman à la barre de sa goélette.

Les deux visages étaient identiques.

43

SCOTT COVEY apporta sa bière sur la terrasse pendant que policiers et enquêteurs fouillaient sa maison. Le visage figé en un masque sévère, il s'assit, le dos tourné à la maison des Sprague. Il n'avait nulle envie de voir Henry Sprague en train de contempler ce qu'il avait mis en branle. *Si le nom de Tina n'était pas apparu dans cette histoire, les flics ne seraient pas ici en ce moment*, remâchait-il.

Il tenta de se rassurer. Il n'avait rien à craindre. Qu'espéraient-ils trouver ? Quoi qu'ils cherchent, il n'y avait rien de suspect dans la maison.

Adams Nichols lui avait dit de ne pas bouger avant que soit réglé tout ce qui concernait la mort et le testament de Viv, mais Scott commençait à détester cette maison et le Cap. Il savait qu'en restant ici, il aurait toujours l'impression de vivre dans un bocal.

L'hiver dernier, il s'était occupé d'un théâtre en difficulté à Boca Raton, en Floride. Il s'était plu là-bas, et c'est dans cette région qu'il achèterait une maison lorsque toute cette histoire serait terminée. Peut-être même placerait-il de l'argent dans le théâtre, au lieu d'en créer un nouveau ici, comme Viv et lui l'avaient projeté.

Pense à l'avenir, s'exhorta-t-il. Ils ne peuvent t'accuser de rien, ils n'ont rien à se mettre sous la dent, excepté le soupçon, la jalousie et la malveillance. Pas l'ombre de quelque chose qui puisse tenir devant un tribunal.

« Il n'y a rien de suspect, dit l'un des enquêteurs du procureur à Nat Coogan.

— C'est ça qui est suspect », répliqua sèchement Nat sans cesser de fouiller le bureau. Le peu de courrier personnel était adressé à Vivian — des lettres d'amis la félicitant de son mariage, des cartes de cousins en voyage en Europe.

Il y avait une petite liasse de factures bien classées, toutes marquées « payées ». Pas d'emprunts ; pas de prélèvements automatiques ; pas de crédit automobile : sûr que ça simplifie la vie, se dit Nat. Et cela supprime les contraintes, aussi, ça permet d'être mobile.

Les factures de téléphone étaient peu nombreuses. Il connaissait le numéro de Tina mais il ne releva aucun appel pour elle pendant les trois mois du mariage.

Il connaissait également le numéro du notaire de Vivian. Lui non plus n'avait reçu aucun appel pendant ces trois derniers mois.

Les relevés bancaires étaient d'une certaine manière intéressants. Vivian possédait un unique compte-chèques à la banque locale, et il était à son seul nom ; si Covey avait des revenus personnels, ils étaient placés ailleurs. Si c'était elle qui tenait les cordons de la bourse, elle lui donnait l'argent au compte-gouttes. Bien sûr, un bon avocat pourrait démontrer que l'absence d'autres documents dans la maison prouvait la sincérité de Covey lorsqu'il affirmait que sa femme ne lui avait pas révélé l'étendue de sa fortune.

Les Carpenter avaient dit à Nat qu'il ne restait plus un seul portrait de Vivian dans la maison. Nat les retrouva tous dans la chambre d'amis. Scott avait également préparé un carton à retourner à la famille. Il n'y avait inclus aucune photo où il apparaissait avec Vivian. Nat fut forcé de reconnaître que c'était une marque de délicatesse.

Par ailleurs, les photos de Scott et de Vivian ensemble étaient entassées par terre dans un placard. Pas exactement l'endroit où conserver des souvenirs sentimentaux.

Les vêtements de Vivian étaient soigneusement rangés dans ses luxueuses valises. À qui étaient-ils destinés ? Pas à Tina. Elle n'était pas assez mince. Nat était convaincu qu'effets et bagages finiraient dans une boutique de fripes.

Il se doutait bien qu'ils ne tomberaient pas sur la bague d'émeraude. Même au cas où elle aurait été en possession de Covey, ce dernier n'aurait pas été assez stupide pour la garder chez lui, où elle risquait d'être découverte. Vivian, apparemment, n'était pas folle des bijoux. Ils avaient trouvé sa bague de fiançailles, quelques chaînettes, bracelets et boucles d'oreilles, le tout dans un coffret rangé dans sa chambre. Rien, y compris sa bague de fiançailles, n'avait de véritable valeur.

Nat décida d'aller inspecter le garage. Contigu à la maison, c'était un bâtiment de bonnes dimensions, pouvant contenir deux voitures. Sur des étagères au fond étaient rangés du matériel de pêche et de plongée, une glacière portative, des outils — les trucs habituels. La tenue de plongée que portait Vivian lorsque son corps avait été rejeté sur le rivage se trouvait encore au laboratoire.

Covey et Vivian n'avaient qu'une seule voiture, une BMW dernier modèle. Nat savait qu'elle appartenait à Vivian. Plus il en apprenait aujourd'hui, plus lui revenait en mémoire la colère de sa mère lors du mariage de sa sœur, il y avait des années. « Jane a gagné tout ce qu'elle possède à la sueur de son front, avait fulminé sa mère. Qu'est-ce qu'elle trouve à ce parasite ? Il a débarqué dans sa vie avec juste quelques sous-vêtements. »

Nat eut l'impression que Covey avait apporté le même type de biens dans son union avec Vivian.

Soudain ses yeux brillèrent. La BMW était garée à gauche dans le garage. Le sol de l'emplacement de droite était maculé d'huile.

Nat s'agenouilla. La BMW ne révélait aucune trace de fuite, et il savait qu'il n'y avait pas de taches d'huile dans l'allée.

Qui s'était garé à cette place, non pas une fois, mais plusieurs, se demanda-t-il, et pourquoi un visiteur aurait-il rentré sa voiture dans le garage ? À moins, bien sûr, qu'il ne veuille dissimuler sa présence.

Nat résolut d'aller vérifier si la voiture de Tina perdait de l'huile.

44

D EB COOGAN passait un moment de rêve. Habituellement, elle lavait elle-même ses cheveux courts et bouclés, les séchait avec une serviette et les faisait couper une fois par mois par un petit coiffeur à l'autre bout de la ville. C'était la première fois qu'elle venait chez Tresses, le salon le plus chic de Chatham.

Détendue, elle appréciait pleinement le luxe raffiné du salon rose et vert, le shampooing avec massage de la nuque, l'éclat doré que la coloriste avait su donner à ses cheveux châtains, les soins des mains et des pieds. Décidant que son devoir civique était d'entrer en conversation avec le plus d'employées possible, elle avait choisi de s'offrir tous les services proposés par l'institut.

Sa crainte de voir le personnel du salon hésiter à parler ne dura pas longtemps. Tout le monde commentait la nouvelle de l'inculpation de Scott Covey pour la mort de sa femme.

Deb n'eut aucun mal à faire bavarder Beth, sa shampooineuse, sur Vivian Carpenter, mais tout ce qu'elle apprit fut que Beth avait failli s'évanouir en apprenant que Vivian avait autant d'argent. « Jamais un pourboire, juste une misère à la coiffeuse. Et, croyez-moi, une goutte d'eau près de son oreille et elle faisait tout un foin à propos de ses tympans fragiles. Je vous le demande, comment pouvaient-ils être aussi fragiles ? Elle se vantait d'apprendre à faire de la plongée sous-marine. »

La coiffeuse se montra un peu plus charitable : « Oh, nous avons toutes eu Vivian comme cliente un jour ou l'autre. Elle craignait constamment de ne pas être le mieux possible. Et c'était toujours la faute de l'une d'entre nous, bien sûr. C'était vraiment navrant. Elle était jolie, mais soit elle montait sur ses grands chevaux, soit elle s'irritait pour un rien. Elle aurait rendu fous tous les saints du paradis. »

La manucure se montra tout aussi bavarde mais pas d'une grande aide : « Elle était folle de son mari. Il faut avouer qu'il est beau comme un dieu. Un jour, il traversait la rue pour venir la chercher, et l'une des nouvelles manucures l'a aperçu par la fenêtre. Elle s'est exclamée : "Excusez-moi un instant, je vais faire un tour dehors et me jeter dans les bras de cet adonis. " Elle plaisantait, bien sûr, mais figurez-vous qu'elle était juste en train de terminer les ongles de Vivian. J'ai rarement vu une explosion de fureur pareille. Vivian s'est mise à hurler : "Pourquoi toutes les filles de la planète se jettent-elles à la tête de mon mari ?" »

Se jettent à la tête, pensa Deb. Cela voulait dire qu'il n'y prêtait pas attention. « Quand cela est-il arrivé ? demanda-t-elle.

— Oh, environ deux ou trois semaines avant qu'elle ne se noie. »

Ce fut lorsque la pédicure s'occupa d'elle que Debbie eut enfin l'assurance qu'elle n'avait pas perdu son extravagant après-midi. Les soins avaient lieu dans un espace séparé du salon par un rideau, avec deux chaises installées de part et d'autre des bains de pieds.

« Tâchez de garder vos orteils immobiles, madame Coogan, dit Marie, la pédicure. Je ne voudrais pas vous blesser.

— Je n'y peux rien, avoua Debbie. J'ai les doigts de pied horriblement chatouilleux. »

Marie éclata de rire. « Comme l'une de mes clientes. Elle ne supporte pas qu'on lui tripote les orteils, mais lorsqu'elle s'est mariée nous lui avons dit qu'elle devait avoir de jolis pieds. »

Profitant de l'occasion, Debbie mentionna le nom de Vivian. « Quand on pense que Vivian Carpenter n'a vécu que trois mois après son mariage... » Elle soupira.

« Je sais. C'est horrible, n'est-ce pas ? Sandra, la cliente dont je vous parlais, celle qui ne veut pas entendre parler de pédicure...

— Oui ?

— Eh bien, le jour où elle est venue, avant son mariage, elle était assise juste sur cette chaise, et Vivian se trouvait à côté d'elle. Elles ont commencé à papoter. Sandra est du genre à vous confier tout ce qui lui arrive.

— De quoi ont-elles parlé ce jour-là ?

— Elle a raconté à Vivian qu'en sortant du salon, elle avait rendez-vous avec son fiancé chez son notaire pour signer un contrat de mariage en bonne et due forme. »

Debbie se redressa. « Qu'a dit Vivian ?

— Eh bien, elle a dit quelque chose comme : "Je crois que si on est incapable de faire confiance à la personne qu'on épouse, mieux vaut ne pas se marier. " »

Marie appliqua un onguent sur les pieds de Debbie et commença à les masser. « Sandra n'était pas du genre à capituler. Elle a dit à Vivian qu'elle avait déjà été mariée une fois, et qu'elle et son mari avaient rompu au bout de trois ans. Sandra possède deux magasins en ville. Son ex a prétendu qu'il l'avait beaucoup aidée parce que — écoutez bien ça — le soir elle lui parlait de ses projets d'agrandissement. Il a obtenu une confortable pension. D'après Sandra, il ne savait même pas ce que signifiait le mot "magasin" avant de la connaître, et il n'en savait pas davantage le jour où ils se sont séparés. Elle a dit à Vivian que lorsque l'un des époux a de l'argent et l'autre pas, en cas de divorce, c'est le premier qui paie.

— Qu'a dit Vivian ? demanda Debbie.

— Elle a eu l'air un peu troublée. Elle a dit que c'était une remarque très intéressante. Puis elle a ajouté : "Je ferais peut-être mieux de téléphoner à mon homme d'affaires. "

— Avait-elle l'air de plaisanter ?

— Je l'ignore. Avec elle on ne pouvait jamais savoir. » Marie désigna le plateau de vernis à ongles. « La même couleur que vos doigts, rouge framboise ?

— S'il vous plaît. »

Marie secoua le flacon, dévissa le bouchon, et à petits coups précis se mit à vernir les ongles de pieds de Debbie. « Quel dommage, soupira-t-elle. Au fond, Vivian n'était pas méchante, elle n'avait pas confiance en elle, c'est tout. Je ne l'ai plus revue. Elle est morte trois jours plus tard. »

45

L E CAPTAIN'S TABLE, qui appartenait au yacht-club de
Hyannis, donnait sur la baie.

Membre du club et habitué du restaurant, John avait retenu
une des meilleures tables dans la petite salle à manger vitrée.
Il insista pour que Menley prît place face à la fenêtre afin de
profiter de la vue sur le Nantucket Sound, avec ses élégants
voiliers, yachts et vedettes à moteur qui faisaient la navette
entre le Cap, Martha's Vineyard et Nantucket.

Lorsque Menley avait quitté *Remember*, à sept heures
moins le quart, Hannah était déjà prête pour la nuit.
Maintenant, tout en savourant son champagne, une pensée
la hantait : y avait-il un portrait du capitaine Andrew Freeman
dans les dossiers de Phoebe Sprague, un portrait qu'elle
aurait aperçu fugitivement et qui aurait inconsciemment
frappé son esprit pendant qu'elle parcourait cette montagne
de papiers ? C'était ce qu'elle avait laissé entendre à Jan Paley.
Combien de fois au cours de ces derniers jours avait-elle uti-
lisé les mots « inconscient » et « subconscient » ? Elle se rappela que les rares calmants qu'elle prenait pouvaient lui
brouiller les idées.

Elle secoua la tête pour repousser ces pensées troublantes. À présent qu'elle était au restaurant, elle se félicitait d'être venue. C'était peut-être uniquement pour cette raison qu'Adam l'incitait à rencontrer des amis. Elle était de nature sociable, mais depuis la mort de Bobby feindre d'être gaie et de s'intéresser aux gens et aux choses lui demandait un véritable effort.

Pendant qu'elle attendait Hannah, elle avait écrit le dernier tome des aventures de David, s'y plongeant totalement jusqu'à ce qu'il fût terminé. Elle s'était rendu compte que, dès l'instant où elle était inoccupée, elle commençait à redouter un malheur, de faire une fausse couche ou de mettre au monde un bébé mort-né.

Et depuis la naissance d'Hannah, elle était en proie à ces troubles post-traumatiques — flash-back, crises d'angoisse, dépression.

Une accumulation de problèmes bien éprouvante pour un homme comme Adam qui a lui-même une activité particulièrement stressante, songea-t-elle. Tout à l'heure, elle lui en avait voulu de ses tentatives maladroites pour la pousser à sortir, pour qu'Amy passe la nuit à la maison. À présent, elle regrettait désespérément qu'il ne soit pas à côté d'elle à cette table.

Menley savait au moins qu'elle était redevenue elle-même. Elle avait retrouvé sa ligne, et avait choisi ce soir de porter un tailleur de soie gris tourterelle avec une veste boléro et un pantalon à pinces. Des poignets anthracite soulignaient le gris plus clair du chemisier. Blondis par le soleil, ses cheveux étaient retenus en un simple chignon sur la nuque. Le tour de cou en argent et diamants et les pendants d'oreilles assortis qu'Adam lui avait offerts pour leurs fiançailles complétaient l'ensemble. Elle dut admettre qu'il n'était pas déplaisant de s'habiller à nouveau.

Elle avait été agréablement surprise en découvrant que Scott Covey était l'autre invité de John et d'Elaine. Son regard admiratif ne lui avait pas échappé lorsque le maître d'hôtel l'avait conduite à la table. Une partie du charme de Scott, songea-t-elle, était qu'il semblait lui-même absolument inconscient de sa beauté. Son comportement, en réalité, trahissait même une sorte de timidité et il avait le don d'accorder une extrême attention à son interlocuteur.

Il fit brièvement allusion à la perquisition : « Vous aviez raison, Menley. Lorsque j'ai joint Adam au téléphone, il m'a dit qu'il ne pouvait rien faire, en me conseillant toutefois de rester en contact avec lui et de laisser mon répondeur branché du matin au soir.

— Adam est un homme de décision, sourit Elaine.

— Je suis réellement heureux de l'avoir de mon côté », dit Covey, et il ajouta : « Ne gâchons pas la soirée avec tout ça. Au moins n'ai-je rien à cacher : on a l'impression d'une véritable invasion quand la police met votre maison sens dessus dessous pour essayer de prouver que vous êtes un criminel, mais il y a une grande différence entre le fait de se sentir offensé et celui d'être inquiet. »

Elaine prit l'air farouche : « Ne me parlez pas de cette histoire. Les Carpenter auraient mieux fait de se montrer plus attentifs à Vivian alors qu'elle était en vie qu'aujourd'hui où elle est morte. Croyez-moi, le jour où cette pauvre gosse a acheté sa maison, il y a trois ans, elle semblait terriblement seule. Je lui ai apporté une bouteille de champagne, dans la soirée, et sa reconnaissance m'a fait mal au cœur. Elle était là, sans personne pour lui tenir compagnie.

— Elaine », l'interrompit John.

Voyant les larmes embuer les yeux de Scott, Elaine se mordit les lèvres. « Oh, pardonne-moi, Scott. Tu as raison. Changeons de sujet.

— C'est ça, parlons d'autre chose, renchérit John avec un large sourire. Nous comptons donner notre réception de mariage ici, et vous êtes les deux premiers à être officiellement prévenus de la date exacte : samedi 26 novembre, à quatre heures de l'après-midi. Nous avons même décidé du menu : ragoût de dinde. » Il éclata de rire avec un curieux *heh-heh-heh*. «N'oubliez pas, c'est deux jours après Thanksgiving. » Il prit la main d'Elaine dans la sienne.

Elaine a vraiment l'air épanoui d'une future jeune mariée, pensa Menley. Un collier de perles et d'or mettait en valeur sa robe blanche à col roulé. Ses cheveux blonds coiffés naturellement encadraient son visage mince et légèrement anguleux. Le gros diamant en forme de poire à sa main gauche était une preuve resplendissante de la générosité de John.

Les deux seuls points négatifs, décida finalement Menley lorsqu'ils en furent au dessert, sont que John parle trop d'assurance et que ses plaisanteries ne sont pas drôles du tout. Elle était habituée à l'esprit rapide et vif d'Adam, et c'était un supplice d'entendre pour la énième fois : «Cela me rappelle une histoire sur… »

À un moment donné, durant l'une de ces interminables histoires, Scott Covey fit un clin d'œil vers Menley, et elle réprima un sourire. Il pense comme moi, se dit-elle.

Mais John était un homme solide et généreux, et bien des femmes enviaient probablement Elaine.

En quittant la table, Menley était impatiente, anxieuse même, de rentrer chez elle. John lui proposa de l'accompagner avec Elaine jusqu'à sa porte, afin de s'assurer qu'elle arrivait sans problème.

«Non, non, je vous en prie, ça ira très bien. » Elle s'efforça de masquer son irritation. J'ai des réactions trop instinctives dès qu'on fait mine de me protéger, se reprocha-t-elle.

Hannah était paisiblement endormie lorsque Menley rentra. «Un vrai petit ange, dit Amy. Voulez-vous que je vienne demain vers la même heure, madame Nichols ?

— Non, ce ne sera pas nécessaire, dit Menley calmement. Je m'en occuperai. » Malgré la peine qu'elle lut sur le visage déconfit d'Amy, elle se réjouit à l'idée de profiter seule de son bébé jusqu'au retour d'Adam le lendemain.

Menley eut du mal à s'endormir ce soir-là. Ce n'était pas qu'elle fût nerveuse, non, mais elle continuait à voir défiler dans son esprit tous les dessins et illustrations contenus dans les dossiers de Phoebe Sprague. Elle croyait les avoir à peine regardés. Il s'agissait pour la plupart de croquis des premiers colons, certains anonymes, et des constructions de l'époque ; des plans de propriétés ; des voiliers — un vrai pêle-mêle en fait.

Se pouvait-il qu'elle soit tombée sur l'un de ces portraits et qu'elle l'ait copié inconsciemment en cherchant à se représenter le capitaine Andrew Freeman ? Son apparence n'était pas inhabituelle pour l'époque. Nombre de marins du début du XVIIIe siècle portaient une courte barbe brune.

Et ensuite, j'aurais par hasard reproduit son visage ? *Subconscient, inconscient* — toujours les mêmes mots. Seigneur Dieu, que m'arrive-t-il ?

À trois reprises avant deux heures du matin, elle alla jeter un coup d'œil sur Hannah et la trouva profondément endormie. En à peine plus d'une semaine, elle a grandi, songea Menley en caressant doucement la petite main posée sur le drap.

Elle finit par sentir ses yeux devenir lourds et sut qu'elle allait à son tour sombrer dans le sommeil. Elle retourna se coucher, effleura l'oreiller d'Adam, regrettant son absence. Avait-il téléphoné ce soir ? Probablement pas. Amy le lui aurait dit. Pourquoi n'avait-il pas essayé vers dix heures et demie ? Il savait qu'elle serait rentrée à cette heure-là.

J'aurais pu lui téléphoner moi-même. J'aurais dû lui dire que j'avais apprécié la soirée. Il a peut-être hésité à m'appeler, craignant de m'entendre me plaindre de ma sortie.

Oh, mon Dieu, je voudrais seulement être moi-même, je voudrais être normale !

À quatre heures du matin, le grondement d'un train fonçant sur elle ébranla la maison.

Elle se trouvait au passage à niveau, elle essayait de le franchir à temps. Le train arrivait.

179

Elle se leva d'un bond, se boucha les oreilles, voulant étouffer le bruit, et se précipita d'un pas trébuchant vers la chambre d'enfant. Elle devait sauver Bobby.

Hannah hurlait, agitant bras et jambes, rejetant ses couvertures.

Le train allait la tuer elle aussi, pensa Menley, cherchant désespérément à s'accrocher à la réalité.

Mais brusquement le calme revint. Le train s'éloigna, le roulement régulier des roues se fondit dans la nuit.

Hannah poussait des cris stridents.

« Tais-toi ! cria Menley. Arrête ! Tais-toi ! »

Les hurlements redoublèrent.

Menley s'effondra sur le lit à côté d'Hannah, secouée de tremblements, recroquevillée sur elle-même, craignant de prendre sa fille dans ses bras.

Puis elle l'entendit qui l'appelait du bas des escaliers, elle entendit la petite voix excitée et joyeuse qui lui criait de venir le retrouver : « Maman, maman ! »

Les bras tendus en avant, sanglotant son nom, elle se rua à la rencontre de Bobby.

10 août

46

L E PROCUREUR avait organisé une réunion le mercredi après-midi au palais de justice de Barnstable. Devaient y assister les trois enquêteurs de son bureau qui avaient participé à la perquisition au domicile de Covey, le médecin légiste chargé de l'autopsie, deux gardes-côtes de Woods Hole appelés à témoigner en tant qu'experts — l'un au sujet des courants marins qui régnaient le jour où Vivian Carpenter s'était noyée, le second pour commenter l'état de sa tenue de plongée — et Nat Coogan.

« Ça veut dire que je commencerai tôt aujourd'hui, dit Nat à Debbie le mercredi matin. Je veux aller jeter un coup d'œil à la voiture de Tina et vérifier si elle perd de l'huile, et je veux m'entretenir avec le notaire de Vivian pour savoir si elle a été en contact avec lui. »

Deb ajoutait une autre fournée de gaufres dans l'assiette de son mari. Leurs deux fils avaient déjà fini leur petit déjeuner et étaient partis travailler. Tous les deux avaient trouvé un job pour l'été.

« Je ne devrais pas te resservir, soupira-t-elle, tu es supposé perdre dix kilos.

— J'ai besoin d'énergie aujourd'hui, ma beauté.

— Tu parles ! » Debbie secoua la tête.

Depuis la table du petit déjeuner, Nat admira les reflets lumineux de ses cheveux. « Tu es ravissante, dit-il. Je t'emmènerai dîner dehors ce soir pour épater la galerie. À propos, tu ne m'as pas dit combien toute l'opération t'avait coûté.

— Mange tes gaufres, dit Debbie, et elle lui tendit le sirop. Tu n'as pas besoin de le savoir. »

Nat s'arrêta d'abord au Wayside. Il passa la tête dans la salle à manger. Comme il l'avait espéré, Tina était de service. Puis il se rendit au bureau, où il ne trouva que la secrétaire.

« Une question, dit-il. À propos de Tina. »

La secrétaire eut un haussement d'épaules. « Je crois qu'il n'y a pas de problème. Ils vous ont montré son dossier l'autre jour.

— Qui pourrait me dire si elle a reçu des appels téléphoniques personnels ici ? demanda Nat.

— Elle n'en a sûrement pas reçu un seul. Sauf en cas d'urgence, c'est nous qui prenons le message et la serveuse rappelle à son heure de pause. »

Je n'aboutirai à rien de ce côté-là, pensa-t-il. « Sauriez-vous par hasard quel modèle de voiture conduit Tina ? »

La jeune femme fit un geste en direction de la fenêtre vers le parking à l'arrière du restaurant : « La Toyota verte, là-bas, c'est la sienne. »

La voiture avait au moins dix ans d'âge. En certains endroits sur les ailes, des trous apparaissaient sous les taches de rouille. Nat s'accroupit en maugréant pour examiner le dessous du châssis. Des gouttes d'huile brillaient sur le métal. Et il y avait des traces grasses sur le macadam.

Exactement ce que je pensais, jubila-t-il. Il se redressa péniblement et regarda à l'intérieur par la fenêtre du conducteur. La voiture de Tina était une vraie poubelle. Des cassettes jonchaient le siège du passager. Des boîtes de soda vides traînaient sur le plancher. Il regarda par la vitre arrière. Le siège était couvert de journaux et de magazines. Et sur le plancher, à demi dissimulés sous des sacs en papier, il y avait deux bidons d'huile vides.

Nat revint en hâte vers le bureau du Wayside. « Une dernière question : Tina est-elle parfois chargée de prendre les réservations ?

— Oui, répondit la secrétaire. Tous les jours de onze heures à onze heures trente, pendant la demi-heure de pause de Karen.

— Elle peut donc recevoir des appels personnels ?

— Je suppose que oui.

— Merci beaucoup. » C'est d'un pas plein d'allant que Nat se dirigea vers sa seconde halte, un rendez-vous avec le notaire de Vivian.

Leonard Wells était installé dans de confortables bureaux à deux pas de la rue principale de Hyannis. C'était un homme d'une cinquantaine d'années, réservé, avec des lunettes qui agrandissaient des yeux bruns au regard pensif, élégamment vêtu d'un costume léger de couleur beige. Nat comprit immédiatement que Wells était le genre d'homme qui ne dénouait jamais sa cravate en public.

« Vous savez certainement, inspecteur Coogan, que j'ai déjà reçu la visite des enquêteurs du procureur, de l'avocat de la famille Carpenter et du représentant de la compagnie qui a assuré la bague d'émeraude. Je vois difficilement en quoi je peux davantage contribuer à cette enquête.

— Peut-être ne le pouvez-vous pas en effet, monsieur, dit Nat aimablement. Mais il y a toujours la possibilité qu'un détail ait échappé. Je connais, bien sûr, les termes du testament.

— Son mari a hérité de chaque *cent* que possédait Vivian, ainsi que de sa maison, du bateau, de la voiture et des bijoux. » Une désapprobation glacée perçait dans la voix de Wells.

«Qui était le bénéficiaire de son précédent testament?

— Il n'y en a pas eu. Vivian est venue me trouver il y a trois ans, à l'époque où elle a hérité du fonds de placement : cinq millions de dollars.

— Pourquoi vous a-t-elle choisi? Je veux dire, sa famille ne manquait probablement pas d'avocats-conseils.

— Je m'étais occupé de l'une de ses amies, qui apparemment était satisfaite de moi. Et à cette époque-là, Vivian disait qu'elle ne voulait pas être représentée par les conseils juridiques de sa famille. Elle m'a demandé de lui recommander une banque où ouvrir un coffre-fort. Elle voulait aussi le nom d'un agent de change sérieux auquel confier son portefeuille d'actions. Elle m'a demandé mon avis à propos de ses héritiers potentiels.

— Elle voulait donc faire un testament?

— Non, ce n'était pas son intention. Elle voulait seulement savoir qui hériterait d'elle au cas où elle mourrait. Je lui ai dit que ce serait sa famille.

— Cette réponse l'a rassurée? demanda Nat.

— Elle m'a dit qu'elle aurait préféré ne pas leur faire ce cadeau car ils ne le méritaient pas mais que, puisqu'elle n'avait personne d'autre au monde, autant que ce fussent eux. Bien sûr, tout a changé le jour où elle a fait la connaissance de Scott Covey.

— Lui avez-vous conseillé d'établir un contrat de mariage?

— C'était trop tard. Elle était déjà mariée. Je l'ai fortement incitée à signer un testament plus détaillé. Je lui ai fait remarquer que la façon dont était rédigé l'acte laissait toute sa fortune à son mari, et qu'elle ferait bien d'ajouter des dispositions à l'intention de ses futurs enfants. Elle a répondu qu'elle considérerait la question lorsqu'elle serait enceinte. Je lui ai aussi fait remarquer qu'au cas où le mariage serait un échec, il y avait des mesures à prendre de sa part pour protéger ses biens.»

Nat parcourut la pièce du regard. Des murs lambrissés de bois à la belle patine; une collection d'ouvrages juridiques soigneusement rangés sur des étagères derrière le bureau d'acajou. Des scènes de chasse délicatement encadrées ; un tapis d'Orient. Il se dégageait de l'ensemble une impression de bon goût, c'était un décor qui allait comme un gant à Leonard Wells. Nat se dit que l'homme lui plaisait.

« Monsieur Wells, Vivian est-elle souvent venue vous consulter ?

— Non. Je crois savoir qu'elle a suivi mon conseil de ne garder qu'un compte relativement modeste à la banque locale. Elle était satisfaite de l'agent de change que je lui avais recommandé et le rencontrait une fois par trimestre à Boston. Elle avait laissé la clé de son coffre-fort à mon bureau. Lorsqu'elle venait de temps en temps la chercher, nous échangions quelques mots.

— Pourquoi vous avait-elle laissé la clé de son coffre-fort ? interrogea Nat.

— Vivian était peu ordonnée. L'an passé, elle avait perdu la clé à deux reprises et son remplacement lui avait coûté cher. Étant donné que la banque est située juste à côté de mon bureau, elle avait décidé de nous la confier. De son vivant, elle était la seule à avoir accès au coffre. Depuis sa mort, bien sûr, on a fait l'inventaire de son contenu, comme vous le savez certainement.

— Vivian vous a-t-elle téléphoné trois jours avant sa mort ?

— Oui. Elle a appelé alors que j'étais en vacances.

— Savez-vous pourquoi elle voulait vous contacter ?

— Non, je l'ignore. Elle ne cherchait pas sa clé et elle ne parlait jamais de ses affaires à mon associé. Elle a laissé un message demandant que je la rappelle dès mon retour. Malheureusement, lorsque je suis rentré, elle avait disparu depuis deux jours.

— Quel était son ton lorsqu'elle a parlé à votre secrétaire ? Semblait-elle perturbée ?

— Vivian se montrait toujours perturbée lorsque les gens qu'elle désirait voir n'étaient pas disponibles immédiatement. »

Tout cela ne m'avance pas beaucoup, pensa Nat. Puis il demanda : « Avez-vous déjà rencontré Scott Covey, monsieur Wells ?

— Une fois seulement. À la lecture du testament.

— Qu'avez-vous pensé de lui ?

— Mon opinion, bien sûr, n'a qu'une valeur subjective. Avant même de le rencontrer, j'avais déjà décidé en moi-même que c'était un coureur de dot qui avait jeté son dévolu sur une jeune femme vulnérable et extrêmement émotive. Je persiste à penser qu'il est déplorable qu'une partie de la fortune des Carpenter aille à un étranger. Il y a des cousins éloignés de la famille qui auraient pu en récolter les fruits. Mais je dois avouer que par la suite mon opinion a changé. J'ai été très favorablement impressionné par Scott Covey. Il m'a paru sincèrement bouleversé par la mort de sa femme. Et, à moins qu'il ne soit un acteur remarquable, il a été stupéfait d'apprendre l'étendue de sa fortune. »

47

HENRY SPRAGUE avait un goût amer dans la bouche. Mardi après-midi, il avait vu les voitures de police s'engager dans l'allée de Scott. Se sentant indiscret, il avait regardé par la fenêtre latérale et vu l'un des hommes tendre à Covey ce qui ressemblait fort à un mandat de perquisition. Plus tard, lorsque Phoebe et lui s'étaient installés sur la terrasse, il avait eu désagréablement conscience de la présence de Covey assis dans la véranda, son maintien trahissant la lassitude et le désespoir.

Si je n'avais pas vu cette dénommée Tina au Cheshire Pub, je n'aurais pas la moindre raison de soupçonner Scott Covey, réfléchit-il pendant la nuit, incapable de dormir.

Il se rappela sa première rencontre avec Phoebe. Elle passait son doctorat à Yale. Diplômé d'Amos Tuck, il travaillait dans l'affaire familiale d'import-export. Dès la minute où il avait posé les yeux sur elle, les autres filles autour de lui n'avaient plus compté. L'une d'entre elles, Kay, avait réellement eu de la peine et avait continué à lui téléphoner.

Et si j'avais accepté de revoir Kay après mon mariage, uniquement pour mettre les choses au clair, et que quelqu'un eût mal interprété notre rendez-vous ? pensa Henry. Si c'était le cas pour Scott ?

Le mercredi matin, il sut ce qui lui restait à faire. Betty, leur femme de ménage, était là, et il pouvait lui faire confiance pour garder l'œil sur Phoebe.

Sachant qu'il risquait de se faire sèchement éconduire, il ne téléphona pas à Scott. À dix heures, il traversa la pelouse et sonna à la porte vitrée à l'arrière de la maison. Assis à la table de la cuisine, Scott buvait son café tout en lisant les journaux.

Henry se rappela que Covey n'avait aucune raison de paraître ravi en voyant qui était son visiteur.

Il vint à la porte mais ne l'ouvrit pas. « Que désirez-vous, monsieur Sprague ? »

Henry parla sans détour : « Je crois que je vous dois des excuses. »

Covey portait une chemise sport, un short kaki et des sandales de cuir. Ses cheveux blond foncé étaient humides, comme s'il sortait de la douche. Toute trace de sévérité disparut de son visage. « Entrez donc. »

Il prit une autre tasse dans le placard et l'emplit de café. « Vivian m'a dit que vous étiez un amateur de café. »

C'était un bon, un excellent café, nota Henry avec plaisir. Il prit le siège en face de Covey à la petite table et but en silence pendant un moment. Puis, choisissant ses mots avec soin, il s'efforça de faire comprendre à Scott qu'il regrettait d'avoir parlé à l'inspecteur de leur rencontre avec Tina au pub cet après-midi-là.

Il apprécia la réponse directe de Scott : « Écoutez, monsieur Sprague, vous avez fait ce que vous pensiez devoir faire, et je le comprends. Je comprends aussi les mobiles de la police et l'attitude de la famille et des amis de Viv. Je dois malgré tout faire remarquer que Viv n'avait pas beaucoup d'amis se souciant véritablement d'elle. Je voudrais seulement que vous sachiez combien il m'est difficile de pleurer la disparition de ma femme tout en étant considéré comme un assassin par la terre entière.

— Oui, je m'en rends compte.

— Le plus effrayant, voyez-vous, c'est la façon dont les Carpenter montent tout le monde contre moi; il y a de bonnes chances pour que je sois inculpé de meurtre. »

Henry se leva. « Je dois rentrer. S'il est quelque chose que je puisse faire pour vous aider, comptez sur moi. Je n'aurais jamais dû me laisser aller à bavarder. Je peux vous promettre une chose en tout cas : si l'on me demande de témoigner, je dirai haut et clair que depuis le jour de votre mariage avec Vivian, j'ai assisté à une véritable transformation chez une jeune femme auparavant très malheureuse.

— Je n'en demande pas plus, monsieur, dit Scott. Si quelqu'un énonçait cette simple vérité, je serais content.

— Appelez-moi Henry. »

Les deux hommes se retournèrent au moment où Phoebe ouvrait la porte et entrait. Elle regarda autour d'elle, les yeux dans le vague. « Est-ce que je t'ai parlé de Tobias Knight ? demanda-t-elle d'un air égaré.

— Phoebe... Phoebe... » Jan Paley la suivait de quelques pas. « Oh, Henry, je suis sincèrement désolée. Je suis passée vous voir et j'ai dit à Betty de poursuivre son travail, que j'allais rester avec Phoebe. J'ai tourné le dos une seconde et...

— Je sais, dit Henry. Allons, chérie. » Il donna à Scott une franche poignée de main, puis passa un bras autour de sa femme et la reconduisit patiemment vers leur maison.

48

L A RECHERCHE désespérée de Menley dans toutes les pièces du rez-de-chaussée n'avait pas révélé d'où venait la voix de Bobby. Puis les pleurs d'Hannah avaient fini par pénétrer sa conscience, et elle avait regagné la chambre d'enfant. Mais les sanglots de l'enfant s'étaient alors transformés en hoquets étranglés.

« Oh, mon bébé », avait murmuré Menley, bouleversée à la pensée qu'Hannah pleurait depuis longtemps. Elle avait pris sa fille dans ses bras, l'avait enveloppée dans ses couvertures et s'était allongée avec elle sur le lit.

Blottie sous la courtepointe, elle avait fait glisser l'épaulette de sa chemise et porté les lèvres du bébé à son sein. Bien qu'elle n'eût pas de lait, elle avait senti sa poitrine palpiter lorsque les petites lèvres s'étaient mises à sucer le mamelon. Les hoquets s'étaient enfin calmés, et Hannah s'était endormie avec satisfaction dans ses bras.

Elle aurait voulu la garder contre elle, mais l'épuisement pesait sur elle comme une chape de plomb, la plongeant dans un état proche de la stupeur. Ainsi qu'elle l'avait fait l'autre jour, elle plaça un oreiller dans le berceau ancien, y installa

Hannah, la borda, et sombra à son tour dans un sommeil profond, la main sur le bord du berceau, un petit doigt encerclant son pouce.

La sonnerie du téléphone la réveilla à huit heures. Hannah dormait encore, constata-t-elle, en s'élançant dans sa chambre pour répondre.

C'était Adam.

« Ne me dis pas qu'Hannah et toi êtes encore au lit ? Comment se fait-il qu'elle se réveille toujours à l'aube quand je suis là ? »

Il plaisantait. Menley le savait. Le ton de sa voix était gai et affectueux. Alors pourquoi cherchait-elle toujours un double sens à chacune de ses paroles ?

« Tu nous as toujours vanté l'air vivifiant de la mer, dit-elle. Hannah t'a sans doute pris au mot. » Elle se souvint du dîner de la veille : « Adam, j'ai passé une soirée très agréable hier soir.

— Oh, tant mieux. Je n'osais pas te poser la question. »

Exactement ce que je craignais, pensa Menley.

« Y avait-il quelqu'un d'autre à part Elaine et John ?

— Scott Covey.

— Pas sérieux de sa part. Je lui ai dit en des termes on ne peut plus clairs que j'avais besoin de pouvoir le joindre à tout instant. A-t-il parlé de la perquisition ?

— Il a seulement dit que c'était très humiliant, mais pas inquiétant.

— Bon. Comment vas-tu, chérie ? »

Je me porte à merveille, pensa Menley. J'ai cru entendre un train rugir à travers la maison. J'ai cru entendre mon enfant mort m'appeler. Et j'ai laissé Hannah pleurer pendant une demi-heure tandis que je le cherchais.

« Bien, répondit-elle.

— Pourquoi ai-je l'impression que tu me caches quelque chose ?

— Parce que tu es un bon avocat, habitué à chercher partout des significations cachées. » Elle se força à rire.

«Pas de crises?

— Je t'ai dit que j'allais bien.» Elle s'efforça de dissimuler toute trace d'angoisse ou de panique. Adam devinait toujours ce qu'elle ressentait. Elle changea de sujet: «Le dîner était réellement délicieux, mais dès que John prononce les mots: "Ça me rappelle une histoire", mieux vaut prendre ses jambes à son cou. Il en a pour des heures.»

Adam rit doucement: «Laine est sans doute très amoureuse de lui. Sinon elle ne le supporterait pas. Tu viens me chercher à l'aéroport à cinq heures, comme convenu?

— J'y serai.»

Une fois Hannah baignée, rassasiée et pour un temps tranquillement assise dans son parc, Menley téléphona au psychiatre qui la traitait pour ses accès de stress post-traumatique. «Je ne suis pas tout à fait dans mon assiette, dit-elle, se forçant à prendre un ton désinvolte.

— Racontez-moi.»

Choisissant soigneusement ses mots, elle raconta au Dr Kaufman qu'elle s'était brusquement réveillée en croyant entendre le bruit d'un train dans la maison, qu'elle s'était imaginé que Bobby l'appelait.

«Et vous avez préféré ne pas prendre Hannah dans vos bras quand elle s'est mise à pleurer?»

Elle cherche à savoir si je craignais de faire mal au bébé, pensa Menley. «Je tremblais tellement que j'ai eu peur de la faire tomber en la prenant.

— Est-ce qu'elle pleurait?

— Elle hurlait.

— Ses cris vous ont-ils bouleversée, Menley?»

Elle hésita puis murmura: «Oui. Je voulais qu'elle s'arrête.

— Je vois. Nous devrions augmenter la dose de médicaments. Je l'ai réduite la semaine dernière, mais c'était peut-être trop tôt. Je vous en envoie par courrier express. Je ne peux pas vous le prescrire par téléphone.»

J'aurais pu lui dire de le faire parvenir au bureau d'Adam, pensa Menley. Il me l'aurait apporté. Mais je ne veux pas qu'Adam sache que je lui ai parlé. « Je ne sais pas si je vous ai donné notre adresse ici », dit-elle calmement.

Après avoir raccroché, elle alla s'installer à sa table. La veille, après le départ de Jan Paley, elle avait jeté un rapide coup d'œil sur les illustrations rassemblées par Phoebe Sprague, espérant y découvrir un dessin qui représenterait le capitaine Andrew Freeman. Elle consacra encore plusieurs heures à étudier attentivement tous les dossiers, cherchant un portrait de lui. Mais elle ne trouva rien.

Elle compara son dessin avec celui que Jan avait apporté. C'en était l'exacte réplique. À cela près que le portrait de la bibliothèque de Brewster montrait le capitaine à la barre de son navire. Comment ai-je pu savoir à quoi il ressemblait ? se demanda-t-elle à nouveau.

Elle prit son carnet de croquis. Une image de Mehitabel se formait dans son esprit. Des cheveux bruns tombant jusqu'aux épaules ; un visage fin en forme de cœur ; un cou mince ; de grands yeux sombres, des mains et des pieds délicats ; des lèvres souriantes ; une robe bleue à longues manches, et un corselet de dentelle ; une jupe que le vent gonflait sur le côté.

Elle dessina à petits coups rapides et précis, ses doigts exercés reportant habilement l'image sur le papier. Lorsqu'elle eut terminé, elle plaça son croquis à côté du portrait d'Andrew Freeman que lui avait prêté Jan, et elle comprit ce qu'elle avait fait.

Sur l'illustration de la bibliothèque de Brewster, on apercevait une vague trace de la jupe flottante de Mehitabel derrière la silhouette du capitaine.

Menley saisit sa loupe. Les petites marques sur la manche d'Andrew Freeman étaient des bouts de doigts — les doigts de Mehitabel. Se tenait-elle derrière son mari à bord de son bateau lorsque l'artiste inconnu avait fait ce dessin presque trois cents ans auparavant? Ressemblait-elle au portrait que Menley venait de faire d'elle?

Soudain saisie de frayeur, elle enfouit les trois dessins dans l'un des dossiers, prit Hannah dans ses bras et alla marcher dehors au soleil.

Hannah gazouillait et tirait les cheveux de sa mère et, tandis que Menley dégageait doucement la petite main, une pensée la frappa : la nuit dernière, lorsque je me suis réveillée en entendant rugir le train, Hannah était en train de hurler.

«Le train t'aurait-il réveillée toi aussi? interrogea-t-elle. Est-ce pour ça que tu as eu tellement peur? Oh, Hannah, que nous arrive-t-il? Quelle sorte de folie as-tu héritée de moi?»

49

L E PROCUREUR Robert Shore présidait la réunion dans la
salle de conférences de son service, au palais de justice
du comté de Barnstable. Il prit place en bout de table, avec
de part et d'autre le médecin légiste, les enquêteurs et les
experts cités comme témoins. Il avait placé Nat Coogan à
l'autre extrémité, en hommage au travail considérable accom-
pli par l'inspecteur sur cette affaire.

« Qu'est-ce que nous avons ? » questionna Shore, et il fit signe
à Nat d'exposer les faits.

Point par point, Nat présenta les éléments qu'il avait
assemblés.

Ce fut ensuite au tour du médecin légiste : « Le corps a été
attaqué par les animaux marins. Vous êtes particulièrement
intéressés par l'état des mains. Les dernières phalanges des
deux mains étaient mutilées, ce qui n'a rien d'anormal. Dans
le cas d'une noyade, c'est l'une des premières choses auxquelles s'attaquent les crabes. Le reste des doigts de la main
gauche était intact. On a retrouvé un anneau d'or, son alliance,
à l'annulaire. »

Il montra une photo prise à l'autopsie. « Il en va autrement en ce qui concerne la main droite. Outre les dernières phalanges manquantes, l'annulaire a été rongé jusqu'à la racine. Cela suppose qu'il a souffert d'une lésion antérieure qui a provoqué un afflux de sang attirant les animaux nécrophages.

— Le mari a affirmé que le matin du jour où elle est morte, Vivian avait tourné et retourné son émeraude sur son doigt pour l'ôter, dit Nat. Cela aurait-il pu provoquer la lésion en question ?

— Oui, mais à condition qu'elle ait tiré dessus de toutes ses forces. »

Robert Shore prit la photo des mains du médecin légiste. « Covey affirme qu'elle portait l'émeraude sur le bateau, mais d'après lui elle l'avait sans doute passée à l'annulaire de sa main gauche. Dans ce cas, la bague aurait-elle pu glisser dans l'eau ?

— Certainement. Par contre, elle était trop étroite pour passer par-dessus la jointure de la main droite. Mais il y a un second élément. » Le médecin légiste tendit une autre photo de l'autopsie. « Il ne reste pas grand-chose de sa cheville gauche, on y voit cependant des marques importantes de brûlures provoquées par une corde. Il est possible qu'elle ait été attachée quelque part et même tirée sur une distance considérable. »

Shore se pencha en avant. « Délibérément ?

— Impossible de le dire.

— Parlons de l'alcool contenu dans son organisme.

— À partir de l'humeur vitreuse, autrement dit le liquide oculaire, et du sang, nous avons la certitude qu'elle avait consommé l'équivalent de trois verres de vin. Au volant d'une voiture, on l'aurait arrêtée pour conduite en état d'ivresse.

— En d'autres termes, dit Shore, elle n'aurait pas dû faire de la plongée dans cet état, mais il n'existe aucune loi qui l'interdise. »

Vinrent ensuite les deux experts des gardes-côtes de Woods Hole cités comme témoins. L'un d'eux avait apporté des cartes marines, qu'il disposa sur un support. S'aidant d'une baguette, il exposa ses conclusions : « Si elle a disparu ici (il indiqua un point à un mille de l'île de Monomoy), son corps aurait dû être rejeté vers Martha's Vineyard et retrouvé quelque part par là. » À nouveau il pointa sa baguette. « L'autre hypothèse est que, étant donné les courants violents provoqués par le grain, elle aurait pu s'échouer sur la côte de Monomoy. L'un des endroits où elle n'aurait pas dû se trouver est justement celui où on l'a découverte, Stage Harbor. À moins, conclut-il, à moins qu'elle n'ait été prise dans un filet de pêche et traînée jusque-là, ce qui est aussi une possibilité. »

Le spécialiste du matériel de plongée étala devant eux l'équipement que Vivian portait le jour de sa mort. « C'est loin d'être en bon état, fit-il. N'était-elle pas riche ?

— Je peux fournir une explication, dit Nat. Vivian avait offert à son mari un équipement neuf pour leur anniversaire de mariage. D'après lui, elle a voulu essayer son vieil attirail et voir si elle aimait vraiment plonger avant d'en acheter un plus luxueux.

— Ça paraît raisonnable. »

Puis fut discuté le sujet de l'éventuelle liaison entre Tina et Scott, le procureur jouant le rôle de l'avocat du diable. « Tina est fiancée à l'heure actuelle, n'est-ce pas ? demanda-t-il.

— Oui, à son ancien petit ami », répondit Nat, et il leur fit part de ses impressions sur Fred Hendin. Il mentionna ensuite les taches d'huile dans le garage de Scott Covey.

« Un peu vague comme preuve, reconnut-il. Un bon avocat de la défense — et Adam Nichols est l'un des meilleurs — la réduira à néant. »

Ils présentèrent les relevés qu'ils avaient trouvés chez Covey. « Scott Covey tenait parfaitement ses comptes, grogna Shore. Il n'y a rien de suspect là-dedans. Mais qu'en était-il pour Vivian ? Où gardait-elle ses archives personnelles ?

— Dans un coffre-fort, dit Nat.

— Et le mari n'avait pas de procuration ?

— Non. »

À la fin de la réunion, ils arrivèrent à contrecœur à la conclusion que, si l'on s'en tenait aux faits actuels, il serait presque impossible d'obtenir d'un grand jury l'inculpation de Scott Covey.

« Je vais appeler le juge Marron à Orleans et lui demander d'ouvrir une instruction judiciaire, décida Shore. De cette façon, tous les faits seront publics. S'il les estime suffisants, il prononcera un verdict de négligence criminelle ou d'acte de malveillance et nous convoquerons le grand jury. »

Il s'étira. « Messieurs, procédons à un vote officieux. Oubliez ce qui est recevable ou non pour un jury. Si vous deviez voter innocent ou coupable, que diriez-vous ? »

Il fit un tour de table. L'un après l'autre ils répondirent calmement. « Coupable… coupable… coupable… coupable…

— Coupable, conclut Shore. À l'unanimité. Peut-être sommes-nous encore dans l'incapacité de le prouver, mais nous croyons tous que Scott Covey est un meurtrier. »

50

LA CLIENTE d'Adam, Susan Potter, pleurait silencieuse-
ment en face de lui dans son bureau, au siège du cabinet Nichols, Strand et Miller, situé sur Park Avenue. Vingt-huit
ans, un peu ronde, les cheveux auburn et les yeux bleu-vert,
elle aurait été très séduisante si ses traits n'avaient été dé-
formés par la peur et la tension.

Inculpée d'homicide après la mort de son mari, elle avait
obtenu une révision de son procès grâce au pourvoi demandé
par Adam. Le tribunal se réunirait en septembre.

« Je serai capable de revivre tout ça encore une fois, dit-elle.
C'est un tel soulagement d'être sortie de prison, mais la pensée que je pourrais y retourner...

— Vous n'y retournerez pas, lui dit Adam. Mais, Susan, rete-
nez bien ce que je vais vous dire : n'ayez aucun contact avec
la famille de Kurt. Si jamais ses parents vous téléphonent, rac-
crochez immédiatement. Leur intérêt est de vous provoquer, de vous faire prononcer des paroles qu'ils pourraient
ensuite interpréter comme une menace.

— Je sais. » Elle s'apprêtait à s'en aller. « Vous êtes en
vacances et c'est la seconde fois que vous revenez en ville à

cause de mon procès. J'espère que vous savez combien je vous en suis reconnaissante.

— Lorsque vous en serez sortie pour de bon, alors j'accepterai votre gratitude. » Adam fit le tour de son bureau et la raccompagna jusqu'à la porte.

Au moment où il l'ouvrait, elle leva les yeux vers lui. « Je remercie Dieu tous les jours de ma vie que vous ayez pris ma défense en main. »

Adam lut l'adoration du héros dans son regard. « Ne vous laissez pas abattre, Susan », dit-il comme si de rien n'était.

Sa fidèle secrétaire, Rhoda, était dans la pièce voisine. Elle le suivit dans son bureau privé. « Juste ciel, Adam, il n'y en a pas une seule qui résiste à votre charme ! Toutes vos clientes finissent par tomber amoureuses de vous.

— Allons, Rhoda. Un avocat est un peu comme un psychanalyste. La plupart des patients s'éprennent de leur psy pendant un temps. C'est le syndrome du bras sur lequel on s'appuie. »

Ses propres mots résonnant encore à ses oreilles, il pensa à Menley. Elle avait souffert d'une autre crise d'angoisse, il en était certain. Il le devinait à la tension de sa voix aussi sûrement qu'une personne douée d'une oreille musicale détecte une fausse note. Cela faisait partie de son expérience, c'était l'une des raisons qui faisaient de lui un bon avocat. Mais pourquoi refusait-elle d'en parler ? Jusqu'à quel point cette crise — ou ces crises — avait-elle été sérieuse ? se demanda-t-il.

Le balcon de la veuve. Le seul moyen d'accéder à ce dangereux perchoir était une échelle étroite. Si jamais elle essayait d'y monter avec Hannah et qu'elle ait un étourdissement ? *Si elle laissait tomber le bébé ?*

Adam sentit sa gorge se serrer. Le souvenir du visage de Menley penché sur Bobby dans le cercueil le hantait. La santé mentale de Menley ne survivrait pas à la perte d'Hannah.

Il n'avait qu'une chose à faire. À contrecœur, il téléphona au psychiatre de sa femme. Son cœur fit un bond quand le

Dr Kaufman lui dit : « Oh, Adam, j'hésitais à vous téléphoner. Je ne savais pas que vous étiez en ville. Quand comptez-vous repartir au Cap ?

— Cet après-midi.

— Je vais vous faire parvenir les médicaments de Menley, vous les lui porterez vous-même.

— Quand avez-vous parlé à Menley ? questionna-t-il.

— Aujourd'hui. » Le ton du Dr Kaufman changea. « Vous n'étiez pas au courant ? Adam, pourquoi me téléphonez-vous ? »

Il lui expliqua ses craintes de voir Menley souffrir de troubles post-traumatiques qu'elle s'obstinait à lui cacher. Le médecin ne fit aucun commentaire.

Ensuite, Adam lui raconta que la baby-sitter avait aperçu Menley sur le balcon de la veuve, et que Menley niait être montée là-haut.

« Avait-elle Hannah avec elle ?

— Non. Le bébé était avec la jeune fille. »

Il y eut un silence. Puis, pesant ses mots, le Dr Kaufman dit : « Adam, je crois que Menley ne devrait pas rester seule avec Hannah, et je crois aussi que vous devriez la ramener à New York. Je voudrais la faire hospitaliser pour quelque temps. Ce serait plus sûr. Vous n'avez pas besoin d'une autre tragédie dans la famille. »

51

AMY avait passé la journée à Nauset Beach avec ses amis. D'un côté, elle s'était bien amusée avec eux. Mais de l'autre, elle économisait l'argent du baby-sitting en vue d'acheter une nouvelle voiture qui lui servirait à l'université, et elle était encore loin du compte. Son père avait promis d'en payer la moitié, mais elle devrait compléter la différence.

« Je sais que je pourrais te l'offrir, lui répétait son père, seulement souviens-toi de ce que disait ta mère : "On apprécie mieux ce pour quoi on a travaillé. " »

Amy s'en souvenait fort bien. Elle n'avait rien oublié de ce que disait sa mère. Maman était le contraire d'Elaine, songea Amy. Elle était ce que les gens appellent une femme simple : pas de maquillage, pas de vêtements dernier cri, pas de grands airs. Elle était vraie. Amy se souvenait qu'en entendant son père se lancer dans ses histoires qui n'en finissaient plus, sa mère l'interrompait gentiment : « John chéri, abrège. » Elle ne riait pas comme le faisait Elaine, gloussant comme une gamine, se comportant comme s'il était Robin Williams ou Dieu sait qui.

Hier, Amy s'était aperçue que Mme Nichols était fâchée

contre elle. Elle se rendait compte maintenant qu'elle n'aurait pas dû raconter à son père qu'elle l'avait vue sur le balcon de la veuve, et qu'ensuite Mme Nichols avait nié s'y être trouvée. Bien entendu, son père l'avait répété à Elaine, qui l'avait à son tour dit à M. Nichols ; elle se trouvait dans la pièce au moment où Elaine lui avait téléphoné.

Un détail toutefois tracassait Amy. Dans la maison, hier, Mme Nichols était vêtue d'un short et d'un tee-shirt de coton blanc. Pourtant lorsque Amy avait cru la voir sur le balcon de la veuve, elle portait une sorte de robe longue.

Amy avait eu un mouvement de surprise, et elle s'était soudain demandé si Mme Nichols n'était pas un peu folle. Elle avait entendu Elaine dire à son père qu'elle souffrait de dépression nerveuse.

Mais si Mme Nichols avait raison, s'il s'agissait seulement d'une illusion d'optique due au reflet du métal sur la cheminée ? En y réfléchissant, Amy se rappela que, quelques minutes à peine après l'apparition de la silhouette sur le balcon, Mme Nichols était sortie de la maison en short et tee-shirt.

C'est une histoire à vous donner la chair de poule, se dit Amy. Ou peut-être ai-je simplement entendu raconter trop de légendes sur Remember, peut-être même ai-je des visions, comme Carrie Bell.

Elle voulait s'expliquer avec Mme Nichols. Elle consulta sa montre. Il était quatre heures. Oui, elle allait lui téléphoner.

Menley répondit dès la première sonnerie. Elle semblait un peu essoufflée. « Amy, je suis désolée, je ne peux pas vous parler en ce moment. Je pars pour l'aéroport, et Hannah est déjà dans la voiture.

— C'est seulement pour vous dire… je ne voudrais pas que vous pensiez que j'ai médit de vous, dit Amy précipitamment. Ce n'était pas mon intention. Ce que je veux dire, vous voyez… » Elle essaya de parler de la robe, ajoutant qu'elle était certaine d'avoir fait une erreur : « Vous êtes sortie de la maison tout de suite après. »

Elle attendit. Après un silence, Mme Nichols dit : «Amy, je suis très heureuse que vous m'ayez appelée. Merci.

— Je regrette tellement de ne plus venir chez vous. Je suis vraiment désolée.

— Tout va bien, Amy. Êtes-vous libre pour venir garder Hannah demain ? Je dois étudier tous les documents de Mme Sprague, et j'aurais besoin que vous vous occupiez du bébé. »

52

HENRY SPRAGUE emmena sa femme se promener le long de leur plage préférée, celle qui s'étendait jusqu'à *Remember.* Il était six heures et quart lorsqu'ils virent Adam et Menley avec leur bébé au bord de l'eau. Ils s'arrêtèrent pour leur dire bonjour.

« J'arrive à l'instant de New York, expliqua Adam, et j'étais impatient de sentir le sable sous mes pieds. Venez prendre un verre avec nous. »

Phoebe avait passé une mauvaise journée. Après qu'Henry et Jan Paley l'avaient raccompagnée à la maison en revenant de chez Scott Covey, elle s'était montrée terriblement agitée. Elle était allée dans son bureau chercher ses dossiers, accusant Henry et Jan de les avoir volés. Henry se dit qu'il serait peut-être bon pour elle de voir où ils se trouvaient pendant qu'il lui expliquerait une fois de plus pourquoi Menley les avait en sa possession. Qui plus est, il voulait parler à Adam de son entrevue avec Scott.

Il accepta l'invitation, et ils suivirent les Nichols jusqu'à leur maison. Alors qu'ils traversaient la pelouse, il expliqua ses intentions à Menley.

Menley écouta, le cœur serré, espérant que Phoebe ne demanderait pas à récupérer ses notes.

Mais une fois dans la cuisine, Phoebe Sprague parut seulement satisfaite de voir les piles soigneusement rangées de dossiers, papiers et livres. Elle les effleura affectueusement du bout des doigts et, brusquement, son mari, Adam et Menley virent son visage s'éclairer. L'expression vague de son regard disparut. « Je voulais raconter son histoire », murmura-t-elle en ouvrant le dossier des illustrations.

Menley se rendit compte que Phoebe avait l'intention de regarder tous les dessins. Lorsqu'elle arriva aux croquis exécutés par la jeune femme, Phoebe les saisit et s'écria : « Oh, vous les avez copiés d'après cette peinture qui représente Mehitabel et Andrew ensemble sur le bateau ! Je l'avais dans mes papiers. Je n'ai jamais pu la retrouver. Je croyais l'avoir perdue. »

Dieu merci, pensa Menley, il existe au moins un portrait que je pourrais avoir copié. Avec ces maudits médicaments, je finis par ne plus avoir les idées claires.

Phoebe resta immobile pendant un moment, étudiant le visage de Mehitabel. Peu à peu elle se sentait repartir en arrière, attirée dans un univers de confusion où elle se perdait à nouveau. Elle voulut forcer son esprit à fonctionner. Son mari l'aimait, pensa-t-elle, mais il ne la croyait pas. C'est pourquoi elle est morte. Il faut que je prévienne la femme d'Adam. C'est le plan qui a été conçu pour elle.

Le plan ! Le plan ! Elle tenta de s'accrocher à cette pensée, mais elle n'avait plus aucune signification.

Mehitabel. Andrew. Qui d'autre ? Avant que son esprit ne se brouille à nouveau, ne sombre dans un monde vide et gris, elle parvint à chuchoter à Menley : « Mehitabel est innocente. Tobias Knight. Réponse dans le dossier *ÉCUMEURS.* »

53

GRAHAM et Anne Carpenter reçurent l'appel téléphonique du procureur tard dans l'après-midi du mercredi. Ils avaient commencé une partie de golf mais s'étaient arrêtés au neuvième trou car Anne ne se sentait pas bien.

Graham se demanda s'il n'avait pas eu tort de pousser les autorités à accuser ouvertement Scott Covey d'être responsable de la mort de Vivian. Trop heureux d'avoir une histoire juteuse à se mettre sous la dent, les médias avaient étalé tous les détails sur la vie de Vivian qu'ils avaient pu glaner.

Pour la presse locale, elle était devenue « la pauvre petite fille riche », « le vilain petit canard », « la rebelle qui fumait de l'herbe ». Leur vie privée avait été déformée et offerte à la risée publique.

Anne était anéantie, humiliée et amère : « Nous aurions mieux fait de laisser tout ça tranquille, Graham. Nous ne pouvons pas la faire revenir, et les voilà qui saccagent son souvenir. »

L'instruction, au moins, mettrait les choses au clair, songea Graham tout en préparant un Martini qu'il apporta dans la véranda, où Anne se reposait.

« C'est un peu tôt, non ? demanda-t-elle.

— Un peu, admit-il. C'était le procureur qui téléphonait. Le juge d'Orleans ouvre une instruction judiciaire lundi prochain. »

En réponse à son expression inquiète, il ajouta : « Les circonstances seront exposées au grand jour. L'instruction est publique et, une fois les faits présentés, nous voulons que le juge tranche entre les trois hypothèses possibles : aucune preuve de malveillance ; aucune preuve de négligence ; aucune preuve de négligence criminelle.

— Et si le juge conclut qu'il n'y a aucune preuve de négligence ou de malveillance ? dit Anne. Nous aurons subi toute cette publicité écœurante pour rien.

— Pas pour rien, chérie. Tu le sais. »

Ils entendirent une faible sonnerie résonner à l'intérieur. Un moment plus tard, la femme de chambre se présenta sur le seuil de la véranda, apportant le téléphone cellulaire : « C'est M. Stevens, monsieur. Il dit que c'est important.

— Stevens est le détective de la compagnie d'assurances qui enquête sur Covey, expliqua Graham à sa femme. J'ai insisté pour être informé sur-le-champ de tout ce qu'il découvrirait. »

Anne Carpenter regarda son mari écouter attentivement avant de poser quelques rapides questions. Lorsqu'il raccrocha, il semblait ragaillardi.

« Stevens est en Floride, à Boca Raton. La ville où il a passé l'hiver dernier. Durant son séjour là-bas, il a reçu à plusieurs reprises la visite d'une brune tapageuse du nom de Tina. Apparemment, elle serait venue le voir une semaine avant qu'il ne débarque ici et n'épouse Vivian ! »

54

DEPUIS le moment où elle était allée le chercher à l'aéroport, Menley avait senti qu'Adam n'était pas dans son assiette. Elle en comprit la raison au moment où ils s'apprêtaient à se coucher, lorsqu'il lui remit le paquet de médicaments du Dr Kaufman.

« Lequel des deux a téléphoné à l'autre ? demanda-t-elle calmement.

— J'ai appelé le Dr Kaufman, qui était sur le point de me téléphoner.

— Je crois que je préférerais attendre demain pour en parler.

— Si tu veux. »

C'était ainsi qu'ils se couchaient le plus souvent l'année qui avait suivi la mort de Bobby et avant qu'elle ne soit enceinte d'Hannah, se rappela Menley. Ils s'embrassaient sans chaleur, restaient allongés côte à côte, en proie à des émotions différentes qui les séparaient aussi radicalement qu'une planche de bois.

Elle se tourna de son côté et enfouit son visage dans le creux de sa main. Une planche. Étrange que cette comparaison lui soit venue à l'esprit. Elle était récemment tombée sur la description de cette coutume du temps jadis. L'hiver, lorsqu'un jeune homme faisait la cour à une jeune fille, il faisait si froid dans la maison que les deux amoureux avaient l'autorisation de reposer dans le même lit, entièrement habillés, enveloppés de couvertures et avec une longue planche de bois solidement fixée entre eux.

Qu'avait dit le Dr Kaufman à Adam ? S'était-elle sentie obligée de lui raconter qu'elle avait cru entendre un train et la voix de Bobby qui l'appelait ?

Un frisson glacé la parcourut. Lui avait-elle dit que les pleurs d'Hannah avaient tellement affolé Menley qu'elle n'avait pas osé la toucher ? Adam lui avait-il parlé du balcon de la veuve ? Je n'ai pas raconté cet épisode au docteur.

Le Dr Kaufman et Adam ont peut-être peur que je fasse du mal à Hannah, pensa Menley. Qu'ont-ils décidé ? Vont-ils m'obliger à prendre une baby-sitter à plein temps ou exiger la présence d'une nurse en l'absence d'Adam ?

Non, pensa-t-elle, il y avait une autre possibilité, plus terrifiante. Le cœur serré, Menley sut qu'elle avait mis le doigt sur la bonne réponse. Adam va me ramener à New York, et le Dr Kaufman me fera hospitaliser dans une clinique psychiatrique. Je ne les laisserai pas faire. Je ne peux pas m'éloigner d'Hannah. Cela me détruirait.

Je vais beaucoup mieux, se dit-elle. Je n'ai plus hésité pour franchir le passage à niveau en conduisant Adam à l'aéroport cette semaine. Même l'autre nuit, lorsque j'ai cru entendre Bobby m'appeler, je m'en suis sortie toute seule. Je suis revenue vers Hannah. Je ne lui ai pas fait de mal, je l'ai consolée. Et je veux rester ici.

Prenant soin de ne pas déranger Adam, Menley remonta les couvertures jusqu'à son cou. À une époque plus heureuse, quand elle avait froid, elle se blottissait simplement dans la chaleur des bras d'Adam. Plus maintenant. Pas comme ça.

Je ne dois pas montrer à Adam le moindre signe d'anxiété,

décida-t-elle. Demain matin, je le gagnerai de vitesse et lui annoncerai que j'aimerais prendre Amy toute la journée pour m'aider avec Hannah. Dans un jour ou deux, je lui dirai que je me sens beaucoup mieux, que le docteur avait sans doute raison, qu'on n'aurait pas dû diminuer aussi rapidement les doses.

Je n'aime pas être malhonnête envers lui, mais il n'est pas honnête avec moi, pensa-t-elle. Le coup de fil d'Elaine, l'autre soir, avait été arrangé à l'avance.

La présence dans cette grande maison d'une baby-sitter à temps plein ne sera pas pesante. Je n'aurai pas l'impression d'avoir quelqu'un dans mes jambes, comme c'était le cas dans l'appartement. Et Hannah se porte comme un charme ici.

Mon nouveau projet est passionnant. Travailler me remet toujours d'aplomb. L'aventure de David d'après le modèle d'Andrew qui, d'abord jeune mousse, devient capitaine de son bateau, sera peut-être mon meilleur livre. J'en ai l'intuition.

Je ne crois pas aux fantômes, mais ce que m'a dit Jan Paley sur ces gens qui croient à une présence dans leurs vieilles maisons m'intrigue et intriguera les lecteurs. Cela ferait un excellent article pour le *Travel Times*.

Et je veux raconter l'histoire de Mehitabel. Phoebe assure qu'elle est innocente et que la preuve se trouve dans le dossier ÉCUMEURS. Cette pauvre femme a été condamnée pour adultère, flagellée publiquement, méprisée par son mari, et pour finir son bébé lui a été enlevé. Ce serait déjà cruel si elle avait été coupable, mais impensable si elle était innocente. Je veux trouver la preuve de son innocence, si elle existe.

Est-ce que je me sens proche d'elle parce que mon propre mari conspire avec mon psychiatre pour me séparer de mon bébé et que je ne mérite pas ce qu'ils me reprochent, c'est-à-dire d'être incapable de m'occuper de lui ?

C'est ce qui se passe pour Scott, se dit-elle. Avec ces gens qui épient, chuchotent, cherchent une façon de le coincer. Un sourire lui vint aux lèvres au souvenir de son clin d'œil complice tandis qu'ils écoutaient John raconter l'une de ses interminables histoires pendant le dîner d'hier soir.

Menley finit par s'apaiser et s'endormir. Elle se réveilla en sursaut, sans savoir combien de temps elle avait dormi. Voulant s'assurer qu'Hannah était bien couverte, elle se glissa hors du lit. Adam se redressa brusquement et demanda vivement : « Menley, où vas-tu ? »

Elle retint une réplique irritée et prit un ton naturel. « Oh, j'ai eu froid tout à coup et je m'apprêtais à aller jeter un coup d'œil sur Hannah. Est-ce que je t'ai réveillé, chéri ? Peut-être as-tu déjà été la voir ?

— Non, je dormais.

— Je reviens tout de suite. »

Il y avait une odeur de renfermé dans la pièce. Hannah s'était retournée et elle dormait les fesses en l'air, ses jambes ramassées sous elle. Ses couvertures étaient éparpillées par terre. Les animaux en peluche qui se trouvaient habituellement sur la commode étaient disposés autour d'elle dans le lit. La poupée ancienne était assise dans le berceau.

Menley replaça fébrilement les jouets sur la commode, ramassa les couvertures, les secoua.

« Ce n'est pas moi qui ai fait ça, Hannah, murmura-t-elle en recouvrant sa fille. Ce n'est pas moi.

— Qu'est-ce que tu n'as pas fait, Menley ? » demanda Adam depuis le pas de la porte.

55

LA MATINÉE du jeudi était nuageuse, et un vent froid et vif poussa les résidents de Chatham à fouiller dans leurs placards à la recherche de chandails et chemises de lainage. C'était le genre de journée que Marge, l'assistante d'Elaine, qualifiait de « stimulante ».

L'agence immobilière Atkins avait plusieurs nouvelles propriétés à vendre et Elaine s'était elle-même chargée de les prendre en photo sous leur meilleur angle. Elle avait développé et agrandi les clichés et, la veille, les avait apportés au bureau.

Sentant la fraîcheur de l'air à son réveil, Marge décida de se rendre de bonne heure à l'agence et de passer tranquillement une heure à refaire la vitrine. Elle arriva à sept heures trente et commença par ôter les photos précédentes.

À neuf heures moins dix, elle avait terminé et se tenait sur le trottoir, examinant son travail d'un œil critique. Impeccable, pensa-t-elle, admirant l'effet produit.

Les photos étaient excellentes et mettaient en valeur les propriétés. Il y avait une exquise vieille maison du Cap à Cockle Cove Ridge, une jolie « *saltbox* » traditionnelle située sur Deep Water Lane, une villa moderne dans Sandy Shoes Lane et une douzaine d'autres demeures moins séduisantes, mais malgré tout très agréables.

La plus intéressante de toutes était une grande maison en bord de mer à Wychmere Harbor. Pour prendre une vue panoramique du domaine, Elaine avait loué les services du photographe aérien qu'elle utilisait toujours dans ces cas-là. Marge l'avait disposée au milieu de la vitrine, à la place de la photo aérienne de *Remember*.

Elle entendit un applaudissement derrière elle et se retourna.

« Je les achèterais toutes, dit Elaine en sortant de sa voiture.

— Vendues ! » Marge attendit qu'Elaine la rejoigne et se tienne à côté d'elle. « Sans blague, qu'est-ce que vous en pensez ? »

Elaine examina la vitrine. « Je pense qu'elles sont formidables. Je suppose qu'il était temps de retirer ma préférée, la photo de *Remember*.

— C'est aussi mon avis, surtout si vous êtes certaine que les Nichols vont l'acheter. »

Elaine la précéda dans l'agence. « Cela reste à voir, dit-elle pensivement. J'ai l'impression que Menley ne va pas très bien.

— Je ne l'ai jamais rencontrée, dit Marge, mais Adam Nichols est vraiment charmant. Je me souviens combien il semblait abattu quand il est venu ici l'été dernier et que vous vous êtes occupée de lui. Il avait loué le cottage des Spark, près de chez vous. N'est-ce pas ?

— Exact. » Elaine aperçut la photo de *Remember*, debout contre le dossier d'une chaise. « J'ai une idée, dit-elle. Envoyons-la à Scott Covey. Si les choses s'arrangent pour lui, je ne serais pas surprise qu'il veuille rester au Cap, et Vivian et lui adoraient cette propriété. Ça lui permettra au moins de garder la maison à l'esprit. Juste au cas où les Nichols ne l'achèteraient pas.

214

— Mais s'il n'est pas intéressé ? Si *Remember* se retrouvait à nouveau sur le marché, vous regretteriez de la lui avoir donnée, Elaine.

— J'ai gardé le négatif. Je peux faire exécuter d'autres tirages. »

Elle entra dans son bureau. Marge commença à classer les photos qu'elles avaient ôtées de la vitrine dans l'album qui se trouvait sur la table de la salle d'attente. Le tintement de la cloche à l'entrée annonça le premier visiteur.

C'était le livreur du fleuriste. Il apportait un bouquet de roses.

« Pour Mlle Atkins, dit-il.

— Je n'ai jamais imaginé qu'elles étaient pour moi, fit Marge. Apportez-les-lui. Vous connaissez le chemin. »

Après son départ, Marge alla admirer les fleurs. « Une merveille. Cela devient une véritable habitude. Mais pourquoi diable ce chiffre ? »

Il y avait un ruban dans le bouquet, portant le chiffre 106. « Vous n'êtes quand même pas aussi vieille, Elaine.

— John est un amour. C'est le nombre de jours à attendre avant notre mariage.

— Quel romantique ! Et Dieu sait qu'il en reste peu. Elaine, aimeriez-vous avoir un enfant ?

— Il en a déjà un, et j'espère qu'Amy et moi nous deviendrons plus proches.

— Mais Amy a dix-sept ans. Elle va partir pour l'université. Ce serait différent si c'était un bébé. »

Elaine rit : « Si elle était un bébé, je n'épouserais pas John. Je n'ai pas l'âme d'une femme au foyer. »

Le téléphone sonna. « Je le prends. » Elaine décrocha l'appareil. « Agence Atkins, Elaine Atkins à l'appareil. » Elle écouta. « Adam ! ... C'est vraiment si sérieux ? Je veux dire qu'une instruction a un aspect tellement impressionnant. Bien sûr, je viendrai témoigner. Ce sera un plaisir de déjeuner avec toi. À une heure ? D'accord. »

Elle raccrocha et se tourna vers Marge : « Les nouvelles ne sont pas si mauvaises. Le juge ouvre une instruction sur la mort de Vivian Covey, ce qui signifie la présence probable des médias. Et pour nous tous, l'occasion de défendre Scott. » Elle se leva. « Où se trouve la photo de *Remember* ?

— Près de mon bureau, lui dit Marge.

— Envoyons-la-lui avec un mot. »

Sur son papier à lettres personnel, elle griffonna rapidement quelques phrases, de son écriture nette et décidée :

Cher Scott,

Je viens d'apprendre qu'on allait ouvrir une enquête judiciaire et je serai heureuse de pouvoir dire devant tout le monde que Vivian et toi rayonniez de bonheur lors de ce bel après-midi où nous sommes allés visiter Remember. *Tu aimais tellement la vue que j'ai voulu t'envoyer cette photo en souvenir.*

Affectueusement,

Elaine.

56

L E JEUDI matin, à dix heures, le service du petit déjeuner tirant à sa fin, Tina Aroldi profita des quinze
minutes de pause pour faire un saut jusqu'au bureau du
Wayside. La secrétaire était seule.

« Jean, qu'est-ce que ce flic fabriquait sous ma voiture hier ?
questionna-t-elle.

— Je ne sais pas à quoi tu fais allusion, protesta la secrétaire.

— Tu parles que tu ne sais pas ! Ne te donne pas la peine
de mentir. Deux des serveurs l'ont vu par la fenêtre.

— Je n'ai aucune raison de mentir, bredouilla Jean. L'inspecteur m'a demandé de lui indiquer ta voiture, ensuite il est
revenu et il a voulu savoir s'il t'arrivait de prendre les réservations au téléphone.

— Je vois. »

Soucieuse, Tina reprit son travail dans la salle à manger. Peu
après une heure, elle vit avec déplaisir l'avocat de Scott, Adam
Nichols, arriver avec Elaine Atkins, l'agent immobilier, qui
amenait souvent des clients au restaurant.

Nichols fit un geste dans sa direction. De mieux en mieux !

Il voulait s'assurer que c'était elle qui les servirait. L'hôtesse les installa à l'une des tables dont elle s'occupait, et à regret, son carnet à la main, Tina alla prendre leurs commandes.

Elle s'étonna de voir Nichols lui adresser un sourire chaleureux. C'est sûr qu'il est séduisant, se dit-elle, pas d'une beauté à vous couper le souffle, mais il a quelque chose. Le genre de type avec qui ça ne doit pas être désagréable de sortir. Et il est drôlement élégant.

Bon, il était peut-être tout sourires aujourd'hui, mais l'autre matin, lorsqu'il était venu avec Scott, il n'avait pas du tout le même air. Il faisait sans doute partie de ces hommes qui sont gentils quand ils ont besoin de vous.

Elle répondit froidement à son salut et demanda :

« Désirez-vous un apéritif ? »

Ils commandèrent chacun un verre de chardonnay. Une fois qu'elle fut partie, Elaine dit : « Je me demande qui est le petit ami de Tina aujourd'hui.

— Je suppose qu'elle a peur d'être obligée de témoigner à l'instruction, répondit Adam. À vrai dire, elle n'a pas le choix. Le procureur va à coup sûr la citer à comparaître, et je veux m'assurer qu'elle créera une impression favorable. »

Ils commandèrent des hamburgers et partagèrent une assiette d'oignons frits. « Heureusement que je ne déjeune pas tous les jours avec toi, dit Elaine. Je prendrais dix kilos. Je me contente généralement d'une simple salade.

— C'est comme au bon vieux temps, Laine. Souviens-toi, dès que nous avions terminé nos jobs d'été, nous achetions un casse-croûte, nous nous entassions dans mon hors-bord pourri et partions pour notre croisière du soir.

— Je n'ai pas oublié.

— Chez toi, l'autre jour, avec tous les vieux copains, j'ai eu l'impression que quinze ou vingt ans s'effaçaient d'un coup, dit Adam. Le Cap me fait toujours le même effet. Toi aussi, Laine. C'est bon de se sentir l'âme d'un gosse de temps en temps.

— Il faut dire que ta vie n'a pas toujours été facile. Comment va Menley ? »

Il hésita. « Elle va bien.

— Tu n'as pas l'air très convaincu. Dis donc, c'est à ta vieille copine que tu parles, Adam. Tu te souviens ? »

Il hocha la tête. « J'ai toujours pu te parler. Le médecin pense qu'il serait sage de ramener Menley à New York et de la faire hospitaliser.

— Pas en clinique psychiatrique, j'espère.

— Je crains que si.

— Adam, ne va pas plus vite que les violons. Elle paraissait en pleine forme à la soirée, ainsi qu'au dîner l'autre jour. D'autre part, John m'a dit qu'Amy allait venir chez vous toute la journée à partir d'aujourd'hui.

— C'est la raison pour laquelle je suis là. Menley m'a annoncé ce matin qu'elle voulait travailler à son livre et, sachant que je serais très pris par l'instruction, elle a engagé Amy à temps complet pour un moment.

— Alors, tu ne crois pas que tu devrais laisser les choses telles qu'elles sont ? Tu es à la maison, le soir.

— Sans doute. Ce matin, Menley était pareille à elle-même. Détendue, drôle, parlant avec enthousiasme de son livre. Jamais tu n'aurais cru qu'elle souffrait de stress post-traumatique — d'hallucinations, en fait. Hier, elle a dit à son médecin qu'elle croyait avoir entendu Bobby l'appeler. Elle a laissé Hannah pleurer pendant qu'elle le cherchait dans toute la maison.

— Oh, Adam !

— Par conséquent, pour son bien et pour la sécurité d'Hannah, elle doit être hospitalisée. Mais tant qu'Amy pourra venir et que je serai occupé à préparer l'instruction, j'attendrai. Après cela, il faudra que je ramène Menley à New York.

— Y resteras-tu toi-même ?

— Je n'ai encore rien décidé. D'après ce que je comprends, le Dr Kaufman préférerait que je ne voie pas Menley pendant environ une semaine. New York est une fournaise l'été, et notre baby-sitter habituelle est absente. Si Amy arrive à se débrouiller avec Hannah pendant la journée, je suis sûrement capable de m'en occuper la nuit ; il est donc possible que je revienne ici, au moins pour cette semaine-là. »

Il finit son hamburger. « Tu sais, si nous avions voulu vraiment faire comme au bon vieux temps, nous aurions dû boire de la bière et non du vin. Qu'importe, je crois que je vais prendre un café maintenant. »

Il changea de sujet : « Puisque l'instruction aura lieu en audience publique, je peux donner une liste de gens que je veux appeler à témoigner. Ce qui n'empêchera pas le procureur de formuler ses questions afin de montrer Scott sous le plus mauvais jour. Examinons le genre de questions auxquelles tu pourrais être confrontée. »

Ils terminèrent leur café et en prirent une seconde tasse. Adam hocha la tête d'un air satisfait : « Tu es un bon témoin, Elaine. Lorsque tu seras à la barre, insiste sur le fait que Vivian semblait très seule lorsqu'elle a acheté la maison, qu'elle était radieuse à la réception donnée pour son mariage ; et cite le fait que Covey et elle cherchaient une maison plus grande, qu'ils faisaient le projet d'avoir un bébé. Il est bon aussi de leur laisser entendre que Vivian avait un côté économe très "Nouvelle-Angleterre". Cela les aidera à comprendre qu'elle n'ait pas acheté tout de suite un équipement de plongée neuf. »

Au moment de payer l'addition, il leva les yeux vers la serveuse : « Tina, je sais que vous finissez votre travail à deux heures et demie. J'aimerais m'entretenir ensuite avec vous pendant une quinzaine de minutes.

— J'ai un rendez-vous.

— Tina, vous allez recevoir une citation à comparaître au tribunal la semaine prochaine. Vous avez tout intérêt à ce que nous parlions de votre témoignage. Je peux vous assurer que si le juge rend un jugement défavorable, c'est qu'il aura vu en vous la cause du meurtre de Vivian et peut-être même vous soupçonnera-t-il d'y être mêlée. Être complice de meurtre est une chose plutôt sérieuse. »

Tina pâlit. « Je vous retrouverai à la buvette près de la librairie Yellow Umbrella. »

Adam acquiesça.

Il raccompagna Elaine à pied jusqu'à son agence. « Dis donc, s'exclama-t-il en regardant la vitrine, où est la photo de ma maison ?

— Ta maison ?

— Eh bien oui, peut-être. N'oublie pas que j'ai une option et que je pourrais finir par la faire jouer.

— Je suis désolée, Adam. J'ai envoyé la photo à Scott. Je dois assurer mes arrières. Si jamais tu ne l'achètes pas, il y a de bonnes chances qu'il le fasse. Et Jan Paley pourrait profiter de cet argent. Tom et elle ont dépensé des sommes considérables dans cette rénovation. Je développerai un autre tirage pour toi. Je le ferai même encadrer à ton intention.

— Je compte sur toi. »

Tina était visiblement sur la défensive pendant son entretien avec Adam. « Écoutez, monsieur Nichols, j'ai un fiancé. Fred n'aimera sûrement pas me voir témoigner dans cette histoire.

— On ne lui demande pas son avis. Mais il peut vous aider.

— Que voulez-vous dire ?

— Il pourrait confirmer que vous avez eu une liaison avec lui l'été dernier, puis que vous avez rompu à cause de Scott ; que vous vous êtes remis ensemble et que maintenant vous allez vous marier.

— Nous ne nous sommes pas remis ensemble tout de suite. Je suis sortie avec d'autres types l'hiver dernier.

— C'est très bien. Cependant, j'aimerais parler à Fred et voir s'il ferait un bon témoin.

— Je ne sais pas…

— Tina, je vous en prie, comprenez-moi bien. Plus vite le nom de Scott sera blanchi, mieux vous vous porterez. »

Ils étaient assis à l'une des petites tables à l'extérieur de la buvette. Tina jouait avec la paille de son soda. « Cet inspecteur me rend hystérique, s'écria-t-elle. Hier, il a regardé sous ma voiture.

— C'est exactement le genre de chose qu'il me faut savoir, dit rapidement Adam. Que cherchait-il ? »

Tina haussa les épaules : « Je n'en sais rien. Je vais me débarrasser de cette caisse, de toute façon. Elle fuit comme une passoire. »

Avant de la quitter, Adam nota le numéro de téléphone de Fred mais promit d'attendre la soirée pour lui téléphoner, de laisser à Tina le temps de lui expliquer de quoi il retournait.

Il monta dans son break et resta quelques minutes sans bouger, pensif. Puis il saisit le téléphone de la voiture et composa le numéro de Scott Covey.

Lorsque Covey répondit, Adam dit sans préambule : « Je serai chez vous dans cinq minutes. »

57

PHOEBE avait passé une nuit agitée. À plusieurs reprises, elle avait parlé tout haut dans son sommeil. À un moment elle avait crié : « Je ne veux pas entrer là-dedans ! » À un autre, elle avait gémi : « Ne me faites pas ça. »

Finalement, à l'aube, Henry était parvenu à la convaincre de prendre un sédatif, et elle s'était endormie.

Durant son petit déjeuner solitaire, Henry avait tenté de déterminer ce qui avait pu la bouleverser. Hier, elle avait paru détendue pendant qu'ils marchaient sur la plage, heureuse de visiter *Remember* avec Adam et Menley et de savoir ses dossiers entre les mains de la jeune femme. Elle avait donné l'impression d'être parfaitement lucide lorsqu'elle avait précisé à Menley que la réponse se trouvait dans le dossier sur les écumeurs des mers.

Quelle réponse ? Que voulait-elle dire ? Visiblement un aspect de ses recherches avait refait surface dans son esprit et elle tentait de le communiquer. Mais elle s'était montrée très claire, aussi, quand elle avait parlé des dessins de Menley qui représentaient le capitaine Freeman et Mehitabel.

Henry emporta son café dans le bureau de Phoebe. Il avait

reçu une lettre du directeur de la maison de repos lui suggérant de choisir quelques souvenirs qu'elle pourrait disposer dans sa chambre lorsqu'elle irait vivre là-bas. Il disait que les objets familiers, en particulier ceux qui évoquaient des souvenirs anciens, réveillaient la conscience des patients souffrant de la maladie d'Alzheimer. Je dois réfléchir à ce qu'elle emportera, pensa-t-il. C'est justement l'endroit où chercher.

Comme toujours, le fait de s'asseoir au bureau de Phoebe lui rappela cruellement combien les choses avaient changé pour eux, par rapport à ce qu'elles avaient été durant ces dernières années. Après avoir cessé d'enseigner, Phoebe avait passé toutes ses matinées dans cette pièce, se plongeant avec bonheur dans ses recherches, travaillant comme le faisait sans doute Menley Nichols en ce moment.

Je me souviens, se dit-il soudain. Ce dessin du capitaine et de sa femme dont Phoebe a parlé hier se trouve dans la grande chemise. Elle ne faisait pas partie des dossiers que j'ai prêtés à Menley. J'ignorais qu'il existât un autre dessin les représentant tous les deux. Il me semble que cette chemise contenait d'autres éléments concernant les Freeman et *Remember*. Où Phoebe a-t-elle pu la ranger ?

Il examina la pièce, parcourut du regard les rayonnages qui montaient jusqu'au plafond, la table basse près du petit canapé. Puis il se rappela... bien sûr, la petite encoignure ancienne.

Il se dirigea vers elle. Sur les étagères étaient disposées quelques verreries de Sandwich. Il se souvint que Phoebe les avait réunies avec amour, et décida que quelques-unes d'entre elles feraient partie des souvenirs qu'elle emporterait à la maison de repos.

Le petit placard sous les étagères débordait de livres, de papiers et de dossiers. Il ne s'était pas rendu compte qu'elle gardait tout ce fatras dans ce meuble.

Dans cet incroyable fouillis, il parvint à trouver la chemise qu'il cherchait, et à l'intérieur le dessin du capitaine Freeman et de Mehitabel. Le gonflement de la jupe et des voiles suggérait un vent violent. La jeune femme se tenait un peu en retrait par rapport à lui, comme s'il la protégeait du froid. Il avait un visage énergique et résolu, celui de Mehitabel était doux et souriant ; sa main reposait légèrement sur le bras de son mari. L'artiste anonyme avait su traduire le sentiment qui les unissait. Il est visible qu'ils s'aimaient, songea Henry.

Il feuilleta le contenu de la chemise. À plusieurs reprises le mot « écumeur » attira son attention. C'était peut-être le dossier dont Phoebe avait parlé à Menley, pensa-t-il.

« Oh, est-ce là que j'ai laissé la poupée ? »

Phoebe se tenait dans l'embrasure de la porte, ses cheveux décoiffés, sa chemise de nuit tachée. Henry se rappela qu'il avait laissé le flacon de sédatifs sur la table de nuit. « Phoebe, as-tu pris davantage de médicaments ? demanda-t-il avec inquiétude.

— Médicaments ? » Elle paraissait étonnée. « Je ne crois pas. »

Elle s'avança d'un pas vacillant jusqu'à l'encoignure et s'accroupit à côté d'Henry. « C'est là que j'ai mis la poupée de *Remember* », dit-elle, d'un ton excité et réjoui.

Elle retira les papiers de la tablette du fond, les éparpillant sur le plancher. Puis elle plongea sa main dans le placard et en retira une poupée ancienne habillée d'une longue robe de coton. Un bonnet bordé de dentelle et garni de rubans de satin encadrait la jolie tête de porcelaine.

Phoebe la contempla en fronçant les sourcils. Puis elle la tendit à Henry. « Elle appartient à *Remember*, dit-elle d'un air vague. Je voulais la rapporter, mais j'ai oublié. »

58

APRÈS déjeuner, Amy s'assit devant la petite balancelle et joua avec Hannah : «Tape, tape petites mains, papa a des sous, maman n'en a pas…», fredonna-t-elle en aidant Hannah à battre des mains.

Hannah poussa des petits cris de joie et Menley sourit. «Voilà une comptine plutôt sexiste, dit-elle.

— Je sais, reconnut Amy. Elle me trotte toujours dans la tête. Ma mère me la chantait souvent quand j'étais petite.»

Sa mère est toujours présente en elle, pauvre gosse, pensa Menley. Amy était arrivée à neuf heures tapantes ce matin, presque pathétiquement heureuse d'être de retour. Menley savait qu'il y avait autre chose dans son attitude que le désir de gagner de l'argent. Elle semblait réellement bien avec eux.

«Ma mère prétend qu'elle évitait de fredonner devant nous, fit remarquer Menley en frottant l'évier. Elle n'avait aucune oreille et ne voulait pas que nous chantions faux comme elle. C'est pourtant ce qui est arrivé. Franchement, Hildy n'est pas d'une grande utilité, se plaignit-elle en rinçant l'évier. Cette femme de ménage qui est juste partie au moment de notre arrivée avait laissé la maison impeccable. J'aurais bien voulu qu'elle revienne.

— Elaine était furieuse contre elle. »

Menley se retourna et regarda Amy. « Pourquoi était-elle furieuse ?

— Oh, je ne sais pas.

— Amy, je suis sûre que tu le sais, dit Menley, devinant qu'il y avait peut-être là quelque chose d'important.

— Eh bien, c'est seulement parce que Carrie Bell était morte de peur, le matin de votre arrivée. Elle a raconté qu'elle avait entendu des pas à l'étage, mais qu'il n'y avait personne là-haut. Puis, lorsqu'elle est allée dans la chambre d'enfant, le vieux berceau se balançait tout seul, c'est du moins ce qu'elle a affirmé. Elaine a dit que c'était ridicule et qu'elle ne voulait pas entendre rapporter ces balivernes sur la maison, parce qu'elle était à vendre.

— Je comprends. » Menley s'efforça de cacher son excitation. Nous sommes trois maintenant, pensa-t-elle. Amy, Carrie Bell et moi. « Sais-tu où je peux joindre Carrie ? demanda-t-elle.

— Bien sûr. Elle fait le ménage chez nous depuis des années. »

Menley prit une feuille de papier et nota le numéro qu'Amy lui communiqua. « Je vais voir si elle peut revenir et je dirai à Elaine de ne plus m'envoyer Hildy. »

Il faisait encore très froid et elles emmitouflèrent Hannah pour sa promenade quotidienne en landau. « Hannah aime bien savoir ce qui se passe autour d'elle », dit Amy en souriant.

Comme nous tous, songea Menley en s'asseyant à la table et en ouvrant à nouveau le dossier « ÉCUMEURS ». Pendant un moment elle resta à réfléchir, le regard perdu dans le vague. Ce matin, Adam n'avait pas mâché ses mots. « Menley, avait-il dit, je suis convaincu que si tu téléphones au Dr Kaufman, elle sera de mon avis. Tant que tu auras des crises d'angoisse et des flash-back aussi perturbants, je veux qu'Amy reste avec toi et Hannah en mon absence. »

Menley se rappela l'effort qu'elle avait dû faire pour se retenir de lui répondre vertement. Elle s'était contentée de lui signaler que c'était elle-même qui avait proposé de prendre Amy à temps plein, et qu'il n'avait pas besoin d'insister autant. Malgré tout, Adam avait surveillé l'arrivée de la voiture d'Amy dans l'allée, puis il s'était précipité pour lui parler. Ensuite il s'était enfermé dans la bibliothèque pour préparer l'instruction. Il avait quitté la maison à midi et demi, précisant qu'il serait de retour tard dans la soirée.

Il est allé parler lui-même à Amy car il ne me fait pas confiance, se dit tristement Menley. Elle s'efforça de chasser ces pensées et se mit au travail avec détermination.

Avant le déjeuner, elle avait essayé de s'y retrouver dans le dossier ÉCUMEURS, rédigeant ses propres notes à partir des éléments réunis par Phoebe Sprague.

Elle relut ce qu'elle avait écrit :

Les quinze milles de chenaux tortueux, de courants traîtres et de bancs de sable mouvants qui constituaient la côte de Chatham causèrent la perte d'innombrables navires. Ils coulèrent et se brisèrent au cours de violentes tempêtes ou s'échouèrent sur les bancs, fracassant leurs coques, sombrant dans les eaux furieuses.

« Écumeurs » était le nom donné aux pillards qui se jetaient sur la cargaison et démontaient les épaves. Ils s'approchaient en barque du navire moribond, munis de pieds-de-biche, de scies et de haches, et ils le délestaient de son chargement, de ses agrès et de son bois. Les barils, les caisses et les vivres étaient passés par-dessus bord dans l'embarcation qui attendait sous le vent.

Même les hommes d'Église étaient des pilleurs d'épaves. Menley était tombée sur les notes de Phoebe concernant le pasteur qui, au milieu de son sermon, avait regardé par la fenêtre, vu un navire en difficulté et immédiatement informé ses ouailles de l'événement. « Tous à l'attaque ! » avait-il crié, se ruant hors du temple, suivi de près par ses compagnons.

Phoebe retraçait aussi l'histoire d'un autre pasteur qui, prévenu qu'un bateau était en train de couler, avait ordonné aux fidèles de courber la tête en une prière silencieuse, pendant que lui-même se glissait au-dehors à la recherche du butin. De retour cinq heures plus tard, sa prise à l'abri, il avait retrouvé sa congrégation obéissante, le cou raide, toujours à la même place.

C'étaient de merveilleuses histoires, mais qu'avaient-elles à voir avec Tobias Knight? se demandait Menley. Elle poursuivit sa lecture; une heure plus tard, elle trouva enfin un passage le concernant. Il était indiqué qu'il avait dénoncé « les bandes de pillards qui s'étaient emparés du chargement de farine et de rhum d'une goélette échouée, la *Red Jacket*, privant la Couronne de son droit aux marchandises qu'elle contenait ».

Tobias fut chargé de l'enquête. On ne précisait pas si sa mission avait été un succès ou un échec.

Mais quel était le rapport avec Mehitabel? Le capitaine Freeman ne pouvait certainement pas avoir été un naufrageur.

Puis elle tomba sur une autre référence à Tobias Knight. En 1707, une élection avait eu lieu pour le remplacer au poste de conseiller municipal et de contrôleur des impôts et pour charger Samuel Tucker de terminer l'enclos à moutons que Knight avait commencé. La raison : « Tobias Knight n'apparaît plus parmi nous, au grand désavantage de la congrégation. »

Phoebe Sprague avait noté : « Le "grand désavantage" était probablement le fait qu'il avait déjà été payé pour construire l'enclos. Mais qu'est-il advenu de lui? Son décès ne figure nulle part. Était-il parti pour éviter d'être enrôlé dans l'armée? "La guerre de la reine Anne" avait éclaté, la guerre contre les Français et les Indiens. À moins que sa disparition ne fût liée à l'enquête de la Couronne qui avait débuté deux ans auparavant? »

L'enquête de la Couronne! Voilà encore un élément nouveau, s'étonna Menley. Ce Tobias Knight était un drôle de personnage. Il avait exposé Mehitabel à la vindicte de la foule.

Il avait conduit les recherches destinées à récupérer le butin pris sur la *Red Jacket*, ce qui impliquait qu'il enquêtait sur ses propres concitoyens, puis il avait disparu, laissant l'enclos aux moutons inachevé.

Menley se leva et jeta un coup d'œil à la pendule. Il était deux heures et demie. Amy était seule dehors avec le bébé depuis presque deux heures. Inquiète, elle se leva précipitamment, alla jusqu'à la porte de la cuisine et vit avec soulagement le landau apparaître sur le chemin de terre qui marquait le début de la propriété.

Cesserai-je un jour de m'inquiéter dès qu'Hannah est hors de ma vue ? se demanda-t-elle.

Arrête de te tourmenter. Tu n'as même pas été voir la mer depuis que tu es levée. Va jeter un coup d'œil à l'océan, cela te fait toujours du bien.

Elle alla au grand salon et ouvrit les fenêtres en façade, respirant les odeurs marines portées par la brise. Agitée par un vent frais, l'eau se couvrait de crêtes blanches. Il faisait sûrement un froid glacial sur la plage, mais elle avait envie d'y marcher, de sentir l'eau sur ses chevilles. Qu'avait vécu Mehitabel dans cette maison ? Menley imagina la façon dont elle écrirait son histoire :

Ils rentrèrent de leur voyage en Chine et trouvèrent la maison terminée. Ils l'inspectèrent, pièce après pièce, admirant les poutres et les boiseries, la disposition harmonieuse des cheminées de briques qu'Andrew avait commandées à Barnstable, les colonnes et les sculptures qui encadraient la grande porte d'entrée, avec ses panneaux de bois en forme de croix.

Ils aimèrent beaucoup l'imposte en éventail qu'ils avaient admirée à Londres et à travers laquelle le soleil projetait des rais de lumière dans le hall d'entrée. Puis ils descendirent la pente raide pour regarder la maison depuis la plage.

« Tobias Knight a fait un très beau travail », dit Andrew tandis qu'ils se tenaient sur la grève, la tête levée. L'eau

effleurait la jupe de Mehitabel. Elle la releva et revint sur le sable
sec, en disant : « J'aimerais tellement sentir l'eau sur mes chevilles. »
Andrew rit. « C'est une eau glacée, et toi qui attends un enfant !
Je ne pense pas que ce soit recommandé. »

« Madame Nichols, vous allez bien ? »

Menley pivota sur elle-même. Amy se tenait dans l'embrasure de la porte, Hannah dans les bras. « Oh, bien sûr, je vais
très bien. Amy, il faut me pardonner, lorsque j'écris ou que
je dessine, je suis dans un autre monde. »

Amy sourit. « Le Pr Sprague disait la même chose quand
elle venait rendre visite à maman.

— Ta mère et le Pr Sprague étaient amies ? Je l'ignorais.

— Mon père et ma mère faisaient partie d'un club de photographie. C'étaient de bons photographes amateurs. Mon père
l'est toujours, naturellement. Ils avaient fait la connaissance
du Pr Sprague au club, et ma mère et elle étaient devenues
de vraies amies. » Le ton d'Amy changea. « C'est là que mon
père a rencontré Elaine. Elle aussi est membre du club. »

La gorge de Menley se noua. Hannah tapotait le visage
d'Amy. Soudain elle vit Amy sous une autre apparence, plus
mince, moins grande. Avec des cheveux d'un blond plus
sombre, un petit visage en forme de cœur. Un sourire à la fois
tendre et triste quand elle embrassait le front du bébé tout
en le berçant dans ses bras. Voilà le portrait qu'elle ferait de
Mehitabel durant les semaines qui s'étaient écoulées entre
la naissance de son bébé et le jour où elle l'avait perdu.

Amy frissonna. « Il fait vraiment froid ici, vous ne trouvez
pas ? Puis-je préparer du thé ? »

231

59

ADAM trouva Scott en train de nettoyer le garage au jet. Il se rembrunit en constatant qu'il s'était attaqué à la plaque d'huile. «Vous vous donnez beaucoup de mal, fit-il remarquer.

— Pas vraiment. Je voulais nettoyer cette tache depuis quelque temps déjà. Viv avait pris des cours de mécanique il y a deux ans et s'était mis dans la tête de s'occuper du moteur de sa voiture. Elle avait une vieille Cadillac, et s'amusait à faire la vidange.

— Sa Cadillac perdait-elle de l'huile?

— Je ne sais pas si elle perdait de l'huile ou si Viv en renversait la moitié. Elle garait toujours la voiture à cet emplacement. Elle avait acheté la BMW après notre mariage.

— Je vois. Savez-vous si la police a pris des photos du sol du garage quand elle est venue ici?»

Scott eut l'air stupéfait. «Qu'est-ce que vous voulez dire par là?

— Hier, l'inspecteur Coogan est allé regarder sous la voiture de Tina. Elle a une fuite d'huile.»

Scott arrêta l'eau d'un geste sec et jeta le tuyau à terre.

« Adam, vous rendez-vous compte de tout ce que je dois supporter ? Je deviens fou. Je vous préviens qu'aussitôt l'instruction terminée, je me tire d'ici. Qu'ils pensent ce qu'ils veulent. C'est ce qu'ils feront de toute façon. »

Puis il secoua la tête, comme pour dissiper sa mauvaise humeur. « Désolé. Je ne devrais pas m'en prendre à vous. Rentrons. Il fait glacial ici. Je croyais qu'août était le mois le plus agréable sur le Cap.

— À part le froid qui sévit aujourd'hui, je trouve qu'il a fait plutôt beau jusqu'à présent, dit Adam posément.

— Désolé à nouveau. Écoutez, il faut que je vous parle. » Il se tourna brusquement et précéda Adam dans la maison.

Adam refusa la bière qu'il lui proposait et, pendant que Scott allait en chercher une pour lui, il en profita pour examiner attentivement le living-room. Il était en désordre, mais le passage de la police y était peut-être pour quelque chose. Cette dernière n'avait pas la réputation de remettre en place ce qu'elle avait dérangé.

Mais il y avait autre chose, remarqua Adam, une sensation de vide dans la pièce. On ne voyait aucun objet personnel nulle part, ni photographie, ni livre, ni magazine. Les meubles n'étaient pas en mauvais état, mais sans intérêt et mal assortis. D'après Elaine, Vivian avait acheté la maison toute meublée. Elle ne s'était pas donné grand mal pour y laisser sa marque personnelle, et si la personnalité de Scott se reflétait dans la pièce, Adam ne put en déceler la trace.

Il songea à la grande cuisine qui servait de pièce commune à *Remember*. En deux semaines, Menley y avait créé une atmosphère plaisante, et cela sans effort apparent. Il y avait des géraniums sur les appuis de fenêtres. Le grand saladier de bois débordait de fruits. Elle avait trouvé un vieux rocking-chair dans le petit bureau et l'avait transporté près de la cheminée. Un vieux panier à bois en osier était rempli de magazines et de journaux.

Menley savait naturellement créer une atmosphère

chaleureuse dans une maison. Adam se souvint avec embarras de la façon dont il avait couru vers Amy ce matin pour lui demander de rester avec Menley jusqu'à son retour. Menley n'aurait pas renvoyé Amy, se dit-il. Elle était aussi inquiète de ces crises d'angoisse qu'il l'était lui-même. Elle avait appelé hier le Dr Kaufman. C'était elle qui avait suggéré de garder Amy toute la journée.

Que peut donc bien fabriquer Scott ? se demanda Adam. Combien de temps lui faut-il pour aller chercher une bière ? Et qu'est-ce que je fiche ici ? Je suis en vacances, ma femme a besoin de moi, et je me retrouve obligé de m'occuper de cette maudite affaire.

Il se dirigea vers la cuisine. « Vous avez un problème ? »

Scott était assis à la table, les bras croisés, sa bière intacte devant lui. « Adam, dit-il d'une voix blanche, je vous ai caché quelque chose. »

60

NAT COOGAN décida de se rendre une seconde fois chez Fred Hendin. Fort du renseignement que le détective de la compagnie d'assurances lui avait confié, il arriva devant la maison de Hendin à quatre heures et demie de l'après-midi.

Sa voiture était garée dans l'allée. Nat fit la grimace en apercevant la Toyota noire de Tina stationnée juste derrière. D'un autre côté, il pouvait être intéressant de les observer ensemble, se consola-t-il.

Il parcourut en quelques enjambées la petite allée qui menait à l'entrée et sonna à la porte. Lorsque Fred apparut, il avait l'air mécontent. «Ai-je oublié que nous avions un rendez-vous? demanda-t-il.

— Pas du tout, fit Nat d'un ton enjoué. Voyez-vous un inconvénient à ce que j'entre une minute?»

Hendin s'effaça. «Je vois un inconvénient à ce que vous harceliez ma fiancée.»

Assise sur le divan, Tina s'essuyait les yeux avec un mouchoir. «Pourquoi êtes-vous tout le temps sur mon dos? se plaignit-elle.

— Je n'ai pas l'intention de vous ennuyer, Tina, dit Nat d'un ton égal. Nous menons une enquête au sujet d'un meurtre éventuel. Si nous posons des questions, c'est pour obtenir des réponses, pas pour harceler les gens.

— Vous interrogez tout le monde à mon sujet. Vous inspectez ma voiture. » Des larmes jaillirent à nouveau de ses yeux.

Vous n'êtes qu'une actrice minable, pensa Nat. Tout ça n'est qu'une comédie pour apitoyer Fred. Il jeta un coup d'œil vers Fred et vit l'irritation céder la place à la compassion sur son visage. Et ça marche !

Fred s'assit à côté de Tina, et sa grosse main calleuse se referma sur la sienne. « Qu'est-ce que c'est que cette histoire de voiture ?

— N'avez-vous pas remarqué que la voiture de Tina a une sérieuse fuite d'huile ?

— Si, je l'ai remarqué. Je compte offrir à Tina une nouvelle voiture pour son anniversaire. C'est dans trois semaines. À quoi bon dépenser de l'argent pour faire réparer celle-ci ?

— Le sol du garage de Scott Covey a une grosse tache d'huile, dit Nat. Elle ne provient pas de la nouvelle BMW.

— Ni de ma voiture », dit froidement Tina, les yeux soudain secs.

Fred Hendin se leva. « Monsieur Coogan, Tina m'a dit qu'on allait ouvrir une instruction. L'avocat de Covey doit venir me voir, et je lui dirai exactement ce que je vais vous dire maintenant, aussi écoutez-moi attentivement. Tina et moi avons rompu l'été dernier parce qu'elle avait une histoire avec Scott Covey. Elle est sortie avec un tas d'autres types pendant l'hiver, mais ce ne sont pas mes affaires. Nous nous sommes revus en avril dernier, et depuis il n'y a pas une seule soirée que nous n'ayons passée ensemble. Alors, ne bâtissez pas tout un roman sur le fait qu'elle a rencontré Covey dans ce bar ou qu'elle est allée chez lui pour lui faire ses condoléances après la disparition de sa femme. »

Il entoura de son bras les épaules de Tina, et elle leva vers lui un sourire radieux. « Je regrette que vous gâchiez toutes mes surprises, mais j'en ai une autre pour cette petite dame.

En plus de la voiture, je lui ai acheté une bague de fiançailles que je voulais lui offrir aussi pour son anniversaire, mais avec le tour que prennent les choses, elle l'aura au doigt lorsque nous nous présenterons au tribunal la semaine prochaine. Maintenant, sortez, Coogan. Vous et vos questions, vous me donnez la nausée. »

61

C'EST donc maintenant que tombe la cuirasse, pensa Adam. Dans la cuisine de Vivian Carpenter. « Que voulez-vous dire ? Qu'est-ce que vous m'avez caché ? » questionna-t-il sèchement.

Scott Covey contempla son verre de bière intact. Il garda les yeux baissés et déclara : « Je vous ai dit que je n'avais pas revu Tina depuis mon mariage avec Vivian sauf le fameux jour où je l'ai rencontrée au pub et celui où elle est venue me présenter ses condoléances. C'est vrai. Mais ce qui n'est pas vrai, c'est de vous avoir laissé entendre que nous avions définitivement rompu l'été dernier.

— Vous l'avez revue après avoir quitté le Cap en août ?

— Elle est venue à Boca cinq ou six fois. Je voulais vous le dire ; je suis certain que votre enquêteur le découvrira de toute façon.

— L'enquêteur que je veux engager est en vacances jusqu'à la semaine prochaine. Mais vous avez raison. Il l'aurait découvert. Ainsi que le procureur, si ce n'est déjà fait. »

Scott repoussa sa chaise et se leva. « Adam, je ne suis pas fier de moi en disant cela, mais c'est vrai. J'ai rompu avec Tina en août dernier. Non seulement parce que je voyais Viv, mais aussi parce que notre histoire devenait sérieuse dans l'esprit de Tina et pas dans le mien. En arrivant à Boca, je me suis rendu compte que Vivian me manquait énormément. En général, ces amours de vacances n'ont pas de suite. Vous connaissez ça. J'ai téléphoné à Viv et j'ai compris qu'elle éprouvait les mêmes sentiments. Elle est venue à Boca, nous nous sommes vus à New York à plusieurs reprises et au printemps nous étions certains de vouloir nous marier.

— Si ce que vous me racontez en ce moment est la vérité, pourquoi ne pas l'avoir dit dès le début ? » Adam lui lança la question d'un ton accusateur.

« Parce que Fred ignore que Tina me voyait encore durant l'hiver. Il se fichait qu'elle sorte avec d'autres types, mais il me déteste car elle l'a laissé tomber pour moi l'été dernier. C'était la seule raison pour laquelle elle voulait me rencontrer. Elle voulait me voir en face et m'entendre lui promettre que je ne dirais jamais à personne qu'elle était venue en Floride.

— L'avez-vous revue après qu'elle est sortie du pub ce jour-là ? »

Scott haussa les épaules. « Je l'ai appelée pour lui signifier que si elle avait quelque chose à me dire, elle devrait s'en tenir au téléphone. Mais lorsque j'ai su ce dont il s'agissait, j'ai éclaté de rire. À qui croyait-elle que j'allais raconter ses visites à Boca ? Pour quel minable me prenait-elle ?

— Nous aurons besoin de témoins à l'instruction pour confirmer que c'était Tina qui vous courait après, et non l'inverse. Y a-t-il un nom qui vous vienne à l'esprit ? »

Le visage de Scott s'éclaira : « Deux des serveuses du Daniel Webster. Tina était en bons termes avec elles, puis elles se sont fâchées. Elle m'a dit qu'elles étaient jalouses parce que certains des habitués, qui laissaient de gros pourboires, voulaient être servis par elle.

— Tina mange à tous les râteliers, si je comprends bien,

dit Adam. J'espère que son ami Fred ne se formalisera pas d'entendre révéler ses mensonges en public. » Pourquoi me suis-je lancé dans toute cette histoire ? se demanda-t-il à nouveau. Il croyait toujours que la femme de Scott Covey était morte à la suite d'un tragique accident, mais il croyait aussi que Scott avait mené Tina en bateau jusqu'à ce que Vivian ait décidé de l'épouser. Ce type n'est peut-être pas un meurtrier, mais ça ne l'empêche pas d'être un personnage peu reluisant...

Soudain la petite cuisine parut étouffante à Adam. Il avait envie de retrouver Menley et Hannah. Il ne leur restait que quelques jours à passer ensemble avant que Menley ne soit hospitalisée à New York. Il devait commencer à la préparer à cette réalité. « Donnez-moi les noms de ces serveuses, dit-il brusquement.

— Liz Murphy et Alice Regan.

— Mettez-les par écrit. Espérons qu'elles travaillent toujours au même endroit. »

En passant devant la salle à manger, il jeta un regard à l'intérieur. Une grande photo encadrée était posée sur la table; c'était la vue aérienne de *Remember* qu'Elaine avait placée dans la vitrine. Il s'approcha pour l'examiner.

Superbe photo, se dit-il. La maison semblait se tenir majestueusement à l'écart. Les couleurs étaient spectaculaires — les arbres aux ramures d'un vert profond autour de la maison, les hortensias bleus le long des murs, la mer bleu-vert, calme et ourlée d'écume. On voyait même les promeneurs sur la plage et un petit bateau sous la ligne de l'horizon.

« J'aimerais beaucoup en avoir une semblable, dit-il.

— C'est un cadeau d'Elaine, dit rapidement Scott, sinon je vous la donnerais volontiers. Elle croit que si vous n'achetez pas *Remember*, je pourrais me montrer intéressé.

— Vous le seriez vraiment ?

— Si Viv était en vie, certainement. À présent, non. » Il hésita. « Je veux dire, dans mon état d'esprit présent, non. Peut-être changerai-je d'avis si un juge m'innocente.

« Cette prise de vue donnerait à tout le monde l'envie d'acheter la maison », dit Adam. Il se dirigea vers la porte. « Je vous quitte. Nous reparlerons plus tard. »

Il était sur le point de monter dans sa voiture quand Henry Sprague lui fit signe de le rejoindre. « J'ai trouvé d'autres documents qui pourraient intéresser Menley, expliqua-t-il. Entrez, je vais vous les donner. »

La chemise était sur la table de l'entrée. « Et Phoebe persiste à dire que cette poupée appartient à *Remember*. J'ignore ce qui lui a donné cette idée, mais verriez-vous un inconvénient à la prendre avec vous ? »

— Menley en sera ravie, dit Adam. C'est sûrement une authentique poupée ancienne. Ne vous étonnez pas si vous la retrouvez sous forme d'illustration dans son livre. Merci, Henry. Comment va Phoebe aujourd'hui ?

— Elle fait la sieste en ce moment. La nuit n'a pas été fameuse. Je ne sais pas si je vous l'ai dit ; je vais l'emmener dans une maison de repos le 1er du mois prochain.

— Je ne savais pas. Je suis navré. »

Au moment où Adam mettait la chemise sous son bras et prenait la poupée, un cri perçant le fit sursauter. « Elle a un nouveau cauchemar », dit Henry, et il se précipita dans la chambre, Adam sur ses talons.

Phoebe était étendue sur son lit, cachant son visage. Henry se pencha sur elle et lui prit les mains. « Tout va bien, chérie », dit-il d'un ton apaisant.

Elle ouvrit les yeux, le regarda, puis tourna la tête et vit Adam qui tenait la poupée. « Oh, ils l'ont noyée, soupira-t-elle ; mais heureusement ils ont laissé le bébé en vie. »

62

MENLEY téléphona à Carrie Bell à quatre heures. La réaction réservée de Carrie en l'entendant s'annoncer
fit place à un intérêt sincère dès qu'elle connut la raison de
son appel.

«Oh, c'est merveilleux, dit-elle. Cet argent sera le bienvenu.
J'ai perdu beaucoup d'heures de travail ces deux dernières
semaines.

— Beaucoup d'heures de travail? Pourquoi?

— Oh, je n'aurais pas dû dire ça. Je serai là demain matin
à la première heure. Merci, madame Nichols. »

Menley rapporta à Amy sa conversation. « Est-ce que tu vois
ce qu'elle a voulu dire en parlant de ces heures de travail per-
dues? »

Amy eut l'air gêné. «C'est parce que maintenant Elaine la
recommande seulement aux gens qui vendent ou louent
leurs propriétés. Carrie y passe un jour ou deux et elle est vraiment douée pour briquer une maison. Mais Elaine prétend
qu'elle est trop bavarde et elle ne l'envoie plus chez de nouveaux clients. Elle voulait même que mon père la renvoie. »

Pendant le dîner, Menley rapporta à Adam ce qu'elle avait appris. « C'est vraiment moche, tu ne trouves pas ? demanda-t-elle en lui servant une deuxième assiette de chili. D'après Amy, Carrie Bell est une mère célibataire qui travaille dur, avec un enfant de trois ans à charge.

— C'est le meilleur chili que tu aies jamais fait, la complimenta Adam. Pour répondre à ta question, je sais que Carrie est très capable. Elle faisait le ménage dans le cottage que j'avais loué l'année dernière, lorsque je suis venu seul. Mais je sais aussi qu'Elaine est une vraie professionnelle. Ce n'est pas par accident qu'elle a si bien réussi, elle ne laisse rien au hasard. Si elle a estimé que les bavardages de Carrie Bell compromettaient ses chances de vendre des maisons, elle n'a pas hésité à la renvoyer. T'ai-je dit qu'en plus de la cuisine, l'ambiance qui règne ici ce soir est délicieuse ? »

Menley avait éteint le plafonnier et allumé les appliques murales qui diffusaient une lumière tamisée. Ils étaient assis l'un en face de l'autre à la table de réfectoire. Tous les livres et les documents réunis par Phoebe Sprague durant ses recherches, ainsi que les notes et les dessins de Menley, se trouvaient maintenant dans la bibliothèque.

« J'ai pensé que puisque nous prenions presque tous nos repas ici, il était dommage que la pièce soit si encombrée », expliqua-t-elle.

Ce n'était qu'une partie de la vérité. En réalité, lorsque Adam était rentré en fin d'après-midi et lui avait remis l'épaisse chemise qu'Henry Sprague lui avait confiée, elle avait rapidement parcouru son contenu et éprouvé un choc en voyant le dessin de Mehitabel et d'Andrew à bord du bateau. C'était exactement ainsi qu'elle les avait imaginés. Il y a sûrement un autre dessin d'eux dans tous ces papiers, pensa-t-elle, et je dois l'avoir vu. Mais c'était un exemple de plus d'oubli important de sa part.

Elle avait alors décidé d'interrompre pendant quelques jours les recherches concernant *Remember* et de se consacrer à son article pour le *Travel Times*. Elle avait téléphoné à Jan Paley, qui avait proposé de lui faire visiter plusieurs maisons présentant un intérêt historique.

« Les histoires que vous m'avez racontées sur ces maisons dont les occupants ressentent une présence mystérieuse feraient la joie des lecteurs, avait-elle dit à Jan. Je suis certaine que ma rédactrice en chef adorerait ça. » Et j'aimerais entendre ce que ces gens ont à raconter, pensa-t-elle.

« As-tu beaucoup écrit aujourd'hui, ou es-tu encore plongée dans les dossiers de Phoebe ? interrogea Adam.

— Ni l'un ni l'autre ; en fait, j'ai travaillé à autre chose. » Elle lui raconta sa conversation avec Jan et le projet qu'elle avait en tête.

Ai-je été trop vite dans mes explications ? se demanda-t-elle. Elles semblaient préparées à l'avance.

« Des histoires de fantômes ? » Adam sourit. « Tu ne crois pas à ces sornettes, quand même ?

— Je crois aux légendes. » Elle remarqua que le chili avait disparu de son assiette. « Tu étais affamé. Qu'as-tu mangé à déjeuner ?

— Un hamburger, mais cela fait longtemps. J'étais avec Elaine. Nous avons préparé sa déposition pour l'instruction. »

Il y avait toujours quelque chose d'affectueux et même d'intime dans la façon dont Adam parlait d'Elaine. Menley ne put s'empêcher de poser sa question : « Adam, as-tu eu un jour une relation avec Elaine, je veux dire, plus qu'une simple amitié de jeunesse ? »

Il parut mal à l'aise. « Oh, nous sommes sortis ensemble de temps en temps quand nous étions gosses, et nous flirtions un peu lorsque je venais au Cap en vacances, pendant mes années d'études de droit.

— Jamais depuis ?

— Oh, écoute, Men, tu ne veux tout de même pas que je me vante de mes bonnes fortunes. Avant de te rencontrer, il m'arrivait d'amener pour un long week-end ma petite amie du moment, du temps où ma mère possédait encore la grande maison. Parfois je venais seul. Si nous étions libres l'un et l'autre, Elaine et moi nous sortions ensemble. Mais c'était il y a des années. Pas de quoi fouetter un chat.

— Bien sûr. » Arrête, se gourmanda Menley. La dernière chose à faire est de te lancer dans une discussion à propos d'Elaine.

Adam tendait la main par-dessus la table. « Je suis avec la seule femme que j'aie vraiment aimée et avec qui j'aie voulu vivre », dit-il. Il s'interrompit. « Nous avons eu plus de hauts et de bas en cinq ans que la plupart des gens dans toute une vie. Tout ce que je désire, c'est que nous en venions à bout, que nous retrouvions notre équilibre. »

Menley effleura ses doigts. « Adam, tu essaies de me dire quelque chose, n'est-ce pas ? »

Avec une horreur grandissante, elle l'écouta lui dévoiler ses plans.

« Men, le jour où j'ai parlé au Dr Kaufman, elle m'a dit qu'une thérapie de choc serait souhaitable dans ton cas. C'est une chose d'avoir des flash-back de l'accident. C'en est une autre d'entendre la voix de Bobby et de courir dans toute la maison pour le retrouver. Le docteur voudrait te faire hospitaliser pour une courte période. »

Exactement ce qu'elle avait redouté.

« Je me sens mieux, Adam.

— Je vois bien que tu fais tout ton possible pour t'en sortir, Men. Mais après l'instruction du procès, il serait préférable de prendre l'avis du médecin. Tu sais que tu peux avoir confiance en elle. »

Elle le détesta à ce moment-là, et fut consciente que son sentiment se reflétait sur son visage. Elle se détourna, vit qu'il avait placé la poupée ancienne dans la chaise d'Hannah. Elle la regardait avec ses yeux fixes de porcelaine bleue, parodie du miracle qu'était Hannah. « Il ne s'agit pas d'avoir confiance dans le Dr Kaufman, il s'agit d'avoir confiance en *moi*. »

63

JAN PALEY avait été à la fois surprise et ravie de recevoir le coup de téléphone de Menley Nichols. Menley l'avait questionnée à propos des légendes qui étaient attachées aux maisons historiques. «Par "historique", je veux dire des exemples intéressants d'architecture ancienne, et par "légendes", des histoires sur des présences mystérieuses, des fantômes», avait précisé Menley.

Jan avait tout de suite accepté de lui servir de guide. Elle s'était assise à son bureau et avait dressé une liste des endroits où elle l'emmènerait.

Elles commenceraient par l'ancienne maison Dillingham, à Brewster. C'était la deuxième plus vieille demeure du Cap. Au cours des années, plusieurs des personnes qui l'avaient louée prétendaient avoir vu une femme traverser la porte de l'une des chambres.

L'auberge Dennis était un autre endroit à montrer à Menley. Les propriétaires avaient même donné un surnom à l'esprit rieur qui s'amusait à tout déranger dans la cuisine. Ils l'appelaient Lillian.

Elles pourraient rendre visite à Sarah Nye, l'amie qu'elle

avait mentionnée lors de la réception d'Elaine. Sarah était convaincue de partager la maison avec la femme pour qui elle avait été construite en 1720.

Et que dire de la «*saltbox*», à Harwich, dont le rez-de-chaussée était aujourd'hui occupé par la boutique d'un décorateur? Les propriétaires étaient convaincus d'avoir un fantôme à demeure et persuadés qu'il s'agissait d'une jeune fille morte à seize ans au XIXe siècle.

Jan passa quelques coups de téléphone, fixa des rendez-vous et rappela Menley : «Tout est arrangé. Je viendrai vous chercher demain matin vers dix heures.

— Très bien. Et à propos, Jan, avez-vous entendu parler de cette poupée ancienne que Phoebe Sprague gardait chez elle? Phoebe dit que la poupée appartient à *Remember*.

— Oh, elle l'a donc retrouvée? Je suis si contente! C'est Tom qui l'a découverte sous les combles. Dieu seul sait combien de temps elle a pu y rester. Phoebe voulait la montrer à un expert. Ses recherches lui avaient révélé qu'elle aurait pu appartenir à Mehitabel. Je ne m'étais pas aperçue à cette époque que la mémoire de Phoebe commençait à flancher. Elle avait rangé la poupée quelque part et n'arrivait plus à la retrouver.

— Pourquoi pensait-elle qu'elle appartenait à Mehitabel? demanda Menley.

— Phoebe m'a dit qu'une chronique de l'époque racontait qu'après avoir vu son mari lui enlever son bébé, Mehitabel marchait souvent sur le balcon de la veuve, une poupée dans les bras.»

64

SCOTT COVEY passa la plus grande partie du vendredi sur le bateau. Il se prépara un casse-croûte, emporta ses cannes à pêche et passa une des journées les plus paisibles qu'il eût connues ces dernières semaines. La chaleur dorée du mois d'août était revenue, remplaçant la fraîcheur qui avait dominé la veille. La brise de mer soufflait doucement. Ses casiers à homards étaient pleins.

Après le déjeuner, il s'étendit sur le pont, croisa les mains sous sa tête et révisa les déclarations qu'il allait faire au cours de l'instruction. Il essaya de se rappeler tous les points négatifs qu'Adam Nichols lui avait signalés et les moyens de les réfuter l'un après l'autre.

Sa liaison avec Tina l'hiver dernier serait son plus gros problème. Sans apparaître comme un mufle ou un salaud, comment faire comprendre au juge que c'était elle qui lui courait après ?

Une réflexion de Vivian lui revint en mémoire. À la fin du mois de juin, un jour où il venait de la calmer après une de ses crises de larmes, elle avait soupiré : « Scott, tu es le genre d'homme dont les femmes tombent amoureuses malgré elles.

J'essaie de le comprendre. Je sais que les gens instinctivement le comprennent aussi. Ce n'est pas de ta faute, tu n'y peux rien. »

« Vivy, dit-il à voix haute, je vais devoir te remercier pour m'avoir tiré une épine du pied dans cette affaire. »

Tournant son regard vers le ciel, il porta ses doigts à ses lèvres et lui envoya un baiser.

65

COMME des petits canards bien alignés, songea Nat Coogan en parcourant la liste des témoins qu'ils avaient cités à comparaître. Il était dans le bureau du procureur à Barnstable.

Robert Shore compulsait ses notes. Il avait demandé à s'entretenir avec Nat afin de coordonner les derniers préparatifs de l'instruction. « Bon. Nous allons nous faire engueuler parce que nous n'avons pas prévenu suffisamment à l'avance les gens cités à comparaître, mais c'est comme ça. Il s'agit d'une affaire importante, nous ne pouvons la laisser traîner. Des questions ? »

L'entretien dura une heure et demie. Quand il se termina, les deux hommes étaient tombés d'accord sur le fait qu'ils avaient une solide argumentation à présenter au juge. Mais Nat se sentit obligé de le mettre en garde : « Écoutez, j'ai vu ce type à l'œuvre. Il peut pleurer sur commande. Il n'a peut-être pas réussi comme acteur, mais croyez-moi, il serait capable de gagner un oscar devant un tribunal. »

66

LE VENDREDI matin, Adam quitta *Remember* dès l'arrivée d'Amy. «Je dois interroger les serveuses qui pourraient contrebalancer les témoignages concernant les visites de Tina à Scott en Floride, expliqua-t-il à Menley.

— Jan vient me chercher à dix heures, dit-elle d'un ton machinal. Je serai de retour vers deux heures ou deux heures et demie. Carrie Bell vient faire le ménage aujourd'hui, elle et Amy seront toutes les deux dans la maison avec Hannah. Cela te convient-il ?

— Menley ! » Il voulut la prendre dans ses bras, mais elle se détourna et s'éloigna de lui.

« Voulez-vous me confier ce qui vous tourmente ? » demanda Jan à Menley comme elles franchissaient le pont qui menait de l'île Morris au phare et à la route 28.

« Ce qui me tourmente, c'est que mon mari et mon psychiatre semblent croire que je suis bonne à enfermer dans une cellule capitonnée.

— C'est ridicule !

— Oui, c'est ridicule. Et je ne vais pas me laisser faire. Mais

251

n'en parlons plus. Jan, j'ai l'impression que Phoebe essaie de me communiquer quelque chose. L'autre jour, lorsqu'elle est venue à la maison, elle a vu ses dossiers et les a longuement regardés ; je pense qu'elle s'est rappelé ce qu'ils contenaient.

— C'est possible, acquiesça Jan. Il y a des moments où la mémoire de Phoebe semble lui revenir.

— L'intonation de sa voix était si pressante. Elle a dit que Mehitabel était innocente. Puis elle a ajouté quelque chose d'étrange : "Tobias Knight. Réponse dans le dossier ÉCUMEURS. " Cela évoque-t-il quelque chose pour vous ?

— Pas vraiment. Nous savons que Tobias a construit *Remember*, c'est à peu près tout. Mais en faisant la liste des endroits où vous emmener aujourd'hui, j'ai appris qu'il avait également construit l'une des plus vieilles maisons d'Eastham. Si vous avez le temps, nous pourrions y faire un saut. Elle est gérée par la Société historique d'Eastham, et ils ont peut-être rassemblé des informations à son sujet. »

67

« C'EST ici que Tina a rencontré Scott Covey, dit Liz Murphy à Adam. Il était venu dîner avec des gens du théâtre, et elle lui a fait un numéro de charme incroyable. Personne ne sait mieux y faire que Tina. »

Adam interrogeait la jeune serveuse dans le bureau du Daniel Webster à Sandwich. « C'était en juillet de l'année dernière ?

— Début juillet. Tina sortait avec Fred à cette époque. C'est vraiment un chic type. Mais croyez-moi, elle l'a complètement largué dès que Scott a fait son apparition.

— Pensez-vous que Scott s'intéressait sérieusement à Tina ?

— Sûrement pas. Nous pensions toutes que Scott visait très haut. Il n'allait pas se fixer avec une fille qui travaillait pour gagner sa vie. Nous lui avons toutes dit qu'elle était folle d'abandonner Fred pour lui.

— À votre connaissance, est-ce que Tina a vu Scott pendant l'hiver ?

— Elle savait qu'il vivait alors à Boca Raton, et elle voulait trouver du travail là-bas. Mais il a dû lui promettre que, si les choses s'arrangeaient, il reviendrait au Cap.

— Et savait-elle qu'il sortait avec Vivian Carpenter ?

— Elle le savait et elle s'en fichait comme d'une guigne. »

Exactement ce que Scott m'a dit, pensa Adam. « Est-ce que Vivian était au courant de l'existence de Tina ?

— À moins que Scott lui-même ne le lui ait raconté, je ne vois pas comment elle l'aurait su.

— Savez-vous pourquoi Tina a abandonné son travail ici ?

— Elle m'a dit que Scott s'était marié, qu'elle revoyait Fred et voulait passer ses soirées avec lui. Elle disait que Fred se levait si tôt pour aller travailler qu'il était au lit à dix heures du soir. Elle voulait faire le service du petit déjeuner et du déjeuner, mais ce n'était pas possible ici.

— Liz, on va vous convoquer comme témoin. Ne vous inquiétez pas. Le procureur vous posera à peu de chose près les mêmes questions que moi. »

L'autre serveuse, Alice Regan, arrivait à onze heures, et Adam dut attendre pour l'interroger. Son récit corroborait celui de Liz Murphy. Il savait que le procureur attaquerait Tina sur le fait qu'elle avait choisi de travailler à Chatham, dans un restaurant fréquenté par un ancien amant, mais cela donnerait une mauvaise impression de Tina, pas de Scott.

Adam prit la route 6 A et s'arrêta au tribunal. Dans le bureau du procureur, il donna les noms de Liz Murphy et d'Alice Regan à ajouter sur la liste des témoins qu'il voulait appeler à comparaître. « J'en aurai peut-être un ou deux autres », dit-il à un assistant du procureur.

Il s'arrêta ensuite à Orleans, pour interroger un pêcheur dont le bateau avait coulé durant la tempête qui avait coûté la vie à Vivian Carpenter.

68

CARRIE BELL s'activait dans la cuisine, nettoyant l'intérieur des placards tout en bavardant avec Amy. « C'est
un adorable bébé, dit-elle. Et si facile. »

Amy était en train de faire déjeuner Hannah.

Comme si elle comprenait le compliment, Hannah adressa
un sourire enjôleur à Carrie et enfonça son poing dans un petit
pot de pêches.

« Hannah ! protesta Amy en riant.

— Et elle va être le portrait de son frère, continua Carrie.

— C'est ce que je crois aussi. La photo sur la commode de
Mme Nichols montre à quel point elle lui ressemble.

— C'est encore plus frappant sur la vidéocassette de Bobby
que M. Nichols avait apportée l'an dernier. » Carrie baissa la voix :
« Vous savez, je faisais le ménage dans le petit cottage qu'il louait
près de la maison d'Elaine. Eh bien, un jour, je suis entrée, et
M. Nichols regardait une vidéo de Bobby en train de courir vers
sa mère. Je jure que l'expression de son visage m'a serré le cœur. »

Elle prit la poupée ancienne. « On ne va pas passer son temps
à retirer cette poupée de la chaise de bébé, Amy. Pourquoi
ne pas la mettre une fois pour toutes dans le berceau ancien
qui est dans la chambre d'enfant ? C'est tout à fait sa place. »

69

À UNE heure de l'après-midi, Menley avait noirci de notes une douzaine de pages de son carnet et enregistré deux heures d'entretiens sur son magnétophone.

Pendant que Jan prenait la route 6 en direction d'Eastham, Menley réfléchit aux points communs qui l'avaient frappée dans les différentes histoires qu'elle venait d'entendre. « Tous ceux à qui nous avons parlé ont l'impression qu'il y a quelque chose de mystérieux dans leur maison, une sorte de présence bienveillante, dit-elle. Mais votre amie de Brewster, Sarah, n'a jamais eu qu'une manifestation. »

Jan la regarda. « Ce qui veut dire ?

— Sarah nous a dit qu'un matin à l'aube, alors qu'elle était couchée avec son mari, un bruit de pas dans l'escalier l'avait réveillée. Puis la porte s'était ouverte et elle avait vu des empreintes de pas sur le tapis.

— C'est exact. »

Menley feuilleta son carnet. « Sarah a raconté qu'elle avait éprouvé une sensation de bien-être. Voici comment elle l'a décrite : "Semblable à celle que ressent un enfant lorsqu'il se réveille et trouve sa mère en train de le border."

— En effet, c'est ainsi qu'elle s'est exprimée.

— Elle a ensuite ajouté qu'elle avait senti une main lui tapoter l'épaule, et cru entendre quelqu'un lui parler, mais la voix n'était pas perceptible à l'oreille. Elle a compris que c'était celle d'Abigail Harding, pour qui la maison avait été construite, et qu'Abigail lui disait son bonheur de la voir si bien restaurée.

— C'est ainsi que Sarah a toujours dépeint son expérience.

— À mon avis, continua Menley, Abigail avait une raison de vouloir entrer en contact avec Sarah. Elle avait quelque chose à lui communiquer. Sarah dit que le phénomène ne s'est plus renouvelé par la suite et que, si elle éprouve encore le sentiment d'une présence bienveillante, c'est peut-être à cause de l'atmosphère paisible de la maison. Ce qu'il me semble, c'est qu'une tâche inachevée dans ces maisons y retient peut-être une présence.

— C'est possible. »

Elles s'arrêtèrent pour déjeuner rapidement dans un petit restaurant au bord de l'eau, à Eastham, puis allèrent visiter la maison construite par Tobias Knight. Située en bordure de la route 6, elle était entourée de restaurants et de magasins.

« La situation ne peut se comparer à celle de *Remember*, fit remarquer Menley.

— La plupart des maisons de capitaine étaient construites en retrait de la mer. Les premiers colons se protégeaient des vents du nord-est. Mais la maison ressemble à *Remember*, en moins luxueux. Celle-ci date de 1699. Comme vous pouvez le constater, il n'y a pas d'imposte.

— Le capitaine et Mehitabel avaient rapporté l'imposte d'Angleterre, dit Menley.

— Je l'ignorais. Vous avez dû trouver ce renseignement dans les dossiers de Phoebe. »

Menley ne répondit pas. Elles entrèrent, s'arrêtèrent à la réception, ramassèrent des brochures concernant l'historique de la construction et parcoururent les pièces. Superbement

restaurée, la maison avait le même plan que *Remember*.
«Les pièces sont plus grandes, souligna Jan, cependant
Remember est plus raffinée dans le détail.»

Menley resta silencieuse pendant le trajet du retour jusqu'à
Chatham. Quelque chose la préoccupait, mais elle ne savait
quoi exactement. Elle avait hâte de rentrer chez elle et de parler à Carrie Bell avant qu'elle ne s'en aille.

70

FRED HENDIN travaillait comme menuisier chez un petit entrepreneur de Dennis spécialisé dans les rénovations. Fred aimait son travail, il aimait la sensation du bois dans ses mains. C'était un matériau qui possédait une personnalité propre et une dignité intrinsèque. Des caractéristiques qu'il retrouvait en lui-même.

Aujourd'hui où les propriétés du bord de mer valaient une fortune, la rénovation de maisons modestes bien situées était rentable. C'était le cas de celle qu'ils restauraient en ce moment. Elle avait une quarantaine d'années et ils étaient pratiquement en train de la reconstruire. Une partie du projet consistait à démolir la cuisine et à remplacer les placards de contre-plaqué par des meubles sur mesure en merisier.

À dire la vérité, Fred guignait la maison d'en face. Elle était parfaite pour un bricoleur, avec un accès à la plage et une vue exceptionnelle. Il avait regardé les agents immobiliers y amener plusieurs visiteurs, mais aucun ne s'attardait. Ils étaient rebutés par son délabrement apparent. Fred savait que, s'il l'achetait et y consacrait six mois de travail acharné, il se retrouverait avec l'une des plus jolies habitations dont on puisse rêver, et qu'il aurait fait de surcroît un bon investissement. Attendons la fin du mois d'août, pensa-t-il. Ensuite les prix baisseront. Les transactions immobilières devenaient pratiquement inexistantes en hiver au Cap.

Fred prenait son déjeuner avec les autres ouvriers. Ils travaillaient en bonne harmonie et, durant les pauses aimaient échanger des plaisanteries.

Ils commencèrent par parler de l'enquête sur la mort de Vivian Carpenter. Matt, l'électricien, avait fait quelques travaux pour Vivian en mai, peu après son mariage. « Pas facile, la petite dame, raconta-t-il. Le jour où j'étais là, son mari est sorti faire des courses et il est resté absent quelque temps. Elle lui a littéralement sauté dessus à son retour, criant qu'il ne fallait pas la prendre pour une idiote. Elle lui a dit d'aller faire ses valises. Puis elle a éclaté en sanglots et s'est jetée dans ses bras en l'entendant expliquer qu'il s'était arrêté chez le teinturier, comme elle le lui avait demandé, et que c'était la raison de son retard. Croyez-moi, cette femme était un sacré problème. »

Sam, un nouveau venu dans l'équipe, demanda : « Ne dit-on pas que Covey a une petite amie, une serveuse des environs qui a le feu au derrière ?

— Laisse tomber. » Matt fit une grimace et lança un regard de côté vers Fred.

Fred jeta son gobelet de café vide. « C'est ça, petit. Laisse tomber », fit-il sèchement, sa bonne humeur envolée. Il repoussa sa chaise derrière lui et quitta la table.

En se remettant au travail, il lui fallut un certain temps avant de retrouver son calme. Trop de choses se bousculaient dans sa tête. La veille au soir, après le départ de l'inspecteur, Tina avait reconnu qu'elle avait vu Scott durant l'hiver et qu'elle s'était rendue plusieurs fois en Floride.

Est-ce si important ? se raisonna Fred tout en ajustant les placards. Comme l'avait fait remarquer Tina, Fred et elle n'étaient pas ensemble à cette époque. Pourquoi s'était-elle crue obligée de mentir, alors? Et si elle mentait également quand elle affirmait ne plus avoir vu Covey après son mariage? Et le revoyait-elle depuis un mois, depuis que sa femme était morte?

À la fin de la journée, en arrivant à son rendez-vous avec Adam Nichols, il se demandait désespérément s'il serait à nouveau capable de faire confiance à Tina.

Il ne dirait rien à l'avocat de Covey. Pour l'instant, il soutiendrait Tina et lui offrirait la bague de fiançailles afin qu'elle la porte à l'audience. À entendre cet inspecteur, la police était prête à inculper Tina de complicité dans une histoire de meurtre. Elle ne semblait pas comprendre à quel point cette histoire était devenue sérieuse.

Non, il allait continuer à prendre son parti pour le moment, mais si ses doutes persistaient, il savait que, même en étant follement amoureux de Tina, il ne pourrait pas l'épouser. Un homme doit savoir garder sa dignité.

Amer, il pensa à tous les cadeaux qu'il lui avait offerts cet été : la montre en or, les perles, la broche de sa mère… Elle les conservait dans sa boîte à bijoux en forme de livre, sur une étagère dans son living-room.

Une fois l'instruction terminée, s'il décidait d'arrêter les frais, il reprendrait la bague ainsi que les bijoux.

71

L'APRÈS-MIDI fut chargé à l'agence. On avait confié à Elaine deux nouvelles affaires. Elle photographia immédiatement la première, une superbe reconstitution d'un brick sur l'étang de Ryders. «Il ne devrait pas mettre longtemps à partir», assura-t-elle au propriétaire.

La seconde était une maison louée depuis des années qui avait besoin d'un coup de neuf. Avec tact, elle suggéra que si la pelouse était tondue et les haies taillées, l'aspect général serait considérablement amélioré. Il lui fallait également un bon nettoyage. Sans enthousiasme, elle proposa d'envoyer Carrie Bell — elle avait ses défauts, mais personne ne travaillait aussi bien qu'elle.

Elle téléphona à Marge de sa voiture : «Je rentrerai directement à la maison. John et Amy viennent dîner, et je veux développer les photos avant de me mettre à la cuisine.

— Vous devenez une vraie femme d'intérieur, se moqua Marge.

— Pourquoi pas ? »

Arrivée chez elle, Elaine passa encore un coup de fil, cette fois à Scott Covey : «Si tu venais te joindre à nous pour dîner ?

— À condition que j'apporte le plat principal. Je viens de rentrer avec un seau rempli de homards.

— Je savais ce que je faisais en t'invitant ! As-tu reçu la photo ?

— Oui, elle est arrivée.

— Et tu ne m'as même pas remerciée, dit-elle sur le ton de la plaisanterie. Mais tu sais pourquoi je te l'ai envoyée.

— Pour que je n'oublie pas, je sais.

— À ce soir, Scott. »

72

CARRIE BELL était à l'étage en train de passer l'aspirateur lorsque Jan déposa Menley. Menley monta immédiatement la trouver. «Amy est partie promener Hannah dans son landau, madame Nichols, expliqua-t-elle. Ce bébé est un véritable amour, je vous le dis.

— Elle n'a pas toujours été comme ça. » Menley sourit. Elle regarda autour d'elle : «La maison resplendit. Merci, Carrie.

— Vous savez, j'aime que tout soit nickel. J'ai presque fini à présent. Voulez-vous que je vienne la semaine prochaine ?

— Bien sûr. » Menley ouvrit son sac, sortit son portefeuille et, priant intérieurement, engagea la conversation dans la direction qui l'intéressait : «Carrie, strictement entre nous, qu'est-ce qui vous a effrayée la dernière fois que vous êtes venue ici ? »

Carrie eut l'air inquiet. «Madame Nichols, je sais que c'est seulement mon imagination et, comme le dit Mlle Atkins, j'ai le pas si lourd que j'ai sans doute ébranlé une latte du plancher et fait remuer le berceau.

— Peut-être. Mais vous avez également cru entendre quelqu'un marcher à l'étage. C'est du moins ce que m'a rapporté Amy. »

Carrie se pencha en avant et baissa la voix : « Madame Nichols, vous me promettez de ne pas dire un mot de tout ça à Mlle Atkins ?

— Promis.

— Madame Nichols, j'ai réellement entendu quelque chose ce jour-là, et aujourd'hui j'ai essayé de taper du pied en entrant dans la chambre d'enfant, et le berceau n'a pas bougé.

— Vous n'avez donc rien remarqué d'anormal ?

— Non. Rien de spécial. Mais je m'inquiète un peu au sujet d'Amy.

— Pourquoi ? Qu'est-il arrivé ?

— Oh, ce n'est pas grave, mais juste avant que Hannah ne se réveille de sa sieste, il n'y a pas longtemps, Amy lisait dans le petit salon. La porte était fermée. J'ai cru l'entendre pleurer. Je n'ai pas voulu me mêler de ce qui ne me regarde pas et je ne suis pas entrée. Je sais qu'elle est bouleversée parce que son père va se marier avec Mlle Atkins. Un peu plus tard, je lui ai demandé si quelque chose n'allait pas, et elle m'a répondu que non. Vous savez comment sont les jeunes. Parfois ils vous racontent tout. D'autres fois ils vous répondent : c'est pas tes oignons.

— Ah bon ! » Menley tendit les billets pliés à Carrie : « Merci pour tout.

— Merci. Vous êtes si gentille. Et je voudrais vous dire… j'ai un fils de trois ans, et je peux comprendre combien vous avez dû souffrir de perdre ce beau petit garçon. J'en ai eu les larmes aux yeux quand j'ai vu cette vidéocassette de lui l'année dernière.

— Vous avez vu la cassette de Bobby ?

— M. Nichols l'avait apportée avec lui l'été passé, lorsqu'il avait loué le cottage. Comme je le disais à Amy, il semblait si triste en la regardant. On le voyait avec Bobby dans la piscine, il le faisait sortir de l'eau ; vous appeliez votre petit garçon et il courait vers vous. »

Menley refoula la boule qui montait dans sa gorge. « Cette cassette a été prise deux semaines avant l'accident, dit-elle d'une voix mal assurée. Je n'ai jamais eu le courage de la regarder. C'était un jour de bonheur si total. »

Je veux la voir à présent, pensa-t-elle. Je suis prête à la regarder.

Carrie rangea l'argent dans son sac. « Mlle Atkins se trouvait avec M. Nichols ce jour-là, et il lui parlait de Bobby, il lui disait qu'il se sentait coupable, car il aurait dû être avec vous deux le jour de l'accident, et non au golf. »

73

LES CHOSES avaient bien progressé, songea Adam en prenant la route privée qui menait à *Remember*. Malheureusement ce n'était pas fini. Il était presque trois heures maintenant, et à cinq heures il avait rendez-vous avec Fred Hendin.

Mais au moins pourrait-il passer deux heures à la maison. C'était une journée parfaite pour la plage. Si Menley acceptait d'y aller avec lui.

La voiture d'Amy était garée dans l'allée. Il se rembrunit, partagé entre le soulagement et l'irritation. C'était une gentille gosse, responsable, mais il aurait aimé être seul en famille et ne pas toujours avoir quelqu'un sur son chemin.

Si je réagis de cette manière, que peut éprouver Menley, qui n'est plus jamais tranquille ? Abattu, il se rendit compte qu'ils allaient rapidement se retrouver dans la situation qu'ils avaient connue avant qu'elle ne soit enceinte d'Hannah. Loin l'un de l'autre. Tous les deux sur les nerfs.

Il n'y avait personne dans la maison. Menley était-elle déjà rentrée et, dans ce cas, étaient-elles parties à la plage ? Il alla jusqu'au bord de la falaise et regarda en contrebas.

Menley était assise en tailleur sur une couverture, Hannah appuyée contre elle. Une vision idyllique, pensa Adam. Les cheveux de Menley flottaient derrière elle. Son corps élancé était bronzé et ravissant. Amy et elle semblaient en grande conversation.

Allongée sur le sable en face de Menley, Amy se redressait sur les coudes, le menton dans la paume des mains. Elle va traverser une période difficile, pensa-t-il. Partir à l'université est toujours un peu effrayant et, d'après Elaine, elle n'a pas résolu le problème causé par le remariage de son père. Mais Elaine avait aussi ajouté : « Elle ne se rend pas compte de la chance qu'elle a de pouvoir aller à Chapel Hill. »

Elaine n'était pas allée à l'université. À la fin de l'été, il y a vingt et un ans, alors que toute la bande se préparait à entrer dans les établissements les plus chics, sa mère avait une fois de plus perdu son travail et Elaine avait trouvé un poste de dactylo dans une agence immobilière. Il faut dire qu'elle avait formidablement réussi, pensa Adam. Aujourd'hui elle était propriétaire de l'agence.

À ce moment Menley leva la tête. Adam descendit en courant le sentier abrupt. En arrivant auprès d'elles, il eut le sentiment d'être un gêneur. « Salut les filles », dit-il gauchement.

Menley ne répondit pas.

Amy se leva d'un bond. « Bonjour, monsieur Nichols. Êtes-vous rentré pour de bon ?

— Oui, Adam, es-tu rentré pour de bon ? répéta Menley. Si oui, je sais qu'Amy aimerait bien avoir quelques heures de liberté. »

Il préféra ignorer son ton impersonnel. « Allez-y, Amy. Merci. » Il s'assit sur la couverture et attendit qu'Amy ait dit au revoir à Hannah et à Menley.

Quand elle fut suffisamment éloignée, il dit : « Je vais la laisser se changer avant de remonter enfiler mon maillot.

— Nous allons remonter avec toi. Nous sommes restées suffisamment longtemps sur la plage.

« — Menley, arrête, veux-tu ?

— Arrêter quoi ?

— Men, ne recommençons pas. »

Hannah leva vers lui un regard étonné.

« Tout va bien, mon bébé, dit-il. Je voudrais seulement que ta maman cesse d'être furieuse contre moi.

— Adam, ne fais pas comme s'il s'agissait d'une simple dispute. J'ai parlé au docteur Kaufman. Elle va nous rappeler à quatre heures et demie. Je refuse catégoriquement d'être hospitalisée. J'attends aussi un appel de ma mère, d'Irlande. Je vais lui demander d'écourter son voyage. Si le docteur Kaufman et toi parvenez à m'enfermer contre mon gré dans une clinique, ce sera ma mère qui s'occupera de mon enfant, et pas ta petite amie Elaine.

— Bon Dieu, qu'est-ce que tu sous-entends ?

— Adam, quand tu es venu au Cap, l'an dernier, tu as beaucoup vu Elaine, n'est-ce pas ?

— C'est une amie de toujours. Bien sûr que je l'ai vue. Il n'y avait rien de mal à ça.

— Comme tu l'as dit hier soir, tu n'es pas du genre à te vanter de tes bonnes fortunes. Mais que faisait-elle alors à regarder la vidéo de mon petit garçon avec toi ?

— Bonté divine, Men, elle est venue me rendre visite au moment où je passais cette cassette. Et je ne regardais pas seulement Bobby ; je te regardais toi aussi.

— Avec ta petite amie.

— Non, avec une vieille copine.

— Qui a dit à sa future belle-fille que lorsque je serais dans une clinique psychiatrique à New York, tu viendrais ici avec Hannah ? »

Adam se leva. « Je vais me changer.

— Tu n'as pas peur de me laisser seule avec Hannah ? »

Il ne répondit pas, fit demi-tour et s'éloigna.

Menley le regarda gravir le sentier. Il était penché en avant, les mains dans les poches. Elle pensa à ce que Carrie

Bell l'avait entendu dire à Elaine, à savoir qu'il se sentait coupable de ne pas s'être trouvé avec elle le jour de l'accident.

Adam le lui avait dit après la mort de Bobby, et elle s'était emportée contre lui : « Ne cherche pas à me consoler. Tu avais organisé cette partie de golf depuis longtemps. Je ne voulais pas que tu changes tes plans pour une invitation de dernière minute. »

Il ne lui en avait plus jamais reparlé.

Lorsque Adam fut de retour, dix minutes plus tard, elle lui dit : « Adam, je sais comment je me porte. Je vais dire au Dr Kaufman que je commence à surmonter ces crises d'angoisse. Je vais aussi lui dire que si tu ne peux et ne veux pas accepter ce fait, alors notre mariage ne durera pas longtemps. L'histoire de cette maison est celle d'un mari qui n'a pas cru sa femme. Ne perpétue pas la même erreur. »

74

Sur le chemin du retour, Amy se demanda si elle devait avertir son père que Carrie Bell risquait de lui raconter qu'elle avait pleuré. Mme Nichols l'avait questionnée à ce sujet. «Je ne pleurais pas, avait-elle protesté. C'est vrai. Carrie entend des voix.»

Mme Nichols avait paru la croire, mais son père croirait probablement Carrie. Il se faisait constamment du souci pour elle ces temps derniers. Si seulement il pouvait cesser de lui répéter à tout bout de champ que ce serait merveilleux pour elle d'avoir une nouvelle mère !

Je vais avoir dix-huit ans le mois prochain, pensa Amy. J'aimerais bien que papa arrête de me vanter toutes les qualités d'Elaine. Je suis contente qu'il se remarie, mais j'aurais préféré que ce ne soit pas avec elle.

Ce soir, elle aurait aimé sortir avec sa bande de copains à Hyannis. Mais Elaine avait décidé de préparer un dîner de ses blanches mains et son père l'avait mi-obligée, mi-suppliée de l'accompagner.

«Ne fais pas de peine à Elaine», avait-il insisté.

J'ai hâte de partir à l'université, se dit Amy tandis qu'elle roulait au pas dans les encombrements de la rue principale avant de s'engager dans le rond-point. Puis elle soupira : « Oh, maman, pourquoi fallait-il que tu meures en nous laissant seuls ? »

C'était peut-être pour cette raison qu'elle se sentait si proche de Mme Nichols. Tout comme sa mère lui manquait, elle savait que son petit garçon manquait à Menley. Mais elle avait Hannah maintenant.

Et moi j'ai Elaine, pensa-t-elle avec amertume en s'engageant dans l'allée.

Mais elle ne regretta pas d'avoir accompagné son père chez Elaine. Scott Covey était également invité, et elle l'aida à cuire les homards. Elle le trouvait très gentil, et il n'ennuyait personne avec tous ses problèmes. Il lui parla de Chapel Hill.

« L'une des pièces que nous jouions en tournée est restée à l'affiche pendant deux semaines au collège, lui dit-il. C'est une ville épatante. Vous y serez très heureuse. »

Pendant le dîner, Amy remarqua qu'ils évitaient de parler de l'instruction. Elaine demanda seulement si Carrie avait entendu d'autres bruits de pas pendant qu'elle faisait le ménage.

Amy en profita pour faire allusion à ses soi-disant sanglots : « Non, mais si elle vous raconte qu'elle m'a entendue pleurer, je préfère vous prévenir qu'elle se trompe.

— Elle a entendu quelqu'un pleurer ? demanda Elaine. Tu crois que c'était Menley ?

— Mme Nichols était partie avec Mme Paley, et elle allait très bien lorsqu'elle est revenue. » Amy ne voulait pas parler de Mme Nichols avec Elaine. Elle savait qu'Elaine la croyait au bord d'une nouvelle dépression nerveuse. Si seulement j'avais pris ma voiture au lieu de venir avec papa ! regretta-t-elle. Je n'ai pas envie de m'éterniser ici toute la soirée.

Lorsque Scott Covey annonça son intention de partir, elle saisit l'occasion. « Pourriez-vous me déposer ? demanda-t-elle, avant de se tourner vers son père d'un air exagérément las :

Papa, j'ai travaillé toute la journée et j'aimerais rentrer à la maison. À moins que vous ne vouliez que je vous aide à faire la vaisselle, Elaine.

— Non. Rentre vite. C'est tuant de garder un bébé. »

Maintenant qu'elle avait feint la fatigue, Amy ne pouvait plus rien faire d'intéressant de sa soirée. Comment annoncer qu'elle avait l'intention d'aller retrouver ses amis ? Il n'y avait rien de bien à la télévision, et elle ne voulait pas demander à Scott de l'emmener louer une cassette vidéo. Mais elle se rappela qu'Elaine possédait une extraordinaire collection de cassettes. Elle en prêtait souvent à son père.

« Elaine, demanda-t-elle, puis-je emprunter une de vos cassettes ?

— Prends ce que tu veux. Mais n'oublie pas de les rapporter. »

Comme si c'était mon genre, grommela Amy en elle-même. Son père venait de se lancer dans une de ses histoires sans fin lorsqu'elle les quitta pour se rendre dans le petit salon.

Des rayonnages occupaient tout un mur. Plus de la moitié contenaient des cassettes vidéo rangées par ordre alphabétique. Amy les parcourut et choisit *Une fille de la province* avec Grace Kelly et *Plumes de cheval*, la comédie des Marx Brothers.

Au moment de quitter la pièce, elle se souvint d'un autre film qu'elle avait toujours eu envie de voir : *Naissance d'une nation*. Elaine l'avait peut-être.

Elle parcourut lentement les titres commençant par N et le trouva. En le prenant sur le rayon, elle fit tomber plusieurs cassettes. Comme elle les remettait soigneusement en place, elle s'aperçut qu'elles n'étaient pas alignées. Il y avait une cassette coincée dans le fond, debout contre le mur.

Elle portait une étiquette avec l'inscription BOBBY — DERNIÈRE CASSETTE. Était-ce celle du petit garçon des Nichols que Carrie avait vue l'an dernier ?

J'aimerais bien la regarder, pensa Amy. Elaine ne sait peut-être même plus qu'elle se trouve là. Elle appartient aux

Nichols, de toute façon, et elle risque de ne pas vouloir me la prêter. Je la rapporterai avec les autres. Personne n'en saura rien.

Elle fourra les cassettes dans son sac à dos et revint dans la salle à manger.

Son père terminait son histoire.

Scott Covey souriait poliment. Elaine semblait morte de rire. Amy avait envie d'étrangler Elaine chaque fois qu'elle entendait ce rire forcé. Sa mère aurait dit : « John, pourrais-tu promettre de ne plus nous infliger tes interminables monologues pendant au moins une semaine ? »

Puis elle aurait ri avec lui, et non de lui.

75

« NON, je n'ai pas augmenté la dose, disait Menley au Dr Kaufman. Cela ne m'a pas paru nécessaire. »

Elle téléphonait de la bibliothèque, Hannah sur ses genoux. Adam avait pris l'autre poste dans la cuisine.

« Menley, j'ai le sentiment que vous nous considérez, Adam et moi, comme des ennemis, dit le docteur.

— Pas du tout. Si je ne vous ai pas raconté que la baby-sitter m'avait vue sur le balcon de la veuve, c'est uniquement parce que j'ai pensé qu'elle s'était trompée. D'ailleurs, elle l'a très vite reconnu.

— Dans ce cas, qui a-t-elle vu ?

— À mon avis, elle n'a vu personne. Il y a une bande de métal sur cette cheminée, et lorsque le soleil la frappe, on a l'impression de voir une ombre se déplacer.

— Et que penser du train que vous avez entendu dans la maison, ou des appels de Bobby ? Vous m'avez dit que vous aviez eu peur de prendre Hannah dans vos bras.

— Je voulais la consoler, mais je tremblais si fort que j'ai craint de la faire tomber. Je regrette de l'avoir laissée pleurer. Pourtant, même une mère qui n'est pas sujette à des crises d'angoisse laisse parfois pleurer son bébé. »

Hannah lui tira les cheveux pendant qu'elle parlait. Menley baissa la tête. « Aïe !

— Menley ! » Une inquiétude perçait dans la voix d'Adam. « Hannah m'a tiré les cheveux et j'ai dit "Aïe". Écoutez, docteur, c'est exactement ce que j'essaie de vous faire comprendre. Adam est prêt à laisser tomber le téléphone et à se précipiter vers moi à la moindre alerte. À mon avis, vous êtes en train de vous tromper de patient. »

Elle se tut et se mordit la lèvre. « À présent, je vais vous laisser parler avec Adam. Docteur, si vous arrivez tous les deux à me faire entrer dans une clinique psychiatrique contre ma volonté, il vous faudra patienter jusqu'à ce que ma mère revienne d'Irlande pour s'occuper de mon enfant. En attendant, je resterai dans cette belle maison pour écrire mon livre. À l'époque où ont commencé ces crises d'angoisse, vous nous avez dit à tous les deux que j'aurais besoin de me sentir soutenue par Adam. Eh bien, je ne pense pas qu'Adam m'ait apporté l'aide que j'attends de lui. Viendra un temps, cependant, où elle ne me sera plus nécessaire, et ce jour-là je n'aurai plus besoin de lui ni envie de le voir. »

Elle reposa doucement le récepteur. « Cette fois-ci, Hannah, dit-elle, ils savent à quoi s'en tenir. »

Il était seize heures quarante. À quarante-trois, Adam apparut à la porte. « J'ai toujours dit que je ne voulais jamais être la cible de ta fureur. » Il hésita. « J'ai rendez-vous avec Fred Hendin à présent. Je n'ai aucune envie d'y aller. Je suis désolé d'être embringué dans l'affaire Covey. Mais puisque nous sommes censés ne rien nous cacher, je voudrais te rappeler que c'est toi qui m'as poussé à aider ce type.

— C'est vrai, reconnut Menley.

— À mon retour j'aimerais t'inviter à dîner dehors. Fais manger la princesse pendant que je suis parti, et nous l'emmènerons avec nous. C'est ce que nous faisions avec Bobby.

276

— Oui.

— Une chose, encore. Tu attends un appel de ta mère. Lorsqu'elle téléphonera, ne lui demande pas d'interrompre ses vacances. Le Dr Kaufman pense que tu es sur la bonne voie, et moi aussi. Tu peux prendre ou non quelqu'un pour s'occuper d'Hannah, c'est à toi de décider. »

Il quitta la pièce. Menley attendit d'entendre la porte se refermer derrière lui avant de dire : « Tu vois, Hannah, parfois il faut savoir tenir tête aux gens. Tout va s'arranger maintenant. »

À six heures et demie, comme elle sortait de sa douche, sa mère téléphona de Wexford.

« Menley, on m'a dit de t'appeler d'urgence. Que se passe-t-il ? »

Menley fit un effort pour prendre un ton enjoué. « Rien du tout, maman. Je voulais juste avoir de tes nouvelles… Hannah est couchée sur mon lit, elle gazouille… Non, je n'avais pas de raison spéciale de t'appeler… Comment vont Jack et Phyllis ? »

Elle était encore au téléphone quand Adam entra dans la chambre. Elle lui fit signe d'approcher. « Maman, laisse-moi mettre Adam au courant. Ça va beaucoup l'amuser. » Rapidement, elle expliqua : « Phyl est en train de faire des recherches sur la famille de mon père. Elle est remontée jusqu'en 1860. Elle a découvert un Adrien McCarthy qui était un brillant universitaire à Trinity College. Du coup, les McCarthy sont très haut dans son estime. La chasse continue. »

Elle lui tendit le téléphone. « Dis un mot à ta belle-mère. »

Elle observa Adam pendant qu'il bavardait avec sa mère. Il semblait réellement vanné. Ce ne sont pas de vraies vacances pour lui, pensa-t-elle.

« Rien ne nous oblige à sortir, dit-elle lorsqu'il eut raccroché. Le marché au poisson est encore ouvert. Tu pourrais y faire un saut. »

Adam revint avec des coquilles Saint-Jacques, des petits épis de maïs frais, des tomates et une baguette de pain français.

Hannah resta avec eux jusqu'au coucher du soleil. Après l'avoir mise au lit, ils préparèrent le dîner ensemble. Ils ne firent aucune allusion à la conversation avec le Dr Kaufman.

Adam lui raconta les entrevues qu'il avait eues dans la journée. « Ces serveuses seront de bons témoins, ainsi que le fiancé de Tina. Mais, Men, si tu veux savoir, Scott Covey m'apparaît de plus en plus comme un opportuniste.

— Mais sûrement pas comme un meurtrier.

— Non, quand même pas. »

Après le dîner, ils lurent tous les deux pendant un moment. Incapables d'oublier complètement tout ce qui avait été dit plus tôt, ils parlèrent peu.

Ils se couchèrent à dix heures et demie, sentant qu'ils avaient encore besoin d'espace entre eux deux. Inhabituellement fatiguée, Menley s'endormit immédiatement.

« Maman, maman ! » C'était un après-midi à East Hampton, deux semaines avant la mort de Bobby. Ils passaient le week-end chez Louis Miller, l'un des associés d'Adam. Louis tournait un film vidéo. Adam était avec Bobby dans la piscine. Il l'avait sorti de l'eau : « Va voir maman. »

Bobby s'élançait vers elle, les bras tendus, avec un sourire joyeux. « Maman, maman ! »

Elle le soulevait en l'air, le tournait vers la caméra. « Dis-nous comment tu t'appelles, lui demandait-elle.

— Obert Adam Niko, disait-il fièrement.

— Et comment t'appellent les gens ?

— Bobby.

— Et tu vas à l'école ?

— L'école manelle.

— L'école manelle », répétait-elle, et la bande se terminait sur son éclat de rire.

« Bobby, Bobby ! »

Elle pleurait. Adam était penché sur elle. « Tout va bien, Men. »

Elle ouvrit les yeux. « Ce n'était qu'un rêve cette fois-ci. »

Au moment où Adam la prenait dans ses bras, ils entendirent Hannah qui s'agitait dans sa chambre. Menley se redressa.

« J'y vais », dit Adam en se levant rapidement.

Il la ramena dans la chambre. « La voilà, ta maman. »

Menley referma ses bras sur le bébé. Un sentiment de paix et de réconfort l'envahit en sentant Hannah se blottir contre elle.

« Rendors-toi, chérie, dit tendrement Adam. J'irai recoucher la princesse dans deux minutes. »

Elle s'assoupit, se souvenant de la voix joyeuse de Bobby : « Maman, maman ! » L'été prochain, Hannah serait capable elle aussi de l'appeler ainsi.

Au bout d'un moment, elle sentit qu'on lui retirait Hannah des bras. Quelques minutes plus tard, Adam se rapprocha d'elle et murmura : « Chérie, tu ne peux vraiment pas nier que tu as des flash-back. »

76

TARD dans la matinée du samedi, Nat Coogan se rendit en ville avec sa femme. La date de leur anniversaire de mariage approchait, et Debbie avait vu un tableau dans une galerie qui, pensait-elle, ferait bel effet au-dessus de la cheminée.

«C'est une vue de l'océan et de la côte, lui dit-elle. Je crois que si je la regardais chaque jour, j'aurais l'impression d'habiter au bord de l'eau.

— Si tu l'aimes, achète-la, ma chérie.

— Non, je veux que tu la voies d'abord.»

Nat n'avait pas de grandes connaissances artistiques, mais lorsqu'il vit l'aquarelle en question, il sut tout de suite qu'il s'agissait d'un travail d'amateur qui ne valait certes pas les deux cents dollars demandés.

«Visiblement, tu n'es pas emballé, dit Debbie.

— C'est pas mal.»

Le vendeur intervint : «L'artiste n'a que vingt et un ans et il a un réel talent. Ce tableau peut avoir de la valeur un jour.»

Je ne parierais pas un sou sur lui, pensa Nat.

«Nous allons réfléchir», dit Debbie. Une fois hors de la

galerie, elle soupira : «Je l'ai trouvé moins intéressant, aujourd'hui. Tant pis, n'en parlons plus.»

La galerie était située dans une ruelle donnant dans la rue principale. «Veux-tu que nous déjeunions au restaurant? demanda Nat.

— Tu préfères sans doute aller sur le bateau.

— Non, pas vraiment. Allons au Wayside. Tina y travaille ce matin et je ne serais pas mécontent qu'elle me voie traîner dans le coin. Le meilleur moyen de confondre Covey, c'est de lui faire perdre son assurance avant qu'elle ne vienne à la barre des témoins.»

Ils passèrent devant l'agence immobilière Atkins. Debbie s'arrêta et contempla la vitrine. «Je regarde toujours les propriétés de bord de mer exposées en vitrine, dit-elle à Nat. Qui sait, nous gagnerons peut-être un jour à la loterie. Je regrette qu'ils aient enlevé la photo aérienne de *Remember*. C'était ma préférée. Je crois que c'est à cause d'elle que je me suis intéressée à cette aquarelle.

— On dirait que Marge s'apprête à la remettre», fit remarquer Nat.

À l'intérieur de l'agence, en effet, Marge était en train d'ouvrir la vitrine, et ils la virent disposer la photo joliment encadrée dans un espace libre. Les apercevant, elle leur fit un signe de la main et sortit leur dire bonjour. «Comment allez-vous, inspecteur Coogan? Puis-je faire quelque chose pour vous? Nous avons des offres très intéressantes.

— Nous ne faisons que passer, lui dit Nat. Ma femme est amoureuse de cette photo.» Il désigna la vue de *Remember*. «Malheureusement, le prix de la maison est un peu élevé pour nous.

— Cette photo nous a amené plus de visites qu'aucune autre, commenta Marge. En réalité, c'est une copie de celle que vous avez vue auparavant. Elaine en a fait un tirage pour Adam Nichols et je la mets en vitrine en attendant qu'il vienne la chercher. Elle a donné l'original à Scott Covey.

281

— À Scott Covey ! s'exclama Nat. Pour quelle raison ?

— Elaine dit qu'il est intéressé par *Remember*.

— Je croyais qu'il n'avait qu'une seule idée : quitter le Cap Cod, dit Nat. À supposer qu'il soit libre de le faire. »

Soudain mal à l'aise, Marge se rendit compte qu'elle avançait peut-être sur un terrain dangereux. Elle avait entendu dire que Nat Coogan menait une enquête sur Scott Covey. Mais après tout, c'était son travail, et sa femme et lui étaient des gens charmants qui pouvaient devenir de futurs clients. Mme Coogan continuait à admirer la photo de *Remember*. Marge se souvint qu'Elaine possédait le négatif et qu'elle avait dit pouvoir exécuter d'autres tirages.

« Aimeriez-vous avoir une épreuve de cette photo ? demanda-t-elle.

— Avec plaisir. Je sais exactement où je la mettrai.

— Je suis sûre qu'Elaine sera ravie d'en développer une à votre intention.

— Alors c'est entendu », conclut Nat.

Au Wayside, ils découvrirent que Tina avait téléphoné pour prévenir qu'elle était malade. « Je commence à lui faire peur, dit Nat. C'est bon signe. »

C'est au moment où ils finissaient leur salade de homard que Debbie fit remarquer : « Ce n'est pas la même photo, Nat.

— Qu'est-ce que tu veux dire ?

— Il y avait quelque chose de différent dans la photo de Remember que nous avons vue ce matin, et je viens de trouver quoi. Sur celle qui était exposée auparavant, on voyait un bateau. Il n'y est plus sur la prise de vue que nous a montrée Marge. C'est bizarre, non ? »

77

SAMEDI matin, Adam rappela à Menley de prévenir Amy qu'ils n'auraient pas besoin d'elle ce jour-là. Il avait rendez-vous avec un expert maritime que lui avait recommandé le maître de port de Chatham. « Il me faut quelqu'un capable de contrer les spécialistes de l'Institut océanographique de Wood's Hole qui étudieront l'endroit où le corps s'est échoué sur la côte. Mais cela ne devrait pas prendre longtemps et je serai de retour vers midi ou une heure. »

Une demi-victoire, se dit Menley. Il n'a peut-être pas cru que mon rêve de Bobby n'était pas un flash-back, mais au moins est-il prêt à me laisser seule avec le bébé.

« Je dois travailler ce matin, dit-elle. Je demanderai à Amy de garder Hannah jusqu'au déjeuner.

— Comme tu voudras, chérie. »

Amy arriva à l'instant où il partait. Elle fut consternée en entendant Menley demander : « Adam, où se trouve cette vidéocassette de Bobby à East Hampton ? Je suis assez forte pour la regarder à présent.

— Elle est dans l'appartement.

— La prochaine fois que tu iras à New York, veux-tu la rapporter ?

— Bien sûr. Nous la regarderons ensemble. »

Faut-il leur dire que c'est moi qui l'ai ? se demanda Amy. Ils m'en voudront peut-être. Non, mieux vaut la rapporter chez Elaine le plus rapidement possible. M. Nichols peut se rappeler qu'il l'a oubliée au Cap l'an dernier, et la réclamer à Elaine.

Lorsqu'elle entra dans la bibliothèque et referma la porte derrière elle, Menley sentit tout de suite qu'il y avait quelque chose de changé dans l'atmosphère. Il faisait très froid. C'était sans doute ça. Le soleil du matin ne pénétrait pas dans la pièce. Malgré tout, elle préféra ne pas rapporter les dossiers dans la pièce commune. Elle perdait trop de temps à fouiller dans tous ces documents. Elle les étalerait sur le sol, comme elle le faisait chez elle, et inscrirait en gros caractères sur chaque chemise le contenu du dossier. Elle pourrait ainsi trouver facilement ce qu'elle cherchait et, une fois son travail terminé, elle n'aurait qu'à fermer la porte sur le désordre.

Elle passa les premières heures à disposer l'ensemble des notes à sa convenance, puis ouvrit la nouvelle chemise qu'Henry avait confiée à Adam et commença à étudier les papiers qu'elle renfermait.

Les dessins se trouvaient sur le dessus. Elle examina pour la énième fois celui du capitaine et de Mehitabel à bord du bateau, puis le fixa provisoirement au mur près du bureau. À côté, elle punaisa les croquis qu'elle avait réalisés et le dessin que Jan avait apporté de la bibliothèque de Brewster. Identiques, à peu de chose près, se dit-elle. J'ai dû tomber sur une illustration de ce genre dans mes recherches.

Elle avait déjà arrêté la façon dont elle procéderait. Elle commença par relever dans les nouveaux documents tout ce qui avait trait à Tobias Knight.

Son nom était cité pour la première fois à propos de la

punition infligée à Mehitabel : « Durant l'assemblée com-
munale de Monomoit, le troisième mercredi d'août, l'an du
Seigneur mil sept cent cinq, Mehitabel, épouse du capitaine
Andrew Freeman, a comparu et le jugement de la cour fut
rendu en la présence de son mari, de ses accusateurs, de son
complice adultère, et des habitants de la ville qui quittèrent
leurs foyers et leurs occupations pour assister au châtiment
de la luxure et apprendre à s'en garder. »

Le troisième mercredi d'août, réfléchit Menley. À peu
près à la même époque qu'aujourd'hui. Et Andrew avait
regardé le fouet s'abattre sur elle. Comment avait-il pu ?

Il y avait une note de la main de Phoebe : « Le capitaine
Freeman prit la mer le soir même, emmenant avec lui le bébé
âgé de six semaines et une esclave indienne comme nourrice. »

Il l'avait abandonnée dans cet état et était parti avec
l'enfant ! Menley leva les yeux vers le dessin d'Andrew
Freeman. J'espère que tu n'avais pas l'air fort et confiant, ce
jour-là, pensa-t-elle. Elle arracha le dessin du mur, saisit un
fusain et de quelques traits modifia l'expression pleine d'assurance.

Elle avait eu l'intention de lui donner un regard cruel mais,
malgré ses efforts, le visage d'Andrew Freeman était celui d'un
homme ravagé par le chagrin.

Peut-être as-tu eu le bon goût de regretter le mal que tu
lui as fait, pensa-t-elle.

Amy était rentrée avec Hannah pour lui donner un jus de
fruits. Le bébé dans les bras, elle se tenait, indécise, dans la
cuisine. Il lui semblait entendre des sanglots étouffés à l'avant
de la maison. C'est ce que Carrie a entendu hier, pensa-t-elle.
Mme Nichols était peut-être revenue plus tôt sans que nous
le sachions.

Mme Nichols faisait bonne figure en public, mais elle
était réellement déprimée. Amy se demanda un instant s'il
fallait qu'elle en parle à M. Nichols.

Puis elle écouta plus attentivement. Non, ce n'était pas Mme Nichols qui pleurait. Comme hier, le vent s'était levé et c'était lui qui faisait ce bruit de sanglots en s'engouffrant dans la cheminée. Autant pour toi encore une fois, Carrie, se dit Amy.

78

L E DIMANCHE matin, Adam insista pour qu'ils aillent prendre un brunch en sortant de la messe : «Nous avons tous les deux travaillé, hier soir, ce qui n'était pas prévu, et je dois encore passer une heure avec Scott Covey dans l'après-midi. »

Menley ne pouvait pas refuser, bien qu'elle eût préféré rester à sa table de travail. En parcourant les archives municipales reproduites dans les dossiers de Phoebe Sprague, elle avait appris dans quelles circonstances était morte Mehitabel.

Le capitaine Andrew Freeman était resté absent pendant deux ans après avoir fait voile, emmenant son bébé avec lui. Mehitabel avait guetté son retour depuis le balcon de la veuve de *Nickquenum*.

En apercevant les voiles de son navire à l'horizon, elle était allée l'attendre au port. «Un spectacle pitoyable », selon les termes d'une lettre écrite par le conseiller municipal Jonathan Weekes.

Manifestement souffrante, elle s'agenouilla humblement devant lui et le supplia de lui rendre son enfant. Il lui dit que sa fille ne poserait jamais les yeux sur une mère pécheresse. Il ordonna à Mehitabel de quitter sa maison. Mais elle apparut à tous très malade et épuisée et fut ramenée chez elle cette nuit-là pour gagner son refuge céleste. On dit que le capitaine Freeman assista à sa mort, et entendit ses derniers mots : « Andrew, ici j'attendrai mon enfant, et ici, cruellement traitée, je meurs innocente de tout péché. »

Menley fit part de ses découvertes à Adam pendant qu'ils mangeaient leurs œufs Benedict au Red Pheasant, à Dennis.

« Mon père adorait cet endroit, dit Adam, en regardant autour de lui. Je regrette qu'il ne soit plus là. Il aurait pu t'aider. Il connaissait l'histoire du Cap à l'endroit et à l'envers.

— Et Dieu sait aussi que Phoebe la connaissait, dit Menley. Adam, crois-tu que je pourrais passer chez les Sprague avec Hannah pendant que tu seras avec Scott Covey ? »

Adam hésita. « Phoebe dit des choses bizarres parfois.

— Pas toujours. »

Il alla leur téléphoner et revint en souriant. « Phoebe ne va pas trop mal aujourd'hui. Henry dit qu'il t'attend. »

Encore dix-huit jours, songea Henry en écoutant Phoebe chanter « Les petites marionnettes » à Hannah, assise sur les genoux de Menley. Il redoutait le matin où il se réveillerait sans sa femme à ses côtés.

Elle marchait mieux aujourd'hui. Son pas était moins traînant et incertain qu'à l'habitude. C'était une amélioration passagère, il le savait. Elle traversait de moins en moins de périodes de lucidité mais, grâce au ciel, elle n'avait plus de cauchemars. Elle avait plutôt bien dormi ces deux dernières nuits.

« Ma petite-fille aussi adore qu'on lui chante "Les petites marionnettes", dit Phoebe à Hannah. Elle a à peu près ton âge. »

Laura avait quinze ans à présent. Tout se passait comme

l'avait prévu le médecin. Les souvenirs anciens étaient les derniers à disparaître. Henry fut reconnaissant à Menley du regard de compréhension qu'elle échangea avec lui. Adam avait une femme ravissante, pensa-t-il. Durant ces deux dernières semaines, le soleil avait blondi ses cheveux et son teint était délicatement hâlé, mettant en valeur le bleu sombre de ses yeux. Elle avait un sourire exquis, mais aujourd'hui il percevait un changement en elle, un air d'indéfinissable tristesse qui n'existait pas auparavant.

Puis, l'entendant parler à Phoebe, il se demanda si elle ne prenait pas trop à cœur ses recherches sur *Remember*. L'histoire de cette maison était tragique.

« Je suis tombée sur le récit de la mort de Mehitabel, disait-elle à Phoebe. Je pense que le jour où elle a compris qu'Andrew ne lui rendrait pas son bébé, elle s'est laissée simplement mourir. »

Il y avait quelque chose que Phoebe cherchait à dire. Cela concernait Mehitabel et la femme d'Adam. Menley allait être entraînée dans cette pièce obscure où Andrew Freeman avait laissé pourrir Tobias Knight, et ensuite elle serait noyée. Si seulement Phoebe pouvait leur expliquer. Si seulement les visages et les voix de ceux qui s'apprêtaient à tuer la femme d'Adam n'étaient pas des ombres indistinctes. Comment la mettre en garde ?

« Allez-vous-en ! s'écria-t-elle, en repoussant Menley et le bébé. Allez-vous-en ! »

« Les parents de Vivian seront des témoins émouvants, convaincants, dit Adam à Scott. Ils vont vous dépeindre comme un coureur de dot qui recevait la visite de son ex-petite amie une semaine avant son mariage, et qui, après avoir assassiné leur fille, a arraché la bague qu'elle portait à son doigt dans un geste ultime de cupidité. »

Scott Covey montrait des marques d'inquiétude à l'approche de l'audience. Ils étaient assis en face l'un de l'autre à la table de la salle à manger, les notes d'Adam étalées devant lui.

« Je peux seulement dire la vérité, dit-il doucement.

— C'est la *façon* dont vous la direz qui importe. Il vous faudra convaincre le juge que, comme Vivian, vous avez été victime de la tempête. J'ai un bon témoin à décharge, un type qui a failli perdre son petit-fils lorsque leur bateau a été submergé par une vague. L'enfant se serait noyé s'il ne l'avait pas rattrapé par le pied au moment où il passait par-dessus bord.

— L'aurait-on accusé de meurtre s'il n'avait pu le sauver ?

— C'est exactement ce que nous voulons mettre dans la tête du juge. »

En partant, une heure plus tard, Adam dit : « Personne ne peut prévoir l'issue de l'enquête judiciaire. Mais nous avons une chance de nous en sortir. N'oubliez pas ceci : ne perdez pas votre sang-froid, et ne critiquez pas les parents de Vivian. Comprenez-moi bien, ce sont des parents accablés de douleur et vous êtes un mari accablé de douleur. Ayez le mot "mari" présent à l'esprit quand ils tenteront de vous dépeindre comme un opportuniste doublé d'un assassin. »

Adam fut surpris de trouver Menley et Hannah l'attendant dans la voiture. « Je crains d'avoir bouleversé Phoebe, lui dit Menley. Je n'aurais jamais dû mentionner Mehitabel devant elle. Pour une raison inconnue, elle s'est mise dans un état d'agitation terrible.

— Il n'y a pas d'explication à ces crises, dit Adam.

— Qui sait ? Les miennes sont provoquées par un stimulus, n'est-ce pas ?

— C'est différent. » Adam tourna la clé de contact.

« *Maman, maman !* » Une voix si joyeuse. Cette nuit, elle avait cru entendre Bobby l'appeler. S'était-elle rappelé en rêve le son qu'avait sa voix ce jour-là à East Hampton ? Avait-elle associé un souvenir heureux à un flash-back ? « Quand dois-tu retourner à New York ? demanda-t-elle.

— Le juge devrait faire connaître sa décision soit tard dans la matinée de demain, soit mardi. Je partirai dans la soirée de mardi et resterai jusqu'à jeudi matin. Mais je te jure que ce sera tout pour ce mois-ci, Men.

— Je voudrais que tu rapportes la vidéocassette de Bobby à East Hampton.

— Je t'ai déjà promis de le faire, chérie. » En démarrant, Adam se demanda : Pourquoi y tient-elle tellement ?

79

FRED HENDIN emmena Tina dîner dehors dimanche soir. Le matin, au téléphone, elle avait déclaré avoir la migraine, mais il l'avait convaincue qu'un bon repas et un ou deux verres chez Clancey lui remonteraient le moral.

Ils burent un gin tonic au bar et Fred s'étonna de voir Tina aussi vive et enjouée. Elle connaissait le barman et plusieurs clients et échangea des plaisanteries avec eux. Elle était d'une beauté éclatante, avec sa minijupe rouge et son chemisier rayé rouge et blanc, et il se rendit compte que plusieurs types au bar lorgnaient de son côté. Cela ne faisait aucun doute, Tina attirait les regards. C'était le genre de femme capable de faire perdre la tête à un homme.

L'an dernier, lorsqu'ils sortaient ensemble, elle passait son temps à lui dire qu'il était un vrai gentleman. Parfois, il se demandait si c'était réellement un compliment. Puis elle l'avait laissé choir comme une vieille chaussette dès que Covey était apparu. Il avait essayé de la revoir durant l'hiver, mais elle ne lui avait pas prodigué beaucoup d'encouragements. Et subitement, en avril, elle lui avait téléphoné. « Fred, pourquoi ne passerais-tu pas à la maison ? » avait-elle dit comme si de rien n'était.

A-t-elle fini par jeter son dévolu sur moi parce qu'elle n'a pas pu avoir Covey? se demanda-t-il en entendant fuser le rire de Tina.

Il ne l'avait pas entendue rire d'aussi bon cœur depuis longtemps. Elle paraissait vraiment heureuse ce soir.

C'était ça, elle était heureuse. Même si elle s'inquiétait de témoigner à l'audience, elle était heureuse.

Pendant le dîner, elle le questionna à propos de la bague : « Fred, j'aimerais porter la bague de fiançailles pour aller témoigner. Est-ce que tu l'as apportée ?

— Ne gâche pas le peu qui reste de la surprise. Je te la donnerai une fois que nous serons chez toi. »

Tina habitait un meublé au-dessus d'un garage, à Yarmouth. Elle n'avait pas une âme de femme d'intérieur et n'avait pas fait grand-chose pour donner de la personnalité à l'appartement, mais dès l'instant où ils entrèrent, Fred remarqua qu'il y avait quelque chose de changé dans le petit salon. Il y manquait certains objets. Tina possédait une importante collection de disques de rock, mais les cassettes et les disques compacts avaient disparu. Ainsi que la photo où elle skiait avec la famille de son frère dans le Colorado.

Avait-elle des projets de voyage secrets? Et, dans ce cas, partait-elle seule?

80

MENLEY se réveilla à l'aube, croyant entendre un bruit étouffé de sanglots. Elle se redressa sur un coude, tendit l'oreille. Non, c'était sans doute le cri d'une mouette. Les rideaux s'agitaient doucement et la vivifiante odeur de l'océan emplissait la chambre.

Elle reposa la tête sur l'oreiller. Adam dormait profondément avec un léger ronflement. Menley se rappela une réflexion faite par sa mère des années auparavant. Elle lisait le courrier des lectrices dans une revue, et une femme s'y plaignait que les ronflements de son mari la tenaient éveillée. La réponse apportée était que bien des femmes auraient donné cher pour entendre le ronflement d'un mari : « Demandez à une veuve. »

« C'est vrai », avait dit sa mère.

Maman nous a élevés seule, se remémora Menley. Petite, je n'ai jamais eu l'expérience de l'harmonie qui peut régner entre un homme et une femme. Je n'ai jamais vécu auprès de gens mariés qui affrontent les problèmes ensemble.

Pourquoi cette pensée m'effleure-t-elle à ce moment précis ? Parce que je perçois chez Adam une vulnérabilité dont j'ignorais l'existence? D'une certaine manière, je l'ai toujours ménagé. C'est un homme séduisant, brillant, recherché, qui aurait pu avoir toutes les femmes, mais qui a choisi de m'épouser, moi.

Il était inutile de chercher à se rendormir. Elle se glissa hors du lit, enfila sa robe de chambre et ses pantoufles, et sortit de la pièce sur la pointe des pieds.

Hannah ne semblait pas près de se réveiller; Menley descendit l'escalier sans faire de bruit et entra dans la bibliothèque. Avec un peu de chance, elle pourrait profiter de deux heures de tranquillité avant qu'Adam et Hannah ne bougent. Elle ouvrit le nouveau dossier.

Après en avoir parcouru la moitié, elle trouva une liasse de feuillets ayant trait aux naufrages. Certains ne lui étaient pas inconnus, comme la perte en 1717 du bateau pirate le *Whidaw*. Les pillards des mers l'avaient entièrement délesté de son chargement.

Puis elle découvrit une référence à Tobias Knight : « La plus grande fouille organisée dans les maisons alentour pour récupérer le butin eut lieu lorsque le *Thankful* sombra, en 1704, devant Monomoy, quelques années avant le naufrage du *Whidaw*. » Phoebe avait noté : « Tobias Knight fut amené à Boston pour y être interrogé. Il commençait à avoir mauvaise réputation dans le pays, on le soupçonnait d'être un pilleur d'épaves. »

La page suivante relatait le naufrage du *Godspeed*, sous le commandement du capitaine Andrew. Il y avait la copie d'une lettre adressée au gouverneur Shute, rédigée par Jonathan Weekes, un conseiller municipal. La lettre informait Son Excellence que « le trente et un août, l'an de notre Seigneur mil sept cent sept », le capitaine Andrew Freeman avait pris la mer contre l'avis de tous, « alors qu'un vent de nord-est s'était levé, annonçant l'imminence d'une tempête ». Le seul survivant, Ezekiel Snow, un mousse de cabine, « nous rapporte que le capitaine semblait avoir perdu l'esprit, criant qu'il devait rendre son bébé aux bras de sa mère. Tous savaient que la mère du bébé était morte et ils en furent très alarmés. Le *Godspeed*, poussé vers les hauts fonds, s'y fracassa avec de sévères pertes humaines ».

Le corps du capitaine Freeman fut rejeté sur la côte de Monomoit et enseveli auprès de son épouse Mehitabel, car, d'après le témoignage du mousse, il retourna à son créateur en proclamant son amour pour elle.

Quelque chose l'avait fait changer d'avis, pensa Menley. Quoi ? Il voulait ramener le bébé à sa mère pourtant morte. Il était retourné à son créateur en proclamant son amour pour elle.

81

Bien que la journée s'annonçât chaude, Scott Covey mit pour se rendre à l'audience un complet d'été bleu marine, une chemise blanche et une cravate neutre gris et bleu. Il avait hésité à s'habiller de façon plus décontractée, mais une tenue sport n'aurait pas fait sur le juge l'impression souhaitée.

Devait-il porter son alliance ? Cela pourrait-il paraître déplacé de sa part ? Sans doute pas. Il la passa à son doigt.

Une fois qu'il fut prêt à partir, il s'étudia dans la glace. Vivian lui enviait son teint toujours bruni par le soleil. « Je passe mon temps à rougir et à peler, soupirait-elle. Ta peau prend ce hâle merveilleux, tes yeux deviennent plus bleus, tes cheveux plus blonds et toutes les filles se retournent sur ton passage.

— Et moi je ne vois que toi », l'avait-il taquinée.

Il s'examina de la tête aux pieds dans la glace et fit la moue. Il portait une paire de mocassins Gucci neufs. D'une certaine manière, c'était le détail qui clochait. Il alla chercher une paire plus ancienne de chaussures bien cirées. C'est mieux, conclut-il, en vérifiant une dernière fois l'effet produit.

La bouche soudain sèche, il dit tout haut : « Nous y voilà. »

Jan Paley arriva chez les Sprague pour rester auprès de Phoebe pendant qu'Henry se rendrait à l'audience. « Elle était très agitée hier après-midi, l'avertit Henry. Menley a dit quelque chose à propos de *Remember* qui l'a violemment émue. J'ai l'impression qu'elle cherche à nous communiquer un message et n'arrive pas à trouver les mots.

— En évoquant simplement la maison avec elle, je parviendrai peut-être à le lui faire dire. »

Amy arriva à *Remember* à huit heures. C'était la première fois qu'elle voyait M. Nichols en costume de ville. Il est drôlement élégant, admira-t-elle. C'est le genre d'homme qui donne l'impression d'être parfait en toutes circonstances.

L'air soucieux, il vérifiait les documents contenus dans sa serviette, mais il leva les yeux vers elle et sourit. « Bonjour, Amy. Menley s'habille, elle est avec le bébé. Tu devrais monter t'occuper d'Hannah. Nous allons être en retard. »

Il était si gentil, pensa Amy. Elle était désolée à l'idée qu'il allait perdre son temps à chercher la cassette de Bobby à New York alors qu'elle se trouvait tout près d'ici chez Elaine. Dans un élan de confiance elle dit : « Monsieur Nichols, puis-je vous confier quelque chose ? — mais ne dites pas que cela vient de moi. »

Il lui lança un regard inquiet, mais répondit : « Bien sûr. »

Elle lui expliqua comment elle avait découvert la vidéo-cassette, l'avait emportée chez elle, puis remise à sa place. « Je l'ai empruntée à l'insu d'Elaine, si bien qu'elle pourrait se fâcher en l'apprenant. C'est seulement que j'avais envie de voir votre petit garçon, ajouta-t-elle comme si elle s'excusait.

— Amy, tu me soulages d'un grand poids. Nous n'avons pas de copie du film, et Menley aurait été désespérée s'il avait disparu. J'ai quitté le Cap à la hâte l'an dernier, et Elaine s'est chargée de m'expédier certaines choses. Ce sera facile de lui demander la cassette sans te mettre en cause. »

Il regarda sa montre : « Il faut que j'y aille. Ah, les voilà ! »

Amy entendit les pas dans l'escalier, puis Menley apparut, marchant d'un pas pressé, Hannah dans les bras. « Je suis fin prête, Adam, du moins je l'espère. Cette enfant n'arrêtait pas de gigoter. Je te la donne, Amy. »

Amy tendit les bras vers Hannah pendant que Mme Nichols rectifiait en souriant : « Temporairement, bien entendu. »

82

A NEUF HEURES du matin, le tribunal d'Orleans était plein à craquer. Les médias étaient venus en force. Le battage organisé autour de la mort de Vivian Carpenter Covey avait attiré les amateurs de sensations qui disputaient aux amis et aux habitants de la ville les rares places disponibles.

« On se croirait à un match de tennis », murmura un journaliste à l'un de ses confrères juste avant la pause du déjeuner. Nat entendit la réflexion.

Il s'agit d'un meurtre, pas d'un jeu, pensa-t-il, mais nous n'avons pas suffisamment d'éléments pour le prouver aujourd'hui. Le procureur avait habilement présenté les faits. Point par point, il avait construit son argumentation : la liaison de Covey avec Tina jusqu'à la semaine précédant son mariage avec Vivian ; le doigt mutilé et la bague disparue ; le fait qu'on avait retrouvé le corps de Vivian dans un endroit improbable ; et qu'ils n'aient pas écouté le bulletin météorologique.

Le juge avait souvent posé ses propres questions aux témoins. Avec une attention méticuleuse, il avait étudié les cartes et le rapport d'autopsie.

Le témoignage de Tina avait été décourageant, tant il était favorable à Covey. Elle avait admis d'emblée qu'il l'avait avertie de sa relation avec Vivian, qu'elle lui avait rendu visite à Boca Raton, espérant qu'il s'intéresserait à elle de nouveau : « J'étais follement amoureuse de lui, mais à partir du jour où il a épousé Vivian, j'ai su que tout était fini. Il l'aimait sincèrement. Aujourd'hui, je suis fiancée à un autre homme. » De la barre des témoins, elle avait adressé un sourire radieux à Fred.

Pendant la suspension d'audience, Nat vit les regards des spectateurs aller de Scott Covey, avec son allure de vedette de cinéma, à Fred Hendin, trapu et lourd, le cheveu rare, l'air profondément gêné. On pouvait lire dans leurs pensées. Ne pouvant enlever Scott à Vivian, Tina s'était rabattue sur Fred Hendin.

Le témoignage de Conner Marcus, cet habitant d'Eastham âgé de soixante-cinq ans qui avait failli perdre son petit-fils dans le coup de chien, aurait pu emporter la décision, même en l'absence de toute déclaration de la part de Covey : « Il fallait être sur place pour comprendre avec quelle soudaineté le grain est arrivé, dit-il, la voix tremblante d'émotion. Terry, mon petit-fils, et moi étions en train de pêcher. Puis le courant est devenu violent. Moins de dix minutes plus tard, les vagues passaient par-dessus bord, et l'une d'elles a presque emporté Terry. Chaque soir, je m'agenouille et remercie Dieu de ne pas avoir été à la place de ce jeune homme. » Les yeux pleins de larmes, il désigna Covey du doigt.

Avec une calme assurance, Elaine Atkins décrivit le changement survenu chez Vivian Carpenter lorsqu'elle avait fait la connaissance de Scott Covey, et l'harmonie heureuse qui régnait dans le couple et dont elle-même avait été le témoin : « Le jour où je les ai emmenés visiter *Remember*, ils ont parlé de l'acheter. Ils désiraient fonder une grande famille. Mais Vivian voulait d'abord vendre l'autre maison. »

C'était la première fois que Nat en entendait parler. Et

c'était un élément qui donnait du poids aux dires de Covey, selon lesquels il ignorait l'importance de l'héritage de Vivian.

Il y eut une interruption pour le déjeuner. Dans l'après-midi, le témoignage précis du notaire de Hyannis auquel Vivian avait confié ses affaires s'avéra favorable à Covey. Henry Sprague témoigna de façon convaincante de l'attachement réciproque des jeunes mariés. Le détective de la compagnie d'assurances ne put que confirmer les révélations de Tina : ses séjours auprès de Covey à Boca Raton.

Les parents Carpenter déposèrent. Ils admirent que leur fille avait toujours souffert de problèmes affectifs et éprouvait beaucoup de difficultés à conserver des amis. Ils soulignèrent que pour une peccadille imaginaire elle pouvait rompre une relation, et ils avancèrent l'hypothèse d'une brouille qui aurait dressé Vivian contre Scott, la poussant alors à le menacer de le déshériter.

Anne Carpenter parla de la bague d'émeraude. « Elle n'avait jamais été trop étroite pour son doigt, assura-t-elle avec force. Qui plus est, Vivy était superstitieuse à son sujet. Elle avait juré à sa grand-mère de ne jamais l'ôter. Elle la faisait souvent jouer dans la lumière. » Pressée de décrire la bague, elle dit : « C'était une superbe pierre colombienne de cinq carats et demi, enchâssée entre deux gros diamants et montée sur platine. »

Ce fut ensuite au tour de Covey de venir à la barre. Il commença sa déclaration d'une voix posée, décrivit en souriant ses premiers rendez-vous avec Vivian. « "Getting to Know You" était notre chanson favorite », dit-il.

Il parla de la bague d'émeraude : « Elle la gênait. Vivian passait son temps à la tripoter ce matin-là. Mais je suis absolument certain qu'elle la portait, à bord du bateau. À un moment, elle l'a probablement passée à sa main gauche. »

Et vint enfin la description de sa disparition au cours de la tempête. Des larmes lui montèrent aux yeux, sa voix se brisa, et lorsqu'il déclara en secouant douloureusement la tête : « Je suis hanté par l'idée de la panique qui a dû s'emparer d'elle », bien des yeux s'humidifièrent dans la salle.

« Je rêve que je la cherche dans l'eau sans pouvoir la trouver, dit-il. Je me réveille en l'appelant. » Et il se mit à sangloter.

L'arrêt du juge écartant toute preuve de négligence ou d'intention malveillante fut accueilli sans réelle émotion.

Les journalistes demandèrent à Adam de faire une déclaration.

« Scott Covey a traversé une épreuve terrible, dit-il. Non seulement il a perdu sa femme, mais il a été l'objet de rumeurs et d'accusations scandaleuses. J'espère que l'audience a non seulement servi à exposer les vraies circonstances de cette tragédie, mais permettra aussi à mon client de retrouver la paix et le respect de sa vie privée dont il a si cruellement besoin. »

On demanda à Scott quels étaient ses projets. « Mon père est souffrant, ce qui explique son absence et celle de ma belle-mère aujourd'hui. Je compte aller en voiture jusqu'en Californie pour leur rendre visite. Je m'arrêterai dans plusieurs des villes où j'ai amené ma troupe de théâtre et où j'ai gardé des amis, mais avant tout, je veux être seul pendant un certain temps afin de prendre des décisions pour l'avenir.

— Resterez-vous au Cap ? demanda un journaliste.

— Je ne sais pas encore. J'y ai beaucoup de souvenirs douloureux. »

À l'écart de la foule, Menley écoutait. Une fois de plus, tu as réussi, Adam, songea-t-elle avec fierté. Tu es formidable.

Elle sentit qu'on lui touchait le bras. Une femme d'un certain âge s'était approchée d'elle. « Permettez-moi de me présenter. Je m'appelle Norma Chambers. Mes petits-enfants adorent vos livres et ont été très déçus en apprenant que vous aviez renoncé à louer ma maison en août.

— Votre maison ? s'étonna Menley. Ah, oui, vous voulez dire celle qu'Elaine voulait nous louer en premier. Mais en apprenant qu'il y avait ce problème de plomberie, elle nous a proposé *Remember* à la place. »

Mme Chambers eut l'air stupéfait : « Il n'y avait aucun problème. La maison a été louée le lendemain même du jour où vous vous êtes désistés. Qui vous a mis cette idée dans la tête ? »

83

APRÈS avoir témoigné, Henry Sprague téléphona chez lui pour prendre des nouvelles de Phoebe. Jan le poussa à rester jusqu'à la fin de l'audience. « Tout va bien », insista-t-elle.

La journée cependant n'avait pas été aussi facile qu'elle le laissait entendre. Phoebe avait perdu l'équilibre en descendant les deux marches qui menaient à la cour derrière la maison, et Jan l'avait rattrapée de justesse. Pendant le déjeuner, elle avait pris son couteau pour manger son potage.

En lui mettant une cuiller dans la main, Jan s'était souvenue avec tristesse des nombreux dîners auxquels les Sprague les avaient invités, Tom et elle, autrefois. Phoebe était alors une hôtesse merveilleuse, pleine d'esprit, qui présidait une table décorée avec goût, chargée de fleurs du jardin.

C'était pitié de voir cette même femme aujourd'hui qui lui lançait un regard pathétique de gratitude pour l'avoir aidée à choisir l'instrument correct.

Phoebe fit la sieste après le déjeuner, et lorsqu'elle se réveilla au milieu de l'après-midi, elle semblait plus animée. Jan tenta de découvrir ce qu'elle avait voulu leur communiquer à propos de *Remember*.

« L'autre jour, j'ai emmené la femme d'Adam visiter les plus anciennes maisons du Cap, commença-t-elle. Menley écrit un article sur les demeures auxquelles sont attachées des légendes. *Remember* est à mon avis la plus intéressante. À Eastham, nous avons vu une autre maison construite par Tobias Knight. Très semblable à *Remember*, en moins luxueux, avec de plus grandes pièces. »

Les pièces. Remember. *Une odeur de moisissure revint aux narines de Phoebe. Une odeur de tombe. C'était une tombe. Elle se trouvait en haut d'une échelle étroite. Il y avait des détritus partout. Elle s'était mise à fouiller, et sa main avait touché un crâne. Et les voix venaient d'en bas, parlant de la femme d'Adam.*

« À l'intérieur de la maison, murmura-t-elle péniblement.

— Y a-t-il quelque chose à l'intérieur de *Remember*, Phoebe ?

— Tobias Knight. »

84

SCOTT COVEY invita Elaine, Adam, Menley et Henry à venir boire un verre chez lui. « Je ne vous retiendrai pas long-temps, mais j'aimerais pouvoir vous remercier. »

Adam jeta un coup d'œil à Menley et elle fit un signe affir-matif. « Juste un instant », accepta-t-il.

Henry déclina l'offre. « Jan est restée avec Phoebe toute la journée », expliqua-t-il.

Menley avait hâte de retrouver Hannah mais elle voulait demander à Elaine pourquoi elle les avait dissuadés de louer la maison de Mme Chambers. L'invitation de Scott Covey lui en fournirait l'occasion.

En chemin, Adam et elle discutèrent de l'audience. « Je n'aurais pas aimé me trouver à la place de Fred Hendin et entendre ma fiancée raconter en public qu'elle s'est jetée à la tête d'un autre homme, dit Menley. Mais il l'a vraiment sou-tenue en venant témoigner.

— S'il est intelligent, il doit la plaquer, dit Adam. J'es-père pourtant qu'il n'en fera rien. Scott a de la chance qu'elle ait confirmé son histoire, mais tout ça n'empêcherait pas l'affaire de passer devant un grand jury si de nouvelles

307

preuves apparaissaient. Scott devra se montrer prudent désormais. »

Scott déboucha une bouteille d'un grand bordeaux. « Je l'ai gardée pour cette occasion », dit-il. Il remplit les verres. « Ce n'est pas une célébration, commença-t-il. Il faudrait pour ça que Vivian fût parmi nous. Mais je veux lever mon verre à votre intention, mes chers amis, vous remercier de tout ce que vous avez fait pour moi. Adam, vous êtes un champion. Menley, je sais que vous avez convaincu Adam de m'aider. Elaine, que puis-je te dire, sinon merci. »

Il but lentement avant d'ajouter : « Et maintenant, je veux vous faire part de mes projets, à vous et à vous seulement. Je pars demain matin à l'aube, et je ne reviendrai pas. Je suis certain que vous me comprendrez. Je ne pourrais plus faire un pas dans cette ville sans être montré du doigt, sans que les gens murmurent dans mon dos. Je pense aussi que les Carpenter auront la vie plus agréable s'ils ne me voient plus dans la région. Par conséquent, Elaine, je souhaite que tu mettes cette maison en vente dès maintenant.

— Si c'est ton désir, murmura Elaine.

— Je ne peux désapprouver la façon dont vous voyez les choses, fit remarquer Adam.

— Adam, je vais voyager pendant un bon moment. Je téléphonerai à votre cabinet la semaine prochaine, et si votre note d'honoraires est prête, je vous enverrai un chèque. » Il sourit. « Quel qu'en soit le montant, il sera justifié. »

Quelques instants plus tard, Adam dit : « Scott, si vous partez tôt demain, nous allons vous laisser faire vos valises. »

Menley et Adam firent leurs adieux, mais Elaine s'attarda après eux pour discuter des détails de la vente de la maison.

Comme ils rejoignaient leur voiture, Adam se demanda pourquoi il ne se sentait pas plus satisfait. Quelque chose en lui l'avertissait-il qu'il s'était laissé berner ?

85

APRÈS l'audience, Nat Coogan ne but pas un verre de vin pour célébrer l'événement. Il s'installa dans le living-room avec une bière fraîche et se remémora les péripéties de la journée. « Et voilà comment les meurtriers parviennent à s'en tirer, dit-il à Debbie. Je pourrais passer deux jours entiers à énumérer des affaires où tout le monde savait que le mari, le voisin ou l'associé était coupable, mais où il n'y avait pas de preuves suffisantes pour le faire condamner.

— Vas-tu continuer à t'intéresser à l'affaire ? » demanda Debbie.

Nat haussa les épaules. « Le problème, c'est qu'il manque une preuve irréfutable.

— Alors, faisons des projets pour notre anniversaire. Si nous donnions une petite réception ? »

Nat prit l'air inquiet. « Je pensais t'emmener dîner en tête à tête dans un restaurant de luxe et peut-être finir la nuit dans un motel. » Il lui adressa un clin d'œil.

« Le motel Motus. » C'était une vieille plaisanterie entre eux.

Nat termina sa bière. « Bon sang, Deb, s'exclama-t-il, il existe sûrement une preuve ! Je sais qu'elle se trouve juste sous mon nez. Je le sais. Mais je n'arrive pas à la trouver ! »

86

EN RECONDUISANT Tina chez elle après l'audience, Fred Hendin avait l'impression désespérante qu'il ne pourrait plus jamais marcher la tête haute. Il s'était parfaitement rendu compte que l'assistance le comparait à ce gigolo de Scott Covey. Fred savait que Covey n'était qu'un faiseur, mais cela ne changeait rien au fait que Tina avait spontanément reconnu qu'elle s'était jetée à sa tête cet hiver.

À la barre des témoins, Fred avait fait de son mieux pour la soutenir, et le verdict du juge montrait qu'à ses yeux les rapports entre Tina et Covey n'avaient aucun lien avec la mort de Vivian Carpenter.

Fred connaissait Tina mieux qu'elle ne le croyait. Une ou deux fois durant la suspension d'audience, elle avait jeté un coup d'œil vers Covey. Son regard à cet instant avait tout dit. Un aveugle aurait vu qu'elle était toujours amoureuse de lui.

« Tu es bien silencieux, Freddie, dit Tina en glissant son bras sous le sien.

— Possible.

— Je suis tellement contente que toute cette histoire soit terminée.

— Moi aussi.

— Je vais voir si je peux prendre un congé et aller rendre visite à mon frère. J'en ai marre de tous ces gens qui cancanent dans mon dos.

— Je te comprends, mais le Colorado n'est pas la porte à côté pour partir changer d'air.

— Ce n'est pas si loin que ça. À peine cinq heures depuis l'aéroport de Logan. »

Elle posa la tête sur son épaule. « Freddie, j'ai envie de rentrer me reposer à la maison. Tu n'y vois pas d'inconvénient ?

— Non.

— Mais demain soir, nous ferons un bon dîner. C'est même moi qui le préparerai. »

Fred ressentit douloureusement l'envie de caresser les cheveux noirs et brillants épars sur sa manche. Je t'aime comme un damné, Tina, pensa-t-il. Rien n'y changera rien. « Ne t'inquiète pas pour la cuisine, dit-il, tu boiras seulement un verre en m'attendant. Je serai chez toi vers six heures. »

87

« P OUR quelle raison as-tu parlé à Elaine de la maison d'Eastham ? demanda Adam tandis qu'ils rentraient chez eux après leur visite à Scott Covey.

— Parce qu'elle nous a donné une fausse explication pour nous orienter sur *Remember*. Il n'y avait aucun problème de plomberie dans l'autre maison.

— D'après ce qu'elle a expliqué, cette Mme Chambers qui en est propriétaire n'a jamais voulu reconnaître les ennuis chroniques qu'elle a avec les canalisations.

— Dans ce cas, pourquoi Elaine a-t-elle immédiatement loué la maison à quelqu'un d'autre ? »

Adam eut un petit rire. « Je crois connaître la réponse. Elaine avait probablement compris que nous serions d'éventuels acheteurs pour *Remember*. Et c'est pour ça qu'elle nous a poussés à changer. Elle a toujours su faire d'une pierre deux coups.

— Y compris en mentant ? Adam, tu es l'un des meilleurs avocats de la planète, mais parfois je m'interroge sur ton bon sens.

— Tu deviens difficile en vieillissant, Men.

— Non, je deviens réaliste. »

Ils entraient dans Morris Island et suivaient Quitnesset Lane. La fin de l'après-midi devenait plus fraîche. Les feuilles des caroubiers bruissaient doucement et certaines commençaient à tomber. « Ce pays est sûrement très beau aux autres saisons, fit observer Menley.

— Dans deux semaines, il faudra décider si nous voulons le découvrir par nous-mêmes. »

Amy venait de faire manger Hannah. Le bébé tendit joyeusement les bras en voyant Menley se pencher vers elle.

« Elle est toute collante, prévint Amy lorsque Menley souleva Hannah de sa chaise haute.

— Tant pis. Tu m'as manqué, dit-elle à Hannah.

— À moi aussi, fit Adam. Mais toi, tu peux mettre ton chemisier dans la machine à laver, ce qui n'est pas le cas de mon costume. Bonsoir, mon canard. » Il envoya un baiser en direction d'Hannah mais resta hors de sa portée.

« Je vais monter la coucher, dit Menley. Merci, Amy. À demain après-midi vers deux heures, si cela te convient. Lorsque j'aurai conduit le soutien de famille à l'aéroport, j'aimerais avoir quatre bonnes heures de travail. »

Amy accepta d'un signe de tête et attendit que Menley se fût éloignée pour demander : « Avez-vous parlé de la cassette à Elaine, monsieur Nichols ?

— Oui. Elle était certaine de me l'avoir rendue. Es-tu vraiment sûre d'avoir regardé la bonne vidéo ?

— Vous étiez tous dessus. Vous sortiez Bobby de la piscine et vous lui disiez de courir vers sa mère. Il appelait : "Maman, maman !", et ensuite Mme Nichols lui posait des questions sur son nom et sur l'école.

— L'école manelle », murmura Adam.

Amy vit ses yeux s'embuer. « Je suis heureuse que vous ayez Hannah, dit-elle doucement. Mais c'est bien cette cassette-là que vous cherchiez, n'est-ce pas ?

— Oui, c'est celle-là. Amy, Elaine n'admet pas facilement s'être trompée. Peut-être pourrais-tu simplement reprendre la bande la prochaine fois que tu iras chez elle. Cela ressemble un peu à du vol, mais elle nous appartient après tout, et je ne vois pas comment insister auprès d'Elaine sans te causer des ennuis.

— Il est préférable d'agir ainsi. Merci, monsieur Nichols. »

16 août

88

L E MARDI à six heures du matin, Scott Covey chargea sa
dernière valise dans la BMW et inspecta une énième fois
la maison. Elaine allait envoyer quelqu'un pour faire le nettoyage, lui évitant ainsi de s'en préoccuper. Il jeta un ultime
coup d'œil dans les tiroirs et penderies de la chambre au cas
où il aurait oublié quelque chose.

Hé, une minute! se souvint-il soudain. Il avait oublié les
huit ou dix bonnes bouteilles qui étaient encore dans leurs
caisses à la cave. Aucune raison de les laisser à la femme de
ménage. Une chose le tracassait, toutefois — les photos de
Vivy. Il voulait tirer un trait sur tout ce qui était arrivé cet été,
mais les laisser dans la maison pourrait paraître cynique. Il les
mit avec ses bagages dans la voiture.

Il avait sorti les poubelles et les sacs de recyclage. Fallait-
il ôter la photo de *Remember* de son cadre et la déchirer? Il
haussa les épaules. C'était sans importance. Les éboueurs
allaient passer dans une heure.

Hier à l'audience, il avait demandé au notaire de Vivian,
Leonard Wells, de s'occuper du testament et de la succes-
sion. Le juge l'ayant innocenté, la famille ne pourrait plus

315

retarder la transmission du capital. Wells l'avait prévenu qu'il serait nécessaire de vendre un paquet d'actions pour payer les droits. Le gouvernement se servait toujours généreusement au passage.

Je suppose que c'est toujours ce que l'on pense, quelle que soit l'importance de l'héritage.

Il sortit la voiture du garage, fit le tour de la maison, s'arrêta un instant puis appuya sur l'accélérateur.

«Salut, Vivy», dit-il.

89

ILS PASSÈRENT la matinée du mardi sur la plage. Ils avaient apporté le parc d'Hannah et l'avaient placé à l'ombre du parasol. Allongé au soleil, Adam lisait les journaux. En plus de quelques magazines, Menley avait pris dans son sac de plage une liasse de papiers choisis dans les dossiers de Phoebe.

Ils étaient retenus par un élastique et ne semblaient pas classés dans un ordre particulier. Menley avait l'impression qu'au fur et à mesure des progrès de la maladie, les recherches de Phoebe étaient devenues de plus en plus désordonnées. On eût dit qu'elle se contentait de rassembler les documents et de les fourrer dans le dossier. Il y avait même de vieilles recettes de cuisine découpées dans le *Cape Cod Times*, agrafées aux histoires concernant les premiers colons.

« Difficile de s'y retrouver », murmura-t-elle.

Adam leva les yeux. « Dans quoi ?

— Dans les notes les plus récentes de Phoebe. Elles datent d'il y a quatre ans, je crois. Il est clair qu'elle commençait déjà à avoir des problèmes. Le plus triste est qu'elle s'est certainement aperçue qu'elle perdait ses facultés. Un grand nombre de ses notes sont terriblement vagues.

— Voyons. » Adam feuilleta les documents. « Voilà qui est intéressant.

— Quoi donc ?

— Il y a une référence à la maison. Si l'on en croit Elaine, on lui a donné le nom de *Remember* parce qu'elle produisait une sorte de mugissement lorsque soufflait le vent. Comme si quelqu'un criait "Remmmmmbaaaaaa".

— C'est aussi ce que Jan Paley m'a raconté.

— D'après ces documents, elles se trompent toutes les deux. Voici la copie d'une fiche de l'état civil de 1705. Elle enregistre la naissance d'un enfant né du capitaine Freeman et de sa femme, Mehitabel, une fille prénommée Remember.

— Le nom du bébé était Remember ?

— Et regarde ceci. C'est un document municipal de 1712 : "Ladite propriété connue sous le nom de *Nickquenum*, comprenant une maison d'habitation, des biens mobiliers et une ferme, bornée à l'est par la falaise du bord de mer, au sud par le domaine de l'enseigne William Sears, au sud-ouest par la terre de Jonathan Crowell, et au nord par celle d'Amos Nickerson, est léguée par testament du capitaine Andrew Freeman à son épouse, et si cette dernière venait à décéder, à ses descendants. Mehitabel son épouse l'ayant précédé dans la mort, leur seule héritière est une fille, Remember, inscrite sur les registres comme étant née en l'an de grâce mil sept cent cinq. Personne n'ayant connaissance de l'endroit où trouver ladite enfant, l'habitation connue sous le nom de *Remember* est mise en vente pour acquitter les arriérés d'impôts." »

Menley frissonna.

« Men, qu'y a-t-il ? demanda Adam vivement.

— Rien, cela me rappelle seulement une anecdote se rapportant aux premiers colons, à la fin du XVIIe siècle, l'histoire d'une femme qui, sachant qu'elle allait mourir à la naissance de son enfant, a voulu lui donner le nom de Remember, afin qu'il ne l'oublie jamais. Je me demande si Mehitabel en avait entendu parler. Elle a peut-être eu le pressentiment qu'elle allait perdre son enfant.

— Dans ces conditions, si nous achetons la maison, il vaudrait mieux lui redonner son nom d'origine. Sais-tu ce que signifie *Nickquenum*?

— C'est un nom indien qui veut dire littéralement : "Je rentre à la maison. " À l'époque des premiers colons, lorsqu'un voyageur devait franchir une contrée hostile, il n'avait qu'à prononcer ce mot et personne ne faisait obstacle à son passage.

— Je suppose que tu as trouvé cette explication au cours de tes recherches? »

Qui sait? se demanda Menley.

« Je vais piquer une tête dans l'eau, dit-elle. Je te promets de ne pas m'éloigner.

— Sinon, je m'élancerai à ton secours.

— J'espère! »

À une heure et demie, elle déposa Adam à l'aéroport de Barnstable. « C'est encore reparti pour un tour, dit-il. À partir de mardi prochain, quand je reviendrai, commenceront enfin nos vraies vacances. Plus question d'ouvrir un seul dossier en ce qui me concerne. Et si je m'occupe de la princesse le matin, viendras-tu lézarder sur la plage, ou te promener avec moi?

— Naturellement.

— Nous réserverons Amy un ou deux soirs, et nous irons dîner en ville.

— Seuls, j'espère. »

En revenant de l'aéroport, Menley décida de faire un crochet rapide par la maison de Tobias Knight. « Écoute, Hannah, promets-moi d'être sage. Je dois jeter un coup d'œil supplémentaire à cet endroit. Il y a quelque chose qui m'échappe. »

Il y avait une autre hôtesse à la réception, une femme plus âgée, du nom de Letitia Raleigh. L'après-midi était peu chargé, dit-elle à Menley, et elle avait le temps de bavarder.

Menley donna un biscuit à Hannah : « Elle perce ses dents, expliqua-t-elle. Je prendrai garde à ce qu'elle ne fasse pas de miettes. »

Satisfaite, Hannah se tint tranquille et Menley aborda le sujet de Tobias Knight : « Je trouve peu de renseignements à son sujet, confia-t-elle.

— C'était un homme assez mystérieux, confirma Letitia Raleigh. Assurément un constructeur de grand talent et très en avance sur son temps. Cette maison est jolie, certes, mais celle qu'il a édifiée à Chatham, d'après ce qu'on m'a dit, était un chef-d'œuvre pour l'époque.

— J'en suis l'actuelle locataire, dit Menley. Elle est magnifique en effet, mais les pièces sont plus petites qu'ici.

— C'est étonnant. Les dimensions sont censées être identiques. » Elle fouilla dans les tiroirs. « Voici une biographie que nous ne distribuons pas au public en général. Elle n'est pas très flatteuse. Et voici son portrait. Assez bien s'il n'était pas aussi maniéré, vous ne trouvez pas ? Plutôt dandy pour cette époque. »

Le dessin représentait un homme d'une trentaine d'années aux traits réguliers, avec une ombre de barbe et des cheveux longs. Il portait des chausses, un pourpoint, une cape et une chemise à jabot de dentelle, et des boucles d'argent à ses chaussures.

Elle baissa la voix : « D'après ce document, Tobias quitta Eastham dans une atmosphère de scandale. Il avait compromis deux femmes, et beaucoup le soupçonnaient d'être une sorte de naufrageur... un écumeur des mers, comme on dit. »

Elle feuilleta la brochure et la tendit à Menley. « Apparemment, en 1704, quelques années après qu'il se fut établi à Chatham, il fut interrogé par la Couronne lors de la disparition de la cargaison du *Thankful*. Tout le monde le soupçonnait, mais il avait sans doute bien caché son butin. Il disparut deux ans plus tard. On raconte qu'il commençait à avoir des difficultés à Chatham et qu'il s'était enfui pour recommencer à zéro quelque part ailleurs.

— En quoi consistait la cargaison ? demanda Menley.

— Des vêtements, des couvertures, des ustensiles de cuisine, du café, du rhum — mais si cette histoire fit tant de bruit, c'est parce que les marchandises étaient destinées à la résidence du gouverneur, à Boston.

— Où les pillards cachaient-ils habituellement les cargaisons ?

— Dans des hangars ou bien sur le rivage, enterrées. Certains d'entre eux avaient même des pièces secrètes dans leurs maisons, habituellement derrière la cheminée. »

90

MARDI matin, Nat Coogan partit travailler plus tôt qu'à l'accoutumée. Par curiosité, il passa devant la maison de Scott Covey. Peut-être y remarquerait-il des préparatifs de départ ? Nat était convaincu qu'une fois l'enquête judiciaire terminée, le verdict du juge lui étant favorable, Scott ne ferait pas de vieux os au Cap.

Mais malgré l'heure matinale, il constata que Covey avait déjà filé. Les rideaux étaient tirés et il y avait deux sacs poubelle sur le côté de la maison. Pas besoin d'un mandat de perquisition pour jeter un coup d'œil dans les ordures, marmonna Nat pour lui-même, tout en garant sa voiture.

Le premier sac contenait des boîtes de carton, des bouteilles et du verre brisé. L'autre était pleine d'ordures et de détritus divers, y compris un cadre où étaient encore attachés des fragments de verre, et une photo striée de longues rayures. Tiens, tiens, pensa Nat. C'était l'original de la prise de vue aérienne de *Remember*, celle qui était exposée dans la vitrine de l'agence. Même dans cet état, elle était plus nette que la photo dont Marge lui avait montré un autre tirage à l'agence. Mais la partie où se trouvait le bateau avait été déchirée.

Pourquoi ? Pourquoi Scott avait-il décidé de la jeter ? Pourquoi ne pas la laisser où elle était, s'il ne voulait pas s'en encombrer ? Pourquoi avait-il supprimé le bateau ? Et pourquoi ce dernier n'était-il pas non plus sur le deuxième tirage ?

Il fourra la photo endommagée dans la malle de sa voiture et prit la direction du centre-ville. Elaine Atkins était en train d'ouvrir son agence. Elle l'accueillit avec un sourire. « J'ai la photo que vous désiriez. Je peux la faire encadrer, si vous le souhaitez.

— Non, ce n'est pas la peine, dit Nat rapidement, je vais l'emporter tout de suite, Deb veut l'encadrer elle-même. » Il prit la photo, l'examina attentivement : « Magnifique ! c'est vraiment une superbe photo !

— C'est vrai. Une photo panoramique peut être un excellent argument de vente, mais celle-ci est en soi d'une beauté exceptionnelle.

— Nous avons parfois besoin de vues aériennes, dans notre service. Employez-vous un photographe de la région ?

— Oui, Walter Orr, il habite Orleans. »

Nat continuait à étudier l'épreuve. C'était la même version que le tirage placé par Marge dans la vitrine il y avait trois jours. Nat dit : « Est-ce que je me trompe, ou y avait-il un bateau sur la première photo que vous aviez exposée ?

— Le négatif a été endommagé, dit Elaine rapidement. J'ai été obligée de le retoucher. »

Il remarqua qu'elle rougissait. Pourquoi était-elle si nerveuse ?

« Combien vous dois-je ? demanda-t-il.

— Rien. Je les développe moi-même.

— C'est très gentil à vous, mademoiselle Atkins. »

91

L<small>A JOURNÉE</small> du mardi fut particulièrement éprouvante pour Fred Hendin. La perspective de renoncer définitivement à Tina l'accablait. Il avait trente-huit ans et il était sorti avec quantité de filles au cours des années passées. Une demi-douzaine d'entre elles auraient été prêtes à l'épouser.

Fred savait que d'une certaine manière il était un bon parti. Il travaillait dur et gagnait confortablement sa vie. Il avait été un bon fils et il serait un mari et un père attentionné. Les gens auraient été surpris d'apprendre quel était le montant exact de son compte en banque. Tina l'avait sans doute deviné.

À cet instant même, s'il téléphonait à Gina, Lillian ou Marcia, il savait qu'il ne dînerait pas seul ce soir.

Le problème était qu'il aimait sincèrement Tina. Elle pouvait certes se montrer maussade et exigeante, mais lorsqu'il la promenait à son bras, le roi n'était pas son cousin. Et elle était très drôle quand elle le voulait.

Il devait la chasser de son esprit. Toute la journée, il s'était montré distrait, incapable de penser à autre chose qu'à elle, au fait qu'il allait devoir la quitter. Son patron l'avait même rappelé à l'ordre une fois ou deux : « Dis donc, Fred, arrête de rêver. Il y a du travail à terminer. »

Il regarda encore une fois la maison de l'autre côté de la rue ; elle ne l'attirait plus de la même façon aujourd'hui. Oh, sans doute finirait-il par l'acheter, pourtant ce ne serait plus pareil. Il avait imaginé que Tina y vivrait avec lui.

Mais un homme a sa dignité, sa fierté. Il fallait en finir avec Tina. Les journaux du jour relataient l'instruction judiciaire dans ses moindres détails. Rien n'avait été laissé dans l'ombre : l'état de la main droite de Vivian ; la disparition de l'émeraude ; les visites de Tina à Covey en Floride. Fred avait blêmi en voyant son nom cité comme celui du petit ami occasionnel de Tina, devenu aujourd'hui son fiancé. L'article faisait de lui une vraie potiche.

Oui, il devait rompre. Demain, en la conduisant à l'aérodrome, il le lui annoncerait. Mais une chose le chagrinait : Tina refuserait à coup sûr de lui rendre les bijoux de sa mère.

En arrivant à six heures du soir chez Tina, il l'avait trouvée, comme toujours, en train de se préparer. Il avait allumé la télévision, puis ouvert le coffret à bijoux.

Les perles, la montre et la broche de sa mère y étaient rangées, ainsi que la bague de fiançailles qu'il venait de lui offrir. Elle en avait fait l'usage qu'elle avait prémédité, et s'en était sans doute débarrassée immédiatement après, pensa-t-il. Il fourra les bijoux dans sa poche.

Puis son regard s'immobilisa. Sous les chaînes et bracelets fantaisie, il aperçut une bague. C'était une grosse pierre verte, entourée de deux diamants, sertie dans une monture de platine.

Il la prit et la regarda de près. Même un imbécile aurait reconnu la profondeur et la pureté de cette émeraude. Fred comprit qu'il tenait dans sa main la bague de famille qui avait été arrachée du doigt de Vivian Carpenter.

En arrivant chez elle après avoir visité la maison de Tobias Knight, Menley trouva Amy assise sur les marches du perron. « Tu as sans doute cru que je t'avais oubliée, dit-elle d'un ton contrit.

— Je savais bien que non. » Amy défit la ceinture du siège d'Hannah dans la voiture.

« Amy, hier je t'ai entendue parler à Adam de la vidéocassette de Bobby. Raconte-moi ce qui se passe. »

Sans enthousiasme, Amy expliqua comment la bande s'était trouvée entre ses mains.

« Où est-elle maintenant ?

— À la maison. Je l'ai prise chez Elaine hier soir en lui empruntant d'autres films. J'allais la remettre à M. Nichols dès son retour, jeudi.

— Apporte-la-moi demain, veux-tu ?

— Bien sûr. »

92

L E LENDEMAIN de l'audience, Graham et Anne Carpenter décidèrent de partir en croisière. «Changer d'air nous fera du bien», avait décrété Graham.

Profondément déprimée par les récents événements, Anne hocha la tête avec indifférence. Leurs deux autres filles étaient venues assister à l'audience, et Emily, la plus âgée, lui dit sans ménagement : «Maman, cesse de t'accuser. La pauvre Vivy t'aimait beaucoup, à sa manière, ainsi que papa, et je pense qu'elle n'aurait pas voulu te voir dans cet état. Pars en voyage. Oublie tout ça. Prends du bon temps avec papa, et occupez-vous de vous deux.»

Mardi soir, après le départ d'Emily, de Barbara et de leurs maris, Anne et Graham allèrent s'asseoir dans la véranda et organisèrent leur voyage. Anne était plus animée, riait en évoquant des souvenirs de leurs anciennes croisières.

Graham ressentit le besoin d'exprimer les sentiments qu'il éprouvait : «Ni toi ni moi n'avons apprécié d'être dépeints comme des parents horribles par la presse locale, et je suis certain qu'ils vont s'en donner à cœur joie dans leurs comptes rendus de l'instruction. Mais nous avons fait notre devoir, et je pense que d'une certaine façon Vivian sait que nous avons tenté d'obtenir justice pour elle.

— Je prie pour qu'elle sache que nous ne pouvons faire davantage.

— Oh, regarde, voici Pres Crenshaw avec Brutus. »

Ils regardèrent passer lentement devant leur barrière un de leurs vieux voisins, tenant son berger allemand en laisse.

« Tu peux être sûre qu'il est dix heures tapantes », dit Graham.

Un instant plus tard, une voiture passa devant la barrière. « Pres devrait faire attention, cette route est très sombre », fit remarquer Anne.

Ils se retournèrent et rentrèrent dans la maison.

93

MENLEY invita Amy à rester dîner. Elle lui avait trouvé une petite mine triste. «Je fais seulement une salade et des spaghettis avec une sauce aux coques, expliqua-t-elle, mais je serais contente de les partager avec toi.

— Oh, avec plaisir.»

C'est vraiment une gentille gosse, pensa Menley, et pas si gosse que ça, à dire vrai. Elle va avoir dix-huit ans et témoigne d'un équilibre étonnant pour son âge; elle est plus responsable que bien des adultes. Mais il est certain qu'elle ne se fait pas à l'idée que son père épouse Elaine.

C'était un sujet que Menley n'avait pas l'intention d'aborder. Elle préféra parler des préparatifs d'Amy pour son départ à l'université.

En discutant de ses projets, Amy s'anima: «J'ai parlé au téléphone à ma compagne de chambre. Elle paraît gentille. Nous nous sommes mises d'accord sur les rideaux et les couvre-lits. Sa mère nous aidera à les acheter, et je paierai ma part.

— Qu'as-tu fait pour tes vêtements?

— Elaine a dit que nous irions à Boston en voiture et que

329

nous passerions — attendez, comment a-t-elle appelé ça ? — une journée en filles ensemble. N'est-ce pas affreux ?

— Amy, ne te monte pas contre elle, dit Menley. Elle va épouser ton père.

— Pourquoi ? Elle ne l'aime certainement pas.

— Bien sûr que si, elle l'aime.

— Menley, je veux dire madame Nichols, mon père est quelqu'un de très ennuyeux.

— Amy !

— Non, je dis la vérité. Il est gentil, bon, et il a bien réussi, mais ce n'est pas la question. Elaine ne l'aime pas. Il lui fait des cadeaux ridicules, du moins il les lui offre d'une manière ridicule, et elle joue toute une comédie. Elle va le rendre très malheureux et elle sait que je le sais, et c'est pour cette raison qu'elle ne peut pas me supporter.

— Amy, j'espère qu'Hannah ne parlera jamais ainsi de son père, dit Menley en secouant la tête, bien qu'elle reconnût qu'Amy voyait juste.

— Vous voulez rire ? M. Nichols est juste le genre d'homme dont toutes les femmes rêvent et, si vous voulez le savoir, la liste commence par Elaine. »

Après le départ d'Amy, Menley parcourut la maison, ferma les portes à clé. Elle écouta le bulletin de la météo locale à la radio, et apprit qu'une tempête se formait au large et atteindrait le Cap le lendemain en fin d'après-midi ou en début de soirée. Je ferais bien de m'assurer que nous avons une lampe électrique et des bougies, à tout hasard, se dit-elle.

Le téléphone sonna au moment où elle s'installait devant le bureau de la bibliothèque. C'était Jan Paley.

« Je vous ai ratée hier lorsque vous étiez chez Scott Covey, dit Jan. Je voulais vous dire que Phoebe s'était mise à reparler de Tobias Knight. Menley, je crois que vous avez raison. Elle essaie de nous dire quelque chose à son sujet.

— Je me suis arrêtée aujourd'hui dans la maison d'Eastham,

après avoir conduit Adam à l'aéroport, dit Menley. La réceptionniste m'a montré son portrait. Jan, Tobias avait l'air prétentieux et sournois. Je n'imagine pas que Mehitabel ait jamais pu s'y intéresser. Par ailleurs, d'après les dates que nous connaissons, elle était déjà enceinte de trois mois de l'enfant d'Andrew Freeman lorsqu'elle fut dénoncée. »

Elle se tut un instant. « Laissez-moi réfléchir tout haut. J'ai été enceinte deux fois dans ma vie, et la dernière chose qui me serait venue à l'esprit durant les trois premiers mois aurait été de me lancer dans une aventure sentimentale.

— Que croyez-vous, alors ?

— Tobias Knight était un écumeur des mers. Il a été interrogé par la Couronne à propos de la cargaison du *Thankful* à peu près à l'époque où on le voyait rendre visite à Mehitabel à des heures indues. Supposons qu'il ne lui ait pas rendu visite ? Supposons qu'elle n'ait jamais su qu'il venait chez elle ? Si lui-même n'avait pas avoué avoir eu une liaison avec Mehitabel, ils auraient cherché une autre explication à sa présence dans les parages. Peut-être a-t-il caché une partie de la cargaison du *Thankful* dans les environs, ou même dans la maison.

— Oh, pas dans la maison, protesta Jan.

— Les dimensions du rez-de-chaussée sont plus réduites ici que celles de la maison d'Eastham. Mais de l'extérieur, les deux ont la même taille. Je vais faire un peu d'exploration.

— Je crains que vous ne trouviez pas grand-chose. S'il y a eu jadis un endroit où étaient stockées les marchandises, il est probablement muré depuis deux siècles. Mais peut-être a-t-il existé à un certain moment.

— Quelqu'un a-t-il jamais envisagé que cette maison puisse posséder une pièce secrète ?

— Pas à ma connaissance. Et le dernier entrepreneur y a fait des travaux très importants. C'est Nick Bean, d'Orleans.

— Voyez-vous un inconvénient à ce que j'aille l'interroger demain ?

« — Bien sûr que non. Et n'hésitez pas à chercher dans toute la maison. Bonne nuit, Menley. »

Lorsqu'elle reposa le récepteur, Menley se renfonça dans son fauteuil et étudia le dessin de Mehitabel et d'Andrew. Ils semblaient si heureux, à bord du bateau.

Mehitabel était morte en jurant de son innocence, et une semaine plus tard Andrew avait pris la mer malgré la tempête, voulant à tout prix ramener son bébé, clamant son amour pour sa femme. Était-il possible qu'il ait été convaincu de l'innocence de Mehitabel et que le remords ait emporté sa raison ?

Tout son instinct disait à Menley qu'elle était sur la bonne piste.

Elle revint à ses dossiers, mais elle n'avait plus le cœur à travailler. Il lui fallait faire face à une réalité qu'Amy avait révélée ce soir. Elaine était peut-être fiancée à un autre homme, mais elle aimait Adam. Je l'avais deviné, lors de ce dîner, pensa Menley. Elaine n'avait pas oublié qu'elle avait la cassette. Elle l'avait gardée délibérément, tout en sachant qu'elle était irremplaçable pour nous. Quel usage pouvait-elle en faire, sinon regarder Adam ?

À moins qu'elle ne lui ait trouvé une autre utilisation ?

À dix heures, elle monta, enfila sa chemise de nuit et une robe de chambre, et appela Adam à leur appartement de New York.

« Je m'apprêtais à te téléphoner pour te dire bonsoir. Comment vont mes chéries ?

— Très bien. » Menley hésita, mais il lui fallait poser la question qui la tourmentait : « Amy est restée dîner, et elle a fait une remarque intéressante. Elle pense qu'Elaine est amoureuse de toi, et je dois dire que je le pense aussi.

— C'est grotesque.

— Vraiment ? Adam, souviens-toi qu'après la mort de Bobby, je n'ai pas vraiment été une femme pour toi. L'été dernier, j'ai voulu que nous nous séparions, et nous serions probablement divorcés à l'heure actuelle si je n'avais pas été enceinte d'Hannah. Tu as beaucoup vu Elaine pendant notre séparation, n'est-ce pas ?

— Cela dépend de ce que tu appelles "voir". Nous avons toujours été très proches l'un de l'autre dans notre jeunesse.

— Adam, laisse tomber les histoires de bons copains. C'est ce que tu ressors à chaque fois. Tu m'as raconté qu'elle t'avait beaucoup réconforté à la mort de ton père. Et au cours des années, lorsque tu n'avais pas de petite amie attitrée, tu lui faisais signe. C'est à peu près ça, non ?

— Menley, tu ne crois tout de même pas que j'ai eu une histoire avec Elaine l'an dernier ?

— Est-ce que tu en as une en ce moment ?

— Bon Dieu, Men, non !

— J'avais besoin de te le demander. Bonne nuit, chéri. »

Adam entendit le *clic* résonner à son oreille. En arrivant à l'appartement, il avait compris ce qui le tracassait. Un jour, l'hiver dernier, alors que Menley était sortie, il avait regardé la cassette de Bobby. Elle était là où il l'avait laissée, dans le tiroir de son bureau. Il l'avait donc rapportée l'été dernier. Pourquoi Elaine en avait-elle fait une copie à son insu ?

94

L E MERCREDI matin, Nat prit son café dans le living-room tout en étudiant les deux vues de *Remember*. Il avait soigneusement retiré de son cadre la photo abîmée pour la placer sur le manteau de la cheminée à côté de celle qu'Elaine lui avait donnée.

Les dégâts constatés sur la première ressortaient encore davantage maintenant. On eût dit qu'elle avait été tailladée à l'aide d'un couteau ou même d'un bout de verre. Il y avait un trou à la place du bateau.

Sur l'autre épreuve, un léger halo apparaissait à cet endroit, comme si Elaine avait entrepris de retoucher le négatif sans pouvoir achever son travail.

«Salut, papa.»

Les deux fils de Nat, Kevin et Danny, seize et dix-huit ans, se tenaient souriants dans l'embrasure de la porte. «Si tu hésites entre les deux, je vote pour celle de droite, dit Kevin.

— C'est sûr que quelqu'un n'aimait pas l'autre, renchérit Danny.

— En effet, dit Nat. La question est de savoir *pourquoi* il ne l'aimait pas. À ce soir, les enfants.»

Debbie vint le rejoindre quelques minutes plus tard. « Tu n'as toujours pas trouvé ?

— Rien de tout cela ne tient debout. D'abord, je ne peux pas croire qu'Elaine Atkins ait pu penser sérieusement que Scott Covey était acheteur pour cette propriété. Ensuite, en vidant les lieux, pourquoi n'a-t-il pas simplement laissé la photo dans la maison ? Pourquoi se donner le mal de casser le cadre, de découper l'emplacement du bateau ? Et pourquoi Elaine a-t-elle masqué le bateau sur le deuxième tirage ? Il y a sûrement une raison. »

Debbie saisit la photo abîmée et la retourna : « Et si tu interrogeais le type qui l'a prise ? Il y a un cachet portant son nom au dos, Walter Orr. Avec son numéro de téléphone et son adresse.

— Je connais son nom. Elaine me l'a donné. »

Debbie retourna la photo à nouveau, aplatissant les bords cornés. « Regarde. La date et l'heure de la prise de vue sont indiquées en bas. » Elle examina l'autre tirage : « Elles n'apparaissent pas sur la copie qu'Elaine t'a donnée. »

Nat examina la date : « 15 juillet à quinze heures trente ! s'exclama-t-il.

— Cette date signifie-t-elle quelque chose de particulier ?

— Tu parles ! dit Nat. Le 15 juillet est le jour où Vivian Carpenter s'est noyée. Covey a appelé les gardes-côtes à quatre heures et demie cet après-midi-là. » Il se précipita au téléphone.

La déception se peignit sur son visage en écoutant le message enregistré. Puis il donna son nom, le numéro de téléphone du poste de police et termina en disant : « Monsieur Orr, il est essentiel que je vous parle le plus rapidement possible. »

Il raccrocha. « Orr est en prises de vue, il ne rentrera qu'à quatre heures. Nous n'avons plus qu'à attendre. À moins que… Deb, je me souviens qu'en nous proposant ce tirage, Marge nous a dit qu'Elaine possédait le négatif. Et elle l'avait visiblement déjà retouché. S'il y a quelque chose de louche là-dessous, nous risquons de ne jamais le découvrir. Sacré nom ! »

95

Il y avait une sorte de tension inhabituelle dans l'atmosphère lorsque Menley se réveilla, à sept heures, le mercredi matin. La brise était chargée d'humidité, et la pièce encore dans l'obscurité. La lumière qui filtrait à travers les stores était voilée, aucun rayon de soleil ne dansait sur les rebords des fenêtres.

Elle avait bien dormi. Bien que la chambre d'Hannah fût proche de la sienne, elle avait laissé les deux portes ouvertes et l'interphone branché sur la table de nuit près d'elle. À deux heures, elle s'était levée en entendant le bébé remuer, mais Hannah ne s'était pas réveillée.

Et, grâce au ciel, pas de rêve, pas de flash-back, se dit Menley en enfilant sa robe de chambre. Elle alla jusqu'à la fenêtre qui donnait sur la mer et remonta les stores. L'océan était gris, les vagues qui se succédaient sur le rivage s'enflaient lentement. Un faible soleil nimbait les nuages qui défilaient au-dessus de l'eau.

L'océan, le ciel, le soleil. Cette merveilleuse maison, avec sa vue unique et ses belles dimensions. Menley appréciait chaque jour davantage d'avoir de l'espace. Après la mort de son père, sa mère avait donné la plus petite chambre à son frère et installé le lit de Menley dans la sienne. Une fois Jack parti à l'université, ce fut au tour de Menley d'avoir sa chambre et, lorsqu'il revenait à la maison, son frère dormait sur le canapé convertible du salon.

Petite, je dessinais de jolies maisons avec de beaux intérieurs, se rappela Menley en regardant la mer. Mais je n'aurais jamais imaginé une propriété pareille, avec cette situation. Cela explique peut-être que notre maison de Rye ne m'ait jamais charmée comme celle-ci.

Remember serait une demeure chère à notre cœur, pensa-t-elle. Nous y viendrions pour Thanksgiving et Noël, nous y passerions des étés semblables à ceux qu'Adam a connus lorsqu'il était jeune, et de longs week-ends hors saison. Ce serait un parfait complément aux avantages de Manhattan, avec le bureau d'Adam à quelques minutes de l'appartement.

Quels projets avait nourris Mehitabel dans son existence ? se demanda-t-elle. Beaucoup de femmes de capitaines parcouraient les mers en compagnie de leurs maris, emmenant leurs jeunes enfants avec elles. Mehitabel avait navigué avec Andrew après son mariage. Avant que tout ne se détériore, avait-elle envisagé d'autres voyages ?

On pouvait imaginer que Tobias Knight avait construit une sorte de réserve sur le terrain de la propriété ou à l'intérieur de la maison, et que c'était la raison de ses apparitions dans les parages. C'est l'angle que je vais adopter pour construire mon récit, décida-t-elle.

Pourquoi se sentait-elle tellement concernée par Mehitabel ce matin ? se demanda-t-elle. Elle en comprit la raison. Le troisième mercredi d'août, tant d'années auparavant, Mehitabel avait été condamnée pour adultère, fouettée, et s'était retrouvée chez elle pour découvrir que son mari avait enlevé son enfant. Aujourd'hui, on était le troisième mercredi d'août.

Un instant plus tard, elle n'eut pas besoin de l'interphone pour savoir qu'Hannah était réveillée et affamée. « Je viens, mademoiselle Grognon!» cria-t-elle en se hâtant vers la chambre d'enfant.

Amy arriva à neuf heures. Visiblement, elle n'était pas dans son assiette. Menley ne mit pas longtemps à en apprendre la raison. «Elaine était à la maison lorsque je suis rentrée hier soir, dit-elle. M. Nichols lui avait demandé la cassette de Bobby, et je crois qu'elle a compris que je l'avais empruntée. Elle me l'a réclamée. J'ai refusé de la lui rendre. Je lui ai dit qu'elle vous appartenait, que j'avais promis de vous la rapporter. Elle m'a rétorqué qu'il s'agissait d'une copie qu'elle avait enregistrée elle-même l'an dernier. M. Nichols était alors tellement bouleversé, soi-disant, qu'elle avait craint de le voir perdre l'original, et elle savait que vous ne l'aviez pas vue.» Des larmes brillaient dans les yeux d'Amy. «Mon père a pris le parti d'Elaine. Il est furieux contre moi.

— Amy, je suis désolée de t'avoir causé tous ces problèmes. Mais je ne crois pas une seconde qu'Elaine ait fait une copie à mon intention. Et je suis contente que tu ne lui aies pas rendu la cassette vidéo. Où est-elle maintenant?»

Amy fouilla dans son sac : «La voici.»

Menley garda la cassette dans sa main pendant un moment, puis la posa sur la table. «Je la regarderai plus tard. Tu devrais emmener Hannah faire un tour. Une fois qu'elle aura éclaté, la tempête est censée durer jusqu'à demain après-midi.»

Adam téléphona une heure plus tard : «Comment ça va, chérie?

— Très bien, répondit-elle. Mais le temps est en train de changer. On prévoit un gros coup de vent.

— Amy a-t-elle apporté la cassette de Bobby?

— Oui.

— L'as-tu regardée?

— Non. Adam, fais-moi confiance. J'ai l'intention de la regarder cet après-midi pendant qu'Amy s'occupera d'Hannah, et je sais que j'y arriverai.»

Lorsqu'elle eut raccroché, elle jeta un coup d'œil sur l'écran de son ordinateur. La dernière phrase qu'elle avait notée avant que le téléphone ne sonne était : « Il semble que Mehitabel ait imploré son mari de lui faire confiance. »

À onze heures, elle appela Nick Bean, l'entrepreneur qui avait rénové la maison. Sans se faire prier, Bean lui communiqua des renseignements précieux sur *Remember*. « C'est une construction remarquable, dit-il. Il n'y a pas un seul clou dans la charpente d'origine. Tous les assemblages sont à tenons et mortaises. »

Elle lui demanda s'il était au courant de pièces secrètes dans les habitations des premiers colons.

« J'en ai découvert dans certaines vieilles maisons. Les propriétaires en sont particulièrement fiers. Elles portaient le nom de "chambres indiennes", aux premiers temps, car c'était là, dit-on, que se réfugiait la famille pour échapper aux attaques des Indiens. »

Menley sentit l'amusement percer dans son ton. « Il n'y a qu'un seul problème. Les Indiens du Cap n'étaient pas hostiles. En réalité, ces pièces servaient à entreposer des marchandises de contrebande, ou à cacher les objets de valeur lorsque les propriétaires partaient en voyage. Un peu comme un coffre-fort, si vous voulez.

— Croyez-vous qu'il puisse exister une pièce semblable à *Remember* ?

— C'est possible. Il me semble que mon dernier ouvrier à avoir travaillé sur le chantier a mentionné quelque chose de ce genre. Il y a beaucoup d'espace entre les pièces d'habitation et le milieu de la maison, où sont situés les conduits de cheminée. Mais rien ne dit que nous découvrions jamais un de ces endroits secrets, même s'il existe. Il peut avoir été si bien muré qu'il faudrait un miracle pour le trouver. On pourrait commencer les recherches par le cabinet du pasteur, dans le salon. Parfois, un panneau amovible à l'arrière menait à la réserve. »

Un panneau amovible. Dès qu'elle eut raccroché, Menley alla examiner le cabinet du pasteur dans le salon. Il se trouvait à gauche de la cheminée. Elle l'ouvrit et une odeur de moisi lui monta aux narines. Je devrais laisser la porte ouverte pour l'aérer, pensa-t-elle. Mais il n'y avait aucun joint dans le fond du meuble indiquant l'accès à une réserve.

Lorsque nous serons propriétaires de la maison, nous pourrons l'explorer plus à loisir, pensa-t-elle. Pour l'instant, je ne vais pas m'amuser à démolir les murs. Elle retourna à son bureau mais constata qu'elle était de plus en plus distraite. Elle avait envie de voir la cassette vidéo de Bobby.

Elle attendit qu'Amy monte coucher Hannah après le déjeuner. Puis elle prit la cassette et alla dans la bibliothèque. La gorge nouée, elle introduisit la bande dans le magnétoscope et pressa sur le bouton de marche.

Ils avaient rendu visite à l'un des associés d'Adam à East Hampton, ce week-end-là. Le dimanche, Lou Miller avait apporté un caméscope. Adam barbotait avec Bobby dans la piscine. Elle était assise sous un parasol et bavardait avec la femme de Lou, Sherry.

Lou avait filmé Adam en train d'apprendre à Bobby à nager. Bobby ressemblait tellement à Adam. Ils s'entendaient si bien. Puis Adam avait hissé Bobby sur le bord de la piscine. Elle se souvint que Lou avait arrêté la caméra et dit : « OK, terminé avec les ballets aquatiques. Au tour de Bobby et de Menley. Adam, mets-le debout sur le bord. Menley, appelle ton fils maintenant. »

Elle entendit sa propre voix : « Bobby, viens vite me voir. Maman a besoin de toi. »

J'ai besoin de toi, Bobby.

Menley s'essuya les yeux en regardant le petit garçon de deux ans, les bras tendus, qui courait vers elle, l'appelait : « *Maman, maman !* »

Elle sursauta. C'était la même voix joyeuse qu'elle avait cru entendre la semaine dernière. Elle lui avait paru tellement

340

vibrante, si pleine de vie. C'était sa façon de dire «Maman», qui la frappait à présent. Adam et elle en avaient ri ensemble. Adam avait dit : «On dirait plutôt *Ma-moi*, avec l'accent sur *oi*.»

C'était avec cette intonation qu'il l'avait appelée la nuit où elle avait parcouru la maison à sa recherche. Et s'il s'était agi d'un rêve éveillé particulièrement intense et non d'un flash-back ? Le Dr Kaufman lui avait dit que des souvenirs heureux effaceraient un jour le traumatisme. Mais la sirène du train, elle, ne pouvait être qu'un flash-back.

La bande se déroulait. Bobby se jetait dans ses bras ; elle le mettait face à la caméra : «Dis-nous comment tu t'appelles.»

Elle éclata en sanglots en l'entendant répondre fièrement : «Obert Adam Nikko.»

Les larmes la submergèrent et, lorsque l'écran devint noir, elle resta assise quelques minutes, le visage enfoui dans ses mains. Puis une pensée vint adoucir sa douleur : dans deux ans, Hannah serait capable de répondre à la même question. Comment prononcerait-elle *Menley Hannah Nichols* ?

Elle entendit Amy qui descendait l'escalier et l'appela. Amy entra, l'air inquiet. «Vous allez bien, madame Nichols ?»

Menley se rendit compte que les larmes gonflaient encore ses yeux. «Très bien, mais je voudrais que tu regardes cette cassette avec moi.»

Amy s'assit à côté d'elle pendant qu'elle rembobinait la bande et la passait à nouveau. À la fin, Menley demanda : «Amy, au moment où Bobby m'appelle, as-tu remarqué quelque chose de spécial dans le son de sa voix ?»

Amy sourit. «Quand il prononce le mot *Ma-moi* ? On a l'impression qu'il veut dire : "Maman à moi" !

— C'est ce que je pensais. Je voulais seulement être sûre que ce n'était pas un effet de mon imagination.

— Madame Nichols, arrive-t-on jamais à se consoler de la perte d'un être cher ?» demanda Amy.

Menley savait qu'Amy pensait à sa mère. «Non, répondit-elle, mais on apprend à remercier Dieu d'avoir eu cet être auprès de soi, même pour une période trop courte. Et pour citer ma mère, elle nous disait, à mon frère et à moi, qu'elle préférait avoir vécu douze ans avec mon père que soixante-dix avec n'importe qui d'autre. »

Elle entoura les épaules d'Amy de son bras. « Ta mère te manquera toujours, tout comme Bobby me manquera, mais nous devons toutes les deux garder cette pensée pour nous. Je m'y éverturerai désormais. »

Le sourire d'Amy la réconforta, mais Menley n'en resta pas moins tourmentée par l'idée que les deux fois où elle avait été réveillée par la sirène du train, Hannah l'avait entendue également.

L'appel, le train. Et si elle ne les avait pas imaginés ?

96

GRAHAM et Anne Carpenter passèrent la plus grande partie du mercredi à préparer leurs bagages. À deux heures, Graham vit passer la voiture de la poste et alla chercher le courrier.

En prenant le paquet de lettres, il regarda à l'intérieur de la boîte et s'étonna d'y voir un petit paquet dissimulé au fond. Il était enveloppé de papier kraft et attaché avec de la ficelle, et il ne ressemblait pas à ces échantillons qui apparaissaient régulièrement au milieu du courrier.

Le paquet était adressé à Anne, mais il n'était pas affranchi et ne portait aucune mention d'expéditeur sur l'emballage.

Graham l'apporta à la cuisine, où Anne parlait avec la femme de ménage. Lorsqu'il mentionna sa découverte, il vit une lueur d'inquiétude envahir son visage.

« Veux-tu que je l'ouvre pour toi ? » demanda-t-il.

Anne hocha la tête.

Il observa son expression anxieuse tandis qu'il coupait la ficelle. Pensait-elle la même chose que lui ? Il y avait quelque chose de mystérieux dans cet envoi clairement adressé, parfaitement empaqueté. Il l'ouvrit et ses yeux s'agrandirent sous le coup de la surprise. Le vert limpide de l'émeraude familiale étincelait à travers une enveloppe de plastique.

La femme de ménage eut un sursaut : « N'est-ce pas… ? »

Anne s'empara de l'enveloppe et en sortit la bague, l'enfermant dans sa main. Sa voix était suraiguë, à la limite de l'hystérie, quand elle s'écria : « Graham, d'où vient ce paquet ? Qui l'a apporté ici ? Souviens-toi, je t'ai dit que les émeraudes retournent toujours à celui à qui elles appartiennent. »

97

NAT COOGAN était en route vers Orleans lorsqu'il reçut un appel téléphonique, à trois heures et quart, provenant du bureau du procureur. Un adjoint de ce dernier l'informa que la bague d'émeraude avait été retournée aux Carpenter la veille et qu'à dix heures du soir exactement, un voisin, Preston Crenshaw, avait vu une voiture suspecte ralentir devant la boîte aux lettres des Carpenter.

« Nous ne sommes pas sûrs que ce soit le conducteur de la voiture qui ait déposé la bague, mais c'est une piste, lui dit l'adjoint du procureur. La description de la voiture faite par M. Crenshaw est assez précise : une Plymouth noire ou vert foncé, immatriculée dans le Massachusetts avec un numéro comportant un 7 et un 3 ou un 8. Nous faisons des recherches. »

Une Plymouth, pensa Nat. Vert foncé ou noire. Où en avait-il vu une récemment ? Bien sûr ! Devant la maison de Fred Hendin, et par la suite il avait vu Tina et Fred y monter en sortant de l'audience. « Le petit ami de Tina Arcoli possède une Plymouth vert foncé, dit-il. Vérifiez son numéro. »

Il attendit. L'adjoint revint en ligne. Il avait un ton triomphant : « L'immatriculation comprend un 7 et un 3. Le patron vous demande d'être présent lorsque nous irons le chercher pour l'interroger.

— Alors retrouvons-nous devant chez lui à cinq heures. Je suis à la recherche d'une information qui pourrait nous mettre sur une nouvelle piste. »

Le spécialiste de la photographie aérienne, Walter Orr, avait écouté ses messages et rappelé. Nat avait rendez-vous à son bureau à quatre heures.

L'écheveau commence à se démêler, jubila-t-il, reposant le téléphone dans son réceptacle sur le tableau de bord.

Dix minutes plus tard, il quittait la route 6 par la bretelle qui menait à Orleans. Cinq minutes après il était dans le bureau de Walter Orr, dans le centre-ville.

La trentaine, musclé, Orr ressemblait davantage à un déménageur qu'à un photographe. Il était en train de préparer du café. « La journée a été longue, dit-il à Nat. J'ai été faire des photos au-dessus de New London. Croyez-moi, je suis content d'être rentré. La tempête va nous tomber dessus d'ici deux heures, et je préfère ne pas être dans les airs à ce moment-là. »

Il lui tendit une tasse : « Du café ? »

Nat secoua la tête : « Non, merci. » Il sortit la photo endommagée : « C'est vous qui l'avez prise ? »

Orr l'examina brièvement. « Oui, c'est moi. Qui l'a bousillée de cette façon ?

— C'est une des questions que nous nous posons. J'ai cru comprendre qu'Elaine Atkins vous avait chargé de faire la prise de vue et qu'elle avait gardé le négatif.

— Exact. Elle tenait à l'avoir et elle a payé un supplément pour que je le lui cède.

— Bien, regardez attentivement ce tirage. » Nat déroula l'épreuve qu'Elaine lui avait donnée. « Vous voyez la différence ?

— Certainement. Le bateau a été supprimé. Qui a fait ça ? Elaine ?

— C'est ce qu'on m'a dit.

— Bon, elle a le droit d'en faire ce qu'elle veut, je suppose.

— Au téléphone, vous m'avez dit que le jour et l'heure exacte de vos prises de vue étaient toujours enregistrés sur le film.

— En effet. »

Nat indiqua l'angle inférieur à droite de la photo originale : « On y lit *vendredi 15 juillet, 15 h 30*.

— Et l'année est indiquée au-dessus.

— Je vois. La question est de savoir si l'heure indiquée est précise. Est-ce le cas ?

— Oui.

— J'ai besoin d'obtenir un agrandissement du bateau manquant. Combien de vues avez-vous prises, en existe-t-il une qui soit similaire ? »

Orr hésita. « Est-ce tellement important pour vous ? Vous pensez que ce bateau transportait de la drogue ou un truc de ce genre ?

— Cela pourrait s'avérer important pour beaucoup de gens », dit Nat.

Orr pinça les lèvres. « Je sais que vous n'êtes pas venu ici simplement pour admirer mon art de photographe. Entre nous, j'ai vendu à Elaine le rouleau entier de négatifs, mais j'ai fait pour moi une copie de cette vue. Je ne l'aurais pas vendue à qui que ce soit, c'est réellement une très belle photo. Je voulais la garder comme exemple de mon travail.

— Voilà enfin une excellente nouvelle, dit Nat. Pouvez-vous en faire un tirage rapidement ?

— Certainement. Exactement comme celle-là ?

— Oui, exactement comme l'original, mais c'est le bateau qui m'intéresse.

— Qu'est-ce que vous voulez savoir à son sujet ?

— Tout ce que votre talent pourra révéler le concernant. »

Il griffonna le numéro de son téléphone cellulaire sur le dos de sa carte et la tendit à Orr. « Faites aussi rapidement que possible. J'attends votre appel. »

347

98

FRED HENDIN fut interpellé peu après cinq heures et emmené au tribunal dans le bureau du procureur. Calmement et courtoisement, il répondit aux questions dont on le mitrailla. Non, il n'avait jamais rencontré Vivian Carpenter. Non, il n'avait pas non plus rencontré Scott Covey, bien qu'il l'ait vu rôder aux environs du Daniel Webster l'année précédente. Oui, il était fiancé à Tina Arcoli.

La bague ? Il ignorait de quoi ils voulaient parler. Il n'était pas à Osterville la veille au soir. Il était sorti avec Tina et était rentré directement chez lui se coucher.

Oui, durant l'enquête il avait entendu parler d'une bague mystérieusement disparue. Le *Cape Cod Times* d'hier en donnait une description. Presque un quart de million de dollars, c'était beaucoup d'argent pour une bague. La personne qui l'avait rendue était certainement honnête.

« Il faut que je m'en aille, dit-il aux enquêteurs. Je dois conduire ma fiancée à l'aéroport de Logan. Elle prend l'avion pour Denver à neuf heures.

— Je crains que Tina ne rate son avion, Fred, dit Nat. Nous allons devoir l'interroger maintenant. »

Il vit une rougeur révélatrice colorer le cou de Fred et envahir progressivement son visage. Sa belle assurance l'abandonnait.

« Tina a décidé d'aller voir son frère et sa famille, dit Fred avec irritation. Toute cette affaire l'a bouleversée.

— Elle a bouleversé beaucoup de gens, riposta Nat d'un ton égal. Si vous devez plaindre quelqu'un, je vous suggère de commencer par les Carpenter. Ne gâchez pas votre pitié pour Tina. »

Nat se rendit chez Tina avec Bill Walsh, un enquêteur du bureau du procureur. Elle refusa d'abord de les laisser entrer, puis finit par leur ouvrir la porte.

Ils la trouvèrent au milieu d'une montagne de bagages. Le living-room avait visiblement été vidé de tous ses effets personnels. Elle n'avait pas l'intention de revenir, pensa Nat.

« Je n'ai pas de temps à vous consacrer, leur déclara Tina. Il faut que j'attrape mon avion. J'attends Fred.

— Fred est chez le procureur en ce moment, Tina, lui dit Nat. Nous avons quelques questions à lui poser, et à vous aussi. Si les choses sont rapidement éclaircies, vous arriverez à temps pour prendre votre avion. »

Tina prit un air stupéfait. « J'ignore complètement pourquoi vous voulez nous parler, à moi ou à Fred. Finissons-en vite. »

99

M ENLEY reconduisit Amy jusqu'à la porte. «Papa et moi allons dîner chez Elaine, ce soir, dit Amy. Nous sommes censés discuter de mes rapports avec elle.

— Tu veux dire essayer d'établir une sorte de *modus vivendi*?

— Hier soir, elle a dit que nous devions cesser de nous opposer l'une à l'autre.» Amy haussa les épaules. «Je vais lui dire que je pars dans deux semaines pour l'université et que si ma présence au moment des vacances pose un problème, je resterai éloignée. Ma grand-mère vit toujours en Pennsylvanie ; elle sera contente de me voir. Au moins n'aurai-je pas à supporter le spectacle d'Elaine traitant papa comme un débile mental.

— Parfois les choses se détériorent avant de s'améliorer», dit Menley en ouvrant la porte. Une rafale de vent s'engouffra dans la pièce. «Je suis heureuse qu'Adam ne prenne pas l'avion aujourd'hui», fit-elle remarquer.

Après le départ d'Amy, Menley fit dîner Hannah, lui donna son bain, puis regarda les nouvelles régionales de dix-huit heures avec le bébé sur les genoux. Quinze minutes plus tard, une annonce apparut au bas de l'écran. La tempête se déclencherait vers sept heures du soir, et un avis spécial était diffusé à l'intention des résidents du Cap et des îles.

«Nous ferions mieux de sortir les bougies et les lampes électriques», dit Menley, s'adressant à Hannah. Le ciel était menaçant. L'eau, gris sombre et agitée, martelait lourdement le rivage. Les premières gouttes de pluie commencèrent à crépiter contre les vitres. Menley alla de pièce en pièce, allumant les lampes.

Hannah commença à s'agiter, et Menley monta la mettre au lit, puis redescendit. Dehors, le vent redoublait de violence, et elle entendit son long gémissement tandis qu'il se ruait autour de la maison : *Rememmmmbaaaa…*

Adam téléphona à sept heures moins le quart.

«Men, le dîner auquel je devais assister a été annulé à la dernière minute. J'ai sauté dans un taxi pour prendre le vol direct. Nous étions sur la piste au moment où ils ont appris que l'aéroport de Barnstable était fermé. Je vais prendre l'avion pour Boston et je louerai une voiture là-bas. Avec de la chance, je serai à la maison entre neuf heures trente et dix heures.»

Adam rentrait ce soir ! «Épatant, dit Menley. Nous affronterons la tempête ensemble.

— Comme toujours.

— Tu n'as pas dîné, je suppose ?

— Non.

— Je te préparerai quelque chose à manger. Ce sera probablement aux bougies, et pas uniquement pour la décoration.

— Men…» Il hésita.

«N'hésite pas à me demander si je vais bien. Oui, je vais bien.

— As-tu regardé la cassette de Bobby ?

— Deux fois. La deuxième fois, Amy était avec moi. Adam, te rappelles-tu la façon dont Bobby disait *Ma-moi* ?

« — Oui, je m'en souviens. Pourquoi ?

— Une idée, comme ça.

— Men, nous embarquons. Il faut que j'y aille. À tout à l'heure. »

Adam raccrocha et courut vers la porte d'embarquement. Il avait regardé la cassette qu'il avait retrouvée dans la bibliothèque de l'appartement. *Ma-moi.* On aurait dit que Bobby appelait Menley vers lui. Oh, mon Dieu, pensa Adam, pourquoi ne suis-je pas rentré avant qu'ils ne ferment l'aéroport ?

100

NAT ET BILL WALSH, l'enquêteur du procureur, portèrent les valises de Tina dans une des salles de réunion. Elle s'assit en face d'eux et regarda intentionnellement sa montre. « Si je ne suis pas sortie d'ici dans une heure, je vais rater mon avion, dit-elle. Où est Fred ?

— Dans la salle d'attente.

— Qu'a-t-il fait ?

— Peut-être rien d'autre qu'une livraison. Tina, parlons de la bague d'émeraude de Vivian Carpenter. »

Ses yeux se plissèrent. « Quel est le problème avec cette bague ?

— Vous êtes donc au courant ?

— Il suffit de lire les journaux pour être au courant, sans compter tout ce qui a été dit à l'audience.

— Vous savez alors qu'on peut difficilement la confondre avec une autre. Écoutez, laissez-moi vous lire la description donnée par la compagnie d'assurances. » Nat saisit une feuille de papier : « Émeraude de Colombie, cinq carats et demi, d'un vert profond, sans défaut apparent, entourée de deux diamants en forme de poire, un carat et demi chacun, monture platine, valeur : un quart de million de dollars. »

Il reposa la feuille de papier et secoua la tête. « Vous comprenez pourquoi les Carpenter voulaient la récupérer, n'est-ce pas ?

— Je ne sais pas de quoi vous parlez.

— Beaucoup de gens semblent croire que cette bague a été arrachée du doigt de Vivian Carpenter après sa mort, Tina. Si c'est vrai, cela pourrait causer à celui ou celle qui la détient aujourd'hui de très, très gros ennuis. Si vous y réfléchissiez ? M. Walsh reste avec vous. Je vais m'entretenir avec Fred. »

Il échangea un regard avec l'enquêteur. Walsh pourrait prendre une attitude protectrice avec Tina et, plus important, il ne la quitterait pas, l'empêchant ainsi de fouiller dans ses bagages. Nat n'avait pas manqué de remarquer l'éclair inquiet dans les yeux de Tina au moment où il avait mentionné la bague. *Elle la croit dans sa valise*, se dit-il.

Fred Hendin leva la tête en voyant Nat entrer dans la pièce. « Tina est-elle ici ?

— Oui », lui répondit Nat.

Ils avaient délibérément laissé Fred seul pendant une heure. « Un peu de café ? offrit Nat.

— Volontiers.

— J'en prendrai moi aussi. La journée a été longue. »

Un semblant de sourire apparut sur les lèvres de Fred Hendin. « Je vous crois sans peine. »

Nat attendit qu'on leur apportât le café, puis il se pencha en avant, parlant d'homme à homme : « Fred, vous n'êtes pas le genre de type qui songe à effacer ses empreintes digitales. Je crois pouvoir avancer que plusieurs des vôtres se trouvent sur le paquet qu'une personne, je dis bien *une personne*, au volant d'une Plymouth vert foncé, immatriculée dans le Massachusetts avec une plaque portant les numéros 7 et 3 ou 8, a placé dans la boîte aux lettres des Carpenter la nuit dernière. »

Hendin resta imperturbable.

« Mon idée, poursuivit Nat, est que quelqu'un de votre entourage avait cette bague en sa possession. Vous vous êtes rappelé l'avoir vue à son doigt, ou peut-être l'avez-vous aperçue sur un meuble ou dans une boîte à bijoux, et après l'enquête et les articles parus dans la presse, vous vous êtes inquiété. Vous ne vouliez pas que cette personne soit impliquée dans ce qui pouvait être un crime, aussi êtes-vous venu à son secours *en faisant en sorte que la bague ne soit plus en sa possession.* Mettez-moi sur la piste, Fred. N'est-ce pas ainsi que les choses se sont passées ? »

Comme Hendin gardait le silence, Nat enfonça le clou : « Fred, si Tina détenait la bague, elle a fait un faux témoignage à l'audience. Cela signifie qu'elle ira en prison, sauf si elle conclut un compromis, ce qui serait dans son intérêt. À moins d'avoir participé à un complot visant à assassiner Vivian Carpenter, elle n'est qu'une simple comparse. Si vous désirez lui venir en aide, soyez coopératif, c'est la seule façon de forcer Tina à suivre votre exemple. »

Les mains de Fred Hendin étaient jointes. Il paraissait les étudier. Nat comprit qu'il était en train de réfléchir. Fred est un brave type. Et fier. Il gagne honnêtement chacun des dollars qu'il touche. Nat se dit aussi que Fred connaissait la loi et savait que, pour avoir déclaré sous la foi du serment qu'elle ne savait rien de cette bague d'émeraude, Tina risquait gros. C'était pourquoi Nat laissait entendre qu'elle pourrait s'en tirer en se montrant coopérative.

Nat croyait également deviner ce que Tina avait en tête. Elle chercherait toutes les issues possibles jusqu'au moment où elle se sentirait acculée. Si tout se passait bien, tout serait terminé ce soir. Il était convaincu qu'ils finiraient par retrouver la trace de Covey, mais il ne voulait pas trop tarder.

« Je ne veux pas que Tina ait des ennuis, dit Fred, rompant enfin le silence. Ce n'est pas parce qu'une femme tombe amoureuse d'une ordure comme Covey que cela doit la mener à sa perte. »

Cela a pourtant bien causé la perte de Vivian Carpenter, songea Nat.

Puis Fred ajouta : « Hier soir, j'ai pris la bague dans la boîte à bijoux de Tina. »

Bill Walsh ne se départit pas de son expression compatissante, malgré l'accès de colère de Tina : « On se croirait revenu au temps des nazis en Allemagne.

— Nous sommes parfois obligés de demander à des gens parfaitement innocents de nous aider dans nos recherches, dit Walsh d'un ton apaisant. Tina, vous regardez sans cesse en direction de vos valises. Avez-vous besoin de quelque chose ?

— Non. Écoutez, si Fred ne peut pas me conduire à Logan, il faudra que je prenne un taxi, et cela me coûtera une fortune.

— Avec le mauvais temps, je parie que votre vol est retardé. Vous voulez que je m'informe ? » Walsh décrocha le téléphone. « Sur quelle compagnie volez-vous et quelle est votre heure de départ ? »

Tina l'écouta confirmer sa réservation. Lorsqu'il raccrocha, il arborait un large sourire : « Au moins une heure de retard. Nous avons tout notre temps. »

Quelques minutes plus tard, Nat les rejoignit. « Tina, dit-il, je vais vous lire l'énoncé de vos droits. »

Visiblement ébahie et décontenancée, Tina écouta, lut et signa le document que Nat lui tendait et renonça à son droit de faire appel à un avocat : « Je n'en ai pas besoin. Je n'ai rien fait de mal. Je vais tout vous dire.

— Tina, connaissez-vous les peines encourues dans cet État par quelqu'un qui est complice d'un assassinat ?

— En quoi cela me concerne-t-il ?

— Pour le moins, vous avez accepté une bague de grande valeur provenant peut-être du doigt de la victime d'un meurtre.

— C'est faux.

— Vous étiez en possession de cette bague. Fred l'a vue et l'a rendue aux Carpenter.

— *Quoi?*» Elle se précipita sur l'amoncellement de bagages posés dans un coin et saisit son sac fourre-tout. D'un geste rapide elle l'ouvrit et en retira un livre.

Une boîte à bijoux truquée, se dit Nat, la regardant dévoiler l'intérieur creux du livre. Il vit son visage perdre toute couleur. «Le fumier, murmura-t-elle.

— Qui donc, Tina?

— Fred sait où je range mes bijoux, cria-t-elle. C'est lui qui a certainement pris...» Elle se tut.

«Pris quoi?»

Après un long silence, elle continua: «Les perles, la broche, la montre et la bague de fiançailles qu'il m'avait données.

— Seulement cela? Tina, si vous ne coopérez pas, nous sommes en mesure de vous accuser de faux témoignage.»

Elle fixa Nat pendant un long moment. Puis elle se rassit et enfouit son visage dans ses mains.

La sténographe prit en note le récit de Tina. Après la mort tragique de sa femme, Scott Covey était venu la trouver, cherchant du réconfort, et ils s'étaient aimés à nouveau. Il avait découvert la bague d'émeraude dans la boîte à bijoux de Vivian et l'avait offerte à Tina comme gage de leur vie future. Mais dès que ces affreuses rumeurs s'étaient répandues, ils avaient réfléchi et s'étaient dit qu'il valait mieux pour lui ne pas admettre qu'il était en possession de la bague. Ils avaient également décidé qu'elle continuerait à voir Fred jusqu'à ce que les choses se soient tassées.

«Avez-vous l'intention de rejoindre Scott?»

Elle acquiesça: «Nous nous aimons vraiment. Et quand il avait besoin de réconfort...

— Je sais, dit Nat, il venait vous trouver.» Il resta un instant silencieux. «Par simple curiosité: vous êtes allée le voir chez lui et vous avez rangé votre voiture dans son garage, n'est-ce pas?

— Fred partait toujours tôt dans la soirée. Parfois, j'allais rendre visite à Scott.»

Tina s'était mise à sangloter doucement. Pleurait-elle parce qu'elle entrevoyait peu à peu la signification de ces questions ou parce qu'elle n'avait pas réussi à s'enfuir ? Nat n'aurait su le dire.

« Où est Scott en ce moment ?

— En route pour le Colorado. Je dois le retrouver chez mon frère.

— Pensez-vous avoir de ses nouvelles en attendant ?

— Non. Il pensait qu'il valait mieux être prudents. Il disait que les Carpenter avaient le bras assez long pour faire mettre son téléphone de voiture sur écoute. »

Nat et l'adjoint du procureur commentèrent calmement la déposition de Tina : « Nous avons suffisamment d'éléments pour convoquer un grand jury, mais si elle persiste à raconter que Covey lui a donné la bague après l'avoir trouvée chez lui — et elle le croit peut-être —, nous n'avons rien de concret, nous pouvons seulement accuser Covey d'avoir menti en déclarant que la bague était perdue, dit un adjoint. Après la mort de sa femme, la bague lui appartenait et il pouvait en faire cadeau à qui il voulait. »

Le téléphone portatif de Nat se mit à sonner. C'était Walter Orr : « Alors, que voulez-vous savoir sur ce fichu bateau ? » Il avait un ton triomphant.

Il ne s'agit pas d'une plaisanterie, pensa Nat. S'efforçant de dissimuler son irritation, il demanda : « Que pouvez-vous me dire ?

— C'est un bateau à moteur, d'environ six mètres cinquante ou soixante. Il y a un type qui se prélasse au soleil sur le pont.

— Seul ? demanda Adam.

— Oui. On voit vaguement les restes d'un pique-nique à côté de lui.

— Distingue-t-on le nom du bateau ? »

La réponse fut celle que Nat espérait.

« *Viv's Toy* », lui dit Orr.

101

L'AVION décrivit des cercles au-dessus de l'aéroport de Logan pendant dix minutes avant d'atterrir. Adam sortit à la hâte de l'appareil et parcourut au pas de course le couloir du terminal. Une longue file attendait au comptoir des agences de location de voitures. Il lui fallut dix minutes supplémentaires pour remplir les formulaires nécessaires et attraper la navette du parking. Il appela à nouveau Menley pour lui dire qu'il était en route.

Elle paraissait absorbée. « Je tiens une lampe électrique à la main et j'essaie d'allumer les bougies, lui dit-elle. L'électricité vient de s'éteindre. Non, tout va bien. La voilà qui revient. »

Finalement, il se mêla aux voitures qui avançaient lentement en direction du Sumner Tunnel. Il était neuf heures moins le quart et il n'avait pas encore atteint la route 3, qui menait directement au Cap.

Menley semblait tout à fait calme, pensa Adam, cherchant à se rassurer. Devrais-je téléphoner à Elaine et lui demander de venir avec John lui tenir compagnie avant mon arrivée ?

Non. Il savait que jamais Menley ne lui pardonnerait pareille initiative.

Mais pourquoi ai-je le sentiment viscéral qu'il se passe quelque chose?

Il avait éprouvé la même impression de malaise le jour de l'accident. Il était allé jouer au golf, cet après-midi-là, et la police lui avait téléphoné au moment où il rentrait chez lui.

Il entendait encore la voix mesurée, compatissante : «Monsieur Nichols, j'ai peur d'avoir une mauvaise nouvelle à vous annoncer.»

102

APRÈS qu'Adam l'eut appelée de l'aéroport, Menley monta au premier étage voir Hannah. Elle ne s'était pas réveillée, mais dormait d'un sommeil agité. Elle a mal aux dents, à moins que ce ne soit le bruit du vent, pensa Menley en bordant la couverture autour de sa fille. Le mugissement lugubre enveloppait la maison, de plus en plus semblable à une voix criant : *Rememmmmbarrrr...*

C'était son imagination, le pouvoir de l'autosuggestion, se dit-elle avec fermeté.

Un volet battait en bas. Après une dernière caresse au bébé, elle descendit rapidement le fixer. C'était l'un de ceux de la bibliothèque. Elle ouvrit la fenêtre, et fut trempée par les rafales de pluie pendant qu'elle se penchait et refermait les deux battants.

La route doit être épouvantable. Adam, sois prudent. Le lui avait-elle dit ? Les craintes d'Adam à son égard l'avaient tellement agacée qu'elle en avait oublié de lui montrer qu'elle s'inquiétait pour lui.

Elle s'efforça de se calmer, mais elle était trop agitée pour regarder la télévision. Adam n'arriverait pas avant neuf heures et demie, c'est-à-dire d'ici une heure et demie. Elle décida de remettre un peu d'ordre dans les livres de la bibliothèque.

Carrie Bell s'était visiblement donné le mal de les épousseter depuis que Menley les avait rapidement regardés quelques semaines auparavant. Mais les pages des ouvrages les plus anciens étaient boursouflées et déchirées. Un des précédents propriétaires de la maison s'était apparemment intéressé aux livres d'occasion. Les prix indiqués au crayon à l'intérieur d'un grand nombre d'entre eux étaient parfois inférieurs à dix *cents*.

Elle en feuilleta quelques-uns tout en les classant et finit par oublier la tempête. Il fut bientôt neuf heures, et temps de préparer le dîner. Le livre qu'elle tenait à la main avait été publié en 1911, c'était une histoire illustrée de la navigation à voile. Elle l'ouvrit et se souvint de l'avoir parcouru quelques jours après son arrivée. Au moment où elle allait le refermer, elle vit le portrait désormais familier d'Andrew et de Mehitabel à bord du bateau. La légende disait : « Un capitaine au long cours et son épouse au début du XVIIe siècle, par un artiste anonyme. »

Menley se sentit soulagée d'un grand poids. J'ai bien vu ce dessin et je l'ai copié inconsciemment, pensa-t-elle. Elle posa le livre ouvert sur son bureau, en dessous des croquis épinglés au mur. Les lampes vacillèrent à nouveau, la lumière baissa pendant un moment. Dans l'ombre de la pièce, elle eut le sentiment déconcertant que le portrait qu'elle avait fait d'Andrew, avec son expression ravagée par le chagrin, ressemblait étrangement à Adam.

L'expression qu'Adam aura bientôt. La pensée lui traversa l'esprit.

Grotesque, pensa-t-elle, et elle alla dans la cuisine, où elle prit la précaution d'allumer toutes les bougies, au cas où l'électricité s'éteindrait pour de bon.

103

ADAM quitta la route 6 pour s'engager sur la route 137. Encore dix kilomètres, se dit-il. Vingt minutes au maximum. « Si tu veux bien avancer », maugréa-t-il à l'adresse du conducteur qui roulait comme un escargot, ralentissant plusieurs voitures devant lui. Il n'osa cependant pas les dépasser. Il y avait une circulation modérée dans la direction opposée, mais la chaussée était tellement mouillée qu'il aurait risqué une collision.

Plus que huit kilomètres, se dit-il quelques minutes plus tard, mais son impatience augmentait de minute en minute. À présent, il traversait des zones totalement plongées dans l'obscurité.

104

MENLEY alluma la radio, tourna le bouton et trouva la station qui diffusait de la musique des années quarante. Elle haussa les sourcils en entendant l'orchestre de Benny Goodman attaquer « Remember ». Un air particulièrement approprié, pensa-t-elle. Elle prit un couteau et découpa des tomates en rondelles pour la salade. « Mais tu as oublié de te souvenir », roucoulait le chanteur.

Le vent mugissait avec une fureur renouvelée. *Reeeememmmmmbarrrrr.*

Menley frissonna en s'emparant d'une branche de céleri. Adam sera bientôt là, se rassura-t-elle.

Un bruit soudain la fit sursauter. Qu'est-ce que c'était ? Un courant d'air avait-il ouvert une porte ? Ou une fenêtre ? Il se passait quelque chose d'anormal.

Elle éteignit brusquement la radio. Le bébé ! Était-ce Hannah qui pleurait ? On aurait dit un cri ou un bruit assourdi, étranglé. Menley se précipita vers le plan de travail, saisit l'interphone et le porta à son oreille. Un petit hoquet, puis plus rien. Le bébé s'étouffait !

Elle s'élança hors de la cuisine en direction de l'escalier.

Ses pieds touchaient à peine le sol tandis qu'elle se ruait au premier étage. En un instant, elle fut à la porte de la chambre d'enfant. Aucun son ne provenait du petit lit. « Hannah ! Hannah ! » hurla-t-elle.

Hannah était couchée sur le ventre, les bras étendus, immobile. Fébrilement, Menley se pencha, la retourna et la prit dans ses bras. Puis ses yeux s'agrandirent d'horreur.

La tête en porcelaine de la poupée ancienne reposait dans sa main. Le visage peint la contemplait.

Menley voulut crier, mais aucun son ne sortit de ses lèvres. C'est alors que derrière elle une voix chuchota : « Je regrette, Menley. C'est fini. »

Elle pivota. Scott Covey se tenait debout près du berceau, un pistolet à la main.

Le berceau. Hannah s'y trouvait. Hannah, qui s'agitait et commençait à gémir. Le soulagement envahit Menley, suivi d'une bouffée de terreur. Elle se sentit soudain la tête vide, assaillie par une sensation d'irréalité. Scott Covey ? Pourquoi ? « Que faites-vous ici ? parvint-elle à lui demander, la bouche tellement desséchée que les mots en sortaient avec peine. Je ne comprends pas. Comment êtes-vous entré ? »

L'expression de Scott était celle qu'elle lui avait toujours connue : courtoise, attentive. Il portait une tenue de jogging et des chaussures de tennis. Mais elles étaient sèches. Pourquoi n'était-il pas trempé par la pluie ?

« Peu importe comment je suis entré, Menley, dit-il d'un ton affable. Il se trouve que j'ai mis plus longtemps que prévu pour arriver jusqu'ici, mais puisque Adam est à New York, c'est sans importance. »

Adam. Avait-il parlé à Adam ?

On eût dit qu'il lisait en elle. « Elaine m'a tout raconté, Menley.

— Elaine ? Je ne comprends pas. » Ses pensées se bousculaient. Que se passait-il ? C'était impossible. Il s'agissait d'un cauchemar ! Scott Covey ? Pourquoi ? Adam et elle l'avaient pris en amitié. Elle avait convaincu Adam de le défendre. Adam l'avait sauvé d'une inculpation de meurtre. Et Elaine ? Qu'est-ce que Scott avait à faire avec Elaine ? Tout lui paraissait tellement irréel.

Mais le pistolet dans sa main était bien réel.

Hannah gémit plus fort, commençant à s'éveiller. Menley vit l'expression d'irritation sur le visage de Scott. Il jeta un regard vers le bébé, et la main qui tenait le pistolet s'inclina.

« Non ! » hurla-t-elle. Se penchant, elle saisit Hannah dans le berceau. Comme elle la pressait dans ses bras, la lumière s'éteignit et elle s'enfuit en courant de la pièce.

Dans l'obscurité, elle se précipita vers l'escalier. Elle devait garder son sang-froid. Elle connaissait chaque recoin de la maison, pas Scott. Si seulement elle pouvait atteindre la porte de la cuisine avant qu'il ne la rattrape ! La clé de la voiture était accrochée sur le chambranle. Le break était garé juste devant le porche. Il lui suffirait d'une minute. Elle descendit l'escalier le long de la rampe, priant pour que les marches ne craquent pas.

Il n'était pas derrière elle. Il avait dû partir dans la direction opposée ; peut-être la cherchait-il dans les autres chambres. Mon Dieu, mon Dieu, donnez-moi rien qu'une minute, pria-t-elle.

Un claquement de tonnerre retentit au-dessus de la maison, et Hannah se mit à hurler.

Le train qui fonçait sur eux, le cri de Bobby, ses propres hurlements.

Menley refoula le souvenir. Elle entendit des pas rapides au-dessus d'elle. Il arrivait. Serrant étroitement Hannah dans ses bras, elle courut jusqu'à la cuisine. Elle traversa la pièce en un éclair, regrettant amèrement d'avoir allumé les bougies. Leur flamme donnait une lumière trop vive maintenant. Jetant un coup d'œil par-dessus son épaule, elle aperçut Scott dans l'embrasure de la porte d'entrée. Son expression avait changé. Ses yeux s'étaient rétrécis, ses lèvres n'étaient plus qu'une mince ligne semblable à une coupure.

Les doigts de Menley se refermaient sur la clé de la voiture lorsqu'il l'agrippa par le bras, l'attirant brutalement contre lui : « Menley, c'est vous seule, ou vous et l'enfant. Décidez-vous. Allez la remettre dans le berceau et suivez-moi, sinon Adam vous perdra toutes les deux. »

Sa voix était calme, posée, presque détachée. C'eût été plus facile s'il avait été agité, s'il avait montré une certaine indécision. Elle aurait alors pu essayer de lui faire entendre raison. Pourquoi agissait-il ainsi ? Elle essayait toujours de comprendre. Et pourtant il semblait terriblement déterminé. Il fallait qu'elle l'éloigne d'Hannah.

« Je vais la remonter, promit-elle avec désespoir. J'irai avec vous. »

Il prit une des bougies. Elle sentit le pistolet appuyé contre son dos tandis qu'elle le précédait dans la chambre d'enfant et déposait Hannah hurlant de terreur dans son lit.

« Le berceau, dit-il. Couchez-la dans le berceau. Et remettez la poupée dans le lit.

— Pourquoi ? » Ne te presse pas, pensa-t-elle, gagne du temps. Fais-le parler. Adam ne peut être loin maintenant. *Adam, dépêche-toi, je t'en prie, dépêche-toi.*

« Parce que vous êtes folle, Menley, voilà la raison. Folle, sujette aux hallucinations, déprimée. Tout le monde, même Adam, sera soulagé que vous n'ayez pas emmené le bébé avec vous au moment de vous suicider.

— Non ! Non ! Je ne veux pas !

— Soit vous couchez cette enfant dans le berceau, soit vous la prenez avec vous. C'est à vous de choisir, Menley. Dans un cas comme dans l'autre, nous partons. »

Il fallait qu'elle l'éloigne d'Hannah. Seule, s'il l'emmenait en voiture, elle pourrait peut-être sauter par la portière, essayer de s'enfuir. Elle aurait peut-être une chance de sauver sa vie, mais pas ici, pas avec Hannah. Elle devait laisser Hannah dans la maison.

Menley recoucha Hannah. Apeurée, celle-ci se remit à

pleurer. «Chut…» Elle donna une petite poussée au berceau, qui se balança légèrement, et leva la tête vers Scott. «Je vous suis», dit-elle, s'efforçant de rester calme. Puis elle dut refréner un cri.

Une portion du mur derrière Scott s'ouvrait lentement. Une odeur de renfermé, de moisi, en sortit, se répandant dans la pièce. Scott lui fit signe : «Par ici, Menley.»

105

DES TORRENTS de pluie cinglaient le pare-brise de sa voiture quand Adam s'engagea dans la rue principale de Chatham privée d'éclairage. Il voyait à peine à quelques mètres devant lui et s'obligeait à conduire lentement. La route tournait à droite. Maintenant elle suivait l'océan.

Il passa devant le phare. Encore cinq minutes et il serait arrivé. L'île Morris se trouvait juste devant lui. Puis il atteignit la légère dépression où se rejoignaient les routes de Little Beach et de l'île Morris. Elle était inondée et la chaussée barrée.

Sans hésiter, Adam fonça à travers la barrière. Aussi clairement que si elle avait été à ses côtés, il lui semblait entendre Menley l'appeler.

106

L'OUVERTURE dans le mur de la chambre d'enfant n'avait pas plus de cinquante centimètres. Scott força Menley à s'y glisser.

« Avancez, Menley. »

La porte se referma sur elle avec un léger bruit, et les cris d'Hannah devinrent plus assourdis. La flamme vacillante de la bougie jetait des ombres étranges dans l'étroit réduit. Scott l'éteignit et ramassa une lampe-torche qu'il avait laissée sur un tas de détritus et dont le faisceau perça l'obscurité d'une petite pièce où s'entassaient des vêtements couverts de moisissures, et des débris de meubles.

L'endroit empestait le renfermé. C'était la même odeur que celle qu'elle avait sentie dans la chambre d'Hannah à plusieurs reprises, et dans le cabinet du pasteur au rez-de-chaussée. « Vous êtes déjà venu ici, s'écria-t-elle. Vous êtes déjà entré dans la chambre du bébé !

— J'y suis venu le moins possible, Menley, lui répondit calmement Scott. Il y a une échelle dans l'angle. Je descendrai derrière vous. Ne tentez rien de stupide.

— Je ne ferai rien », dit-elle vivement, essayant désespérément de comprendre, de surmonter l'impression d'irréalité qui la submergeait. Il ne sait pas qu'Adam va arriver, pensa-t-elle. Je pourrais peut-être l'amener à parler. Détourner son attention. Le faire trébucher. Je suis plus forte qu'il ne le croit. Peut-être pourrais-je profiter de l'effet de surprise, lui prendre son arme.

Mais saurait-elle l'utiliser ? Oui. Je ne veux pas mourir, pensa-t-elle. Je veux vivre, vivre avec Adam et Hannah. Je veux profiter de la vie. Elle sentit la colère monter en elle.

Elle regarda autour d'elle, enregistrant tout ce qu'elle pouvait distinguer dans la pénombre. C'était bien ce qu'elle avait imaginé. Il existait une pièce secrète dans la maison. Plus qu'une simple pièce, en fait. Entre les cheminées, toute la partie centrale était une réserve. Ces piles de chiffons moisis faisaient-elles partie de la cargaison du *Thankful* ? se demanda-t-elle.

Gagne du temps, se répéta-t-elle. Hannah pleurait certainement, mais elle ne l'entendait plus. Ces murs étaient si épais que, si elle mourait là, personne ne la retrouverait jamais.

Si elle mourait là.

Avait-il l'intention de la tuer ?

« Je ne sortirai pas d'ici vivante, n'est-ce pas ?

— Vous croyez ? » Il sourit. « Qu'est-ce qui vous fait penser ça ? »

Menley ressentit une bouffée de haine à l'état pur. Il se moquait d'elle, maintenant.

Mais il reprit : « Menley, je regrette vraiment. Je fais ce que je dois faire, c'est tout. » Il paraissait absolument sincère.

« Pourquoi ? Dites-moi au moins pourquoi.

— Croyez-le ou non, je ne voulais pas tuer Vivian. Elle m'adorait, me couvrait de cadeaux lorsqu'elle venait en Floride, mais après notre mariage, jamais elle ne m'a donné un sou. Pas de compte joint, pas de liquidités, aucun avoir à mon nom. Tout ce que je voulais, elle me l'achetait, mais je devais lui réclamer le moindre *cent* pour mes dépenses personnelles. » Il secoua la tête d'un air incrédule.

« Et puis, elle a voulu me faire signer une renonciation à mes droits sur sa fortune si notre mariage ne durait pas un minimum de dix ans. Ce serait la preuve de mon amour, m'a-t-elle expliqué. Elle avait entendu des gens chez le coiffeur dire que je l'avais épousée uniquement pour son argent.

— Et vous l'avez tuée ?

— Oui. À regret. Je veux dire, elle n'était pas méchante, mais elle me prenait pour un pantin.

— Mais en quoi tout ça me concerne-t-il, moi ? Je vous ai aidé. Je vous plaignais. J'ai poussé Adam à vous défendre.

— Si vous êtes ici, c'est justement à cause d'Adam.

— Adam ! Adam sait que vous êtes ici ? » En posant cette question, elle savait que c'était impossible.

« Il faut que nous partions d'ici, Menley. Je vais être bref. Elaine a toujours aimé Adam. Deux ou trois fois dans le passé, elle a cru qu'il était amoureux d'elle, mais ça n'a jamais marché. L'année dernière, en voyant que vous étiez sur le point de rompre, elle s'est persuadée qu'Adam se tournerait vers elle. Puis il est revenu vers vous, et elle a renoncé à lui. La partie lui semblait définitivement perdue. Mais Adam a téléphoné pour louer cette maison à Eastham, et elle a appris que vous étiez fragile émotionnellement. C'est alors qu'elle a conçu ce plan.

— Êtes-vous en train de me raconter que vous agissez pour le compte d'Elaine ? Pourquoi, Scott ? Je comprends de moins en moins.

— Non, j'agis pour moi. Elaine a reconnu mon bateau sur la photo aérienne de *Remember*. Elle s'est rendu compte que j'étais seul à bord à trois heures et quart, ce qui fichait en l'air mon récit de l'accident survenu à Vivian. Elle était prête à faire usage de cette information. Nous avons donc conclu un marché. Elle serait mon témoin de moralité, et je l'aiderais à vous faire perdre la raison. Adam lui avait parlé de vos flash-back et de vos accès de dépression, et elle s'est imaginé que cette vieille maison, avec ses légendes et ses pièces secrètes — dont elle avait appris l'existence par des ouvriers —, serait l'endroit idéal pour vous conduire à la folie. C'est elle qui a tout manigancé ; je l'ai seulement aidée à exécuter ses plans. Elle m'a amené ici, m'a montré la maison, expliquant ce qu'elle attendait. C'était le jour où cette pauvre folle s'est égarée et nous a suivis jusqu'ici. Elle a eu de la chance que son mari arrive au moment où je l'emmenais faire un tour dans l'eau. »

Menley frissonna. Il veut peut-être m'entraîner sur la plage. Voilà ce que Phoebe cherchait à se rappeler, elle voulait me prévenir.

Fais-le parler. Fais-le parler.

« Et la bague ? Qu'est-il advenu de l'émeraude ? Où est-elle ? »

Il sourit. « Entre les mains de Tina. C'est une sacrée nana. Et lui avoir donné la bague était un trait de génie. Si jamais ils essayaient de m'inculper, elle se retrouvait complice. Elle était obligée de garder le silence. Elaine et moi formons une équipe remarquable. Nous fonctionnons de la même manière. Elle s'est introduite ici de temps en temps, la nuit. Je crois qu'elle avait mis au point quelques tours destinés à ébranler vos nerfs. Par exemple, elle avait enregistré la voix de votre fils sur une bande qu'elle passait durant la nuit, accompagnée d'un bruit de train. L'effet n'a pas tardé. On raconte dans Chatham que vous êtes au bord d'un total effondrement nerveux. »

Où était Adam ? se demanda désespérément Menley. L'entendrait-elle arriver ? Pas de là où elle se trouvait. Elle vit Scott diriger son regard vers l'échelle. « Allons-y, Menley. Vous savez tout maintenant. »

Il agita son arme. S'efforçant de suivre le faisceau lumineux de la torche, elle s'avança sur le plancher rugueux et inégal. Elle trébucha en atteignant l'ouverture où pointait le sommet de l'échelle. Scott la rattrapa avant qu'elle ne tombe.

« Pas question que l'on trouve sur vous la moindre trace de blessure, dit-il. J'ai eu assez de mal à expliquer celle que Vivian avait au doigt. »

Le bois de l'échelle était brut, et une écharde lui entra dans la paume. Elle tâta du pied les barreaux, descendant avec précaution. Pouvait-elle se laisser tomber à l'étage inférieur et lui échapper ? Non. Si elle se tordait la cheville, elle serait alors véritablement sans défense. Attends, s'exhorta-t-elle. Attends.

Elle atteignit le niveau du rez-de-chaussée. L'espace était plus vaste qu'à l'étage supérieur, mais des détritus jonchaient le sol. Scott se trouvait juste derrière elle. Il descendit le dernier barreau. «Regardez», dit-il, désignant ce qui ressemblait à un tas de chiffons. Il donna un coup de pied dedans. «Il y a des ossements là-dessous. Elaine les a découverts le jour où elle m'a montré cet endroit. Quelqu'un y a été emmuré jadis. Au début, nous avons pensé que ce serait une bonne solution de vous abandonner à jamais ici. Mais si vous disparaissiez simplement, Elaine a craint qu'Adam ne passe le restant de ses jours à attendre votre retour.»

Menley eut un instant d'espoir. Il n'allait pas la tuer ici. À l'extérieur, elle avait une chance. Comme il la poussait devant lui, elle se retourna pour regarder les ossements. Phoebe avait dit que Tobias Knight se trouvait dans cette maison. Parlait-elle de ça?

«Par là.» Tenant la torche, Scott lui indiquait une ouverture dans le sol. Elle sentit l'humidité monter d'en bas.

«Laissez-vous tomber doucement. Il n'y a pas d'échelle.» Il attendit qu'elle se soit introduite dans la cavité, puis se glissa avec précaution à ses côtés, refermant la lourde trappe derrière lui, obturant l'orifice. «Ne bougez pas.»

Ils étaient dans une petite resserre de la cave. Scott la balaya de sa lampe. Un grand ciré jaune était étalé par terre, une paire de bottes à côté. Voilà pourquoi ses vêtements étaient secs, se dit Menley. Il était entré par là.

D'un mouvement vif, Scott ramassa le ciré, enroula les bottes dedans et prit le paquet sous son bras.

Menley sentit un changement dans son attitude. Maintenant, il était décidé à en finir. Il la poussa vers la porte de la cave et ouvrit les deux battants. «Ils penseront que vous êtes partie par là, dit-il. Vous n'en paraîtrez qu'un peu plus folle.»

Ils allaient croire qu'elle avait laissé Hannah seule et s'était aventurée dans la tempête. Où était la voiture de Scott? Avait-il l'intention de la conduire quelque part? Dans ce cas, elle aurait peut-être une chance de sauter par la portière ou de le forcer à avoir un accident. Elle se tourna en direction de l'allée, mais il lui prit le bras : « Par ici, Menley. »

Ils se dirigeaient vers la plage. Elle comprit alors qu'il allait la noyer.

« Attendez, Menley, dit-il. Donnez-moi votre sweater. Au cas où l'on ne retrouverait jamais votre corps, ils sauront au moins ce qui est arrivé. »

La pluie lui fouettait le visage, le vent lui arrachait presque ses vêtements, rabattait ses cheveux sur ses yeux. Elle voulut les repousser. Scott s'arrêta, lui lâcha la main. « Levez les bras, Menley. »

Les membres gourds, elle lui obéit. D'un geste rapide, il fit passer le sweater par-dessus sa tête et le lui ôta, dégageant d'abord la main gauche, puis la droite. Il le laissa choir sur le sol, saisit Menley par le bras et l'entraîna dans le sentier qui descendait le long de la falaise et menait à la mer. Demain, avec ces torrents de pluie, il n'y aurait plus aucune trace de leurs pas.

Ils trouveront mon sweater, pensa Menley, et ils s'imagineront que je me suis suicidée. Son corps serait-il rejeté à la côte, comme celui de Vivian ? Elaine et Scott l'espéraient probablement. Adam, Adam, arrive vite !

Les vagues labouraient la grève. Le contre-courant l'entraînerait, l'emporterait au large, et elle n'aurait aucune chance de s'en tirer. Elle trébucha et il resserra son étau, la forçant à suivre le sentier escarpé. Quoi qu'elle fasse, elle ne pouvait pas s'échapper.

La violence de la tempête les assaillit quand ils atteignirent l'endroit où, hier encore, Menley s'était dorée au soleil sur une couverture avec Adam et Hannah. Il ne restait plus un centimètre de plage aujourd'hui, seulement des vagues qui montaient à l'assaut du rivage, comme avides de le reconquérir.

« Je suis sincèrement désolé, Menley, dit Scott, mais mourir par noyade n'est pas si terrible. Cela n'a duré qu'une minute ou deux pour Viv. Détendez-vous. Ce sera vite fini. »

Il la poussa dans l'eau et, accroupi, lui maintint la tête dans le violent ressac.

107

ADAM entra en trombe dans la maison et aperçut la flamme vacillante des bougies dans la cuisine. N'y trouvant personne, il s'empara d'une lampe de poche et se précipita au premier étage.

« Menley! cria-t-il en s'élançant vers la chambre d'enfant. Menley! »

Il éclaira la chambre avec sa lampe.

« Oh, mon Dieu! » s'écria-t-il au moment où le faisceau lumineux frappait le visage de porcelaine de la poupée.

Puis une plainte se fit entendre derrière lui. Il se retourna brusquement, balaya la chambre de sa lampe et l'arrêta sur le berceau qui se balançait doucement. Hannah y était couchée! Dieu soit loué! Le bébé était sain et sauf.

Mais Menley…

Adam fit demi-tour et se rua vers leur chambre. Elle était vide. Il descendit l'escalier à la hâte et chercha dans chacune des pièces.

Menley était partie!

Ce n'était pas normal. Menley n'aurait pas laissé Hannah

toute seule. Elle n'aurait jamais fait ça. Mais elle ne se trouvait pas dans la maison.

Qu'était-il arrivé? Avait-elle entendu à nouveau la voix de Bobby? Il n'aurait jamais dû la laisser regarder la cassette. Il n'aurait pas dû la laisser seule.

Dehors! Elle était peut-être sortie! Comme un fou, Adam se rua vers la porte d'entrée et l'ouvrit. La pluie le transperça avant même qu'il ait fait un pas à l'extérieur. «Menley! criat-il. Menley, où es-tu?»

Il traversa en courant la pelouse devant la maison, se dirigea vers le sentier qui menait à la plage. Il trébucha sur l'herbe mouillée, tomba, laissant échapper la lampe qui disparut pardessus le bord de la falaise.

La plage! C'était impossible qu'elle soit descendue là, pensa-t-il, épouvanté. Mais il devait s'en assurer. Elle était forcément quelque part.

«Menley! cria-t-il à nouveau. Menley, où es-tu?»

Il atteignit le sentier et le dévala, se laissant à moitié glisser au bas de la pente. Les vagues rugissaient en contrebas, l'obscurité était totale autour de lui. Puis un éclair illumina l'océan déchaîné.

Soudain il l'aperçut, flottant sur la crête d'un énorme rouleau.

108

MENLEY dut rassembler toute sa volonté pour ne pas s'affoler. Elle avait retenu sa respiration, sentant ses poumons près d'éclater, se forçant à rester inerte alors qu'elle aurait voulu se débattre. L'eau refluait autour d'elle, les mains puissantes de Scott pesaient sur son corps, la maintenant au fond. Et brusquement il la relâcha. Elle tourna rapidement la tête, avalant une goulée d'air. Pourquoi la laissait-il ? La croyait-il morte ? Était-il toujours là ?

Elle comprit. Adam ! Elle entendait Adam qui l'appelait. Qui criait son nom !

Elle commençait à nager lorsqu'une vague s'abattit sur elle. Momentanément étourdie, elle se sentit attirée par le puissant contre-courant.

Oh, mon Dieu, pria-t-elle, ne me laissez pas me noyer ! Haletante, cherchant à retrouver son souffle, elle s'évertua à remonter le courant. Les vagues énormes l'assaillaient, la projetaient en avant, l'entraînaient, l'aspiraient vers le fond. Elle s'empêcha de respirer, fermant les yeux, luttant pour regagner la surface. Son seul espoir était de se retrouver dans le creux d'une vague qui la ramènerait jusqu'au rivage.

Elle avala davantage d'eau, agita désespérément bras et jambes. Pas de panique, se dit-elle, place-toi dans un rouleau.

Elle sentit une vague s'enfler derrière elle, soulevant son corps.

C'est le moment ! Maintenant ! Nage ! Lutte ! Ne la laisse pas t'emporter en arrière.

Soudain, la brève lumière d'un éclair illumina le paysage autour d'elle — la mer, la falaise. Adam ! Il était là, dévalant le sentier vers elle.

Alors que retentissait le tonnerre, elle se lança de toutes ses forces dans la vague et se laissa porter jusqu'au bord de l'eau, jusqu'à Adam.

Il n'était qu'à quelques pas, quand elle sentit le courant l'entraîner à nouveau en arrière.

Puis il y eut son bras autour d'elle, qui la tirait vers le rivage.

109

AMY et son père prirent congé d'Elaine à onze heures. La soirée n'avait pas été une réussite. Elaine n'avait cessé de rappeler à Amy qu'elle ne devait jamais emporter quoi que ce soit sans autorisation, surtout pour le confier ensuite à quelqu'un d'autre. Son père s'était rangé à son avis, mais Elaine avait tellement insisté sur le sujet qu'il avait fini par lui dire : « Je crois que nous avons fait le tour de la question, Elaine. »

Ils avaient dîné tard, parce que l'électricité avait été coupée pendant plus d'une heure et que le rôti n'était pas cuit. Au dessert, Elaine amena à nouveau la conversation sur Menley Nichols :

« Tu dois comprendre qu'Adam s'inquiète au sujet de Menley. Elle traverse une véritable dépression nerveuse, et voir la cassette de son petit garçon lui a certainement causé une émotion violente. Qui plus est, elle va rester seule pendant deux nuits. Adam se fait un sang d'encre.

— Je ne crois pas qu'elle soit déprimée, répliqua Amy. Elle était triste en regardant la cassette, mais nous en avons parlé, et Mme Nichols a dit qu'il fallait se réjouir d'avoir pu aimer quelqu'un de merveilleux, même si l'on n'en avait profité que peu de temps. Sa mère lui disait qu'elle préférait avoir vécu douze ans avec son père que soixante-dix avec n'importe qui d'autre. »

Amy regarda son père et ajouta : « Je suis du même avis. » Avec une certaine satisfaction, elle le vit rougir. Elle lui en voulait d'avoir pris le parti d'Elaine au sujet de la vidéocassette. Mais je suppose qu'il en sera toujours ainsi à partir de maintenant, se dit-elle.

La conversation avait été tendue pendant tout le repas. Elaine était à cran. Même son père l'avait remarqué. Il avait fini par lui demander si quelque chose la tracassait.

C'est alors qu'Elaine avait annoncé la nouvelle. « John, j'ai réfléchi, avait-elle dit, je pense que nous devrions retarder la date du mariage. Je veux que tout soit parfait pour nous tous, et c'est impossible tant qu'Amy sera si visiblement malheureuse. »

Tu te fiches comme d'une guigne que je sois malheureuse ou non, pensa Amy. Je parie qu'il y a une autre raison. « Elaine, vous me l'avez répété tout l'été, dans quelques semaines, je serai à l'université et je commencerai ma vie d'adulte. C'est mon père que vous épousez, pas moi. Je me préoccupe seulement de son bonheur, il devrait en être de même pour vous. »

Elaine avait annoncé la nouvelle au moment où ils s'apprêtaient à partir. Amy apprécia la dignité avec laquelle son père répondit. « Je crois que nous devrions en discuter ensemble à un autre moment, Elaine. Je te téléphonerai demain. »

Lorsque Elaine ouvrit la porte d'entrée, ils virent la voiture de police avec son gyrophare en action qui s'arrêtait dans l'allée devant la maison. « Que se passe-t-il ? » demanda Elaine.

Amy perçut une intonation bizarre dans sa voix. Elle paraissait tendue, comme si elle avait peur.

Nat Coogan sortit de la voiture et resta une minute immobile, le regard fixé sur Elaine debout dans l'embrasure de la porte. Il venait de rentrer chez lui quand il avait reçu un appel du poste de police. Scott Covey s'était rendu à l'île Morris et avait tenté d'assassiner la femme d'Adam Nichols. Il avait pris la fuite en voyant Adam apparaître, et avait été arrêté à un barrage dressé sur la route 6.

Maintenant, c'était au tour de Nat Coogan d'avoir le plaisir d'arrêter Elaine Atkins. Sans se soucier de la pluie battante, il remonta l'allée et s'avança vers le porche de l'entrée : «Mademoiselle Atkins, dit-il, j'ai un mandat d'arrêt vous concernant. Je vais vous lire vos droits, et vous demanderai ensuite de bien vouloir me suivre. »

Amy et son père virent le visage d'Elaine blêmir. «C'est ridicule », dit-elle d'une voix précipitée et furieuse.

Nat fit un geste en direction de l'allée : «Scott Covey est dans cette voiture. Nous venons de l'arrêter. Il était si sûr de lui qu'il a raconté à Menley tous les détails de votre combinaison, comment vous vouliez éliminer Menley pour avoir Adam Nichols pour vous seule. Vous avez de la chance qu'il n'ait pas réussi à la noyer. Grâce à ça, vous serez seulement accusée de complicité de tentative de meurtre. Mais vous aurez besoin d'un bon avocat, et je ne pense pas que vous puissiez compter sur Adam Nichols pour vous défendre. »

John Nelson parut interloqué : «Elaine, que se passe-t-il ? De quoi parle-t-il ? Nat, vous avez sûrement…

— Oh, ferme-la, John ! » s'écria Elaine. Elle le toisa avec mépris.

Ils se regardèrent tous en silence pendant un long moment. Puis Amy sentit son père lui prendre le bras. «Viens, mon petit, dit-il, nous avons trop traîné par ici. Rentrons à la maison. »

110

LORSQUE Menley se réveilla le mardi matin, le soleil jouait sur l'appui de la fenêtre, se reflétant sur les larges lattes du plancher. Son esprit s'emplit des souvenirs de la nuit précédente et elle se remémora le moment où elle avait su qu'elle était sauve, où ils étaient revenus à la maison. Adam avait appelé la police pendant qu'elle courait voir Hannah.

Après le départ de la police, une fois qu'ils s'étaient retrouvés enfin seuls, ils l'avaient prise tour à tour dans leurs bras. Puis, trop épuisés pour songer à dîner, ils avaient transporté le berceau près de leur lit, incapables de laisser Hannah seule dans sa chambre jusqu'à ce que la resserre secrète ait été vidée de son contenu et définitivement murée.

Menley regarda autour d'elle. Adam et Hannah dormaient encore. Ses yeux allèrent de l'un à l'autre, s'émerveillant d'être avec eux, de savoir qu'elle était saine et sauve.

Je peux poursuivre mon existence, pensa-t-elle. Mehitabel et Andrew n'ont pas eu cette chance.

La veille, les policiers avaient inspecté la resserre ; ils reviendraient prendre des photos, qui serviraient de pièces à conviction pour le procès. Ils avaient aussi examiné les ossements.

Parmi ceux des pieds, ils avaient retrouvé des boucles d'argent portant les initiales T. B. : Tobias Knight.

Le côté du crâne était enfoncé, comme s'il avait reçu un coup violent. Le capitaine Freeman avait sans doute surpris Tobias dans cette pièce, réfléchit Menley, et, apprenant ou devinant la vraie raison de ses visites nocturnes dans la maison, il l'avait tué, le châtiant d'avoir entretenu le mensonge qui avait détruit Mehitabel. Puis il avait abandonné le corps au milieu des marchandises volées. Il s'était donc finalement rendu compte que sa femme était innocente. Nous savons qu'il était fou de douleur lorsqu'il avait pris la mer au plus fort de la tempête.

Nous avions raison, Phoebe et moi. Mehitabel n'avait rien à se reprocher. Elle est morte en clamant cette vérité et en pleurant son enfant. Lorsque je raconterai sa vie, je citerai aussi le nom de Phoebe. Elle a toujours eu envie de raconter cette histoire.

Elle sentit le bras d'Adam qui l'entourait.

Il l'attira contre lui. « T'ai-je dit que tu es une nageuse extraordinaire ? » demanda-t-il. Puis le ton léger disparut de sa voix : « Men, quand je pense que je me suis montré tellement obtus que tu as failli mourir à cause de moi, je me battrais. »

Elle mit un doigt sur ses lèvres. « Ne dis pas ça. Lorsque tu m'as dit qu'il n'y avait aucune sirène de train sur la cassette de Bobby, j'ai commencé à soupçonner quelque chose d'anormal. Mais tu ignorais ce que j'avais entendu, je ne peux pas te reprocher de m'avoir crue folle. »

Hannah commençait à remuer. Menley la prit dans son berceau et l'installa entre eux dans le lit. « Sacrée nuit, hein, ma puce ? »

Nat Coogan téléphona alors qu'ils finissaient leur petit déjeuner. « Je suis désolé de vous ennuyer, mais nous avons un mal de chien à contenir les journalistes. Seriez-vous disposés à leur parler, une fois les recherches terminées ? »

— C'est la meilleure solution, répliqua Adam. Dites-leur qu'il nous faut encore un peu de temps pour reprendre nos esprits, et que nous les recevrons à deux heures. »

Un peu plus tard, le téléphone sonna à nouveau — une chaîne de télévision souhaitait les interviewer. L'appel fut suivi d'autres, si nombreux qu'ils finirent par débrancher le téléphone. Ils remirent la prise uniquement pour permettre à Menley d'appeler Jan Paley, les Sprague et Amy.

En raccrochant après son dernier appel, elle souriait. « Amy semble transformée, dit-elle. Son père ne cesse de lui répéter qu'il aurait souhaité avoir un peu de son bon sens. Je lui ai dit que moi aussi. Elle se doutait depuis le début qu'Elaine était fausse comme un jeton.

— Un jeton très dangereux, fit Adam.

— Amy aimerait garder Hannah demain soir — gratuitement ! Son père lui paie la totalité de sa voiture.

— Nous allons la prendre au mot. Comment va Phoebe ?

— Henry lui a dit que tout allait bien pour nous et qu'il était fier d'elle parce qu'elle avait essayé de nous avertir. Il est convaincu qu'elle a compris confusément ce qu'il lui disait. » Menley marqua un temps d'arrêt. « Je suis si triste pour eux.

— Je sais. » Adam passa son bras autour d'elle.

« Et Jan va venir. Elle apporte de quoi déjeuner et a offert de ramasser le courrier en passant. »

Lorsque la police arriva pour photographier la pièce secrète, Adam et Menley allèrent s'installer avec Hannah sur la falaise. La mer s'était calmée, de petites vagues se brisaient doucement sur la plage qui paraissait étonnamment lisse, après la tempête de la veille. Chaque fois qu'elle reverrait cette nuit-là en rêve, Menley savait que le rêve se terminerait toujours par la main d'Adam saisissant la sienne.

Elle se retourna pour regarder la maison, puis leva les yeux vers le balcon de la veuve. Le métal sur la cheminée brillait au soleil et l'on voyait bouger des ombres au passage des rares nuages. Amy a-t-elle pu avoir une illusion d'optique le jour où elle a cru me voir ?

« À quoi penses-tu ? demanda Adam.

— Je pense que lorsque j'écrirai l'histoire de Mehitabel, je dirai qu'elle était un esprit habitant cette maison, attendant que son innocence soit reconnue et le retour de son enfant.

— Et si sa présence hantait encore les lieux en ce moment, voudrais-tu y vivre ? dit Adam en riant.

— Je le voudrais d'autant plus. Nous allons l'acheter, n'est-ce pas ? Hannah passera ses étés au Cap, comme tu l'as fait. Et j'aime infiniment la maison. C'est le premier endroit où je me sente vraiment chez moi.

— Nous allons l'acheter, bien sûr. »

À midi, peu après le départ des photographes, Jan arriva. Son étreinte silencieuse fut plus éloquente qu'un flot de paroles. « La seule lettre au courrier vient d'Irlande », dit-elle. Menley l'ouvrit immédiatement. « C'est Phyllis. Oh, elle a vraiment fait des recherches approfondies sur les McCarthy. »

L'enveloppe contenait une liasse de documents généalogiques, des certificats de naissance et de décès, des coupures de journaux, quelques photos jaunies.

« Tu as laissé tomber sa lettre », dit Adam. Il la ramassa et la lui tendit.

Phyllis écrivait :

Chère Menley,

Je suis tout excitée. Je veux que tu sois la première à le savoir. Je suis remontée jusqu'aux origines de la première Menley, et c'est une histoire extraordinaire. Elle a été élevée dès son jeune âge par des cousins de son père, les Longford, dans le Connemara. On ne connaît pas son lieu de naissance, mais la date mentionnée est 1705. À l'âge de dix-sept ans, elle a épousé le seigneur Adrian McCarthy, de Galway, et ils eurent quatre enfants. On peut encore voir une partie des fondations de leur maison. Elle dominait l'océan.

Elle a dû être une véritable beauté (voir photocopie jointe de son portrait), et je lui trouve un air de famille avec toi.

J'ai gardé le plus étonnant pour la fin, et c'est une chose qu'Hannah pourra garder à l'esprit si elle décide qu'elle préfère ton nom au sien mais ne veut pas être appelée « la petite Menley ».

Si tu portes ce nom inhabituel, c'est parce que dans sa petite enfance ton ancêtre n'arrivait pas à prononcer son vrai nom et s'appelait elle-même Menley.

Le nom qu'on lui avait donné à sa naissance était Remember...

REMERCIEMENTS

Il y a vingt ans, j'ai découvert par hasard un livre intitulé *The Narrow Land*, écrit par Elizabeth Reynard. Les mythes, légendes et chroniques traditionnels qu'il décrivait sont la raison de ce roman. Ma reconnaissance pour leurs précieuses informations sur l'époque va à ces écrivains du passé : Henry C. Kittredge pour son *Cape Codders : People and Their History* et *Moncussers of Cape Code*; Doris Doàne pour *A Book of Cape Cod Houses* avec des illustrations de Howard L. Rich; Frederick Freeman pour *The History of Cape Cod*; et William C. Smith pour son *History of Chatham*.

Mille mercis à Michael V. Korda, mon éditeur, et à son associé, Chuck Adams. Comme d'habitude, mes amis, *sine qua non.*

Bravo à Frank et Eve Metz pour la maquette. Bénie soit Gypsie da Silva pour la supervision du texte.

Toute ma gratitude à Eugene H. Winick, mon agent, et Lisl Cade, mon attachée de presse, précieux compagnons de ce voyage qui s'appelle l'écriture d'un livre.

Et gloire à Ina Winick qui m'a aidée à comprendre les effets du stress post-traumatique. Je remercie spécialement la bibliothèque d'Eldredge, Sam Pinkus, le Dr Marina Stajic, les gardes-côtes de Woods Hole, la police de Chatham, le bureau du procureur du comté de Barnstable, Ron Aires de Aires Jewelers. Si j'ai fait des erreurs techniques, ce n'est certes pas de votre faute.

Un coup de chapeau à ma fille Carol Higgins Clark pour sa perspicacité et ses suggestions.

Et maintenant, très chers parents et amis, si vous vous souvenez de moi, passez-moi un coup de fil. Je suis libre pour dîner.

*"C'est une joie et un honneur de savoir
que mon dernier livre, « Souviens-toi »,
a été choisi comme sélection du trimestre.
Mon souvenir le plus chaleureux
à tous les membres du Club."*

Mary Higgins Clark

Mary Higgins Clark

FICHE D'IDENTITÉ

Mary Higgins Clark, d'origine irlandaise, est née à New York dans les années 30 et a grandi dans le Bronx. Elle est âgée de dix ans quand son père meurt. Sa mère doit durement travailler pour élever ses trois enfants, Mary et ses deux frères. Une fois sa scolarité achevée, Mary entreprend des études de secrétariat : c'est ainsi qu'elle peut rapidement obtenir du travail et apporter une aide financière à sa famille. Après avoir passé trois ans dans une agence de publicité, la fièvre du voyage la saisit. Pour parcourir le monde, elle devient hôtesse de l'air.

En 1950, elle épouse un jeune homme, Warren Clark, dont elle était amoureuse depuis l'âge de seize ans. Mary Higgins Clark raconte qu'il lui fallut attendre six ans, et essuyer quarante refus par courrier, avant de négocier sa première histoire pour 100 dollars avec le magazine *Extension*. Elle ajoute : « J'ai encadré ma première lettre favorable. »

En 1964, son mari meurt d'une crise cardiaque : Mary se retrouve seule avec cinq enfants à charge. Pour gagner sa vie, elle travaille sur des textes destinés à la radio. Elle décide aussi d'écrire son premier livre. Ce sera une biographie romancée tirée de la vie de George Washington. « Il est resté invendu, explique-t-elle, et fut tenu à l'écart de la presse. » Rapidement, elle se décide à écrire un roman à suspense et travaille trois ans sur *La Nuit du renard*. Sa publication marque un tournant dans sa carrière littéraire : c'est son premier best-seller. Dès lors, les romans se succèdent : *La Clinique du docteur H.*, *Un cri dans la nuit*, *La Maison du guet*, *Le Démon du passé*, *Ne pleure pas, ma belle*, *Recherche jeune femme aimant danser*, *Dors ma jolie*, *Le Fantôme de Lady Margaret*, *Nous n'irons plus au bois*, *Un jour tu verras…*

III

Libérée par le succès de ses livres des contraintes maté-
rielles, Mary prend le temps de réfléchir à ce qu'elle a toujours voulu faire. Elle avait donné la priorité à l'éducation de
ses enfants ; désormais, elle rattraperait le temps perdu. En
1974, elle intègre la faculté de Fordham pour en sortir brillam-
ment licenciée en philosophie.

Depuis, Mary Higgins Clark a obtenu deux doctorats hono-
rifiques ainsi qu'un prix décerné par la Fédération des clubs
féminins du New Jersey. En 1980, elle a reçu le Grand Prix
de littérature policière en France. Quatre films pour la télévision ou le cinéma ont été tirés de ses romans.

Mary Higgins Clark vit à Westood dans le New Jersey et à
New York, où elle possède un appartement. Elle a également
une maison à Cap Cod, en Nouvelle-Angleterre, cadre de son
roman *Souviens-toi*.

COMMENT J'AI ÉCRIT
« SOUVIENS-TOI»
par Mary Higgins Clark

Souviens-toi a mis vingt ans à voir le jour. L'idée m'en est
venue alors que je flânais dans une merveilleuse vieille librairie et tombais sur *The Narrow Land, the Myths and Legends of
Cape Cod*.

Cet ouvrage contenait un choix remarquable de récits concernant le Cap Cod, une presqu'île qui de tout temps fut baignée
de mystère. Les premiers colons s'y établirent ; des capitaines
au long cours y prirent la mer ; les pirates écumèrent ses côtes
et il y eut toujours des revenants peuplant ses brouillards.

Au fur et à mesure de ma lecture, une idée se forma dans

mon esprit. Je pourrais prendre la légende de « *Remember* », la réunir à l'histoire d'une femme jadis accusée publiquement d'adultère, et combiner les deux avec la lettre écrite au XVIIème siècle par un capitaine au long cours qui se faisait construire une maison.

Sa lettre à l'architecte chargé des travaux précise : « Ma femme est fluette et de constitution fragile. Prenez soin que les planches soient bien jointées, afin qu'aucun courant d'air malvenu ne puisse pénétrer à l'intérieur et lui faire prendre froid. »

Peu à peu, les personnages prirent vie. Le capitaine Andrew Freeman, qui s'était embarqué dès l'âge de dix ans, devint un formidable navigateur, au point que même les pirates passaient toujours au large de son navire. À l'âge de trente-huit ans, il épousa Mehitabel Winslow, une jeune fille de seize ans, et fit bâtir à son intention une maison dans le village de Chatham. La maison donnait à la fois sur la mer et sur Monomoy Strip, une étroite bande de sable qui se déplaçait avec les marées, provoquant tant de naufrages que la région prit le nom de cimetière blanc de l'Atlantique.

L'union de Mehitabel et du capitaine fut un véritable mariage d'amour jusqu'au jour où…

Plus les faits s'accumulaient, plus il me semblait connaître et comprendre ces gens. Je fis une quantité de recherches sur la vie au Cap à la fin du XVIIe siècle et au début du XVIIIe, et je commençai à écrire. À l'époque, j'intitulai cette histoire *Remember House*.

Mon intention était de choisir pour héroïne une jeune femme de notre temps, Menley, qui est invitée dans cette maison et se trouve confrontée avec son passé.

Et ça ne marcha pas. Quelque chose clochait. Lorsque je racontais l'histoire de Mehitabel et d'Andrew, mes doigts couraient sur le clavier de ma machine. Mais dès que j'abordais le présent, il n'y avait pas d'histoire.

À regret, je mis mon projet de côté et commençai à écrire

le roman qui fut publié, en France, sous le nom de *La Nuit du renard*.

J'écrivis un troisième livre, puis un quatrième, et en 1984, je m'attaquai à nouveau à *Remember House*. Je repris la même histoire, mais avec une approche différente pour les événements se déroulant au temps présent. Et, une fois encore, je ne fus pas satisfaite. Les personnages n'étaient pas réels. Je ne parvenais pas à m'intéresser vraiment à eux. De nouveau, tristement, je renonçai à mon roman.

Puis, l'année dernière, ayant terminé et livré *Un jour tu verras*, je déjeunai avec mon éditeur, Michael Korda. Nous discutions d'un sujet pour mon prochain livre et il me dit qu'il aimerait y trouver une atmosphère un peu surnaturelle.

J'éclatai de rire. « Michael, ça fait vingt ans que j'essaie d'écrire ce genre de livre. »

« Racontez-le moi », demanda-t-il.

Il écouta et me conseilla : « Ce qu'il vous faut faire, c'est raconter une histoire à suspense se déroulant de nos jours avec pour arrière-plan cette maison et son passé. »

Convaincue qu'il avait raison, je commençai à imaginer les personnages de la période actuelle du livre.

L'héroïne, Menley, une jeune femme, aurait un tempérament fort tout en montrant une vulnérabilité particulière qui la rapprocherait de Mehitabel. Mehitabel avait perdu son bébé.

Je décidai que Menley se remettrait à peine de la perte tragique d'un petit enfant.

Mais qu'était-il arrivé à cet enfant ?

Au cours de mon travail, je me reporte souvent à une expérience personnelle dont j'utilise certains éléments dans mes romans. J'ai cinq enfants et il y a des années, quand ils étaient petits (de un à neuf ans), je les avais tous emmenés dans mon break, ainsi qu'une amie et ses propres enfants. Inutile de dire que le bruit de volière dans la voiture était suffisant pour distraire l'attention.

Malgré tout, je fus stupéfaite de me faire arrêter par un policier qui me reprocha d'avoir traversé un passage à niveau non gardé au feu clignotant.

Je ne l'avais pas vu. Le soleil brillait et le feu était à peine visible, et qui plus est il y avait tout ce bruit à l'arrière du break.

Dans mon cas, le train se trouvait encore très loin, mais cet incident me laissa néanmoins le sentiment aigu que j'aurais pu être la cause d'un accident tragique. Je ne me serais jamais pardonnée si quelqu'un avait été blessé ou pire.

Dans mon livre, cet accident est arrivé à Menley. Elle n'a pas vu le feu clignoter à un passage à niveau non gardé. Le train a heurté la voiture et son petit garçon de deux ans a été tué.

Récemment, d'importantes recherches ont été menées sur les troubles dus à un stress post-traumatique différé. Un événement dramatique peut être revécu à tout moment dès lors qu'il est déclenché par des stimuli appropriés.

Je pensai : Et si Menley souffrait de ce syndrome ?

En 1968, lors de ma première visite au Cap, on me parla d'un accident de plongée survenu quelques années auparavant. Un jeune couple était parti en mer. Seul le mari était revenu. Les parents de la jeune femme restèrent convaincus jusqu'à leur mort que la noyade n'était pas accidentelle.

Supposons qu'une histoire de cette sorte ait lieu aujourd'hui, me dis-je. Supposons que la victime de la noyade soit la fille d'une famille riche et influente, et que personne ne connaisse vraiment l'homme qu'elle a épousé quelques semaines à peine avant de mourir. J'ajoutai cet élément au scénario.

Il existe de nombreuses belles maisons de capitaine au Cap. Bâties depuis le début du XVIIe siècle jusqu'au milieu du XIXe, elles sont de belles proportions, parfois même majestueuses, solidement construites, souvent ornées d'éléments raffinés et toujours surmontées de l'inévitable « balcon de la veuve », une petite plate-forme perchée sur le toit, entre les cheminées. Ces balcons sont aujourd'hui censés avoir un intérêt purement décoratif, mais lorsqu'un capitaine était attendu chez lui au retour d'un long voyage, son épouse se transformait en vigie. Elle grimpait à l'échelle qui menait au balcon, se postait à la balustrade, abritant ses yeux d'une main, scrutant l'horizon pour apercevoir les voiles du navire de son mari. Ces traversées étaient dangereuses et bien des voiliers ne revinrent jamais. Les femmes furent si nombreuses à attendre, en vain, que le balcon prit le nom de « balcon de la veuve ».

Ma maison posséderait un tel balcon d'où Mehitabel attendrait inlassablement le bateau de son mari, priant Dieu que lui fut ramené son bébé.

Beaucoup de mes amis ont ce genre de vieille maison traditionnelle et plusieurs d'entre eux affirment qu'une présence mystérieuse les habite, un fantôme bienveillant qui se manifeste de temps en temps. Dans mon livre, *Remember* est-elle habitée par un esprit ? À vous d'en décider.

J'ai pris grand intérêt à venir l'hiver dans ma maison du Cap pour continuer mes recherches. Ma maison est située sur une hauteur dominant la mer et l'hiver, le vent rugit tout autour, les vagues viennent se briser sur les marches de bois qui montent de la plage jusqu'à la terrasse extérieure. On dit de la mer que c'est une maîtresse jalouse et qu'elle veut reprendre cette étroite langue de terre qui, jadis, lui appartenait. Certains jours, on le croit sans peine.

Je n'eus aucun mal à imaginer les hurlements du vent autour de *Remember*, et l'effet qu'ils produiraient sur une jeune femme déjà sensible aux stimuli qui lui faisaient revivre l'accident fatal.

En tant qu'écrivain, j'ai toujours été convaincue que le suspense le plus terrifiant naît lorsque l'ordinaire tourne à l'extraordinaire, quand le familier devient hostile, qu'un regard doux et gentil se durcit, que le sanctuaire de la maison est brusquement habité par le mal.

Le bruit d'un enfant de deux ans appelant joyeusement sa maman vous réchauffe le cœur.

VIII

Excepté lorsque l'appel emplit la maison au milieu de la nuit et que l'enfant est mort.

Voilà, ce sont quelques-unes des idées qui présidèrent à l'élaboration de *Souviens-toi*. Ensuite, l'auteur commence à écrire, et à condition que l'histoire soit bien définie, les personnages se mettront tout seuls en place. Ils feront ce qu'ils choisiront de faire, ce qu'ils doivent faire. Et ils s'élanceront vers leur inévitable destinée. À ce point, l'écrivain n'est plus que le conteur de l'histoire.

Je souhaite que vous lisiez celle-ci avec plaisir.

Mary HIGGINS CLARK

« SOUVIENS-TOI »
ET LA CRITIQUE

ON EST COMBLÉ

« Mrs Higgins Clark ne rate jamais son coup. C'est un démon aussi net, aussi précis qu'un ordinateur. C'est dire qu'elle sait harmoniser son goût de l'irrationnel et du mystère avec sa logique confondante. (…) Bref, la tension monte entre les personnages, et l'attention des lecteurs ne faiblit pas. À la fin de l'envoi, en dépit d'un surnaturel qui tombe en miettes, on est comblé. Sans doute a-t-on eu très peur, mais en toute confiance car, on le sait, Mary est une gentille sorcière. Et puis il y a le ton Higgins Clark, admirablement traduit en français par Anne Damour, comme d'habitude, toujours convenable dans le désordre parfait des pulsions sauvages et des émotions fortes. C'est impeccable, comme la mise en plis de l'auteur. Et aussi réussi. »

Jean-François Josselin, *Le Nouvel Observateur*

TOUS LES RESSORTS DU SUSPENSE

« Tous les ressorts du suspense et de l'angoisse sont adroitement réunis. Sans vouloir déflorer le dénouement, sachez que ces intrigues dépourvues de lien apparent se résoudront dans les dernières pages et que toutes les pièces du puzzle se mettront en place. Dernier ingrédient, et non des moindres : une demeure inquiétante à souhait… »

Éric Alexandre, *Figaro-Magazine*

X

UNE MAÎTRISE TOTALE

« Mary Higgins Clark aligne les best-sellers. Sa recette, si elle en a une : une écriture limpide, un sens de la construction impitoyable, des séquences courtes qui toutes ou presque relancent l'action, une maîtrise totale des personnages. *Souviens-toi* est de cette eau-là. »

L'Est républicain

SANS ACCROC

« En mêlant deux histoires, l'une officielle, l'autre familiale, cet auteur tricote un roman policier sans accroc. (…) À la fois convenu et surprenant, terrifiant et improbable. C'est bien cela, Mary Higgins Clark, du sentiment et de l'horreur superbement maîtrisés. »

Lire

UN SUPERBE TALENT

« Mary Higgins Clark est une extraordinaire romancière. Elle sait porter à son extrême « le grand art de l'effroi pur ». La voici à nouveau, présentant ses lettres de noblesse et une nouvelle facette de son superbe talent. Il faut lire *Souviens-toi*. C'est écrit pour faire oublier la grisaille du temps. »

Pierre Durand, *Présent*

MALAISE INTÉRIEUR

« La reine du suspense est surtout la reine du malaise intérieur. Il y a une lettre écarlate qui brûle sur la peau de ses personnages, une culpabilité transformée en angoisse, un point obscur qui gangrène une conscience et la fait entrer dans la peur. »

Jacques-Pierre Amette, *Le Point*

XI

Cet ouvrage a été imprimé
sur du papier bouffant des
papeteries Matussiere et Forest
et relié par GGP (Allemagne)

Achevé d'imprimer
en mai 1996
par GGP
pour France Loisirs

N° d'éditeur: 26895
Dépôt légal: novembre 1994
Imprimé en Allemagne